Den Letzten beißt der Dorsch

Ute Haese, geboren 1958, promovierte Politologin und Historikerin, war zunächst als Wissenschaftlerin tätig. Seit 1998 arbeitet sie als freie Autorin und widmet sich inzwischen ausschließlich der Belletristik im Krimi- und Satirebereich sowie zusätzlich der Fotografie. Mit Kurzgeschichten ist sie auch in verschiedenen Anthologien vertreten. Wie ihre Protagonistin Hanna Hemlokk schreibt sie daneben sogenannte abgeschlossene Liebesromane für diverse Frauenzeitschriften. Die Autorin lebt mit ihrem Mann am Schönberger Strand bei Kiel. Sie ist Mitglied bei den Mörderischen Schwestern – Vereinigung deutschsprachiger KrimiAutorinnen und im Syndikat, der Autorengruppe deutschsprachige Kriminalliteratur.

Dieses Buch ist ein Roman. Handlungen und Personen sind frei erfunden. Ähnlichkeiten mit lebenden oder toten Personen sind nicht gewollt und rein zufällig.

UTE HAESE

Den Letzten beißt der Dorsch

Der sechste Fall für Hanna Hemlokk

KÜSTEN KRIMI

emons:

Bibliografische Information der Deutschen Nationalbibliothek
Die Deutsche Nationalbibliothek verzeichnet diese Publikation
in der Deutschen Nationalbibliografie; detaillierte bibliografische
Daten sind im Internet über http://dnb.d-nb.de abrufbar.

© Emons Verlag GmbH
Alle Rechte vorbehalten
Umschlagmotiv: photocase.com/designritter
Umschlaggestaltung: Tobias Doetsch
Gestaltung Innenteil: César Satz & Grafik GmbH, Köln
Lektorat: Dr. Marion Heister
Druck und Bindung: CPI – Clausen & Bosse, Leck
Printed in Germany 2016
ISBN 978-3-95451-972-9
Küsten Krimi
Originalausgabe

Unser Newsletter informiert Sie
regelmäßig über Neues von emons:
Kostenlos bestellen unter
www.emons-verlag.de

Für Mutterherz

Glossar norddeutscher L-Wörter

labberig	weich, flau, fade, geschmacklos
Labskaus	Eintopfgericht aus eingesalzenem Fleisch, Fisch, Kartoffeln und verschiedenen anderen Zutaten
lütt	klein
lummerig	schwül, drückend
luschern	neugierig und heimlich gucken

PROLOG

Die erste Kugel zischte nur einen Millimeter an meinem rechten Ohr vorbei. Die Wucht der Detonation ließ mein Trommelfell vibrieren wie ein Spinnennetz im Taifun. Ob es nun daran lag oder daran, dass man in Bokau gemeinhin nicht auf Leute ballert wie in Chicago, Schanghai oder Johannesburg – ich brauchte eine gefühlte Ewigkeit, bis ich mich bäuchlings auf die Erde geschmissen hatte. Und da lag ich nun, am ganzen Körper zitternd, das Gesicht halb in eine matschige Pfütze gepresst, und glaubte es nicht. Jemand schoss auf mich! Jemand trachtete mir, Hanna Hemlokk, nach dem Leben! Denn dass mich am helllichten Tag ein schwachsichtiger Waidmann für ein Reh im rot-weißen Ringelshirt oder für ein zweibeiniges Wildschwein hielt, war mehr als unwahrscheinlich. Nein, die Kugel galt mir, und hinter den Büschen und Bäumen lauerte ein Verrückter.

So schnell mich Arme und Beine trugen, robbte ich im Kriechgang einer Riesenechse über den Weg, der Silvias Wiese von meinem Mini-Garten trennte, auf meine rettende Villa zu. Ich kam bis zur Gartenpforte. Da war Ende, denn die war geschlossen und verriegelt und daher nur im Stehen zu öffnen. Ich überlegte fieberhaft. Mich hochzuwuchten kam natürlich nicht in Frage. Ein besseres Ziel konnte ich dem Irren gar nicht bieten. Also schlängelte ich mich seitwärts weiter am Zaun entlang, begleitet von Silvias nachdenklichem Muhen.

Der zweite Schuss verfehlte meinen Skalp nur äußerst knapp, wodurch ich vor Schreck in eine Art Schockstarre verfiel. Am liebsten hätte ich schützend die Hände über den Kopf gelegt, ganz unprofessionell losgeheult und gewartet, bis alles vorüber war. Doch im hintersten Winkel meines Hirns wusste ich selbstverständlich, dass dies die schlechteste aller Lösungen wäre. Also, mach hin, Hemlokk, befahl ich mir selbst, streng deinen Grips an und beweg deinen Hintern, wenn dir dein Leben lieb ist, sonst befördert dich dieser Wahnsinnige im Nullkommanichts ins Jenseits. Halb taub und mit schwindenden Kräften zwang ich mich, mechanisch weiterzurobben: rechter Arm vor, linkes Bein vor; linker Arm vor, rechtes Bein vor; rechter Arm vor, linkes Bein vor. Denn auf der Rückseite meiner Villa stand das Schlafzimmerfenster offen. Wenn ich es bis dahin schaffte, war ich in Sicherheit. Ich würde mich mit einem Satz ins schützende Innere meiner Behausung retten und Hilfe herbeitelefonieren. Und bis die anrückte, würde ich mich in meinem Badezimmer verbarrikadieren und, wenn nötig, mit Nagelfeile und Klobürste sowie Deospray und Parfümflakon um mein Leben kämpfen. Doch dazu kam es nicht. Mit dem dritten Schuss erwischte er mich. Ich hörte, wie jemand gellend aufschrie. Dann gingen in meinem Kopf die Lichter aus, und um mich herum wurde es stockfinster.

EINS

Dabei hatte alles so harmlos angefangen. Mord und Totschlag lagen anfangs in weiter Ferne, stattdessen sah es lediglich nach ein bisschen Hilfe für engagierte junge Leute aus, denen ich mit meiner langjährigen Erfahrung als Privatdetektivin unter die Arme greifen sollte. Das war auch schon alles. Der Fall schien weder besonders knifflig zu sein noch irgendwelche ermittlungstechnischen Raffinessen zu erfordern. Nein, mit Geduld und Spucke sowie einer einigermaßen soliden Ermittlungsarbeit würde man schon ans Ziel kommen. Genau so sah es aus. Ein Klacks also eigentlich. Tja, so kann man sich täuschen. Denn in diesem Fall ging es um alles: um Geld, viel Geld, um einen Beinahe-Mord, um Hinterlist und Heimtücke sowie um ein gerütteltes Maß an Verzweiflung, sodass es kein Wunder war, dass ich dabei körperlich und seelisch an meine Grenzen stieß. Doch das alles wusste ich natürlich nicht, als Krischan, Jana und Philipp an einem sonnigen Septembernachmittag bei mir hereinschneiten und die Geschichte ihren Anfang nahm.

Ich fütterte gerade den noch verbliebenen vierköpfigen Nachwuchs meines griechischen Landschildkrötenpaares – zwei Minis hatte ich kürzlich mit gemischten Gefühlen in die vertrauenswürdigen Hände einer Bekannten aus meiner Feuer-&-Flamme-Kochgruppe gegeben –, während ich angestrengt darüber nachgrübelte, wie man heutzutage wohl Blaublüter korrekt anredet. Baronesse? Herr Graf? Eure Fürstliche Hoheit? Oder sagt man im 21. Jahrhundert ganz einfach Herr von Schlagmichtot zu so einem Erlauchten? Keine Ahnung. Alles klang in meinen bürgerlichen Ohren verdammt nach Courths-Mahler, wo das Antlitz der liebreizenden Unschuld vom Lande stets hold und süß ist, die roten Rosen glühen und blühen, bis das Blattwerk qualmt, und sich der adlige Held an ihren Lippen satt küsst. Himmel, Arsch und Wolkenbruch, was für ein Gesülze!

Ich warf sicherheitshalber nach den ausnahmsweise spendierten leckeren, aber ungesunden Bananenstückchen doch noch ein paar verdauungsfördernde Blätter Löwenzahn, die ich frisch von Silvias Wiese geklaut hatte, in das Terrarium der Lütten. Wer es noch nicht weiß: Silvia ist eine Kuh und, seit ich in meiner Anderthalb-Zimmer-Villa lebe, meine Nachbarin von gegenüber. Wir kommen wunderbar miteinander aus. Keine überhängenden Zweige gefährden unser freundschaftliches Verhältnis, keine nächtliche Blasmusik entzweit uns. Sie muht hin und wieder wie ein asthmatischer Trecker über den Passader See. Na und? Mich stört es nicht, ich finde es schön.

Nachdenklich betrachtete ich Marga, Theo, Johannes und Harry, die nach ihren Paten genannten mittlerweile knödelgroßen Kröten, die sich so eifrig auf das Grünzeug stürzten, als hätten sie nicht soeben ihre Banane verschlungen, sondern seit Monaten gedarbt. Hieß so ein waschechter Freiherr oder Herzog heute eigentlich immer noch zwingend mit Vornamen Clemens Otto oder Eberhard Johannes? Oder existierten auf den Schlössern, Burgen und Herrenhäusern Europas mittlerweile schon ein paar Dennisse, Bens und Tims?

»Graf Tim«, sagte ich probehalber laut. »Baron Dennis, Edle von Mandy.«

Na ja, wohl eher nicht. Aber ich hatte auch in diesem Fall keine Ahnung, obwohl ich bekanntlich im Nebenjob als Tränenfee arbeite und Liebesgeschichten – ich, und nur ich!, nenne sie wahlweise Schmalzheimer oder Sülzletten – für die Yellow Press fabriziere. Davon kann und muss man leben, wenn man im Detektivgewerbe immer noch nicht zu den absoluten Spitzenkräften gehört. Damit hier keine Missverständnisse aufkommen: Ich bin gut, sehr gut sogar, doch was das Finanzielle angeht, sahnt man bei den dicken Fischen in Berlin, Hamburg oder München nun einmal ein klitzekleines Stück mehr ab als im ländlichen Bokau mit doch eher bescheidenen Einkommensverhältnissen. Da gibt es kein Vertun. Und weil das so ist, hatte ich den Vorschlag meiner Agentin, es doch einmal mit einem Adelsroman zu versuchen, zähneknirschend angenommen. Zumal sie mir in den höchsten Tönen von dem nach wie vor ziehenden Glamourfaktor der Aristokratie vorgeschwärmt hatte. Noblesse oblige, hatte sie gezwitschert. Adel verpflichtet, immer noch.

Worauf mir prompt dieser ehemalige Bundeswehr-Baron einfiel, der keine Talkshow ausgelassen und als ungemein cool, volksnah und gewandt gegolten hatte. Was zählt da schon so eine stinkbürgerliche Doktorarbeit, bei der er nach Strich und Faden getürkt hat? Nix offenbar.

Oder dieser immer mal wieder austickende, um sich schlagende und an öffentliche Pavillons pinkelnde Hohenzollernprinz. Der hieß auch so erdenschwer-doppelnamig. Ich wedelte in Gedanken versunken mit einem weiteren Löwenzahnblatt im Terrarium herum. Genau, Ernst August. Na ja, dafür konnte der Arme ja nichts, was für sein rabaukiges Verhalten allerdings nicht galt.

Auf jeden Fall beschloss ich, meinen adligen Papierhelden mit einem Vornamen zu versehen, der in direkter Linie auf Siegfried und die Nibelungen zurückging. Sicher ist schließlich sicher, ein Grundsatz, der nicht nur im Ermittlungs-, sondern auch im Sülzheimer-Gewerbe gilt.

Als ich an diesem Punkt meiner Überlegungen angekommen war, quietschte die Gartenpforte. Ich erwartete niemanden und ging deshalb neugierig zur Tür. Eine leibhaftige Gräfin, die ich nur stotternd und ohne formvollendeten Knicks begrüßen konnte, würde es schon nicht sein.

»… er heißt Gustav und sie Hannelore. In diesem Sommer hat sie sechs Eier gelegt, und aus allen ist etwas geschlüpft. Oh, hallo, Hanna. Wir stören doch hoffentlich nicht?«

Krischan bewohnte mit meiner Freundin Marga zusammen das Haupthaus, das etwa hundert Meter von meiner Villa entfernt Richtung Bokauer City lag. Der Junge war um die zwanzig und lebte dort allein. Seinen Lebensunterhalt verdiente er als »Mann für alle Fälle«, was kein anrüchiges Gewerbe war, sondern ein eher bodenständiges. Im Sommer schnitt er für jedermann Hecken, mähte Rasen, grub Beete um, und im Winter beseitigte er Schnee und Eis von Bürgersteigen und Zufahrten. Krischan war groß, knochig und schlaksig und kam mir manchmal vor wie ein verwaister Welpe. Ich kannte ihn lediglich flüchtig, trotzdem mochte ich ihn.

»Moin, Krischan«, begrüßte ich ihn daher freundlich. »Und

nee, ihr stört nicht. Ich habe gerade die Krötenbrut gefüttert.« Meinen Kampf mit dem Adel verschwieg ich, da ich nicht annahm, dass mir einer von dem Trio in dieser Hinsicht weiterhelfen konnte. Denn Krischan war, wie gesagt, nicht allein gekommen. Ein blutjunges Mädchen und ein vielleicht Siebzehn-, Achtzehnjähriger begleiteten ihn. Ich kannte beide nicht näher, hatte sie jedoch bereits im Dorf, in Inge Schiefers Restaurant oder bei Bäcker Matulke, gesehen. Sie mussten im Neubaugebiet wohnen.

»Das sind Jana und Philipp«, stellte Krischan die beiden vor.

»Hallo«, grüßten sie höflich.

Ich nickte ihnen zu.

»Hanna Hemlokk. Kommt rein. Ihr wollt bestimmt einen Blick auf die kleinen Schildkröten werfen, stimmt's?«

Natürlich wollten sie das. Deshalb waren sie schließlich hier, denn meine Zucht erfreute sich in Bokau einer gewissen Berühmtheit. Dachte ich zumindest.

»Ja, danke«, sagte Krischan brav.

Während das Trio sich vor dem Terrarium postierte, zauberte ich rasch einen Earl Grey. Mit den Besuchern war meine zweiundvierzig Quadratmeter große Villa rappelvoll, ein weiterer Gast hätte auf dem Klo Platz nehmen müssen. Doch dafür stand mein Heim allein und direkt am Passader See. Klein, aber fein halt. Ich hätte mit niemandem tauschen mögen. Als der Tee fertig war, dirigierte ich die drei auf mein rotes Sofa, schenkte ihnen ein und setzte mich selbst in den Schaukelstuhl.

»Äh ... möchte einer von euch vielleicht einen Spritzer Zitronensaft zum Tee? Oder Süßstoff?«, fragte ich irritiert, als niemand etwas sagte. Was war denn mit der Jugend von heute los? Ich genoss zwar als Privatdetektivin im Dorf und in der Umgebung mittlerweile einen Ruf wie Donnerhall, doch derart furchteinflößend, dass es einem in meiner Gegenwart komplett die Sprache verschlug, war ich eigentlich nicht.

»Süßstoff wäre schön«, murmelte das Mädchen zögernd.

Ich holte das Gewünschte, setzte mich wieder und wartete stumm. Irgendetwas war hier eindeutig faul im Staate Dänemark, aber ich hatte nicht vor, den ersten Schritt zu tun oder sie tantenhaft zu umflattern. Wenn die drei etwas von mir wollten, sollten sie gefälligst den Mund aufmachen. Die Jungs waren alt genug, und ich hatte Zeit, denn ich war erst am späten Nachmittag mit meiner Freundin Marga verabredet, um an einer »ganz großen Sache« teilzuhaben. Ihre Worte, natürlich.

Bis dahin blieben uns noch fast zwei Stunden. Unauffällig betrachtete ich Krischans Kumpane, während ich meinen Tee schlürfte. Das Mädchen, Jana, schien mir noch sehr jung zu sein. Zwölf vielleicht, na gut, höchstens dreizehn, aber keinen Tag älter. Ihr Gesicht war jugendlich glatt. Kein Schicksalsschlag hatte bislang eine Spur als Kerbe oder Falte hinterlassen. Trotzdem wirkte sie intelligent und, ja ... eigensinnig und selbstbewusst.

Hier saß ganz klar ein Mensch, der bereits wusste, was er wollte. Ich hatte keine Ahnung, ob dieser Eindruck an dem wachen Ausdruck ihrer Augen lag oder an ihrer Körperhaltung und der Art, wie sie den Tee trank. Auf jeden Fall war sie winzig. Also, sie war nicht bloß klein, sondern wirklich sehr kurz geraten. Ich veranschlagte ihre lichte Höhe auf einen Meter zehn oder zwanzig, mehr auf keinen Fall.

Dagegen gehörten die beiden Jungs in das Reich der Riesen. Wie ein Schluck Wasser saß dieser lange Lulatsch von Philipp da, den Rücken krumm, die Schultern nach vorn gebeugt, den Teebecher mit Händen so groß wie Pastateller umklammernd. Auf seiner flaumigen Oberlippe prangte ein Prachtexemplar von Pickel. Trotz der spätsommerlichen Temperaturen – tagsüber brachten wir es immerhin noch auf satte zwanzig Grad – trug der Junge ein langärmeliges teures Hemd, gegen das Krischans ausgeleiertes T-Shirt schmuddelig und ausgesprochen billig wirkte. Und auch an den Hosen sah man den Unterschied deutlich: Während Philipps Jeans eine porentiefe Reinheit ausstrahlte, hatte Krischans Beinkleid eindeutig schon bessere Tage gesehen.

Es war Jana, die sich endlich ein Herz fasste.

»Wir haben zwar kein Geld, aber trotzdem möchten wir Sie um etwas bitten. Weil Sie doch Privatdetektivin sind und das Ganze einfach eine Riesensauerei ist.«

Sie schätzte meine Reaktion ab, während die beiden Helden

bei ihren Worten unruhig auf der Couch hin und her zu ruckeln begannen. Ich lächelte sie aufmunternd an. Die Kleine wurde mir von Minute zu Minute sympathischer.

»Über Geld können wir später immer noch reden«, beschwichtigte ich sie. »Zunächst einmal würde ich nur gern wissen, wo euer Problem liegt.«

»Marga hat mir den Tipp gegeben«, erklärte Krischan nun und stellte seinen Teebecher ab. »Sie meinte, was es auch sei, du wüsstest vielleicht einen Rat und außerdem würdest du gerade frei sein.«

Er wurde rot. Ich grientel in mich hinein.

»Sie hat es einen Tick anders formuliert, nehme ich an.« Ich kannte doch meine Freundin Marga. Zurückhaltung in der Wortwahl gehörte nicht zu ihren Stärken. Wahrscheinlich hatte sie zu Krischan gesagt, dass einem das Schmalzheimer-Gewerbe verdammt leicht aufs Hirn schlage. Da sei es geradezu ein Akt der Barmherzigkeit, wenn meine liebesverkleisterten grauen Zellen etwas auf Trab gebracht würden.

»Na ja.« Der Junge zögerte. »Also ja, sie hat es ein bisschen anders gesagt. Aber trotzdem ist sie voll in Ordnung.«

»Das ist sie. Keine Frage«, stimmte ich ihm zu und ließ das Thema fallen. Wenn wir in diesem Schneckentempo weitermachten, würden wir noch gemeinsam Ostereier suchen. »Um was geht es denn nun genau?«

Jetzt war es Philipp, der antwortete. »Um die Tiere, die von den Schweinen einfach aus dem Auto geworfen werden, als seien sie nichts weiter als Müll.«

Schweine? Tiere? Müll? Ich begriff nicht. Was man mir offenbar ansah.

»Wir sind alle drei Mitglieder von Anima«, informierte mich Jana mit einem genervten Seitenblick auf Philipp. »Anima ist lateinisch und bedeutet Seele.«

»Das kommt von dem Wort Animismus«, assistierte Krischan eifrig. »Wir glauben nämlich daran, dass die gesamte Natur beseelt ist. Also auch die Pflanzen und die Tiere. Ja, die Tiere auf jeden Fall.«

»Gut«, sagte ich ungeduldig. »Und weiter?«

Für die Klärung von philosophischen Fragen benötigt man gemeinhin keine Privatdetektivin. Da belegt man einen Volkshochschulkurs, begibt sich ins Philosophische Seminar einer Universität oder liest ein hochgelehrtes Buch. Oder, wenn's nicht so kompliziert sein soll, googelt sich sein Weltbild zusammen.

»Anima ist ein Verein zum Schutz von Tieren«, klärte die praktische Jana mich auf. »Er besteht hier in Bokau seit ungefähr zwei Jahren.«

»Ah«, brummte ich, denn langsam dämmerte es mir. Ich hatte von diesem Verein bereits gehört. Allerdings nicht unbedingt Gutes. Im letzten Frühjahr hatte die örtliche Presse ausführlich von irgendwelchen Querelen zwischen zwei Mitgliedern berichtet. Es war um die Verteilung von Spendengeldern und Macht gegangen, das Übliche eben. Was daraus geworden war, wusste ich nicht.

»Im Sommer haben wir uns ganz neu aufgestellt«, teilte mir Jana, die mein Mienenspiel beobachtet hatte, trotzig mit. »Renate Wurz ist jetzt unsere Vorsitzende, und die ist in Ordnung.«

»Okay?«, murmelte ich, um eine jugendliche Ansprache bemüht, in dem fragenden Tonfall, in dem mittlerweile alle Welt und nicht nur die synchronisierten amerikanischen Serienhelden reden. »Ich nehme das zur Kenntnis. Wenn du dann jetzt bitte zum Punkt kommen würdest.« Das war nun eher erwachsen ungeduldig, aber der Zeiger der Uhr wanderte unerbittlich auf vier.

»Kennen Sie den Reitstall in Neuschönberg?«, fragte Jana.

»Ja.« Den kannte ich tatsächlich, weil ich im Sommer liebend gern im Hinterland mit dem Rad unterwegs bin, statt mich durch die Touristenmengen auf dem proppenvollen Deich zu schieben.

»Dort geht von der Straße, die von Schönberg zum Strand führt, rechts ein Treckerweg ab, wenn man aus dem Ort kommt.« Ich nickte.

»Gut«, fuhr Jana fort. »Wenn man da ein Stück weit entlangradelt, muss man unter einer Brücke durch.« Ich nickte erneut, denn auch die kannte ich. »Oben, also auf der Brücke, führt eine Bundesstraße längs —«

»Die 502, auf der man nach Lütjenburg und in der anderen Richtung nach Kiel kommt«, ergänzte Krischan eilfertig.

Jana schüttelte leicht den Kopf.

»Das ist doch jetzt völlig egal«, wies sie ihn zurecht.

»Von dieser Brücke schmeißen die Leute immer wieder Tiere aus dem Auto«, platzte Philipp dazwischen. »Katzen und Hunde, alte und kranke.« Der Junge umklammerte seinen Teebecher jetzt so fest, dass seine Fingerkuppen weiß wurden. »Schweine sind das. Arschlöcher.«

»Philipp«, mahnte Jana sanft.

»Aber es ist doch wahr!«, schnaubte er. »Mindestens dreimal in der Woche fahren welche von uns da vorbei, um die Tiere einzusammeln, die verletzt, hungrig und durstig auf dem Hang und den angrenzenden Feldern herumkrabbeln. Und das nimmt einfach kein Ende. Ich finde das so zum Kotzen!«

Draußen schickte Silvia ein keuchendes Röhren über den See, das hörbar aus den Tiefen ihrer fünf Mägen kam. Das Geräusch war mir so vertraut wie das Plätschern der Wellen. Unvorstellbar, dass jemand Silvia wie ein Stück Müll entsorgte – ungeachtet der Tatsache, dass sie durch kein Autofenster passte. Ihre tonnenförmige Gestalt überforderte transport- und auswurftechnisch sogar die beliebten SUV-Riesenschlitten. Aber davon abgesehen war Silvia vielleicht nicht gerade ein intellektuelles, jedoch immer noch fühlendes Wesen, das zweifellos eine gehörige Portion Seele besaß. Ich konnte Philipps Empörung deshalb gut nachvollziehen.

»Das ist wirklich eine riesige Schweinerei«, knurrte ich.

Wer machte bloß so etwas? Ich war ehrlich ratlos. Denn die Orte rund um die Kieler Förde wurden nach meiner Einschätzung eher von den Rudeltouristen beherrscht. Der Hang zum Dritt- bis Fünfthund war mittlerweile nicht mehr zu übersehen, und bei Deichspaziergängen sirrte die Luft oftmals von zärtlichem Gebrabbel. Es handelte stets von Leckerlis, Kackerlis sowie menschlichen Hunde-»Mamis« und -»Papis«, bei denen der begründete Verdacht bestand, dass die Anzahl der Fiffis in irgendeiner Form mit dem Absterben der Hirnzellen korrespondierte.

Die Tiere schleckten Zitroneneis, Irish Cream und Stracciatella aus der Tüte mit Frauchen, nachdem sie den vollgepinkelten Laternenpfahl nebenan nicht nur beschnuppert hatten, saßen eingewickelt in thermodynamischen wetterfesten Decken neben Herrchen im Strandkorb oder teilten sich mit ihm eine Currywurst. Kurzum, sie wurden behandelt wie ein Sohn, eine Enkelin oder ein menschlicher Lebensgefährte – dessen Ersatz sie ja wohl auch waren.

Und nun behauptete dieses jugendliche Trio das genaue Gegenteil. Konnte das überhaupt stimmen? Doch, ja, konnte es, entschied ich, ohne zu zögern. Denn zu den Ferienzeiten berichtete die Presse schließlich immer wieder darüber, dass es an Autobahnraststätten von ausgesetzten Hunden nur so wimmelte. Weihnachten war Bello noch so klein und niedlich gewesen, im Sommer näherte sich das Ungetüm bereits der Ein-Meter-Marke und fraß einem die Haare vom Kopf. Außerdem wurde das tägliche Gassigehen zunehmend lästig, und zu Ferienbeginn war der Ofen dann ganz aus.

Weshalb benötigte so ein Viech auch einen teuren Impfpass, wenn man ins Ausland reisen wollte, und wieso zahlte der Köter die Hundepension gefälligst nicht aus eigener Tasche? Selbst schuld. Und tschüss. Sollte sich doch irgendeine milde Seele, wie etwa eine von den Anima-Leuten, um den blöden Kläffer kümmern. Ich schnalzte mit der Zunge wie immer, wenn mir ein helles Kerzlein aufging. Das Tier als Konsum- und Wegwerfartikel, wie mittlerweile praktisch alles in unserer schönen Umtausch-Warenwelt. Nein, keine Frage, die drei erzählten mir nicht irgendeine erfundene Schauergeschichte, sondern die entsorgten Lebewesen an der Neuschönberger Brücke gab es wirklich.

»Ihr sammelt sie also ein«, sagte ich trotzdem ruhig. »Und was passiert dann mit ihnen?«

»Wir lassen sie von Renate untersuchen. Sie ist nämlich nicht nur die Vorsitzende von Anima, sondern auch eine Top-Tierärztin, sodass wir die meisten wieder aufpäppeln können. Nur in ganz schlimmen Fällen …« Philipp schluckte.

Der Junge schien eine ausgesprochen sensible Seele zu sein.

»… kriegen sie eine Spritze«, vollendete Jana den Satz. Sie sagte das ruhig und emotionslos. »Weil es einfach besser für sie ist. Wir wollen kein Tier unnötig leiden lassen.«

»Nein, natürlich nicht«, pflichtete ich ihr bei. »Und ihr habt wirklich nicht den Schimmer einer Ahnung, wer hier bei uns so etwas tun könnte?« Ich hatte den Satz kaum ausgesprochen, als mir auch schon klar war, wie blöd das in den Ohren meiner Gäste klingen musste. »Nein, sonst wäret ihr nicht hier«, schob ich deshalb rasch hinterher.

»Gestern haben Philipp und ich drei Kätzchen gefunden.« Krischan ballte unwillkürlich beide Hände zu Fäusten. »Die waren so mager, dass sie sich kaum auf den Pfoten halten konnten. Die Raubvögel kreisten schon über ihnen.«

»Letzte Woche waren es vier Welpen«, ergänzte Philipp dumpf.

»Einen hat Renate einschläfern müssen«, murmelte Jana.

Ich hob beide Hände.

»Stopp«, befahl ich. »Wir kommen nicht weiter, wenn ihr mir jetzt von jedem einzelnen Drama erzählt. Also, was genau wollt ihr von mir?«

»Wir wollen, dass das aufhört«, sagte Krischan langsam. »Und zwar so schnell wie möglich. Und wir wollen, dass die Leute eine saftige Strafe bekommen. Magst du Hunde, Hanna?«

»Schon, ja«, gab ich vorsichtig zu.

Der Junge wollte mir doch wohl jetzt nicht auf die Tour kommen, die Sekten bei ihren Von-Tür-zu-Tür-Missionierungen bevorzugen? »Sind Sie für das Gute?« Klar, wer ist das nicht. Bis auf ein paar Psychopathen wünscht sich wohl jeder Mensch eine bessere Welt. »Sehen Sie, und in der Bibel steht nichts anderes.« Und schwupps, kriegt man eine auf unterstem Amateurniveau bebilderte Ausgabe des Buches der Bücher in die Hand gedrückt, in der es von glückselig strahlenden, innerlich erleuchteten Menschen nur so wimmelt. Die gucken alle so enthusiasmiert und zugewandt wie dieser geschasste Limburger Badewannenbischof Tebartz-van Elst, den sie vorsichtshalber in den Katakomben des Vatikans entsorgt haben. Och nö. Ich wollte weder in einem der zahlreichen Archive hinter, unter oder neben dem Petersdom verschwinden noch mein aufregendes Leben als Private Eye mit einem Fiffi teilen.

»Du könntest dir einen Hund aussuchen, weil wir doch nichts zahlen können«, bot Krischan auch schon eifrig an.

Immerhin drückte er mir keinen winselnden Welpen in die Hand.

»Danke, nein«, lehnte ich freundlich, aber bestimmt ab. Mir reichten meine Kröten. Die waren zwar nicht direkt etwas fürs Herz, trotzdem liebte ich Gustav, weil wir zusammen aufgewachsen waren. Hannelore nahm ich hingegen eher emotionslos in Kauf. Sie war als Erbstück aus meinem zweiten Fall zu uns gestoßen. Um ehrlich zu sein, hielt ich sie für eine ziemlich hohle Nuss. Dessen ungeachtet schmiss sie niemand aus irgendwelchen Autofenstern, genauso wenig wie Silvia. Und Gustav tat man so etwas schon gar nicht an! Was für eine makabre Vorstellung.

»Ich kümmere mich auch so um euren Fall«, versprach ich. »Ohne Bezahlung, weil ich nämlich ganz eurer Meinung bin. Die Sache gehört abgestellt, und zwar so fix wie möglich.«

»Seht ihr«, triumphierte Krischan, »was habe ich gesagt? Ein geldgeiler Raffzahn ist Hanna wirklich nicht. Da hat Marga recht gehabt.«

Ehe ich auf dieses zweifelhafte Kompliment eingehen konnte, fing Elvis, der King, höchstpersönlich an zu schmettern. Die unverwechselbaren Klänge von »Love Me Tender« füllten meine Hütte, was ich irgendwie rührend fand.

Krischan klaubte rasch das Handy aus seiner ausgebeulten Hosentasche, warf einen Blick aufs Display und seufzte.

»Ach Gott, der alte Paustian. Hat wahrscheinlich schon wieder sein Gebiss geschreddert.« Er zupfte verlegen an seinem Ohrläppchen herum, während er mir einen entschuldigenden Blick zuwarf. »Eigentlich mähe ich nur einmal in der Woche den Rasen bei ihm, aber er mag mich. Deshalb ruft er immer an, wenn etwas anliegt. Er ist ziemlich alt und hat sonst niemanden.« Er sah auf die Uhr. »Aber es ist gleich halb fünf. Da kommt die Schwester vom Pflegedienst, macht ihm Abendbrot und kümmert sich um ihn. Die wird ihm helfen.«

Und damit verstaute er das Handy erleichtert wieder in seiner Hosentasche.

»Du bist wirklich ein echter ›Mann für alle Fälle‹, mhm?«, sagte ich und stand auf.

Krischan tat es mir nach. Es gab nichts mehr zu besprechen, bevor ich mir nicht ein paar Gedanken über meinen neuen Fall gemacht hatte. Außerdem wartete Marga bekanntlich mit ihrer »ganz großen Sache« auf mich. Und ich war neugierig, das gebe ich gern zu.

»Die alten Leute nutzen seine Gutmütigkeit manchmal ganz schön aus«, bemerkte Jana und erhob sich ebenfalls. Nur Philipp blieb sitzen.

»Wir haben doch noch gar nichts richtig geklärt«, protestierte er, als wir ihn fragend ansahen. »Ich meine, wir müssten doch besprechen, wie wir nun konkret vorgehen wollen. Ob Hanna uns vielleicht braucht oder so. Wir müssten uns doch so eine Art Falle ausdenken, um –«

»Darüber will Hanna sicher erst einmal allein nachdenken«, meinte Jana bestimmt. »Sie ist der Profi. Und wenn sie einen Plan hat, wird sie uns Bescheid geben. Nun komm schon, Phil, erheb dich.«

Er rührte sich nicht. Stattdessen verschränkte er demonstrativ die Arme vor der Brust. Dem Jungen ging das Schicksal der Tiere wirklich nahe.

»Die Sache duldet meiner Meinung nach keinen Aufschub. Ihr könnt ja abhauen, aber ich würde lieber mit Hanna –«

Ich schüttelte den Kopf.

»Um fünf habe ich einen Termin, Philipp. Tut mir leid.«

»Aber es ist doch erst Viertel vor fünf. Da könnten wir noch schnell –«

»Philipp Alexander Krisoll.« Jana sprach seinen Namen derart drohend aus, dass wir alle drei zusammenzuckten.

Ich musterte die beiden unauffällig. Philipp war blass, Jana hingegen rot. Sie schien vor Wut innerlich regelrecht zu brodeln. Irgendetwas lief da zwischen den beiden, von dem ich keine Ahnung hatte. Und Krischan auch nicht, wie mir sein ratlos hin und her irrender Blick verriet.

Schließlich gab Philipp nach und stand umständlich auf. Dieses Mal war es mein Telefon, das die lastende Stille mit einem schrillen Klingeln unterbrach. Ich zögerte kurz, weil ich spät dran war, dann nahm ich ab. Es konnte sich schließlich stets um einen potenziellen Kunden handeln, der mir *den* Fall meines einundvierzigeinhalb Jahre langen Lebens antragen wollte.

Es war meine Freundin Marga Schölljahn.

»Wo bleibst du denn, Schätzelchen? Wir sind vollzählig, bis auf dich.«

»Wir hatten fünf gesagt«, erinnerte ich sie. »Ich habe Besuch.«

»Liegst du etwa mit Harry auf der Matratze?«, dröhnte Margas tiefe Stimme gut hörbar durch meine Villa. »Treibt es bloß nicht zu doll. Das ist ungesund im Alter.«

In einer weinseligen schwachen Stunde hatte ich ihr von meinem sommerlichen Trip nach Helgoland erzählt – inklusive meiner Bettfete mit Harry, die das Verhältnis zu meinem alten Freund und Kumpel zwar durchaus verschönt, aber auch verkompliziert hatte.

»Krischan ist hier. Mit seinen Freunden Jana und Philipp«, entgegnete ich, so würdevoll ich es vermochte. »Sie —«

»Krischan?«, echote Marga begeistert. »Na, das trifft sich ja gut. Den hab ich die ganzen letzten Tage nicht zu Gesicht gekriegt. Du kannst ihn gleich mitbringen. Und die anderen beiden auch.«

»Wofür denn, Marga? Ich meine, sollte ich ihnen nicht zumindest eine Andeutung machen können, weshalb sie ihre Zeit —«

»Schätzelchen«, unterbrach sie mich gut gelaunt, »nun halt mal die Luft an und mach nicht alles komplizierter, als es ist. Setzt euch einfach in Bewegung und kommt hoch. Dann werdet ihr schon sehen.«

Und – zack – hatte sie den Hörer auf die Gabel geschmettert. Marga besaß immer noch so ein altes cremefarbenes Tastentelefon mit Schnur, weil sie diese »Funkunterbrechungen« bei schnurlosen Apparaten, Handys und den ganzen ultramodernen Eipötten, wie sie iPhone, iPad und Co. nannte, nicht ausstehen konnte. Trotzdem war ihr Verhalten nicht okay, fand ich. Wir waren keine Rekruten, die der Feldwebel scheuchen konnte, wie es ihm beliebte.

»Ihr habt es gehört«, wandte ich mich an das Trio. »Marga erteilt gern hin und wieder Befehle, die man allerdings nicht befolgen muss. Wenn ihr also keine Lust oder auch keine Zeit habt –«

»Ich komme mit«, unterbrach mich Philipp eifrig.

Krischan lachte.

»Ich auch. Marga ist schon eine echte Nummer. Langweilig ist es mit ihr auf keinen Fall. Ich bin gespannt, was sie jetzt wieder vorhat.«

Das war ich, wie gesagt, ebenfalls. Denn bei meiner Freundin musste man von der Unterwassermission zur Rettung des Ostseeherings bis hin zur Sprengung irgendwelcher Bohrinseln in der Nordsee jederzeit mit allem rechnen.

Wir schauten Jana an. Das Mädchen schwieg, doch ihr Gesichtsausdruck glich einer Gewitterwolke.

»Du brauchst uns nicht zu begleiten«, meinte ich freundlich zu ihr, während wir auf die Tür zustrebten. »Fühle dich durch Margas Art nicht unter Druck gesetzt.«

Aber Jana beachtete mich gar nicht. Stattdessen wanderte ihr finsterer Blick kurz zu Krischan und blieb dann an Philipp hängen.

»Es wird ja hoffentlich nicht allzu lange dauern«, meinte sie knapp, als ich die Tür zuschloss.

Ich registrierte, dass Philipp sich nicht wohl in seiner Haut zu fühlen schien, doch er erwiderte nichts, sondern senkte nur den Kopf. Herrgott, war ich froh, seit Ewigkeiten aus dem Teenager-Liebesgeplänkel-Zeitalter heraus zu sein und mit Harry Gierke eine vernünftige, erwachsene Beziehung zu pflegen. Na ja, vielleicht nicht immer, aber manchmal schon.

Zum Abschied klopfte ich Gustav und Hannelore, die vereint unter dem Salbeibusch dösten und die letzten wärmenden Sonnenstrahlen dieses Jahres genossen, in alter Tradition auf die Panzer. *Sie* zuckte stets schreckhaft zusammen, *er* hingegen ignorierte mich schnöselhaft. Dann marschierten wir im

Gänsemarsch den schmalen Pfad zum Haupthaus hinauf. Marga wohnte im oberen Stockwerk, in den unteren, kleineren Räumen hauste Krischan. Die beiden anderen Zimmer standen leer, was unserem gemeinsamen Vermieter, dem drei Gehöfte weiter residierenden Bauern Fridjof Plattmann, verständlicherweise gar nicht gefiel. Doch er fand offensichtlich keine Mieter, die seinen Vorstellungen entsprachen. Marga und Krischan war das nur recht.

Als wir an Krischans Wohnungstür vorbeigingen, blieb mein Blick unwillkürlich an dem schiefen, handgemalten Schild unter der Klingel hängen. Bislang hatte ich es nicht zur Kenntnis genommen. »Krischan« stand in riesigen Lettern darauf und darunter – weitaus kleiner – »Christian Langguth«. So hieß er also mit bürgerlichem Namen. Ich hatte es nicht gewusst und mir auch nicht die Mühe gemacht, Marga zu fragen. Krischan war einfach Krischan, das hatte mir bislang gereicht. Ich verspürte den Anflug eines schlechten Gewissens wegen meiner Gleichgültigkeit und meines Desinteresses an dem Jungen.

Obwohl – war ich vielleicht die Mutter Teresa Bokaus, die sich um alle Beladenen und Gestrauchelten zu kümmern hatte? Nö.

Margas Wohnungstür stand weit offen. Lebhaftes Gemurmel und Gelächter schallte uns entgegen. Ich ging voran, das jugendliche Trio folgte.

»Hallo zusammen«, begrüßte uns Marga aufgeräumt, als wir eintraten. »Prima, jetzt sind wir komplett.« Komplett? Außer ihr erblickte ich lediglich Theo Keller, Margas Freund und Kampfgefährten, wenn es um ihr Leib- und Magenthema, die Rettung der Meere, ging. Marga griente mich an. »Die anderen konnten nicht persönlich erscheinen, sind aber in Gedanken bei uns.« Meine Freundin giggelte. »Traute zum Beispiel.«

Aha. Das hätte ich mir ja denken können. Traute war Margas beste Freundin – und zufällig meine Mutter. Die beiden hatten sich bei meinem letzten Fall kennen- und nach diversen Startschwierigkeiten auch schätzen gelernt. Seitdem waren sie ein Herz und eine Seele.

»Nun setzt euch doch erst einmal, Kinder«, forderte uns

Marga ungeduldig auf. »Im Stehen besprechen sich solche Sachen nicht gut.«

Wir gehorchten, doch ich verhehle es nicht: Ich wurde immer nervöser. In was hatte ich die drei jungen Leute da bloß hineingezogen? Denn Margas Ideen waren manchmal nicht nur hirnverbrannt und lagen ein bisschen neben der Spur, sie konnten auch gefährlich sein. Da kannte sie nichts.

Nachdem ich Jana und Philipp mit unserer Gastgeberin und Theo bekannt gemacht und wir Platz genommen hatten sowie die Getränkefrage gelöst war – Wasser für alle –, blickte Marga streng in Theos Richtung. Der stand zwar brav wieder auf, räusperte sich gewichtig und lehnte sich mit dem Achtersteven ans Fensterbrett, doch dann verschränkte er die Arme vor der Brust. Die typische Lass-mich-in-Ruhe-Haltung. Oha.

»Ja, also«, begann er vorsichtig, »Marga hat da so eine Idee.«

Exakt das hatte ich befürchtet. Ich linste zu dem Trio hinüber. Krischan und Philipp blickten den älteren Herrn erwartungsvoll an. Die Jungs waren sichtbar ganz Ohr, während Jana immer noch mit etwas zu hadern schien, wie ihre skeptische Miene verriet.

»Wie ihr bestimmt alle wisst, geht es den Meeren dieser Welt nicht gut.«

»Beschissen geht es ihnen«, korrigierte Marga ihn freundlich. »Das trifft es eher.«

Als alter Hase ließ Theo sich nicht aus der Ruhe bringen und beachtete den Einwurf überhaupt nicht.

»Sowohl im Atlantik als auch im Pazifik kreiseln mittlerweile Millionen Tonnen von Müll, den der Mensch produziert hat. Müll, der immer mehr wird, weil niemand etwas unternimmt, und an dem die Tiere qualvoll verenden, weil sie Plastiktüten, Gummilatschen und alte Farbdosen für essbar halten. Die Natur hat ihre Gehirne auf so einen Dreck nicht programmiert.«

»Nee, ganz sicher nicht«, stimmte Krischan inbrünstig zu, was ihm ein beifälliges Nicken von Marga einbrachte.

»Direkt vor unserer Haustür, auf der Ostsee, die eines der am meisten belasteten Meere der Welt ist«, fuhr Theo fort, ohne die beiden zu beachten, »nimmt der Schiffsverkehr immer mehr zu, und die Anrainerstaaten können sich weder auf angemessene Schutzzonen für Tiere und Pflanzen noch auf wirklich vernünftige Fangquoten für die Fischereiindustrie einigen. Alle schauen nur, wie es ihnen kurzfristig – und das heißt in der Regel bis zur nächsten Wahl – in den Kram passt. In der Nordsee ist es hingegen nur noch eine Frage der Zeit, da sind sich alle Experten einig, dass eine der zahlreichen maroden Bohrinseln den Geist aufgibt. Explosionen, Gaslecks und eine weitere Verschmutzung der See mit Öl wären die Folge.«

»Ja, das habe ich auch letztens gelesen«, murmelte Philipp.

Theo nickte.

»Die Menschheit ist ja bereits mehrmals haarscharf an einigen Katastrophen dieser Art vorbeigeschrammt. Denn mit Sicherheitsfragen geht man bei den Betreiberfirmen ziemlich lax um. Sicherheit kostet nun einmal Geld, was man selbstverständlich irgendwo anders gewinnbringender investieren kann. Dort tickt eine Bombe, die in wenigen Jahren garantiert hochgehen wird.« Krischan, Philipp und Jana gaben mit dem heiligen Ernst ihrer jugendlichen Empfindsamkeit Laute der Zustimmung von sich. Theo legte eine Kunstpause ein, bevor er feierlich schloss: »Es ist also allerhöchste Zeit, dass endlich etwas geschieht und Nägel mit Köpfen gemacht werden.«

»Richtig«, bestätigte Krischan kämpferisch.

»Genau«, pflichtete auch Philipp ihm kernig bei.

Jana klopfte mit der Hand auf den Tisch.

Ich enthielt mich einer wie auch immer gearteten Reaktion, weil ich überlegte. Das stimmte ja alles. Theo hatte zweifellos recht. Und trotzdem ... Weder war Margas Einpack-Aktion der Schönberger Seebrücke nach dem Vorbild Christos im letzten Herbst mit dem erwünschten Erfolg belohnt worden, noch hatten ihre Einsätze nach dem Modell der somalischen Piratenkollegen am Horn von Afrika im Sommer in dieser Hinsicht viel gebracht. Kurzzeitige Aufmerksamkeit, ja. Aber es hatte in beiden Fällen nicht lange gedauert, bis eine andere mediale Sau durchs Dorf getrieben worden war, die lauter, größer und schriller daherkam. Doch war das wirklich ein ernst zu nehmendes Gegenargument?

»Langer Rede kurzer Sinn: Wir gründen eine Partei.« Margas Wangen leuchteten, als sie ihre Ankündigung mit einem flachen Hieb auf den Tisch unterstrich. »Damit verlassen wir den außerparlamentarischen Bereich und unterwandern das System von innen her.«

Donnerwetter. Die Augen der drei Halbwüchsigen wurden groß und kreisrund.

»Planst du eine Revolution?«, erkundigte ich mich freundlich.

Mit diesem megaveralteten Vokabular lockte man doch heutzutage niemanden mehr hinter dem Ofen vor. Der moderne Mensch dachte in Apps und Flats, versuchte sich zu optimieren, lauschte ergriffen dem Wohlfühlgesummsel der Wellness- und Psycho-Branche und fand Automarken mit dem sinnfreien Zusatz »SX4 S-Cross limited« je nach gerade geltender Sprachmode stark, cool oder geil. Der plante im Leben nicht so etwas Unsicheres und Anstrengendes wie eine Revolution.

»Vielleicht nach dem Motto: Alle Macht den Quallen?«, stichelte ich weiter, Margas zunehmend finsteren Gesichtsausdruck souverän ignorierend. Sie ging auf die siebzig zu, und manchmal schien sie mir wie aus der Zeit gefallen. Jana, Philipp und Krischan beobachteten uns ebenso schweigend wie Theo.

»Blödsinn«, fauchte Marga jetzt. »Red nicht so ein dummes Zeug daher, Schätzelchen. Du warst und bleibst ein alter Jammerpott. Aber wenn wir etwas erreichen wollen – und *ich* will das auf jeden Fall –, dann müssen wir dicke Bretter bohren. Sonst bleibt alles Flickwerk, und die Ozeane gehen mit mir in die Kiste.« Sie beugte sich vor. Den Ausdruck in ihren Augen kannte ich gut. Es war ihr bitterernst. »Wir werden den alten Säcken in den Parlamenten Feuer unterm Steiß machen, du wirst schon sehen. Denen brennt der Pürzel, wenn ich meine erste Rede im Bundestag halte.«

Ich schwieg. Gut, es war in diesem Staat nicht gerade gefährlich, eine Partei zu gründen, doch einen langen Atem, besser einen *sehr* langen Atem benötigte man schon dafür; einmal ganz abgesehen davon, dass die alten Säcke bis auf wenige Ausnahmen deutlich jünger waren als Marga.

»Und wie wollen Sie sie nennen?«, rettete Philipp die Situation fürs Erste. »Die Partei, meine ich.«

Marga kniff ein Auge zu und lächelte ihn milde an.

»Junge, nun lass das mal mit dem albernen Sie. Wenn wir Partei... äh ...genossen und Verbündete werden wollen, sollten wir uns duzen. Ich bin Marga.«

»Philipp«, sagte er und errötete dabei auf eine geradezu niedliche Art und Weise. An Janas Stelle hätte ich ihn auch im Auge behalten.

»Jana.« Die Stimme des Mädchens klang fest.

»Theo.« Freundlich.

»Krischan.« Belustigt.

»Hanna.« Neutral – hoffte ich zumindest. Das Ganze hatte schwer was von einem indianischen Verbrüderungsritual, bevor die Krieger in die Schlacht zogen. Na ja, so daneben war der Vergleich ja auch nicht.

»Das wäre also geklärt«, nahm Marga den Faden wieder auf. »Und du hast natürlich vollkommen recht, Philipp. Der Name einer Partei ist total wichtig. Er muss einprägsam und aussagekräftig sein. Wir sollten –«

»Wie Anima zum Beispiel.« Philipp lachte. »Das hat auch ewig gedauert, bis wir den Namen hatten. Wir haben damals überlegt und überlegt, nicht?« Er blickte zu Krischan und Jana hinüber.

Die beiden nickten bestätigend.

»Bestimmt eine Woche oder sogar noch länger«, murmelte das Mädchen düster.

»Aber es hat sich gelohnt«, meinte Philipp. »Anima, die Seele, das hat doch etwas und drückt genau das aus, wofür wir stehen. Nämlich für –«

»Zweifellos«, sagte Marga, ohne offenkundig auch nur den Hauch einer Ahnung davon zu haben, um was es dabei genau ging. Ich wusste, es war ihr momentan völlig gleichgültig. Sie war total auf ihre Partei fixiert. »Wir sollten uns also überlegen –«

»Nein«, würgte ich sie barsch ab. »Das geht mir zu schnell, Marga. Erst einmal müssen wir uns darüber unterhalten, ob

Krischan, Jana und Philipp überhaupt mitmachen wollen. Ihr müsst nämlich nicht«, wandte ich mich an die drei.

Marga starrte mich verdutzt an. Der Gedanke, dass jemand ihrem grandiosen Plan nicht zustimmen könnte, war ihr offenbar noch nicht gekommen, was wiederum typisch für sie war.

»Ich sehe das wie Hanna«, meldete sich nun auch Theo zu Wort. »Wir sollten das wirklich einmal in aller Ruhe durchdiskutieren.«

»Das müssen wir nicht. Ich bin dabei«, sagte Jana. Als sie unsere erstaunten Blicke sah, fuhr sie erklärend fort: »Also, wir hatten das mit der Verschmutzung der Meere gerade in der Schule. In Bio. Und ich finde es wirklich vollkommen verantwortungslos, was die Menschen mit der Erde machen und was sie den Tieren antun. Kompletter Wahnsinn. Deshalb bin ich ja auch bei Anima. Und genau deshalb haben wir Hanna beauftragt …«, sie warf mir ein entschuldigendes Lächeln zu und korrigierte sich hastig, »ich meine natürlich, gebeten, der Sache an der Brücke auf den Grund zu gehen und ihr endlich ein Ende zu bereiten. Tiere sind nämlich keine Wegwerfartikel. Und je eher die Leute das begreifen, desto besser.«

Jetzt sah Marga doch fragend zu mir herüber. Krischan hatte sie augenscheinlich nicht eingeweiht.

»Später«, formte ich mit den Lippen eine lautlose Antwort. Sie nickte.

»Philipp.« Ich sprach ihn direkt an, weil er dann Farbe bekennen musste. Er zögerte und schielte zu Jana hinüber.

»Du bist ebenfalls Mitglied bei Anima und sitzt in der Schule direkt neben mir, Philipp Krisoll«, erinnerte sie ihn. Es klang ein bisschen spitz. »Hören kannst du gut, und dein Verstand ist auch okay, also stimm zu.«

Jana war eine Klassenkameradin von Philipp? Wie viele Stufen hatte sie denn übersprungen? Egal. Jedenfalls zeigte auch das, wie verdammt tough das Mädchen war. Dagegen waren die beiden langen Kerle an ihrer Seite richtige Weicheier.

»Tue ich ja«, sagte Philipp und seufzte leise. »Ich finde es ja auch wichtig mit dem Schutz der Meere und mit Anima und so. Und mein Vater wird begeistert sein, wenn ich ihm davon berichte. Er hält nämlich rein gar nichts von diesen Couch-Potatoes, die nur abhängen, chillen und die Welt nicht verändern wollen. Deshalb spendet er auch immer für unseren Verein. Weil er es klasse findet, dass ich da mitmache.« Der Junge stieß einen bellenden Ton aus, der nur bei genauem Hinhören wie ein Lachen klang. »Bei jedem Frühstück erzählt er mir, dass man den Aufbau der Zeitungen endlich ändern müsse. Die Politik habe heute gar nicht mehr viel zu sagen, meint er. Deshalb solle die Berichterstattung über sie auch ehrlicherweise von den ersten Seiten verschwinden. Er ist der Auffassung, dass der Wirtschaftsteil an den Anfang gehöre. Das sei viel realistischer im Zeitalter des totalen Kapitalismus und der Globalisierung.« Philipp verzog das Gesicht. »Er findet das alles zum Kotzen, deshalb wird er froh sein, dass ich politisch etwas bewegen will. Außerdem macht es sich natürlich total gut im Lebenslauf. Von wegen außerschulisches Engagement und so. Ja, also ich trete auf jeden Fall bei.«

»Dein Vater scheint ein Mann nach meinem Geschmack zu sein«, brummte Marga.

Ich war mir da nicht so sicher.

»Ja, das ist er bestimmt«, meinte Philipp.

In diesem Moment war der Junge nichts weiter als ein Knirps, der bombenstolz auf seinen Papa war. Denn der war zweifellos der Größte, Beste und Klügste im ganzen Land.

»Und was ist mit dir, Krischan?« Jana klang ungeduldig.

»Och, meinem Alten ist es scheißegal, ob ich mir nun die Nächte unter der Neuschönberger Brücke um die Ohren schlage, den Mistkerlen anschließend die Nase breche und dafür in den Knast wandere oder ob ich bei den Neonazis mitmache und Flüchtlingsheime anzünde«, lautete die grummelige Antwort. Er bemühte sich zwar um einen lässigen Tonfall, doch es gelang ihm nicht. »Der interessiert sich nicht mehr sonderlich für mich, seit meine Eltern geschieden sind und er eine neue Familie hat. Und meine Mutter auch nicht. Die hat kaum Ahnung von meinem Leben, von meinem ›Mann für alle Fälle‹-Job, geschweige denn davon, dass ich bei Anima mitmache und was ich für Überzeugungen habe. ›Ach, du rettest in deiner Freizeit Tiere, Krischi? Das ist aber schön.‹« Seine Stimme war eine Oktave hochgerutscht. »Nein, die ist mit ihrem tollen Robert voll ausgelastet. Das hat den Vorteil, dass ich alles machen kann, was ich will. Ab einem gewissen Alter sind Eltern ja auch nicht mehr so wichtig. Das ist ganz normal. Ich bin jedenfalls dabei.«

»Prima«, sagte Marga herzlich und bedachte mich mit einem Blick der Marke »Siehst du! Was habe ich dir gesagt?«. »Damit ist dann also alles geklärt.«

»Nee«, meinte Theo gemütlich. »Hanna hat sich noch nicht geäußert.«

Alle schauten mich an.

»Äh«, stotterte ich überrumpelt.

»Sehr profund, deine Stellungnahme. Das muss ich schon sagen«, frotzelte Marga. »Wir lauschen, Schätzelchen. Gib deinen Senf dazu. Hier ist nämlich alles freiwillig. Aber bilde dir bloß nicht ein, dass ich auch nur noch einen Ton mit dir rede, wenn du nicht mitmachst. Und deine Mutter auch nicht.«

»Marga«, wies Theo sie nur halb im Scherz zurecht.

»Das ist Erpressung«, gluckste Krischan entzückt. Der Junge fühlte sich in unserer Mitte sichtbar wohl.

»Nicht doch«, widersprach Marga. »Bei uns wird keiner erpresst. Das gehört sich nicht. Aber das Schätzelchen hier braucht manchmal als Entscheidungshilfe einen sanften Tritt in den verlängerten Rücken.«

Ich maß sie mit einem kühlen Blick. Das war frech.

»Wie du gehört hast, habe ich einen neuen Fall, Marga. Und der geht selbstverständlich vor. Aber wenn es meine Zeit erlaubt, werde ich mitmachen«, hörte ich mich blasiert antworten. »Weil es mir um die Sache geht.«

»Na, das war's dann also erst mal«, meinte Jana nicht nur zu meiner Überraschung und sprang auf. »Philipp und ich müssen los. Kommst du?«

Doch er blieb sitzen. Was immer sie mit ihm vorhatte, es schien nicht sein Ding zu sein.

»Aber wir haben noch keinen Namen«, protestierte auch Krischan.

»Und anstoßen müssen wir auf die neue Partei ebenfalls«, erklärte Marga. »Ist es denn so wichtig? Könnt ihr euren Termin nicht verschieben?«

»Ja«, sagte Philipp.

»Nein«, sagte Jana.

Die beiden blickten sich an. Krieg oder Frieden, das war hier die Frage. Sie prusteten gleichzeitig los, und Jana setzte sich wieder. Marga wies Theo an, die Flasche Sekt, die sie im Kühlschrank für diesen Anlass bereitgelegt hatte, zu öffnen, während sie selbst die Gläser holte. Wenig später prosteten wir uns zu, wobei ich meine Bedenken Janas Alter und den Alkohol betreffend hinunterschluckte. Wie gesagt, das Mädchen wirkte, als wüsste es genau, was es tat.

»Auf Hannas neuen Fall, den sie todsicher bald lösen wird, und auf die neue Partei!«, schmetterte Marga enthusiastisch. »Auf dass wir die alten Säcke in den Parlamenten das Fürchten lehren.«

»Und auf die Säckinnen«, assistierte ich akribisch, nicht einen Moment ahnend, was wir an diesem Nachmittag mit dieser Geburt auslösten. Es war zwar nur ein weiteres, eher kleines Puzzleteil, das das Ganze in seiner Schrecklichkeit befeuerte. Doch ohne die Gründung dieser Partei wäre vielleicht noch so manches zu verhindern gewesen, wäre es möglicherweise nicht so weit gekommen. Aber auch in diesem Moment herrschte in meiner Blase absolute Funkstille, das heißt, ich spürte nichts, rein gar nichts im Urin, der sonst ein zuverlässiger Indikator für drohendes Unheil war. Deshalb setzte ich gut gelaunt hinzu: »Denn von nun an gilt es, immer schön politisch korrekt zu formulieren, sonst können wir uns gleich beerdigen.«

»Und Säckinnen«, wiederholte Marga brav, machte den willigen Eindruck jedoch sofort wieder kaputt, indem sie hinzufügte: »Mann, klingt das bescheuert.«

Die Parteimitglieder begannen in schöner Harmonie zu kichern.

»… möchte ich allen Säckinnen und Säcken draußen im Lande und vor den Bildschirmen daheim ganz herzlich danken, dass sie uns ihr Vertrauen geschenkt und uns ihre Stimme gegeben haben«, krähte Krischan in bestem Politsprech. Sein Sektglas war leer.

»Oh Mann. Depp!«, schrie Philipp ohne Vorwarnung, wobei er mit dem Perlgetränk zu fuchteln begann, dass mir angst und bange wurde. Gut, das mit den Säckinnen und Säcken war nicht sonderlich originell, aber Krischan gleich dafür zu beschimpfen ging ein bisschen zu weit.

»Hör mal, Philipp«, begann ich also.

Aber er nahm überhaupt keine Notiz von mir.

»Depp«, wiederholte er begeistert. »Und wisst ihr, wofür das steht? Nein? Könnt ihr auch nicht. Passt auf!« Und dann sagte er sehr betont: »*Die echte Piraten-Partei*. De e Pe Pe.«

»DePP«, murmelte Marga versonnen, während sich ein breites Grinsen auf ihrem Gesicht ausbreitete. »In Großbuchstaben.«

»Bis auf das ›e‹. Genau.« Philipp lachte. »Das wirkt immer noch komisch und erregt gerade deshalb Aufmerksamkeit. Und man kann sich den Namen garantiert merken. Und wenn wir den Leuten erst einmal erklärt haben, worum es uns geht, wird man uns ›echte Piraten‹ immer sofort mit dem Meer und nicht mit diesen Computerfreaks verbinden. Perfekt, wie Anima. Da ist ebenfalls alles drin.«

Er freute sich wie ein Schneekönig über seinen Einfall. Krischan haute ihm anerkennend auf die Schulter, Jana puffte ihn in die Seite und hob den Daumen.

»Ja, der Name hat Witz«, sagte auch Marga, beugte sich vor, nahm Philipps Kopf in beide Hände, zog ihn zu sich heran und versetzte dem Jungen einen Schmatzer auf die Stirn. Philipp war sichtlich gerührt.

»Marga for president!«, brüllte Krischan.

Jana lachte, während ich begeistert in Krischans Geschrei einfiel und wir einen Krach veranstalteten, der einer dritten Klasse auf Ausflug in nichts nachstand. Selige Zeiten, mit denen es bald komplett vorbei sein sollte. Aber das ahnte in diesem Moment niemand von uns.

ZWEI

Am nächsten Morgen beschloss ich, mich mit einem kräftigen Frühstück bei unserem Bäcker Matulke zu stärken, bevor ich mich um meinen neuen Fall kümmerte und mit der gezielten Fragerei begann. Denn das war zweifellos der erste Schritt, um diesem widerlichen Treiben an der Brücke ein Ende zu setzen. Was waren das bloß für Menschen, die nichts dabei fanden, ein Lebewesen wie Müll zu entsorgen? Oder schlimmer noch – genossen sie es vielleicht sogar, den Herrscher über Leben und Tod zu spielen, und fühlten sie sich dabei so ein bisschen wie die römischen Kaiser im Kolosseum, die in ihrer Loge zwischen gebratenen Schnepfenbrüstchen und Unmengen von Wein gelangweilt den Daumen senkten, wenn ihnen ein Gladiator nicht gefiel?

Kopfschüttelnd holte ich mein betagtes Velo aus dem Schuppen und schob es zum Haupthaus hinauf, denn erstens war das Wetter warm und sonnig. Wir hatten Ostwind, und nur ein paar Wölkchen huschten über den ansonsten blauen Himmel. Und zweitens orientierte sich Matulkes Frühstück noch an jener Zeit, als die Dorfbevölkerung kollektiv auf dem Acker malochte, Alarmvokabeln wie Cholesterin und Blutzuckerwerte Fremdwörter für den medizinischen Laien waren und sich Firmen wie die FettKillerKompagnie die Zähne am Essverhalten der Eingeborenen ausgebissen hätten.

Oben bei Marga standen alle Fenster weit offen, und Töne quollen heraus. Anders kann man es nicht nennen. Ihr sängerisches Können lag irgendwo zwischen einer laufenden Kreissäge und einer knarrenden Tür. Trotzdem meinte ich so etwas wie »La donna è mobile« herauszuhören. Es wunderte mich nicht die Bohne, dass ein verschreckter Starenschwarm das Haus weiträumig umflog. Vielleicht sah meine Freundin sich ja bereits als eine Art Superministerin in einem neu geschaffenen Ministerium zum Schutz von Plankton, Pinguin und Pottwal mit einem satten Stimmenanteil von fünfundsechzig Komma drei Prozent bei der Sonntagsfrage. DePP als Volksbewegung, während bei den etablierten Parteien mehr und mehr die Lichter ausgingen.

Marga war eben eine unverbesserliche Optimistin. Noch sah ich allerdings niemanden von uns in irgendeiner Talkshow sitzen und den Leuten mit staatstragenden Binsenweisheiten die Ohren zukleistern.

Ich schwang mich aufs Rad und strampelte los. Der alte Gehrmann hing wie immer in den wärmeren Monaten über der Gartenpforte, und ich hob grüßend die Hand. Man kennt sich in Bokau, was bei etwa dreihundert Einwohnern kein echtes Wunder ist. Das Dorf besitzt eine Hauptstraße, Inge Schiefers Restaurant, Matulkes Bäckerei und ein Neubaugebiet, das niemanden architektonisch vom Hocker reißt. Das war's im Großen und Ganzen. Nach hypermodernen Villen mit viel Stahl und noch mehr Glas sucht man bei uns vergebens. Dafür wohnen hier keine Leute, die die Gartenzwerge durch liegende, lächelnde oder sinnende Baumarkt-Buddhas ersetzen und sich deshalb tierisch plietsch bis intellektuell vorkommen. Bei uns bevölkern Plastikrehe und gefällige bis kitschige Vogeltränken die Vorgärten, wie es sich für ein stinknormales Dorf inmitten des ländlich-sittlichen Schleswig-Holsteins gehört.

Ich schwitzte und hatte mindestens gefühlte tausend Kalorien verbrannt, als ich mein Rad vor dem Bäckerladen abstellte. Deshalb bestellte ich ohne den Anflug eines schlechten Gewissens bei Edith das große Frühstück mit allem Pipapo. Sie ließ mich in Ruhe essen und nachdenken. Wie lange Jana und Philipp wohl schon was miteinander hatten? Und wie hieß doch gleich die neue Vorsitzende von Anima? Ach ja, Wurz, wie der Furz, das war eigentlich leicht zu merken. Und so verspachtelte ich nach und nach drei Scheiben Räucherlachs, zwei Eier, ein bisschen Schinken, eine köstliche selbst gemachte Orangenmarmelade, zwei Tomaten und eine Scheibe Käse, verteilt auf drei Brötchen. Samt einer Kanne Tee.

Einmal im Monat, da hatte ich eine Vereinbarung mit mir selbst getroffen, durfte ich mir so eine Orgie leisten, ohne dass der Hosenbund gesprengt, die Adern verklebt oder – am allerwichtigsten – meine Fitness als Privatdetektivin beeinträchtigt wurde.

Die Räume von Anima befanden sich gleich um die Ecke, in einem alten Schuppen, der ganz hinten auf einem riesigen Grundstück stand. Das dazugehörige Bauernhaus sah verlottert aus und gehörte einer im Dorf nicht sehr beliebten, weil mit einem bitterbösen Mundwerk ausgestatteten Witwe, die dort mit ihrer hochbetagten Mutter wohnte.

Die alte Dame sei ebenfalls »eine olle Spinatwachtel«, hatte Edith mir mitgeteilt, als ich sie unauffällig zwischen Tomate und Tee über die beiden Frauen ausgeholt hatte. Sie habe an allem etwas zu meckern, und die Tochter tue ihr deshalb trotzdem ein bisschen leid. Andererseits beteiligten sich die Bathuns überhaupt nicht am sozialen dörflichen Leben, sondern blieben lieber für sich. Was nicht nur in Bokau als unverzeihlicher Fehler und keineswegs als lässliche Sünde gilt.

Ich umrundete das Haus, das viel zu groß für zwei Personen war, so vorsichtig, als befände ich mich auf dem Kriegspfad. Das isolierte Gespann besaß sicher einen Hund, und wenn der auf mich zustürzte, um sich völlig enthemmt in meiner Wade zu verbeißen, weil er dies für seine Pflicht als Hüter von Haus und Hof hielt, wollte ich gewappnet sein.

»Was machen Sie hier?«

Die Frage traf mich wie ein Schuss. Ich blieb verdattert stehen. Eine kleine, verschrumpelte Frau war aus dem Garten getreten und versperrte mir den Weg. Sie war so alt, dass sie nur noch aus Haut und Knochen bestand und ihr Schädel mit den dünnen weißen Haaren wie ein Totenkopf wirkte. Nur ihre Augen funkelten giftig und ließen keinen Zweifel daran, dass dieses Persönchen lebte. Und wie.

»Das ist Privatbesitz.«

»Ich möchte zu Anima.«

»Dort hinten.« Sie deutete mit einem gichtigen Finger auf den Schuppen in ihrem Rücken. »Die Wurz ist da. Und der Junge auch.«

Das klang entschieden missbilligend. Ob die Tochter Mutti nicht gefragt hatte, als sie den Schuppen an die Tierschützer vermietete? Ich betrachtete die Greisin näher. Die Frau musste mindestens hundert sein, wenn nicht sogar hundertzehn. Dann war die Tochter so um die sechzig bis siebzig – und hatte bei jedem Pups immer noch bei Mama zu fragen?

»Danke, ich finde den Weg allein«, sagte ich barsch.

Und damit war unser Verhältnis ein für alle Mal geklärt. Ich mochte sie nicht, und sie mochte mich nicht. Sie machte keinerlei Anstalten, zur Seite zu treten, als ich mein Rad an ihr vorbeischob und sie fast mit dem Lenker touchierte.

Die Tür des Schuppens stand offen, trotzdem klopfte ich höflich an den wurmstichigen Holzrahmen, bevor ich eintrat. Im Dämmerlicht erkannte ich Krischan, der sich angeregt mit einer rustikal gewandeten Frau unterhielt. Die beiden saßen an einem schiefen Tisch auf zwei wackeligen Klappstühlen. Ansonsten war der Raum leer.

»Hanna!«, rief der Junge überrascht und sprang auf, als er mich sah. Hinter einer zweiten Tür, die in seinem Rücken lag, erklang ein Geräusch, das ich nicht sofort zuordnen konnte. Erst bei genauerem Hinhören identifizierte ich es als eine Mischung aus Bellen, Wimmern und Heulen. Dort waren also die bedauernswerten Tiere untergebracht.

»Moin zusammen«, grüßte ich.

Die gummistiefelbewehrte Frau in der nicht ganz sauberen Latzhose verzog keine Miene. Ich schätzte sie auf Mitte fünfzig. Renate Wurz zweifellos.

»So schnell haben wir dich nicht erwartet«, stieß Krischan hervor und rang die Hände. Du meine Güte, war der Junge ein nervöses Hemd. »Aber es ist natürlich supertoll, dass du gleich kommst. Das ist Renate, also Dr. Wurz, unsere Chefin und Tierärztin. Sie muss gleich los.«

Das erklärte natürlich ihr Äußeres. Denn im Ballkleid oder auch nur in frisch gewaschenen Normalklamotten zu einer ferkelnden Sau oder einem magenkranken Pferd zu eilen machte wenig Sinn. Renate Wurz erhob sich. Ein Begrüßungslächeln sparte sie sich zwar, doch ihr Händedruck war fest und angenehm. Richard, der Dauerheld meiner Schmalzheimer, wäre zweifellos vor Neid erblasst.

Um das Eis zu brechen, erwog ich einen flüchtigen Moment ernsthaft, ihr von der liebreizenden Camilla zu erzählen, die ich am Anfang jeder Sülzlette immer so nenne, bevor ich ihr und Richard im letzten Arbeitsgang einen individuellen Namen verpasse, doch dann entschied ich mich dagegen. Frau Dr. Wurz schien mir nicht der Typ Frau zu sein, dem das Leben einsam, öd und leer vorkommt, nur weil George Clooney wieder unter der Haube ist.

»Sie sind die Privatdetektivin.«

Ihre Stimme war hell, fast ein bisschen quiekig, und es war keine Frage, sondern eine Feststellung. »Krischan hat mir von Ihnen erzählt.« Sie zog eine Schnute und ähnelte in diesem Moment auf teuflische Weise einer empörten Maus. »Damit Sie es gleich wissen: Ich war dagegen, Sie zu konsultieren. Wir hätten es auch allein geschafft. Aber jetzt sind Sie nun mal da. Also, was wollen Sie von mir?«

Kein Gelaber, kein Drumherum, sondern Sätze wie Peitschenhiebe, das schien das Wurz'sche Markenzeichen zu sein. Auf der anderen Seite war natürlich mit lahmenden Pferden, kalbenden Kühen und schlecht gelaunten Ebern nicht gut zu diskutieren. Trotzdem hätte sie einen Tick netter sein können, fand ich. Schließlich wollte ich helfen und verlangte noch nicht einmal Geld dafür.

»Zunächst benötige ich so viele Informationen wie möglich, um eine sachgerechte Strategie entwickeln zu können«, gab ich hochtrabend zurück.

Krischan fasste in seine Hosentasche und beförderte ein Riesentrumm von Taschentuch heraus, um sich damit geräuschvoll die Nase zu putzen. Frau Doktor deutete ein gnädiges Nicken an.

»Das leuchtet ein. Schießen Sie los.«

Bumm, bumm, bumm. Ob ich der Dame bei Gelegenheit einmal beipulen sollte, dass ich kein tierischer Patient war, sondern ein Mensch mit Sprachgefühl und Verstand? Krischan schob mir hastig seinen Stuhl hin und lehnte sich gegen die Wand. Ich setzte mich.

»Sie hegen keinerlei konkreten Verdacht?«, fing ich an, als in

Krischans Hose Elvis »Love Me Tender« zu singen begann. Der Junge grimassierte kurz entschuldigend in unsere Richtung, nahm das Gespräch dann jedoch an.

»Ah, Frau Starncke. Was …? Keine Sorge, das kriegen wir hin«, hörten wir ihn beruhigend murmeln, bevor er hinausging und die Tür hinter sich schloss.

»Nein«, sagte die Wurz und schaute mich dabei so unbewegt an, als sei ich ein Versuchstier in einem Labor, dem sie irgendetwas gespritzt hatte, um zu sehen, ob es von dem Chemiecocktail einen Herzkasper bekam. »In diesem Fall hätte ich ihn geäußert und natürlich etwas unternommen.«

Natürlich, wie dumm von mir. Ich blieb jedoch eisern höflich, was allerdings nicht nur an meiner heroischen Selbstbeherrschung, sondern auch an dem Matulke'schen Frühstück lag. Mit drei Kilo Brötchen im Magen regt sich niemand so leicht auf.

»Ist Ihnen vielleicht eine Regelmäßigkeit aufgefallen? Werden die Tiere zum Beispiel nur an bestimmten Tagen von der Brücke geworfen?«, bohrte ich weiter, als sich die Tür öffnete und Krischan wieder erschien.

Er hatte meine Worte gehört.

»Du meinst, wir suchen Typen, die Donnerstagabend freihaben?«, fragte er eifrig. »Oder hier irgendwo im Schichtdienst arbeiten und deshalb jeden Montagvormittag über die Brücke fahren?«

»So in etwa, ja«, sagte ich. »Vielleicht lassen sich dadurch Rückschlüsse auf die Arbeitsverhältnisse der Täter ziehen. Oder auch auf ihre persönlichen Lebensumstände. Jede Information kann wichtig sein.«

Zugegeben, der letzte Satz gehörte nicht direkt zu den Straßenfegern, sondern eher zum Standardrepertoire einer ratlosen Privatdetektivin, doch die Doktersche verzog immer noch keine Miene. Brauchte sie auch nicht, denn mittlerweile sandte sie Wellen aus, die einen glühend heißen Reaktorkern mühelos vereist hätten.

»Wir konnten bislang keine Regelmäßigkeiten feststellen«, bequemte sie sich mir immerhin mitzuteilen. »Diese Gestörten entledigen sich der Tiere, wenn es über sie kommt. Das ist meine These.«

»Was kommt über sie? Das Böse?«, entfuhr es mir.

Sie kniff die Lippen zusammen und nickte. »Es klingt furchtbar altmodisch, ich weiß. Niemand will das heute mehr hören. Aber das Böse gibt es zweifellos in dieser Welt, auch wenn das immer weniger Menschen wahrhaben wollen.«

»Die Tageszeit spielt ebenfalls keine Rolle? Bitte denken Sie genau nach«, fragte ich stur weiter.

Die Latzhosendame sollte merken, dass sie es mit einem Profi zu tun hatte, der sich nicht so leicht von dem Fall weglocken ließ. Außerdem hatte ich wahrlich keine Lust auf eine theologische Diskussion, die vom Teufel über den Herrgott aufs biblische Stöckchen kam.

»Christian?«, wandte sie sich an Krischan.

Der zuckte hilflos die Schultern.

»Nee, nicht dass ich wüsste«, sagte er unsicher. »Wir haben abends Tiere unter der Brücke und auf den angrenzenden Feldern gefunden, aber auch morgens. Nee«, wiederholte er fester. »Ich kann da keine Regelmäßigkeit erkennen. Vielleicht ist Jana und Philipp ja irgendwas aufgefallen.«

»Morgens und abends also«, sagte ich. »Die Täter nutzen die Dämmerung.«

Renate verschluckte sich. Lachte sie? Keine Ahnung. Sicher war ich mir allerdings, dass sie mich mittlerweile für eine komplette Doppelnull hielt. Was ihre folgenden Worte bestätigten.

»Niemand, der seine Sinne beisammenhat, wirft am hellen Tag Tiere aus einem Auto. Die Straße ist befahren, und unterhalb der Brücke laufen immer wieder Jogger längs, fahren Radler oder sind Spaziergänger mit ihren Hunden unterwegs. Das ist doch alles Zeitverschwendung. So kommen wir nicht weiter.«

Mir langte es, beleidigen ließ ich mich nicht. Doch bevor ich etwas erwidern konnte, hub der King erneut mit »Love Me Tender« an. Der Job eines »Mannes für alle Fälle« wäre definitiv nichts für mich. Ich hatte lieber meine Ruhe und schätzte es, selbst zu bestimmen, wann ich was machte. Deshalb fühlte ich mich in meiner Villa so wohl. Krischan seufzte gottergeben, zückte sein Handy und ging hinaus.

»Sie sind natürlich anderer Meinung«, sagte Renate, kaum dass wir allein waren.

»Ja, bin ich«, knurrte ich. »Weil es ein fataler Fehler in meinem Geschäft ist, immer nur vom scheinbar Offensichtlichen und Vernünftigen auszugehen. So überführt man keinen Täter. So denken Laien. Hören Sie«, ich beugte mich vor und fixierte sie auf ihrem Stuhl mit einem Blick, der vermutlich einer mordlüsternen Rothaut alle Ehre gemacht hätte, »wenn Sie ein Problem mit mir haben, dann spucken Sie es aus. Und zwar jetzt. Das spart Ihnen und mir Zeit und Nerven.«

Deutliche Worte, fürwahr. Ich lehnte mich zurück, verknotete die Arme vor der Brust und wartete. In ihrem Gesicht arbeitete es.

»Nein, hab ich nicht«, brummte sie schließlich wenig überzeugend.

»Dann kooperieren Sie endlich«, fauchte ich sie an, als mir eine dieser Erleuchtungen kam, die man nur dreimal im Leben hat. »Wenn Sie Angst haben, dass ich Ihnen den Posten als Anima-Chefin streitig machen will, da kann ich Sie beruhigen. Ich hege keine Absichten in dieser Richtung. Sie sind und bleiben hier die Queen, das verspreche ich Ihnen.«

Sie errötete sanft, widersprach jedoch nicht. Volltreffer, Hemlokk. Ich nutzte meinen Vorteil.

»Also, noch einmal: Es geht mir bei der ganzen Sache um Auffälligkeiten und Regelmäßigkeiten, die mir etwas über den oder die Täter verraten können. Das kapieren Sie doch, oder?«

»Ja.«

Und? Am liebsten hätte ich die Frau gewürgt und geschüttelt, doch in diesem Moment kam Krischan zurück, lehnte sich an die Wand und massierte sich den Nacken. Ich wäre auch total verspannt, wenn ich mit dieser Wurz zusammenarbeiten sollte.

»Also, was ist nun?«, pampte ich sie an.

Krischan riss erschrocken die Augen weit auf.

»Fragen Sie«, lenkte Renate wahrhaftig ein. »Ich werde mich bemühen, alles wahrheitsgemäß zu beantworten.«

Wir tauschten einen langen Blick. Das war genau genommen keine direkte Freundschaftsanfrage, sondern eher ein Waffenstillstandsangebot. Doch ich hatte das Gefühl, dass sie es ernst meinte. Deshalb nahm ich es an.

»Okay, noch einmal. Zeitliche Regelmäßigkeiten sind nicht zu erkennen, außer dass die Täter warten, bis es dunkel oder zumindest dämmrig ist«, fasste ich zusammen. »Wie sieht es mit den Tieren selbst aus? Sind es mehr Hunde? Mehr Katzen? Sind auch Kaninchen oder Meerschweinchen dabei? Mit anderen Worten: Welche Sorte von Tier wird über die Brüstung geworfen?«

Hinter der geschlossenen Tür in meinem Rücken fiepte es leise. Die Köpfe von Krischan und der Wurz ruckten alarmiert hoch.

»Das ist eines der Kätzchen. Es hat bestimmt Schmerzen. Aber ich will ihm nicht noch mehr spritzen.«

Urplötzlich wirkte die Wurz geradezu menschlich, denn ihre Besorgnis und ihr Mitgefühl waren echt.

»Ich schau mal nach«, bot Krischan an.

»Aber nimm es auf keinen Fall hoch, hörst du!«, mahnte Renate.

Er nickte. Dass der Junge ganz käsig im Gesicht war, fiel mir erst jetzt auf. Der Furz war da fixer.

»Halt mal. Was ist denn mit dir los?«, fragte sie ihn, als er zur Tür ging.

»Kopfschmerzen«, presste er zwischen zusammengebissenen Zähnen hervor. »Hab ich manchmal. Ist nicht so schlimm. Das geht vorbei.«

Elvis fing an zu sülzen.

»Nein!«, sagte ich scharf, als sich seine Hand automatisch in Richtung Hosentasche bewegte.

»Geh nicht ran«, befahl auch Frau Dr. Wurz in einem Ton, der sonst widerspenstigen Hengsten zeigte, wo der Hammer hing. Egal. Wir waren das erste Mal total einer Meinung. »Setz dich lieber draußen ein bisschen auf die Bank und entspann dich.« Krischan zögerte. Der King sang und sang. »Gib es mir.«

Auffordernd hielt sie ihm die Hand hin. Er schüttelte den Kopf.

»Das geht nicht, Renate. Wenn nun jemand meine Hilfe braucht … Das ist mein Job.«

»Her damit!«, befahl sie, und ich nickte heftig. Richtig so. Früher machte sich der Mensch zwar auch immer mal wieder zum Affen, doch jetzt machte er sich zum Sklaven dieser Maschine und damit zum Oberaffen. »Der versucht es wieder. Du bist kein Leibeigener, Christian. Oder ist das Teil schon mit deiner Hand verwachsen?«

Krischan grinste schwach, dann kapitulierte er, händigte ihr das mittlerweile verstummte Nervgerät aus und schlich hinaus.

»Das haben Sie gut gemacht«, lobte ich die Anima-Chefin, zum einen, weil ich das wirklich fand, zum anderen, um das Eis zwischen uns ein wenig anzutauen.

Sie bedachte mich mit einem kaum wahrnehmbaren Nicken.

»Christian ist ganz allein auf sich gestellt. Alle Welt plärrt ihm die Ohren voll. Das geht nicht.«

»Nein«, stimmte ich zu. »Es ist wirklich kein Wunder, dass ihm manchmal alles zu viel wird. Meinen Sie, dass –«

»Um auf Ihre Frage zurückzukommen«, grätschte sie mir direkt in den Satz, wobei sie mit dem Daumen hinter sich deutete. Das Fiepen hatte aufgehört. »Es sind eindeutig mehr Hunde als Katzen oder andere Tiere. Mindestens zwei zu eins, würde ich sagen, wenn nicht noch weitaus mehr zugunsten der Hundezahl.« Sie zuckte mit den Schultern. »Aber das besagt natürlich überhaupt nichts. Hunde fordern ihre Besitzer mehr und werden deshalb im Zweifelsfall eher lästig.«

Ich registrierte noch die Zahlen, als sie unvermutet meinte: »Ich mache mir Sorgen um Christian. Jetzt hat doch so eine alte Frau den Jungen auch noch beschwatzt, in einer Partei mitzumachen. Wahrscheinlich langweilt die sich. Na ja, manche Rentner fangen an zu gärtnern, andere spielen halt den Politclown. So etwas ist doch zum Scheitern verurteilt. Aber junge Leute zieht Pseudo-Idealismus ja geradezu magisch an. Schauen Sie sich nur diese IS-Kämpfer an.«

Marga als Salafistenbraut, die den Jungs einen leckeren Eintopf kocht, wenn sie vom Foltern und Morden zurückkamen? Dr. Renate Wurz konnte der Grundgütigen, wie mein Freund Johannes von Betendorp das höchste aller Wesen zu nennen pflegte, danken, dass Frau Schölljahn sie nicht hörte. Sie hätte die Veterinärin umgehend zum Duell gefordert.

»Dieser Dame ist es ernst«, bemerkte ich nur knapp.

»Ach, Sie kennen sie?«

Es klang, als ob ich soeben gebeichtet hätte, dass Graf Dracula mein Onkel ist.

»Sie ist meine Freundin.«

»Oh. Das wusste ich nicht«, ruderte Renate peinlich berührt zurück, schwieg sekundenlang und meinte dann ebenso leise wie verwundert: »Ich weiß auch nicht, woran es liegt, aber ich trete häufig in solche Fettnäpfchen. Wissen Sie, ich habe einfach einen besseren Draht zu Tieren als zu Menschen.« Den Anschein hatte es, ja. »Haben Sie noch weitere Fragen?«

»Nein«, sagte ich.

»Ich war keine große Hilfe.«

»Nein«, wiederholte ich mit Nachdruck.

»Das tut mir leid«, murmelte sie und besaß immerhin so viel Anstand, dabei eine betretene Miene aufzusetzen.

Ich fixierte sie scharf.

»Gibt es Ihres Wissens hier in der Nähe ein Labor, in dem Tierversuche durchgeführt werden?«

Der Gedanke lag doch nahe, oder? Er war mir heute Morgen beim Käse gekommen. Renate Wurz erbleichte. Bislang hatte ich gedacht, dass so etwas nur als bildhafte Phrase vorkommt. Aber die eben noch rosenwangige Anima-Chefin glich von einer Sekunde auf die andere tatsächlich einem Grottenolm.

»Sie meinen …«, keuchte sie. »Nein, das kann ich nicht glauben. So arbeitet doch kein wissenschaftliches Institut. Außerdem ist das natürlich alles strengstens reglementiert und wird permanent überwacht und kontrolliert.«

Das mochte ja sein, doch da gab es auch andere Fälle. Gerade vorgestern hatte ich in unserer Lokalzeitung einen Bericht über eine Uni im Mitteldeutschen gelesen, in der seriöse und anerkannte Forscher ohne Genehmigung Nager auf dem Rücken fixiert hatten, um sie unter Stress zu setzen, und Schweinen hatten sie über einen Zeitraum von zwölf Stunden bei geöffnetem Brustkorb Gewebe entnommen. Beide Versuche sollten der Herzinfarktforschung dienen, und da war nichts genehmigt gewesen. Die Jungs hatten einfach gemacht.

»Nein, das ist ganz sicher eine falsche Fährte«, beteuerte Renate, nachdem sie sich wieder gefasst hatte. »Das kann nicht …« Sie stockte und schwieg.

»Ja?«, fragte ich sanft. »Gibt es hier etwas in der Nähe?«

»Na ja, nicht direkt, würde ich sagen. Aber drüben auf dem Westufer der Förde entwickelt und fertigt die Bayer-Tochter KVP pharmazeutische Produkte für Tiere. Im Projensdorfer Gehölz befindet sich der mit Abstand bedeutendste Animal-Health-Standort.« Sie verzog das Gesicht. »Tiergesundheit zu Deutsch. Die KVP hat fast siebenhundert Mitarbeiter, wie ich gehört habe, die beliefern mit ihren Produkten die gesamte Welt.«

Na, da schau an, das hatte ich nicht gewusst. Ich setzte mich auf.

»Und was produzieren die genau?«

Renate brauchte nicht lange zu überlegen. »Flüssige Arzneimittel sowie Salben und Tabletten für Tiere gegen allerlei Beschwerden. Außerdem Halsbänder mit Wirkstoffen gegen Flöhe und Zecken zum Beispiel. Das soll einer der Renner sein. Die meisten Produkte der Firma werden nicht von Tierärzten verschrieben; die kann man in Fachgeschäften und Supermärkten einfach so kaufen. Das ist mittlerweile ein Milliardenmarkt.«

Soso.

»Und bevor Bayer die Sachen auf den Markt schmeißt und die ganze Knete einsackt, muss natürlich alles ausprobiert und getestet werden.«

»Ja, natürlich«, sagte sie, um dann erschrocken »Oh Gott, nein!« zu rufen, als ihr aufging, was ich damit andeuten wollte. »Aber doch nicht so. Ich weiß nicht einmal, ob die hier in Kiel überhaupt Labore haben.« Sie blickte mich ernst an. »Und wenn sie welche haben, entsorgt eine Bayer-Tochter ihre Versuchstiere bestimmt nicht aus dem Auto heraus. Abgesehen davon hätten wir es dann sicherlich nicht mit solch einer Bandbreite zu tun. Wir finden hier nämlich das ganze Spektrum vom durchgeschossenen Mischling bis zum edlen Rassehund, wobei sogar die teuren Modesorten erschreckend oft dabei sind.« Sie schüttelte fassungslos den Kopf. »Und zwar sogar als ganz junge Tiere. Aber die machen natürlich am meisten Arbeit. Und wenn dann noch die erste Tierarztrechnung dazukommt ... ex und hopp.«

Donnerwetter, die Frau war ja richtig sprachmächtig, wenn es um ihr Ding ging. Und was ihre Einwände gegen meine Überlegung betraf, so waren die nicht ganz von der Hand zu weisen. Ein Großunternehmen würde wohl tatsächlich anders agieren. Doch kochte da vielleicht jemand ohne Wissen der Konzernleitung sein eigenes Süppchen? Oder war ich einem dieser Hinterhoflabore auf der Spur, die es bestimmt nicht nur in Osteuropa gibt? Die arbeiten sich ja bekanntlich an ganz anderen Sachen ab als an Flohhalsbändern für Fiffis und Miezen – mir waren da beim Frühstück spontan illegal hergestellte Drogen in den Sinn gekommen.

Und irgendeine milde Laborseele packte dann die »ausgetesteten« Tiere ein und gab ihnen noch eine winzige Chance zum Leben, indem sie sie über die Brüstung warf, wo die Leute von Anima sie finden mussten. Eine reine Räuberpistole? Das würden wir ja sehen.

Renate Wurz dagegen war sich ihrer Sache sicher.

»Sie bellen den falschen Baum an, glauben Sie mir. Mit der KVP haben unsere Tiere nichts zu tun.«

»Das mag ja sein.« Ich blieb hartnäckig. »Und wie steht's mit Ihrem Wissen in puncto Hinterhoflabore hier in der Gegend?«

»Ich kenne keins.« Sie zeigte ihre Missbilligung über diese Frage, indem sie ihre Unterlippe vorschob wie ein Guppy. »Mit illegalen Sachen habe ich nichts zu tun.«

Ich lächelte sie an wie ein Hai, kurz bevor das Surferbein hinter den beiden Zahnreihen im Schlund verschwindet.

»Haben Sie bei Ihren Untersuchungen der Tiere auf entsprechende Hinweise geachtet?«, fragte ich. »Haben Sie Blutuntersuchungen durchgeführt oder die Körper auf Einstiche kontrolliert?«

»Äh … nein«, musste sie zugeben. »Auf so eine Idee bin ich überhaupt nicht gekommen.«

Ich schlug gekonnt das eine Bein über das andere. Tja, Mädel, und genau dafür braucht man eben einen Privatdetektiv.

»Mhm.« Ich konnte mich nicht enthalten, es glasklar auszusprechen. »Ein Profi sieht doch mehr.«

»Ja«, hauchte sie lammfromm und knetete ihre Hände. Ihre Finger waren außergewöhnlich plump und kurz. »Aber das würde ja bedeuten, dass diejenigen, die wir suchen, es mit den Tieren eher gut als schlecht meinen.«

Der Gedanke schien sie regelrecht umzuhauen.

»Möglich wäre es zumindest«, stimmte ich gönnerhaft zu. »Wissen Sie, aus detektivischer Sicht ist die Welt oft nicht nur schwarz oder weiß, sondern meistens grau.«

Diese Weisheit hatten zwar schon ganze Hundertschaften von Philosophen weitaus eleganter formuliert, trotzdem traf es auch in der Hemlokk'schen Schlichtversion den Nagel auf den Kopf. Und damit ließ ich die nachdenklich bis verschreckte Veterinärmedizinerin sitzen und schlenderte nach draußen zu Krischan, der mit geschlossenen Augen auf der Bank lümmelte und vor sich hin summte. Ich setzte mich vorsichtig neben ihn.

»Geht es dir besser?«, erkundigte ich mich.

»Ja. Ich habe das manchmal, wenn mir alles ein bisschen viel wird und ich mich nicht so wohlfühle.«

Der Klassiker also. Stress. Ich gab einen verständnisvollen Brummton von mir.

»Seit wann wohnst du jetzt eigentlich bei Marga? Ich weiß es gar nicht so genau.«

Der Junge durchschaute mich sofort, doch sein Blick blieb offen und freundlich. »Du möchtest wissen, in welchem Alter mich meine Eltern im Stich gelassen haben, stimmt's? Ich bin jetzt zweiundzwanzig. Als ich siebzehn war, haben sie sich scheiden lassen, und als ich achtzehn wurde, hatten beide andere Partner. Wie gesagt, Timo und Gisela führen ein neues Leben, da habe ich keinen Platz mehr. Ich habe mich damit abgefunden.«

»Das ist nichts als gequirlte Scheiße«, entfuhr es mir mit

einer Heftigkeit, die mich selbst überraschte. Wenn man Kinder in die Welt setzt, kann man sie doch nicht einfach entsorgen wie … na ja, wie einen Hund oder eine Katze, die einen nerven! Und auch bei denen war das eine glatte Unverschämtheit. »Oh, war schön, dich eine Weile gekannt zu haben, aber jetzt sieh zu, wie du klarkommst. Und tschüss. Mami und Papi sind dann mal weg.«

Das war unverantwortlich! Krischan lachte über meinen ehrlichen Zorn, aber ich hatte den Eindruck, dass meine Reaktion ihm wirklich guttat.

»Ich komme allein zurecht«, beruhigte er mich. »Du brauchst dir keine Sorgen zu machen. Seid ihr weitergekommen, Renate und du?«

Ich überlegte kurz.

»Wie man es nimmt«, sagte ich dann. »Sie empfindet mich offenbar als Konkurrenz. Ich habe ihr jedoch hoch und heilig versichert, dass ich ihr den Anima-Chefposten nicht streitig machen werde, und sie hält mich nicht mehr für total bescheuert. Aber von den Fakten her ist die Lage eher … undurchsichtig.« Das war ein schönes Wort, fand ich. »Hast du eine Ahnung, ob hier in der Gegend ein Labor existiert, das möglicherweise illegal mit Versuchstieren arbeitet?«

Er reagierte genauso entsetzt wie Renate.

»Du glaubst …? Arschlöcher«, stieß er erbittert hervor. »Wenn ich die kriege, breche ich denen alle Knochen.«

»Es ist nur eine Vermutung. Mehr nicht«, versuchte ich ihn zu beschwichtigen. Die Bayer-Tochter KVP erwähnte ich ganz bewusst nicht. Da musste ich erst einmal meine eigenen Gedanken sortieren.

»Aber es macht Sinn«, stellte er fest. Das sah ich auch so. Trotzdem sagte ich: »Es ist nur eine Möglichkeit. Die Täter könnten auch einfach Privatleute sein, denen ihre Tiere zur Last fallen. Das ist sogar am wahrscheinlichsten.«

Er musterte mich skeptisch.

»Nein, ist es nicht. Dafür sind es meiner Meinung nach einfach zu viele. Und außerdem sammeln wir sie mit schöner Regelmäßigkeit auf. Das spricht eindeutig gegen Privatleute, finde ich.« Womit er wiederum recht hatte. »Kann Renate denn da nicht weiterhelfen?«

»Nein«, sagte ich wahrheitsgemäß. »Aber sie hat die Viecher auch nicht auf eventuelle Experimente untersucht. Auf den Einsatz von Drogen oder generell merkwürdige Substanzen zum Beispiel.«

Krischan verscheuchte eine Fliege, die sich auf seinen Unterarm gesetzt hatte und mit dem Säubern ihrer Flügel beginnen wollte, bevor er nachdenklich bemerkte: »Wenn du damit irgendwelche Pfuscher meinst, die in ihrer Küche synthetisches Zeug herstellen, das dir im Nullkommanichts die Birne weghaut – die Mühe machen die sich nicht. Denen ist es völlig egal, ob die Junkies dabei draufgehen oder nicht.«

»Aber sie könnten feststellen wollen, ob und wie der Stoff, den sie irgendwo im Hinterhof brauen, wirkt«, hielt ich dagegen. »Wenn ihnen nämlich zu viele Kunden wegsterben, ist das schlecht fürs Geschäft. Führst du mich einmal herum und zeigst mir die Tiere?«

»Es ist kein schöner Anblick«, warnte er mich.

Das war mir schon klar. Doch zum einen wollte ich einfach mit eigenen Augen sehen, wer die Leidtragenden in diesem Fall waren, und zum anderen wollte ich nicht länger auf der Laborthese herumreiten, gegen die zugegebenermaßen eine ganze Latte von Argumenten sprach. Es brachte nichts, wenn ich weiter wahllos im Nebel herumstocherte.

In der ersten Box dämmerte ein mageres Hundebaby vor sich hin, das viel zu große Füße hatte und jämmerlich aussah, weil sein rechtes Bein nur aus Verband zu bestehen schien.

»Ist ja gut«, tröstete Krischan es mit watteweicher Stimme. »Jetzt tut dir niemand mehr etwas. Du bist hier in Sicherheit, Kleiner.«

Das Zittern des Welpen ließ etwas nach. Ob der Junge auch so mit seinen Senioren sprach, wenn die sich über den unverschämten Nachbarn aufregten?

»Kennt ihr Renate eigentlich schon länger?«, erkundigte ich mich ganz nebenbei.

Nur weil die Frau und ich einen Waffenstillstand geschlossen hatten, bedeutete das ja noch lange nicht, dass ich nicht weiter an Informationen über die Wurz interessiert war. Denn in meinem Job zählt in dieser Hinsicht nun einmal alles; von der Vorliebe für frische Radieschen bis hin zu einer ungewöhnlichen sexuellen Neigung. Man weiß nie.

»Nee. Ich habe sie das erste Mal bei Anima getroffen. Jana und Philipp hatten ihr damals kurz vorher einen Hund von der Brücke gebracht, den sie durch Zufall aufgelesen hatten, und so ist das alles gekommen. Renate hat ihn kostenlos behandelt, und die beiden haben ihr daraufhin vorgeschlagen, den Vorsitz von Anima zu übernehmen. Das war letzten Sommer, als es im Verein diese Schwierigkeiten mit den Spenden gab. Und dann haben Jana und Philipp mich gefragt, ob ich nicht auch mitmachen wolle.« Krischan ließ das seidenweiche kleine Ohr der Terriermischung durch seine großen Finger gleiten. »Aber inzwischen läuft alles korrekt, und wir sind jetzt zu zehnt. Renate ist unsere Chefin.« Er linste zu mir herüber. »Sie wirkt manchmal ein bisschen komisch. Mit Menschen hat sie öfters Probleme, aber die Tiere lieben sie.« Krischan richtete sich auf, und wir gingen zur nächsten Box. Er lächelte. »Nächste Frage.«

»Ich informiere mich nur umfassend über das gesamte Umfeld«, verteidigte ich mich lahm.

»Renate schmeißt keine Hunde und Katzen von der Brücke und lässt sie von uns aufsammeln, damit sie sie anschließend verarzten kann«, bemerkte er hellsichtig, während wir auf eine Dogge mit räudigem Fell und einem milchigen rechten Auge blickten.

Ich glaubte ihm, weil mir meine Eifersuchtsthese weitaus stimmiger vorkam, und ließ das Thema fallen. Außerdem brannte mir noch etwas ganz anderes auf der Seele, obwohl es eigentlich nicht in meinen Zuständigkeitsbereich fiel. Aber die Gelegenheit war günstig, weil ich mit Krischan allein war.

»Sag mal«, begann ich vorsichtig, »sind Jana und Philipp eigentlich schon lange zusammen? Ich meine, sie kommt mir noch sehr jung vor.« Oder, um es deutlicher zu benennen: Auch wenn das Mädchen nach meiner Einschätzung genau wusste, was es tat, stand der Junge mit beiden Beinen im Gefängnis, wenn er mit der Kleinen schlief.

Ob ihm das klar war?

Krischan verzog das Gesicht. »Jana ist siebzehn, genau wie Philipp. Die beiden sind in einer Klassenstufe.«

»Das kann ich immer noch kaum glauben«, gestand ich.

Also bitte, das Mädchen war doch im Leben keinen Tag älter als zwölf oder dreizehn, Klassenstufe hin, Klassenstufe her!

»Doch«, widersprach Krischan ernst. »Jana hat Turner, daran liegt es. Denn sie ist hundertprozentig siebzehn, fast achtzehn sogar. Ich muss es wissen, weil sie und Philipp meine besten Freunde sind. Schau, denen geht es schon etwas besser.«

Zwei Katzen sahen zu uns hoch und mauzten. Bei der einen kam mir der Schwanz ziemlich kurz vor, bei der anderen waren die Ohren zerfetzt. Momentan interessierten sie mich jedoch nicht sonderlich. Turner?

Krischan hatte sich gegen die Box gelehnt und die Arme vor der Brust verschränkt.

»Turner ist eine Krankheit und sehr selten«, erklärte er, ohne dass ich ihn gefragt hatte. »Du hast davon noch nie gehört, mhm?«

»Nein«, gab ich zu.

Irgendwo im Dorf schmiss jemand eine Motorsäge an. Was dem Sommer der Rasenmäher, ist dem Herbst die Säge. Da geht es auf dem Land Eiche, Ahorn und Co. gnadenlos an Kragen und Krone.

»Also, bei Turner handelt es sich um einen Chromosomendefekt, also falsche Erbinformationen, verstehst du?«

»Ja. So düster schon.«

»Bei Jana funktioniert ein X-Chromosom nicht. Männer haben ja XY als Geschlechtschromosomen, Frauen XX. Das müsstest du noch aus der Schule wissen.« Doch ja, tat ich. Viel mehr aber auch nicht. Bei dem Thema dachte ich automatisch an den seligen Mendel und seine Erbsen, die dauernd grün und gelb wurden, wenn man sie kreuzte und durchmendelte. Oder wurden sie runzelig und glatt? Egal, das Gemüse spielte hier lediglich im übertragenen Sinne eine Rolle. »Deshalb ist Jana so klein geblieben und sieht so jung aus«, erklärte Krischan. »Weil dieses verdammte X-Chromosom bei ihr eben nicht richtig tut. Und viel größer wird sie auch nicht mehr werden. Aber das ist nicht das Blödeste.«

Er verstummte und rang sichtbar mit sich.

»Wenn du es nicht erzählen möchtest, lass es«, sagte ich.

»Na ja, es ist etwas ziemlich Persönliches«, meinte er. »Aber andererseits brauchst du Turner nur zu googeln, dann weißt du es sowieso.«

Ich wartete schweigend.

»Jana hat nichts mit Philipp«, begann Krischan schließlich leise. »Sie kann nämlich gar nichts mit ihm haben, weil sie keine Kinder kriegen kann und ... auch sonst in dieser Hinsicht nichts spürt und empfindet.« Er hob die Hände gen Himmel. Es war eine Geste, die mehr über seine Hilflosigkeit und sein Unbehagen verriet als alle Worte. »Die Hormone dafür befinden sich nämlich ausgerechnet auf diesem Scheiß-X-Chromosom, das ihr fehlt. Deshalb trägt sie auch immer weite T-Shirts. Sie hat keinen Busen und ... mhm ... das andere auch nicht.«

»Du meinst die Blutungen. Ihre Periode«, ergänzte ich sachlich.

»Genau. Jana sagt immer, sie kommt sich wie ein Neutrum vor. Weil sie nichts fühlt. Also, in dieser Hinsicht natürlich nur«, setzte er hastig hinzu.

Manchmal hat man wirklich keine Ahnung, welche Kelche da an einem vorübergehen. So ein Leben konnte wahrlich nicht leicht sein, auch wenn man, wie Jana, über einen eisernen Willen und eine Energie verfügte, die andere schwindelig machten.

»Sonst ist sie total normal«, fuhr Krischan fast trotzig fort. »Und wer sie dumm anpisst, bekommt es mit Philipp oder mir zu tun.«

Das glaubte ich ihm sofort. Die Zuneigung der beiden Jungs zu dem Mädchen war nicht zu übersehen. Aber irgendetwas lief da zwischen Jana und Philipp, was nichts mit ihrem Engagement für Anima zu tun hatte. Ich war doch nicht blind. Allerdings jetzt reichlich verwirrt. Denn eigentlich wäre die

Sache eindeutig gewesen: Junge und Mädchen, beide siebzehn, wie ich nun wusste, und befreundet, da konnte es doch nur um Sex und Liebe gehen.

Tat es aber offenkundig nicht. Krischan und Philipp sahen sich als ihre Beschützer. Mehr war da nicht. Konnte da wegen eines fehlenden Chromosoms nicht sein. Nein, das Mädchen war nicht nur erwachsen, na ja, fast erwachsen, sondern ging auch nicht mit Philipp ins Bett. Also stand der Junge logischerweise nicht mit einem Bein im Gefängnis.

Damit hatte ich meine Schuldigkeit getan und mein Gewissen beruhigt. Alles andere ging mich nichts an.

Im Nachhinein habe ich mich natürlich gefragt, ob ich damals noch eine Chance gehabt hätte, das Schlimmste zu verhindern. Doch nein, ich denke nicht. Zu diesem Zeitpunkt hatte der Zug ins Verderben bereits seine Fahrt aufgenommen.

»Sie ist einfach klasse, ein toller Typ«, brummte Krischan verlegen, was Jana bestimmt genauso gern hörte, wie wenn er sie einen guten Kumpel genannt hätte.

Den Rest der Boxen inspizierten wir schweigend. Es fiepte, bellte, miaute, schlief, fauchte und knurrte. Die Menagerie der Mühseligen und Beladenen hätte einen Granitblock in einen Trauerkloß verwandelt, und ich schmolz dahin wie Zitroneneis in der Sahara.

Diesen miesen Typen würde ich das Handwerk legen, schwor ich. Koste es, was es wolle. Dass dieser Preis verdammt hoch sein würde, ahnte ich in diesem Moment nicht.

DREI

Als ich immer noch mit einer gehörigen Portion Wut im Bauch den Weg zu meiner Villa hinuntertrabte, hörte ich schon von Weitem meinen Freund Johannes von Betendorp angeregt mit Gustav und Hannelore plaudern.

»… ein echter Glücksfall, die Frau«, verkündete er den beiden so überschwänglich, dass auf der Stelle sämtliche Alarmglocken in meinem Kopf schrillten. Denn mein Freund war … nun ja, ein Naiver. Wenn man das in aller Deutlichkeit aussprach, tat man ihm kein Unrecht. Er liebte Holz und arbeitete als Tischler, züchtete mit Begeisterung Cannabis in seinem Garten, trug einen Pferdeschwanz und interessierte sich für alles, was im weitesten Sinne mit Religion und übersinnlichen Fragen zu tun hatte. Wer ihm damit kam, hatte sein Herz gewonnen – sein Pferd hörte auf den klangvollen Namen Nirwana.

Ich wusste das, und ich wusste auch, dass er bereits mehrmals mit dieser Religionsmaske hereingelegt worden war. Da brauchte ich zeitlich gar nicht so weit zurückzugehen. Ich erinnere nur an den Swami! Wenn Herr von Betendorp also jemanden für einen echten Glücksfall hielt – und mit seiner schmeichelhaften Äußerung hatte er meine beiden Kröten sicherlich nicht an ihre großartige Besitzerin erinnern wollen –, war heftige Vorsicht angebracht.

»Moin, Johannes«, begrüßte ich ihn von meiner Gartenpforte aus, »was machst du denn hier?« Er neigte nicht dazu, ohne Grund am frühen Nachmittag auf ein Schwätzchen bei mir vorbeizuschauen. Dafür reichte seine Zeit nicht.

»Moin, Hanna«, sagte er, sprang von meiner Gartenbank auf und nahm mich in den Arm. Er roch wie immer nach einer Mischung aus Pferd, Holzleim und Cannabis. Ich mochte das. »Stell dir vor, ich habe eine neue Mieterin.«

»Prima«, sagte ich vorsichtig. Der Arme saß nämlich mit Hollbakken, dem am anderen Ende des Passader Sees gelegenen Herrenhaus seiner Ahnen, ganz allein an, sodass ihm finanziell ständig das Wasser nicht nur bis zum Hals, sondern bis zur Oberkante der Unterlippe stand. »Und hat sie auch schon die erste Monatsmiete überwiesen? Oder zumindest eine Anzahlung geleistet?«

Hatte die Dame todsicher nicht. Wieder kam mir der Fall aus dem letzten Sommer in den Sinn, wo ein selbst ernannter Heiliger sich schamlos von Johannes hatte durchfüttern lassen.

»Mehr als das«, triumphierte mein Freund. »Drei Monatsmieten im Voraus hat sie bereits abgedrückt.«

Ich befreite mich aus seiner Umarmung.

»Und das Geld ist auch schon auf deinem Konto eingegangen?«, fragte ich ungläubig. »Oder hat sie es nur angekündigt?«

»Hanna, du bist eine alte Unke. Das Geld ist da, schwarz auf weiß stehen die Zahlen auf dem Kontoauszug.«

»Was ist das denn für eine?«, rutschte es mir heraus, was bei Johannes umgehend ein bekümmertes Kopfschütteln auslöste.

»Dein Beruf bekommt dir nicht. Du bist nur noch misstrauisch. Dabei hat die Grundgütige die Menschen im Kern als gute Wesen geschaffen.«

»Mhm«, brummte ich unbestimmt.

Ich wollte ihn nicht weiter verprellen, deshalb hielt ich den Mund. Aber in dieser Frage konnte man zweifellos geteilter Meinung sein. Denn ich hatte auch schon ganz andere erlebt. Bei denen hatte die Grundgütige ziemlich eindeutig gepfuscht oder einen schlechten Tag gehabt. Wie zum Beispiel bei diesen Typen, die unschuldige Tiere von Brücken pfefferten, nachdem sie für perverse Versuche und Drogenexperimente missbraucht worden waren. Ich war nach wie vor nicht bereit, diese Theorie einfach zu den Akten zu legen.

»Ich koche uns rasch einen Tee.« Vielleicht hatte der Gute ja wirklich mal eine echte Glückssträhne. Gönnen würde ich es ihm.

Wir unterhielten uns durch die offene Haustür weiter, während ich den Wasserkocher anschaltete und Earl Grey ins Sieb löffelte. Außer Kanne und Tassen stellte ich auch Milch und Zucker aufs Tablett. Johannes liebte es quietschsüß und kalorienhaltig und konnte sich das problemlos leisten. Er war der Typ, der auch nach einer intensiven Sahnetörtchen-Diät dünn wie ein Aal blieb.

»Sie heißt Donata Freifrau von Schkuditz«, teilte er mir mit.

»Oha. Da seid ihr aristokratischen Hochwohlgeborenen ja ganz entre vous«, lästerte ich.

»Sie ist wirklich in Ordnung.« Er klang verschnupft. »Und dafür, dass sie adlig geboren wurde, kann sie nichts. Genauso wenig wie ich für das ›von‹ in meinem Namen.«

Nee, konnte er nicht. Das war schon richtig. Trotzdem adelte es zurzeit für meinen bürgerlichen Geschmack etwas zu viel in meinem Leben. Donata Freifrau von Schkuditz. Alle Achtung, das klang richtig edel und nach einem Stammbaum, auf den sowohl mein Grafenbeau Richard als auch jeder Dalmatiner neidisch gewesen wäre. Beziehungsweise sein Herrchen. Verdammt, Hemlokk, rief ich mich gereizt zur Ordnung. Aber die Tiere bei Anima gingen mir einfach nicht aus dem Kopf.

Der Tee war fertig, und ich stellte das Tablett neben der Bank auf den Boden, schenkte uns ein und setzte mich neben Johannes. Eine Weile tranken wir schweigend. In der Ferne quakte eine Ente, und eine Cousine von Silvia drüben auf der Hollbakkener Seeseite gab ein empörtes Muhen von sich, während die Blätter sanft im Septemberwind raschelten. Es hatte zwar etwas aufgefrischt, und die Wolken zogen jetzt in rascher Folge über unsere Köpfe hinweg, doch es war weitgehend sonnig.

»Wie ist sie denn so?«, erkundigte ich mich schließlich versöhnlich. »Ich meine, ist sie ganz nett? Werdet ihr ein reines Vermieter-Mieter-Verhältnis haben, oder kocht ihr auch mal zusammen und reitet gemeinsam aus?« Dass eine waschechte Freifrau reiten konnte, war ja wohl sonnenklar.

Johannes ließ sich Zeit mit der Antwort, bis sich der braune Zucker in seiner zweiten Tasse vollständig aufgelöst hatte.

»Ich weiß es nicht«, sagte er dann. »Donata ist äußerst zurückhaltend. Sie ist ziemlich schüchtern, habe ich den Eindruck. Aber das will ja nichts heißen und kann sich noch ändern.«

»Natürlich«, stimmte ich zu. Eine schüchterne Freifrau? Wie alt war die Dame denn? Fünfzehn? Doch wohl eher nicht, wenn sie sich eine eigene Wohnung leisten und drei Monatsmieten im Voraus abdrücken konnte.

»Sie ist sehr höflich und möchte mir keine Umstände bereiten«, erklärte Johannes, meinen fragenden Blick durchaus richtig interpretierend.

»Aber sonst ist sie nicht irgendwie auffällig?«

Ich legte so viel Sachlichkeit und Milde in meine Stimme, wie ich konnte. Trotzdem verzog Johannes das Gesicht.

»Du bist schon wieder misstrauisch, Hanna.«

»Manchmal ist das angebracht«, gab ich sanft zurück. Zum Beispiel wenn eine erwachsene Frau, Freifrau hin oder her, verhuscht wie ein Mäuschen durchs Leben trippelt und nichts und niemanden stören will. Weshalb ist sie so?, frage ich mich dann. Und vor allen Dingen, ist das echt, oder spielt die Dame vielleicht eine Rolle? Und wenn ja – wofür? Was steckt dahinter? Was wiederum direktemang zu dem alles entscheidenden Punkt führt, nämlich was zum Donnerwetter so eine Freifrau ausgerechnet auf Hollbakken will. Da tost bekanntlich nicht gerade das Leben.

»Donata ist ein ganz lieber Mensch«, betonte Johannes, immer noch sichtbar erzürnt über meine wenig enthusiastische Reaktion. »Du wirst sie ja kennenlernen. Dann kannst du dich selbst überzeugen, wenn du deine Scheuklappen ablegst. Sie passt vielleicht nicht gerade in den Mainstream und mag dir ein wenig sonderbar vorkommen, aber sie ist völlig harmlos. Sie tut keiner Fliege etwas zuleide.«

Der vielleicht nicht, aber wie sieht es mit Hunden oder Katzen aus?, dachte ich aufsässig, hielt aber wohlweislich meinen Mund. Johannes hätte mir eine solche Bemerkung richtig übel genommen. Um das Gespräch in ein ruhigeres Fahrwasser zu lenken, fragte ich ihn stattdessen, was sie denn arbeitete. Als Antwort nuschelte Johannes etwas Unverständliches in seinen Tee hinein.

»Wie bitte?«

»Nichts«, sagte er.

Ich stellte sehr sorgfältig meine Tasse auf den Boden und richtete mich langsam wieder auf.

»Was heißt das denn – nichts? Von irgendetwas muss doch auch eine Freifrau leben. Oder ist adliges Blut etwa selbstfinanzierend? Bei dir habe ich davon noch nichts bemerkt.«

Johannes rang sich ein schwaches Grinsen ab.

»Es wird dir nicht gefallen, Hanna. Aber Donata braucht nicht zu arbeiten. Im Gegensatz zu meiner Familie hat ihre richtig viel Geld. Soweit ich es verstanden habe, überweist der Bruder monatlich etwas aus dem gemeinsamen Erbe.«

»Also nix mit verarmtem Adel?«, vergewisserte ich mich ungläubig. Das war nicht nur höchst seltsam, sondern alarmierte mich auch als Private Eye. Denn solche Gestalten gab es meiner bescheidenen Erfahrung nach nur in Schmalzheimern oder entsprechenden Filmen. Und die spielten stets irgendwo an einem lauschig-malerischen Ort in England; Cornwall natürlich, aber auch in Kent oder Wales. Auf keinen Fall jedoch hauste so ein Wesen in der schleswig-holsteinischen Provinz. Höchste Vorsicht war also geboten. Die Dame würde ich im Auge behalten, ob es Johannes nun passte oder nicht.

»Wie alt ist diese Donata denn?«, bohrte ich ganz direkt weiter.

»Mitte dreißig, schätzungsweise«, lautete seine knappe Antwort.

»Und was macht die Frau den lieben langen Tag?«, fragte ich. »Lernt sie vielleicht ihren Stammbaum bis zu Nofretete und Kleopatra auswendig? Oder strickt sie für einen guten Zweck Klorollenüberzieher für die Heckablage im Auto?«

»Du bist manchmal richtig eklig, Hanna.« Johannes bedachte mich mit einem unfreundlichen Blick.

Möglich. Aber in diesem Fall besser eklig als adlig. Denn da passte doch etwas ganz entschieden nicht zusammen, das spürte ich im Urin.

Allerdings war Johannes jetzt ernsthaft verstimmt. Und wenn er verstimmt war, machte er zu wie eine Auster. Ich kannte das schon.

»Noch einen Tee?«, versuchte ich daher die Stimmung aufzulockern. »Ich habe auch noch ein paar Plätzchen da.«

Friede sei mit euch, doch mein Freund war keineswegs

besänftigt, sondern starrte wütend zu Silvia und ihrer Herde hinüber. Ich starrte wortlos mit. Es würde kein Weg daran vorbeiführen, ich musste die Freifrau persönlich in Augenschein nehmen, damit ich gegebenenfalls Unheil von Johannes abwenden konnte. Aber wie sollte ich das bei einer derart schüchternen Person unauffällig anstellen? So, wie Johannes sie mir geschildert hatte, würde sie eine Einladung zum Essen auf keinen Fall annehmen. Und warten, bis sie mir auf Hollbakken einmal zufällig über den Weg lief, wollte ich nicht. Also würde ich ... Vivian ins Feld führen!

»Die LaRoche soll jetzt auch Adelsromane schreiben«, teilte ich Johannes und Silvia, die malmend zu uns herüberglotzte, mit. Vivian LaRoche ist quasi meine andere – nicht bessere! – Hälfte, nämlich das Pseudonym, unter dem ich die Sülzletten fabriziere. Aber Hanna hat einfach keinen Schimmer, wie man solche Leute korrekt anredet. Und das muss natürlich stimmen.

Johannes schwieg eisern. Also fuhr ich tapfer fort: »Was sagt man zum Beispiel zu deiner Mieterin, wenn ich sie auf dem Markt treffe? Wie spreche ich sie oder ihren Bruder richtig an? Mit Freifrau Donata vielleicht? Oder Baron Ehrenfried? Da komme ich mir vor wie ein Stubenmädchen in einem Roman von Courths-Mahler. Mit gestärkter weißer Schürze und Häubchen und so.«

Ich schielte zu ihm hinüber. Na also, um Johannes' Mundwinkel herum begann es zu zucken. Die Vorstellung, wie ich artig vor ihr knickste und ihrem Bruder anschließend eine scheuerte, weil er mir nach dem Kniefall in den Po kniff, hatte schon etwas.

»Donata reicht vollkommen. Sie legt keinen Wert auf solche Dinge. Und ich habe die Anzeige für die Wohnung ganz normal ins Netz gestellt. Daran ist nichts Verdächtiges oder Seltsames. Du brauchst dich nicht unter Vorspiegelung falscher Tatsachen bei Donata einzuschleichen, um ihr auf den Zahn zu fühlen.« So weit zu meinem genialen Plan, unauffällig die Nähe der Blaublüterin zu suchen.

»Ich lüge dich nicht an, falls du das andeuten willst«, erwiderte ich gekränkt. »Vivian soll tatsächlich einen Adelsroman schreiben. Und du hast doch in Sachen Etikette keine Ahnung. Diese Donata kann mir wirklich mit den ganzen Baronessen und Herzögen helfen. Es dauert nämlich endlos lange, das alles im Netz zu recherchieren. Meinst du, das würde sie tun?«

»Sicher«, entgegnete Johannes vorsichtig. »Ich könnte sie fragen.«

»Schön«, sagte ich herzlich. »Das wäre unheimlich nett.«

»Und es geht dir wirklich nur um die Anrede, mhm? Keine Hintergedanken und kein Misstrauen?«

»Tja …« Ich war noch nie gut im Flunkern. »Neugierig bin ich auch auf sie, das gebe ich zu.«

»Dachte ich es mir doch«, murmelte Johannes. »Na gut, das ist zumindest eine ehrliche Antwort. Ich werde sehen, was ich tun kann. Wie gesagt, Donata ist ein bisschen scheu und achtet sehr auf ihre Privatsphäre.«

»Ich werde auch ganz lieb sein«, versprach ich und hob die Rechte zum Schwur. Johannes von Betendorp war nicht der Typ, der lange schmollt.

»Wann brauchst du die Information?«

»Gestern«, erwiderte ich. »Ich hühnere schon seit ein paar Tagen mit diesen dämlichen Anreden herum, und deshalb flutscht sülzlettenmäßig einfach gar nichts.«

Er zog sein Handy aus der Tasche. »Gut, dann versuche ich es mal.«

Man war zu Hause. Natürlich. Wahrscheinlich ließ sich die gehemmte Freifrau selbst die Einkäufe vor die Tür stellen, damit die schnöde Welt nicht ihr kleines behütetes Leben kontaminierte.

»Ich bin es, Johannes. Entschuldige, Donata, aber ich habe hier eine Freundin, die deine Hilfe braucht. Weißt du, sie schreibt Geschichten …«

Ich lauschte. Da trabte doch jemand im Geschwindschritt auf meine Villa zu. Nein, ich hatte mich nicht verhört, denn wenig später stand Marga keuchend und mit puterrotem Gesicht an meiner Gartenpforte. Ich sprang alarmiert auf.

»Jana«, japste sie.

»Was ist mit ihr?«

Meine Freundin hielt sich an der Pforte fest und rang nach Atem. Dabei versuchte sie zu sprechen, doch es gelang ihr erst nach mehreren Anläufen.

»Phosphor«, stöhnte sie. »Die Kleine liegt mit schlimmen Verbrennungen im Krankenhaus.«

»Phosphor?«, echote ich dämlich und schaltete nicht.

»Der Klumpen hat sich in ihrer Tasche entzündet«, krächzte Marga.

Das arme Mädchen! Natürlich hatte Johannes unseren Besuch bei der Freifrau sofort abgesagt. Ich hatte eine frische Kanne Tee gebrüht, während er rasch einen Stuhl aus meinem Schuppen geholt und Marga darauf platziert hatte. Ein völlig aufgelöster Krischan war vor einer Stunde in ihre Wohnung gestürzt und hatte unter Tränen von Janas Unfall berichtet.

Demnach war die Kleine gestern Nachmittag allein am Strand spazieren gegangen, als es passierte. Und sie hatte noch Glück gehabt, dass ein älteres Paar geistesgegenwärtig reagierte und ihre in Flammen stehende Kleidung mit Sand löschte, bevor es vollends zu spät war. Bei brennendem Phosphor hilft Wasser nämlich nicht.

Man vermutete, dass Jana den Klumpen für Bernstein gehalten hatte. Das kommt immer mal wieder vor. Für das ungeübte Auge sieht beides im wahrsten Sinne des Wortes zum Verwechseln ähnlich aus. Doch Weißer Phosphor ist extrem giftig und entzündet sich selbst, wenn er getrocknet ist.

Wir, die wir hier an der Küste zu Hause sind, wissen alle, dass in der Ostsee eine Zeitbombe tickt. Allein in der äußeren Kieler Förde, vor Heidkate, schlummern auf dem Meeresgrund geschätzte fünftausend Minen und Großsprengkörper aus dem Zweiten Weltkrieg – in denen Weißer Phosphor als »Wirkmittel« eingesetzt wurde. Jede Mine enthält im Schnitt dreihundertfünfzig Kilogramm Sprengstoff, und wenn die Hülle durchrostet, was nach all den Jahren naturgemäß immer häufiger geschieht, wird das Zeug freigesetzt. Mittlerweile gibt es bereits Broschüren und Faltblätter der Gemeinden, die eindringlich auf die Verwechslungsgefahr zwischen Bernstein und Weißem Phosphor hinweisen.

Und trotzdem hatte es Jana erwischt. Das Mädchen hatte entweder keine Ahnung gehabt oder war völlig in Gedanken versunken gewesen. Vielleicht hatte sie über DePP nachgedacht. Oder über ihre Krankheit, ihren Abidurchschnitt und ihre Zukunft. Oder, oder, oder. Es brachte nichts. Doch nur so konnte es gewesen sein. An der Sache war nichts Geheimnisvolles, Rätselhaftes oder gar Mörderisches. So etwas kam vor. Es war einfach Pech, ein dummer Zufall. Kein Grund also, als Privatdetektivin hellhörig zu werden. Dachte ich.

»Das wird auch eines der Themen sein, die DePP aufgreifen wird«, erklärte Marga, nachdem der erste Schock abgeklungen war und wir uns wieder etwas beruhigt hatten. »Da müssen wir etwas machen. Diese ganzen Süd-Elbier haben doch keine Ahnung. Für die ist die Ostsee nur ein riesiges Planschbecken. Wenn die überhaupt Ost- und Nordsee unterscheiden können.«

»Na, na«, schwächte ich automatisch ab. Meine Freundin Marga neigt zu Pauschalurteilen und kräftig-deftigen Sprüchen, die manchmal weit über das Ziel hinausschießen. Da ist es ab und an ganz heilsam, mal die Luft abzulassen. »Mit so einer Haltung wird DePP es nicht einmal bis in den hiesigen Gemeinderat bringen.«

»Depp?«, fragte Johannes, das Unschuldslamm, neugierig.

»Ganz genau«, bestätigte die Parteichefin und Vizekanzlerin in spe würdevoll. »Mit zwei großen Ps am Ende.«

Und damit bummelte er am Haken, bevor er überhaupt ahnte, dass die ganze Sache einen hatte. Denn selbstverständlich würde Marga nicht eher von ihm ablassen, bis er versprach, mitzumachen.

Nachdem Marga und Johannes gegangen waren, daddelte ich den Rest des Tages so vor mich hin, putzte meine Nasszelle, schrubbte meine Küchenzeile und ging anschließend am See spazieren. Sie hatten Jana in eine Spezialklinik für Brandopfer gebracht. Irgendwo hatte ich einmal gelesen, dass Verbrennungen sehr, sehr schmerzhaft sind. Wahrscheinlich hatten sie das

Mädchen deshalb ins künstliche Koma versetzt. Mir stiegen völlig unprofessionell die Tränen in die Augen. Erst Turner und jetzt das. Manchmal war das Leben wirklich nur beschissen und ungerecht!

Einen flüchtigen Moment erwog ich, Harry anzurufen, um mich bei ihm auszuheulen. Dann verwarf ich den Gedanken wieder. Denn Harry Gierke war zwar ein guter Freund, ein langjähriger Weggefährte und seit Kurzem auch mein Lover. Aber der Mann hatte lange nichts von sich hören lassen. Er arbeitete als freier Journalist, war höchstwahrscheinlich wieder einmal an einer heißen Story dran und hatte bestimmt kein offenes Ohr für seine niedergeschlagene Bettgenossin.

Meine Mutter? Unser Verhältnis war seit meinem letzten Fall besser geworden, doch ich wusste, dass sie sich hin und wieder Sorgen um mich machte, weil mein Beruf nun einmal nicht risikolos war. Also sollte ich sie wohl besser verschonen. Wobei sie, seit sie Marga kennengelernt hatte und näheren Kontakt mit ihr pflegte, manchmal selbst ziemlich hart am Wind segelte, wenn es darauf ankam. Aber das war natürlich eine völlig andere Geschichte.

Ich kehrte um. Grüne und schwarze Oliven hatte ich noch im Kühlschrank und frische Nudeln. Dazu Knoblauch, Zwiebeln, Petersilie, geriebener Parmesan und ein vernünftiger Chianti und das Dasein würde schon wieder ein wenig freundlicher aussehen.

Nach dem Essen schnappte ich mir, als hätte ich einen Blick in die Zukunft geworfen, einen der Miss-Marple-Klassiker von Agatha Christie, kuschelte mich in meinen Schaukelstuhl und legte eine Leserunde ein. Morgen war auch noch ein Tag. Für heute hatte ich einfach genug von dieser Welt mit ihren todbringenden Phosphorknollen, verdächtig gehemmten Freifrauen, abgrundtief miesen Tierschändern und eifersüchtigen Veterinärmedizinerinnen.

Am nächsten Morgen ging es mir besser. Nach dem Frühstück googelte ich pflichtbewusst als Erstes die vom Furz erwähnte Bayertochter KVP. Sie befand sich auf Wachstumskurs, exportierte von Kiel aus etwa zweitausendfünfhundert

Produkte in alle Welt und tat stolz kund, dass in ihrem Unternehmen die Inklusion großgeschrieben wurde. Na ja, was hatte ich erwartet? Im Netz macht sich jeder schön, ob Privatmensch oder Pharmaunternehmen – das sollte nichts heißen. Wobei ich mir allerdings ziemlich sicher war, dass die KVP tatsächlich nichts mit den Anima-Tieren zu tun hatte. Das Ganze war einfach eine Nummer zu klein für so einen Großkonzern. Wenn die Leute von Bayer Dreck am Stecken haben sollten, dann spielte da eine ganz andere Größenordnung eine Rolle. Und die Hinterhoflabore, die ich suchte, besaßen mit Sicherheit keine eigene Homepage. Denn das, was die anboten, herstellten oder vertrieben, scheute das Licht der Öffentlichkeit. Da musste ich mir schon etwas anderes einfallen lassen. Doch solche Sachen gehören einfach zur ermittlungstechnischen Routine einer Privatdetektivin, auch wenn sie von vornherein weiß, dass der Erfolg sich voraussichtlich in engen Grenzen halten wird.

Ich überlegte, während ich den Rest meines Tees trank. Sollte ich Johannes' geheimnisvolle Mieterin vielleicht gleich mitgoogeln? Oder ihr via Facebook ein »Gefällt mir« zukommen lassen, um sie milde zu stimmen, wenn sie sich denn überhaupt in den sozialen Netzwerken tummelte, was ich nach Johannes' Beschreibung allerdings nicht annahm?

Nein, entschied ich. Denn was hatte ich davon, wenn ich einen Blick auf die sicherlich beeindruckende Ahnenreihe derer von Trallala – verdammt, wie hieß die Dame noch gleich? – werfen konnte. Ich musste die Freifrau höchstpersönlich kennenlernen. Nur das brachte mich weiter und Johannes außer Gefahr.

Außerdem konnte sie mir dabei tatsächlich so ganz en passant die Sache mit Ihrer Durchlaucht, Eurer Komtesse und den diversen Exzellenzen und Eminenzen erklären. Dann würde Vivian sich vielleicht schon morgen an die herzerwärmende Geschichte des armen, aber grundguten Waisenmädchens Camilla machen, das sich unsterblich in den rummsreichen Sohn der vornehmen Herzogsfamilie von Donnershausen verliebt. Zunächst komplett aussichtslos natürlich. Weil der hochwohlgeborene Richard von den hochwohlgeborenen Eltern bereits einer Prinzessin versprochen ist. Die selbstredend weder Herz noch Seele hat, ganz im Gegensatz zu unserer liebreizenden Unschuld vom Lande.

Also, wohlan, Hemlokk, auf in den adligen Benimmkurs! Ich verspürte zwar den Hauch eines schlechten Gewissens, weil die Anima-Tiere warten mussten. Doch mir war bislang, wie ich zu meiner Schande gestehen musste, noch keine zündende Idee gekommen, wie ich der Sache zuverlässig Einhalt gebieten konnte. Außerdem musste auch eine Privatdetektivin manchmal an ihren leeren Magen denken. Und Vivian, die Gute, füllte ihn nun schon seit Jahren ziemlich zuverlässig mit ihren Sülz- und Schmalzheimern.

Als ich auf den kopfsteingepflasterten Hollbakkener Hof rumpelte, überlegte ich kurz, Johannes sozusagen als Türöffner mitzunehmen, entschied mich jedoch dagegen. Ich war freier in meinen Möglichkeiten, wenn ich dem Fräulein Von-und-Zu allein gegenübertrat.

Aus der Werkstatt ertönten meditativ-esoterische Klänge, die mich spätestens nach fünf Minuten auf die Zinne getrieben hätten. Es klang wie eine Mischung aus Choral und Schluckauf. Aber das war natürlich Johannes' Bier, er hatte sich diese Geräuschkulisse schließlich ausgesucht. Ich konzentrierte mich besser auf seine Mieterin, beschloss ich, während ich hastig und auf Zehenspitzen an der Werkstatt vorbei über den Hof auf das zweistöckige Wohnhaus zustrebte.

Ob es sich bei dieser Donata vielleicht um eine Art spätes Mädchen, also so eine Art Blaustrumpf, handelte, das man in früheren Jahrhunderten ins Kloster gesteckt hätte? Damit es dort fromme Werke tat und der Sippe nicht zur Last fiel? In Filmen waren Nonnen zwar immer geradezu zum Fürchten patent und standen im Leben wie eine Eins, aber in echt – war es da genauso?

Ich bezweifelte das stark. Da reichte es bestimmt gerade mal für die Pflege des Klostergartens oder das Zubereiten eines dünnen Süppchens. Grundgütige, hilf! Dermaßen unsicher hatte ich mich selten gefühlt. Und das lag nicht nur an Johannes'

Schilderungen von allerlei freifraulichen Merkwürdigkeiten, sondern auch an den blöden Schmalzheimern. Sonst hätte ich gar nicht gewusst, welche Benimm-Klippen der korrekte Umgang mit dem heutigen Adel so mit sich bringt. Einen Hofknicks würde ich jedenfalls nicht hinlegen, schwor ich mir, als ich vor ihrer Wohnungstür im zweiten Stock stand. Mal ganz abgesehen davon, dass ich keine Ahnung hatte, wie so einer funktionierte. Wahrscheinlich verrenkte ich mir sofort den Knöchel, wenn ich es versuchte.

»Donata Freifrau von Schkuditz«, stand in schnörkellosen Buchstaben auf dem Schild rechts neben der weiß lackierten Tür. Ich lockerte meine Gesichtsmuskeln für ein herzliches Begrüßungslächeln, indem ich erst die rechte, dann die linke Backe aufblies, um die Luft sodann mit einem leisen Zischen entweichen zu lassen. Dann klingelte ich, nicht zu lang und nicht zu kurz.

Hinter der Tür erklangen kaum wahrnehmbare, schnelle Schritte. Und dann passierte – nichts. Wahrscheinlich presste sie ihr blau durchblutetes Ohr von innen an die Tür, um zu horchen, wer es ohne vorherige Anmeldung durch einen reitenden Boten wagte, Einlass zu begehren. Oder ob es sich bei der Lauscherin um das Dienstmädchen der Edlen handelte? Das fürs Grobe, den Abwasch und das Bügeln der adligen Unterhosen? Oder um den Butler, der aussah wie ein Pinguin und Schlag fünf jeden Tag, den die Grundgütige werden ließ, den trockenen Sherry auf einem Silbertablett mit derart blasierter Miene servierte, dass sich einem Normalo wie mir die Zehennägel aufrollten?

Ich rief mich streng zur Ordnung, als sich nach einem erneuten Klingeln meinerseits endlich zögerlich der Schlüssel im Schloss drehte. Johannes hatte nichts von einem Lakaien erwähnt.

»Ja, bitte?«

Es war mehr ein Hauch als eine Frage.

Die Freifrau war ganz in dezentem Grau gehalten; lediglich eine Perlenkette sowie eine Art Miniatur-Familienabzeichen – ein Schleifchen, bestehend aus zwei kurzen, farbenfrohen Bändern mit zwei Schnallen am unteren Ende – veredelten die Vorderfront und verliehen der Dame etwas Farbe über dem Herzen. Die hellbraunen Haare hatte sie zu einem Nackenknoten geschlungen, die Brauen über den grünlich schimmernden Augen waren perfekt gezupft, der Teint der symmetrischen Gesichtszüge war makellos. Mit anderen Worten: In der Tür stand das genaue Gegenstück von mir, und ich kam mir in meinen Jeans und dem geringelten T-Shirt vor wie eine Trutsche vom Lande.

»Guten Morgen«, grüßte ich in vornehm-gedämpftem Tonfall. Das bei uns im Norden allgegenwärtige »Moin« schien mir in diesem Fall etwa so angebracht zu sein wie ein burschikoser Klaps auf die Schulter. Ich war schließlich kein amerikanischer Präsident, der sich damit bei der Queen als Hinterwäldler entlarvt.

Sie neigte fragend den Kopf, sagte jedoch nichts. Ich hatte allerdings das Gefühl, dass sie mich einer blitzschnellen Prüfung unterzog.

»Mein Name ist Hanna Hemlokk«, stellte ich mich vor. »Ich bin eine Freundin von Johannes. Er hat meinetwegen mit Ihnen telefoniert, weil er meinte, Sie könnten mir sicher bei meinem kleinen Problemchen behilflich sein.«

Himmel, wie redete ich denn? Kleine Problemchen kamen sonst weder in meinem Leben noch in meinem Wortschatz vor. Und behilflich war mir auch niemand. Entweder man half mir oder nicht.

»Inwiefern bitte?« Sie verfügte über eine präzise Aussprache, die auf eine gute Schulbildung schließen ließ und die sie wahrscheinlich davon abhielt, mir die Tür vor der Nase zuzuknallen. Denn ihr Argwohn war deutlich spürbar. Ich zauberte ein entwaffnendes Lächeln auf mein Gesicht, als vertrauensbildende Maßnahme sozusagen. Sie reagierte nicht. Ich hätte meinen Charme auch an einem Dinkelsack erproben können. »Sie sind die Detektivin.«

»Ja«, gab ich offenherzig zu. »Aber deshalb bin ich nicht hier. Ich weiß nicht, ob Johannes Ihnen bei seinem Anruf von meinem Brotberuf erzählt hat. Ich schreibe nämlich nebenbei

Liebesromane für die Yellow Press, und tja ...«, ich gab ein hilfloses Lachen von mir, »meine Agentin möchte nun, dass ich es einmal mit einem modernen Adelsroman versuche.«

»Nein, hat er nicht.« Sie stand wie ein Gardeoffizier im Rahmen der Tür und machte keinerlei Anstalten, mich hineinzubitten.

»So, hat er nicht?« Ich kratzte mich umständlich am Kopf, was sicher nicht sehr schicklich war. »Mhm, dann muss ich es Ihnen erklären. Mein Problem besteht darin, dass ich vom Leben des heutigen Adels keinen blassen Schimmer habe.« Ich breitete die Arme aus, um meiner Ahnungslosigkeit Nachdruck zu verleihen. »Ich verheddere mich schon ganz furchtbar bei den Anreden. Und da dachte Johannes, dass Sie mir da bestimmt weiterhelfen könnten.«

Sie wankte und schwankte nicht in ihrem Türrahmen. Ob das auf der Familienknete sitzende Brüderlein ihr eingeschärft hatte, ja keine Fremden in die Wohnung zu lassen?

»Sonst rufen Sie Johannes doch kurz an und fragen ihn, ob ich die bin, für die ich mich ausgebe«, schlug ich vor. An dieser Mauer kam ich ohne Hilfe nicht vorbei. »Er ist in seiner Werkstatt, wie ich gesehen habe, als ich auf den Hof fuhr.«

Sie zögerte kaum merklich.

»Ach nein, ich möchte ihn nicht stören, wenn es nicht unbedingt nötig ist«, lehnte sie hauchend ab. »Ich traf den Armen heute Morgen bei Nirwana am Gatter, und da erzählte er mir die schreckliche Geschichte von dem Mädchen, das so schwere Verbrennungen erlitten hat. Das hat ihn sehr mitgenommen, deshalb ... nein ... lieber nicht.«

»Jana«, sagte ich prompt. »Ja, das hat mich auch ziemlich umgehau... äh ... beschäftigt. Obwohl so etwas immer mal wieder vorkommt. Meistens verbrennen sich die Leute allerdings lediglich die Fußsohlen oder die Hände. Dies ist wirklich ein außergewöhnlich tragischer Fall.«

»Das Leben dieses jungen Menschenkindes ist doch ruiniert«, flüsterte sie mit tellergroß aufgerissenen Augen. »Also, ich möchte damit selbstverständlich nicht sagen, dass es möglicherweise besser wäre ... verstehen Sie mich nicht falsch.

Aber der Schock, diese Schmerzen ... der arme Johannes war richtiggehend erschüttert. Er tat mir so leid.«

»Ja, Johannes ist eine äußerst sensible Seele«, zwitscherte ich gefühlvoll, während ich meinen rechten Fuß vorstellte und den Oberkörper aufmunternd in Richtung Wohnungstür beugte. Und der alte Trick mit der Körpersprache funktionierte. Endlich.

»Ich bin Donata«, stellte sie sich vor und streckte mir die gepflegte Rechte hin.

»Hanna«, flötete ich herzlich, während ich überlegte, ob wir jetzt per Du oder immer noch per Sie waren. Egal. Sie drehte sich um und ging in ihre Wohnung. Ich folgte ihr rasch, bevor sie es sich womöglich anders überlegte. Das Wohnzimmer war äußerst geschmackvoll eingerichtet: eine olivfarbene Polstergarnitur von einer Schlichtheit, die auf eine Menge Geld schließen ließ; dazu überall Bilder, die eindeutig nicht aus der Posterabteilung eines Kaufhauses stammten. Kein Accessoire-Overkill aus Nippesfigürchen beleidigte das Auge, keine Tonnen von Familienbildern trübten den Eindruck teurer Eleganz.

»Setzen Sie sich doch«, forderte sie mich auf. Damit war zumindest in diesem Fall das Problem der Anrede geklärt. Brav sank ich in einen der olivfarbigen Fauteuils. »Darf ich Ihnen etwas anbieten?«

»Danke, gern, wenn es Ihnen nicht allzu viele Umstände bereitet«, entgegnete ich formvollendet. Schließlich besaß man ja auch so etwas wie eine Kinderstube.

»Mein Kaffee wird von vielen Menschen geschätzt.« Ihre Hand zuckte. Ich hätte geschworen, dass sie sich fast auf den Mund geschlagen hätte. »Ach du meine Güte, ich will mich natürlich nicht selbst über den grünen Klee loben ...«

Langsam begann mir dieses hauchende Mäuschen ernsthaft auf die Nerven zu gehen. Wieso konnte sie denn nicht dazu stehen, wenn sie gut in Kaffee war, verdammt! Weil sie unsicher, schüchtern und gehemmt war, lautete die Antwort. Ganz genau wie Johannes behauptet hatte. Mhm. War die Freifrau also tatsächlich echt, und ich hatte eine Gefahr gesehen, die es gar nicht gab? Hatte sie überhaupt nicht vor, ihn wie eine

Weihnachtsgans auszunehmen oder gar Schlimmeres mit ihm anzustellen? Möglich. Aber ich war weder restlos von ihrer Harmlosigkeit überzeugt noch mit der Freifrau fertig.

»Ich liebe ausgezeichneten Kaffee«, antwortete ich wohlerzogen.

Zweifellos hätte ich als Star in jedem Kurs für eiserne Selbstbeherrschung geglänzt. Ich war richtig stolz auf mich. Donny huschte davon, und während sie in der Küche werkelte und klapperte, schaute ich mich noch einmal sorgfältig in ihrem Heim um. Nein, die von Schkuditzens gehörten eindeutig nicht zum verarmten Adel.

Neben einer geschmackvollen Anrichte aus einem wunderschön polierten Holz entdeckte ich eine Bodenvase, die nicht aus einem Volkshochschultöpferkurs stammte, sondern aus irgendeiner chinesischen Ying- oder Yang-Dynastie, in der es den kaiserlichen Hofkeramiker augenblicklich den Kopf gekostet hätte, wenn der Majordomus Seiner Erhabenen Majestät einen Kratzer in dem Teil entdeckt hätte. Die Blumen-Ornamente waren derart filigran und präzise gearbeitet, dass auch ein ungeschultes Auge wie meines auf den ersten Blick erkannte, dass hier ein Künstler am Werk gewesen war.

Oder das mit Schnitzereien verzierte Hängeschränkchen neben dem Fenster. Allein der Knauf, mit dem das Teil geöffnet wurde, war sehenswert. Der freiherrliche Bruder hatte seine Schwester entweder mit dem Familiensilber ziehen lassen, oder er überwies monatlich dermaßen viel Geld, dass sie richtig einkaufen konnte. Nein, in finanzieller Hinsicht musste sich Johannes bestimmt keine Sorgen machen. Womit zumindest der erste Punkt zufriedenstellend geklärt war.

Sogar die Milch hatte sie angewärmt. Sie schenkte uns ein, setzte sich mir gegenüber, nahm einen Schluck, schien zufrieden und säuselte: »Also, ich weiß gar nicht, ob ich Ihnen wirklich helfen kann. Aber ich werde es selbstverständlich versuchen.«

»Doch, das können Sie bestimmt«, versicherte ich ihr. »Wie müsste ich Sie zum Beispiel korrekt anreden? Damit fangen wir einfach an.«

Die Antwort bestand aus einem perlenden Lachen, wodurch sie sich gleich mehrere Minuspunkte auf meiner inneren Bewertungsskala einhandelte. Frauen, die perlen, waren noch nie mein Ding.

»Ach, das ist ganz einfach. Frau von Schkuditz genügt.«

Ich starrte sie verdutzt an. Wie jetzt? Wo war denn das ganze Lametta geblieben? Sie bemerkte meine Enttäuschung.

»Es tut mir leid«, entschuldigte sie sich hastig, »aber den Titel ›Freifrau‹ benutzt man heutzutage nur noch im Schriftlichen. Die korrekte Anrede lautet Baronin Schkuditz oder eben Frau von Schkuditz, was mir entschieden lieber ist. Es tut mir wirklich leid.«

Mein Gott, sie konnte doch nichts dafür, dass sich die Zeiten geändert hatten!

»Aber sagt denn heute wirklich niemand mehr Komtesse oder Comtessa zu irgendwem?«, entfuhr es mir entsetzt.

»Nein.« Sie schüttelte so heftig den Kopf, dass das bunte Schleifchen auf ihrem Busen ins Wippen kam. »In Deutschland zumindest nicht. Der Titel ist nicht mehr gebräuchlich.«

Mist! Denn er klang so wunderbar nach Romantik, Heldenmut und Leidenschaft und war deshalb wie geschaffen für eine Sülzlette. Meine Agentin würde das gar nicht witzig finden.

»Komtesse war die Anrede für die unverheiratete Tochter eines Grafen«, klärte Donny mich ungefragt auf, nachdem sie mir Kaffee nachgeschenkt hatte.

Ich verstand sofort und plapperte ohne nachzudenken drauflos.

»Aha, die Jungfrau ist also noch auf dem Markt, sollte das den Heiratsanwärtern signalisieren. Wie das Fräulein bei den Bürgerlichen.«

Sie starrte mich mit großen Augen an. Oh Gott, hatte ich sie mit meinen deutlichen Worten verschreckt? Nein, hatte ich nicht. Sie lächelte. Zwar verhalten, aber sie lächelte.

»So habe ich das noch gar nicht gesehen. Sie meinen, mit dem Titel wird jedem männlichen Bewerber sofort angezeigt, dass ... äh ... die Frau noch zu haben ist. Ja, das stimmt wohl.

Oh, Verzeihung! Ich wollte Ihre Kompetenzen natürlich nicht anzweifeln.«

Nee, nee, beruhigte ich sie. Kein Problem. Und dann ritt mich der Teufel oder irgendein verwandtes Wesen.

»Ein Herrlein hat es meines Wissens in der gesamten Historie nie gegeben«, bemerkte ich.

In Donnys freifraulichem Oberstübchen arbeitete es sichtbar.

»Sie meinen eine Anrede für den Mann, welche der Frau anzeigt, dass er noch nicht verheiratet ist?«

Genau das meinte ich, ja. Aber so etwas war natürlich auch völlig überflüssig. Denn im gesellschaftlichen Bewusstsein der Jahrtausende war *er* stets der Jäger, der in die Welt hinaus- und auf die Pirsch ging, während *sie* sittsam, züchtig und gut behütet zu Hause wartete, bis sein geneigtes Auge auf sie fiel. Der Held ist aktiv, die Dame seines Herzens passiv. Da hatte sich in den Jahrmillionen, die von Adam und Eva bis hin zu Richard und Camilla vergangen waren, nicht allzu viel getan. Ein bisschen vielleicht, aber grundlegend? Nö. Das wusste ich als Tränenfee schließlich am besten.

»Sie müssen entschuldigen, aber ich habe nicht so viel Ahnung von solchen Dingen.« Donny kicherte verlegen. »Wissen Sie, mein Herz gehört der Kunstgeschichte. Hat es immer getan.«

Wir kamen vom Hölzchen aufs Stöckchen, und einen kurzen Moment dachte ich daran, das Weite zu suchen. Doch ich blieb sitzen. Denn erstens war ich es Johannes schuldig, die Frau richtig kennenzulernen, auch wenn mein Misstrauen mit jedem unschuldig dahingehauchten Satz von ihr schwand. Und zweitens konnte es Vivian LaRoche nur helfen, wenn sie ein aufgeschlossenes wandelndes Adelslexikon in ihrer Nähe wusste. Also bewunderte ich geduldig und in aller Heimlichkeit ihre wahrhaft perfekt parallel und schräg gestellten Beine, während sie mir raunend mitteilte, dass es ihr seit frühester Kindheit das Schöne angetan habe.

»Mir ist durchaus bewusst, dass ich dadurch auf manche Menschen ein wenig weltfremd wirke. Mein Bruder, aber auch die Professoren an der Universität haben es mir wieder und wieder gesagt.«

Ihre Lippen bebten jetzt. Das Thema nahm sie offenkundig mit.

»Haben Sie diese Leidenschaft für das Schöne deshalb nie zum Beruf gemacht? Weil sie Ihnen zu wichtig ist und Sie es sich leisten können?«, fragte ich ganz direkt.

Sie errötete. Wie eine Welle schwappte das Rot vom Hals aufwärts zu Wangen und Stirn. Ob man so etwas auf der Schule für höhere Töchter lernte?

»Ja«, flüsterte sie und wandte verschämt den Kopf ab. »Das war ein wichtiger Grund, aber ich fürchte, ich hielt mich auch nie für gut genug, um in meinem Beruf arbeiten zu können. Da sind andere so viel besser.«

»Unsinn«, widersprach ich spontan. »Sie haben doch einen Uni-Abschluss in Kunstgeschichte?«

Sie nickte wortlos.

»Einen guten Abschluss, vermutlich?«

Sie nickte erneut.

»Wo ist dann das Problem?«

Jetzt fing sie doch tatsächlich an, vor lauter Schreck und Verlegenheit ihre Finger ineinander zu verknäulen. Es war ein gruseliger Anblick, fast so, als würde sie an den Nägeln kauen.

»Ich bin das Problem. Ich ganz allein«, gestand sie leise. »Wissen Sie, es geht überall so roh zu. So brutal. Verzeihen Sie, als Privatdetektivin werden Sie damit ja sicher täglich konfrontiert.«

Na ja, ganz so schlimm war es nun auch wieder nicht, aber das behielt ich selbstverständlich für mich. Und wenn ich an meinen Anima-Fall dachte, hatte die Freifrau schon recht. Das, was da ablief, war brutal und roh. Und wie.

»Selbst in der Universität ist der Umgangston mittlerweile sehr rau. Überall nur Zank und Streit und Konkurrenzdenken. Die Menschen balgen sich wie ein Wolfsrudel um die Beute. Alwin meinte deshalb …« Sie verstummte, eine schüchterne Freifrau, die mit der modernen Welt nicht klar kam.

»Alwin?«, stupste ich sie an.

Den Namen würde ich mir ebenso für einen Sülzheimer merken wie Donata, weil beide so wunderbar nach ellenlanger

Ahnenreihe klangen. Allerdings auch ein kleines bisschen nach inzuchtbedingter Debilität.

»Mein älterer Bruder.« Sie lachte glockenhell auf. »Baron von Schkuditz. Er ist unser Familienoberhaupt und verwaltet unsere Konten sowie den Immobilienbesitz.«

Ich grunzte verständnisvoll. Diese Probleme hatte die Familie Hemlokk zwar nicht direkt, aber wenn man ganze Wälder samt Reh und Wildschwein, Hase und Hirsch sein Eigen nennt, wie etwa diese Gloriole von Thurn und Taxis aus dem Bayrischen, war das natürlich etwas völlig anderes. Einen Verwaltungsjob von dieser Dimension erledigte niemand mal so eben nach der Schicht bei Daimler oder Edeka. Da brauchte es schon den ganzen Mann.

»Alwin meint, dass ich mich dem nicht aussetzen soll. Weil ich nicht stark genug bin für diese Welt. Mir ist das manchmal richtig peinlich«, gestand sie unvermutet.

»Das muss es nicht«, beruhigte ich sie automatisch. Nein? Wirklich nicht?

»Doch, doch«, beteuerte sie eifrig. »Ich bin ja nicht völlig weltfremd. Wer so lebt wie ich, passt nicht in unsere hektische, betriebsame Zeit. Deshalb bin ich Johannes ja auch so ungemein dankbar, dass er mich auf Hollbakken wohnen lässt. Hier fühle ich mich wohl. Auf unserem Familienstammsitz würde ich Alwin und Eleonore doch nur ständig im Weg sein. Eleonore ist meine Schwägerin. Sie ist reizend, und meine beiden Nichten und mein kleiner Neffe sind es ebenfalls, aber ich möchte niemandem zur Last fallen, sondern mein eigenes Leben führen.« Sie blickte mir direkt ins Gesicht. »Sie waren neugierig auf mich, stimmt's?«

»Na ja.« Ich fühlte mich ertappt.

»Oh, ich kann das sehr gut verstehen. Ihr Freund Johannes ist ein Guter, Sie sind Privatdetektivin, und da haben Sie gedacht, ich schaue mal, was für ein Ei er sich mit dieser Frau ins Nest gelegt hat.« Sie trank einen Schluck Kaffee. »Ich nehme es Ihnen nicht übel. Warten Sie.« Sie stand auf, ging zu dem kleinen Hängeschränkchen, holte Papier und Stift heraus und fing an zu schreiben. »Hier.« Sie gab mir den Zettel. »Dies ist die Rufnummer unseres Familienanwalts. Und darunter habe ich Alwins Adresse notiert. Sie dürfen gern Erkundigungen über mich einziehen. Sie sind Johannes eine echte Freundin, Hanna.«

Ich ärgerte mich immer noch, dass mich selbst dieses schlichte Huhn von Freifrau derart leicht durchschaut hatte, als ich mein Auto vor dem Haupthaus neben Nörpel, Harry Gierkes betagter Mühle, parkte. Der Junge hatte mir gerade noch gefehlt. Wir kamen nicht besonders gut miteinander aus, wenn mich etwas fuchste.

»Was machst du denn hier?«, begrüßte ich ihn gnatterig, als ich vor meiner Gartenpforte stand.

Er hatte mich nicht kommen sehen, weil er die Gartenbank so herumgeschoben hatte, dass er auf den See schauen konnte. Der lag heute da wie eine polierte Scheibe: glatt und glänzend. Normalerweise hätte ich seine Schönheit bewundert. Heute nicht.

»Sitzt dir eine von Matulkes Cremeschnitten quer?«, fragte Harry aufreizend freundlich, ohne sich umzudrehen.

Sein Brilli im rechten Ohrläppchen funkelte. Ich mochte ihn nicht, hatte ihn noch nie leiden können. Weil das bei einem erwachsenen Mann einfach affig aussah.

»Nee«, knurrte ich. »Eher eine Freifrau.«

Erst jetzt nahm ich die drei riesigen Taschen wahr, die neben der Bank standen. Ach du lieber Himmel, er hatte doch nicht etwa vor, bei mir einzuziehen? Der Mann passte knapp in mein Bett, für seinen Hausstand müssten wir einen Container anmieten. Mir wurde ganz flau im Magen.

»Nein«, sagte ich sehr laut und sehr bestimmt.

Jetzt drehte er sich zu mir um, sein Gesicht war ein einziges Fragezeichen, die rechte Augenbraue schoss steil in die Höhe, ein sicheres Indiz dafür, dass er irritiert war.

»Auf gar keinen Fall. Das kommt ü-ber-haupt nicht in Frage.«

»Was ficht dich denn an, Hemlokk? Kündigst du mir etwa die Freundschaft?«

»Wenn du bei mir einziehen willst, lautet die Antwort: Ja«, entgegnete ich hitzig.

Harry blickte mich wortlos an. Dann erhob er sich, lehnte sich über die Pforte und küsste mich.

»Ich finde dich zwar ziemlich klasse, Süße, aber ich würde mich eher entleiben, als mit dir zusammenzuhausen. Vierteilen, von der Klippe springen oder mich aufhängen fände ich auch angenehmer«, teilte er mir in herablassendem Tonfall mit.

»Ach«, brummte ich gefährlich ruhig.

Das war ja wohl frech. Und wie hatte er mich genannt? Süße? Na warte.

»So ist es«, bekräftigte er.

Ich deutete auf die Taschen.

»Und was ist da drin? Sammelst du vielleicht seit Neuestem Wackersteine?«

Er trat einen Schritt zurück.

»Das sind Unterlagen, die ich dir zeigen wollte. Sie betreffen mein nächstes Projekt.« Er setzte sich achselzuckend wieder. »Aber wenn es dich nicht interessiert ...«

Ich stöhnte innerlich laut auf – ging das überhaupt? Doch ja, in diesem Moment tat ich genau das. Denn irgendetwas lief da höllisch schief zwischen uns.

»Tut es, Harry«, versicherte ich schnell.

Es musste sich eindeutig um etwas Großes, einen richtigen Knüller handeln, wenn das Material zwei bis drei Taschen füllte. Jetzt grüßte er lässig zu Silvia hinüber, ganz der abgebrühte und mit allen Wassern gewaschene Journalist, für den selbst der undurchsichtige Heide-Mord ein investigativer Klacks gewesen wäre – womit bei uns in Schleswig-Holstein die fehlende Stimme aus den eigenen Reihen zur Wahl von Heide Simonis als Ministerpräsidentin 2005 bezeichnet wird.

»Sagt dir der Name ›Sig Sauer‹ etwas?«

»Äh ... ja«, gab ich verdutzt zur Antwort. »Die stellen Knarren her.«

Harry feixte, während er sich schwungvoll zu mir umdrehte.

»Und zwar gleich hier um die Ecke, nämlich in Eckernförde. Wusstest du das? Bestimmt nicht.«

»Nein«, musste ich zugeben. Seltsam. Die mussten doch riesig sein. ›Sig Sauer‹ war schließlich auch ein Begriff für Leute, die ohne Schießprügel durch die Gegend gondelten. So wie ich. »Die liefern Pistolen und Gewehre in alle Welt, oder?«

»So ist es«, meinte Harry sonor. »Aber lass gut sein, es interessiert dich nicht sonderlich. Ich hab schon verstanden.«

»Das ist nicht wahr!«, schnaubte ich empört.

Er winkte ab.

»Deine Reaktion auf meine Taschen war eindeutig. Aber vielleicht interessiert es dich ja ein bisschen mehr, dass ich dir zuliebe das Kochen für mich entdeckt habe.« Ach was. Harry Gierke und der Herd? Der Junge war doch viel zu ungeduldig, um einen Fond einzuköcheln oder eine Ente mit der Niedriggarmethode stundenlang vor sich hin brutzeln zu lassen. »Ein Schweinekopf und viel Gemüse«, schwärmte Harry, presste die Kuppen von Daumen und Zeigefinger aufeinander, formte das Gebilde zu einem Rund und küsste affektiert die Spitzen. »Aus diesem Zusammenspiel entstehen kulinarische Träume. Und ich werde mir selbstverständlich einen Pacojet zulegen.«

Ich beäugte ihn misstrauisch. Die Freifrau und mein Ärger über mich selbst waren schlagartig vergessen. Hatte er etwa einen Bumms auf die Rübe bekommen? Litt er unter Wahnvorstellungen? Schizoiden Anwandlungen? Wollte er jetzt Schweineköpfe in einem Privatjet transportieren?

Harry schüttelte tadelnd den Kopf, als er mein ratloses Gesicht sah.

»Ein Pacojet ist eine Kopffräse, die die Textur von Eis, Suppen oder in unserem Fall wohl eher Soßen noch cremiger macht. Heutzutage ist das ein Muss für jeden ernst zu nehmenden Koch.«

Aha. Ein Muss.

»Aber sonst geht's gut?«, erkundigte ich mich freundlich.

Leute, die sich völlig neben der Spur befinden, soll man bekanntlich weder reizen noch ihnen mit fremden Themen kommen – wie etwa mit Johannes' weltabgewandter Freifrau, Janas entsetzlichem Unfall oder der Frage nach einem Tipp, wie ich in meinem Anima-Fall vorgehen könnte. Das verwirrt dann nur noch mehr. Harry warf mir einen Blick zu, der schwer an einen waidwunden Cockerspaniel erinnerte.

»Ich dachte, du freust dich darüber, weil du doch das Kochen liebst.«

Das tat ich tatsächlich, allerdings gern allein oder in meiner Feuer-&-Flamme-Gruppe, die es scharf und indisch mochte, aber auch Butt mit Stachelbeerkompott nicht abgeneigt war. Aber ganze Schweineköpfe, die man mit so einem Fräseteil sämig schlug?

Harry griff wortlos nach seinen Taschen und erhob sich.

»Weißt du, Hemlokk, vielleicht ist es dir nicht klar, aber in der modernen Küche geht es darum, aus den einfachsten Zutaten das Beste zu machen«, teilte er mir über die Schulter hinweg mit. »Richtig zubereitete Schweineohren sind beispielsweise ein Genuss. Und die Blutwurstsoße dazu ist geradezu ein Gedicht.«

Tatsächlich? Mein Mund war so trocken wie Bauer Plattmanns Humor, denn mein Speichelfluss hatte seinen Dienst komplett eingestellt. Trotzdem schloss ich die Tür auf, und Harry wankte schwer bepackt in mein Wohn-, Arbeits- und Küchenzimmer.

»Wo hast du denn das alles ausprobiert?«

Das klang mir doch sehr nach gehobener Trendküche. Die bedauernswerten Kochwichtel mussten sich ja heutzutage mittlerweile auf Teufel komm raus im Wochenrhythmus etwas Neues einfallen lassen, sonst war der Stern futsch. Algen auf Eisbärentatze, Robbenaugen in Honig-Chili-Vinaigrette, Klapperschwammpilze mit Schweineblutpüree. Oder … Hund, gegrillt, gesotten und pochiert. Und Katze, in sauer eingelegt oder zu Rouladen verarbeitet. Total innovativ, ohne Zweifel. Doch das war auch schon alles!

Mir wurde schlecht, mein Magen revoltierte. Und wenn die Anima-Tiere nun ausgebüxt waren und eigentlich direkt an ein Gourmetlokal mit geheimer Speisekarte geliefert werden sollten? Nur für Insider und quasi unter dem Esstisch? Kulinarische Bückware gewissermaßen? Unsinn, Hemlokk, rief ich mich zur Raison, während Harry munter weiter über die neuesten Trends in der Sternegastronomie schwadronierte. Die Tiere, die Jana, Philipp und Krischan auflasen, waren schwach und krank. Das war minderwertiges Fleisch. Eben! *Die* aß man nicht. Doch wer sagte denn, dass sie allein waren? Niemand. Vielleicht handelte es sich bei ihnen nur um die kranke Spitze eines Eisberges. Und wenn das so war – wo waren dann die anderen, die gesunden?

»… ist es auf dem Land natürlich weitaus einfacher, einen richtig schönen frischen Schweinekopf zu besorgen, als in der Großstadt. Und das Gemüse holen wir direkt vom Feld. Denn«, jetzt hob Harry den Finger wie ein Lehrer, der seinen Schülern eine echte Weisheit kundtut, »es muss natürlich alles total frisch sein. Was ist denn? Du bist so blass.«

»Nichts«, würgte ich hervor.

In China isst man bekanntlich mit Begeisterung Hunde und Katzen. Und frittierte Heuschrecken sind sowieso überall auf der Welt groß im Kommen, die Südamerikaner lieben gegrilltes Meerschweinchen, während die Norweger und Japaner Walfleisch lecker finden. Sooo unwahrscheinlich war es also nicht, dass da einige von den Anima-Tieren im gesottenen Zustand auf irgendwelchen Restauranttellern in der Umgebung landeten.

»Hemlokk, juhu, ich lebe noch.«

»Wie? Ja, Entschuldigung.« Ich beschloss, die These zunächst einmal für mich zu behalten. Harry würde mich bestimmt nur auslachen. »Möchtest du vielleicht erst einmal einen Tee? Ich brühe ihn frisch auf, und dann erzählst du mir von Sig Sauer, okay?«

Um die Sache abzukürzen: An diesem Abend wurde es nichts mit der gehobenen schweinischen Gastronomie. Mein Tisch war bald randvoll mit Unterlagen, deshalb ließen wir zwei Pizzen kommen – ich orderte vorsichtshalber die vegetarische Variante –, und dazu tranken wir einen Bardolino, den Harry mitgebracht hatte. Den Gedanken an Bobtail in Orangen-Preiselbeer-Soße oder Chihuahua-Carpaccio drängte ich fürs Erste zurück.

Harry war durch die Presseberichterstattung über die Ermittlungen der Staatsanwaltschaft bei Sig Sauer auf die Firma aufmerksam geworden. Das sei der Anstoß gewesen, erzählte er mir. Doch da er, Harry Gierke, selbstverständlich nicht zum Bohren dünner Bretter neige, sondern bekanntlich stets Nägel mit Köpfen mache, hatte er das Thema sogleich erweitert und recherchierte jetzt ganz allgemein im Hinblick auf Waffenschmieden in Schleswig-Holstein. Und er könne mir bereits verraten: Er sei fündig geworden!

Ich mümmelte langzähnig an meiner Spinatpizza. Oje, das konnte sich ziehen, wie ich aus Erfahrung wusste. Wenn sich das Harry-Schätzchen in ein Thema verbiss, entwickelte er auch erzähltechnisch die Qualitäten eines Bluthundes, selbst wenn sein Gegenüber vor Langeweile ins Koma sank. Und schon wieder war ich auf den Hund gekommen. Es schien wirklich wie verhext. Also Hemlokk: Pest oder Cholera? Schweinekopf oder Waffenhandel? Ich entschied mich für den dritten Weg.

»Harry, stell dir vor, ich hab einen neuen Fall«, säuselte ich hoffnungsvoll. »Es geht um Tiere, die von einer Brücke in Neuschön—«

»Prima. Sagt dir der Name ›Landmann‹ etwas?«

Nö. Ich versuchte es erneut.

»Es geht um Hunde und Katzen, die irgendwelche Perversen bei Neuschönberg von der Brücke pfeffern. Und ich habe den Verdacht, dass die entweder aus Laboren stammen oder in den Kochtöpfen —«

»Lass uns einmal nicht übers Essen reden, ja?«, unterbrach er mich. »Das mit den Waffen ist nämlich wirklich spannend. Also hör zu. Die Firma Landmann hat zum Beispiel noch bis 1975 in Preetz Waffen hergestellt. Also praktisch hier um die Ecke. Das wissen nur ganz wenige.« Ich gehörte nicht zu ihnen. Direkt am Markt der mit sechzehntausend Einwohnern größten Stadt im Kreis Plön – »Wenigstens das weißt du doch aber, Hemlokk, oder?« –, in einem Hinterhaus, habe sie ihre Räume gehabt, belehrte Harry mich weiter.

Und wen interessierte so etwas noch? Ein paar verschrobene Historiker vielleicht, aber sonst? Ich startete einen neuen

Versuch, das Harry-Schätzchen von den Ballermännern wegzubekommen.

»Johannes hat eine neue Mieterin. Donata Freifrau von Schkuditz heißt sie. Und, ob du es glaubst oder nicht, sie hat sogar schon für die ersten drei Monate im Voraus gezahlt. Aber man redet sie nicht mit Freifrau an, sondern –«

»Schön«, sagte Harry zerstreut. »Sehr schön.«

»Mir war sie erst nicht geheuer«, fuhr ich eisern fort, »deshalb habe ich sie mir eben angeschaut. Aber ich glaube, Johannes hat recht. Sie ist harmlos. Ziemlich daneben zwar, aber harmlos.«

Harry nickte gewichtig, während er sich den Rest seiner Pizza in den Mund schob.

»Was man von den Landmännern ganz bestimmt nicht behaupten kann«, nahm er das Stichwort kauend auf.

Ich unterdrückte ein Gähnen, das einem hungrigen Tiger alle Ehre gemacht hätte.

»Ich denke, die gibt's gar nicht mehr«, brummte ich bockig.

»Stimmt, aber so eine Hintergrundinformation macht eine gute Story doch erst richtig prall.« Er genehmigte sich einen ordentlichen Schluck von dem ausgezeichneten Bardolino. »Wusstest du, dass der RAF-Mann Andreas Baader damals mit einem Landmann-Gewehr befreit worden ist?«

Ich presste trotzig die Lippen aufeinander. Meinetwegen hätten sie den Blödmann auch mit einer Zwille aus dem Knast holen können. Doch es half – natürlich – nichts.

»Außerdem sind mehrmals Waffen aus der Firma geklaut worden, die dann für Banküberfälle benutzt wurden.«

Na klar, der Bedarf an unangemeldeten Wummen war auch in den sechziger und siebziger Jahren groß. Da kam er nun wirklich mit nichts Neuem.

»Harry, hast du eine Ahnung, ob es in unserer Gegend Labore gibt, in denen Tierversuche durchgeführt werden?«

»Tierversuche?« Er sah mich verständnislos an. »Ich rede von Waffen, Hemlokk, nicht von irgendwelchen Miezen, denen man Kortison in die Adern pumpt.«

Es hatte keinen Sinn. Deshalb versuchte ich es auch gar nicht mehr mit meiner Restaurantthese. Erst musste er mit seinen Ballermännern zu Potte kommen, dann war ich dran.

»Zwischen Landmann-Preetz und Sig Sauer gibt es nämlich Parallelen«, teilte Harry mir jetzt mit deutlich geschwollener Brust mit. »Man muss sie nur erkennen.«

Was er selbstverständlich tat. Und zwar höchstwahrscheinlich als einziger Mensch auf diesem Erdenrund. Darum ging es also.

»Und du tust das«, fügte ich mich brav in meine Rolle.

»Als Einziger«, trötete Harry. Was hatte ich gesagt? »Die Kollegen im Tagesgeschäft kratzen nur an der Oberfläche. Keine Zeit, kein Geld, kein Interesse. Da ist Harry Gierke anders gewickelt. Du wirst es schon noch kapieren.«

Und die Welt ebenfalls. Mit schwante Unheil. Wenn der Gierke sich da man nicht schon wieder in etwas verrannte, was er nicht wuppen konnte. Das hatten wir alles schon gehabt, und es war dann stets an mir gewesen, den gefallenen Helden seelisch wieder aufzurichten.

»Wo siehst du denn die Parallelen?«, erkundigte ich mich misstrauisch.

Harry hieb mit der flachen Hand auf meine Küchenzeile, sodass die Olivenölflasche einen Satz machte und gegen das Salzfass kegelte, woraufhin dies seinen Inhalt großzügig über meine gesamte Spüle verteilte. Er bemerkte das gar nicht.

»Das kann ich dir sagen, Hemlokk. Die Parallelen liegen für den, der des analytischen Denkens mächtig ist, in den restriktiven staatlichen Vorgaben für den Handel mit Waffen, die beiden Betrieben das Wasser abgegraben haben«, verkündete er in einem Ton, als habe er den Stein der Weisen gefunden.

»Aha«, murmelte ich.

»So sehen es natürlich nur die Firmenleitungen«, fuhr er fort. »Also bei Sig Sauer ist es ganz eindeutig so. Die haben ja momentan ziemliche Probleme, und schuld daran sind nicht etwa die Chefs, weil die sich nicht an die Gesetze gehalten haben, sondern verantwortlich für die Misere ist der Staat.«

»Wie einfach. Und wie bequem.«

»Du sagst es«, meinte Harry. »Und bei den Landmännern war es ganz genauso. Da hatte der Gesetzgeber etwas dagegen,

dass sich ein halb automatisches Kleinkalibergewehr mit wenigen Handgriffen in eine automatische Waffe umbauen ließ. Denn mit der schießt man nicht mehr auf Tontauben, sondern auf Menschen. Aber das Teil verkaufte sich natürlich besser.«
Ich süffelte mein Weinglas leer und beschloss, dieser Waffenschmiede in Preetz keine Träne nachzuweinen. »Und als sie das nicht mehr durften ... tja, da ging die Firma den Bach runter.«

»Wie Sig Sauer, ja, das habe ich verstanden. Haben die nicht irgendwelche Ausfuhrbestimmungen verletzt?«

Düster erinnerte ich mich an etliche Artikel in der Presse. Das hatte sich gezogen und gezogen und war hin und her gegangen.

»Stimmt«, sagte Harry. »Die haben über einen US-Ableger der Firma Waffen nach Kolumbien geliefert, was sie nicht gedurft hätten. Und an die Präsidentengarde von Kasachstan.«

Kasachstan, auweia. Die Jungs konnten die Wörter Menschenrechte und Demokratie doch noch nicht einmal unfallfrei buchstabieren. Die schossen erst und fragten dann. Wenn sie denn überhaupt noch fragten. Alarmiert setzte ich mein leeres Glas ab. Hatte ich es doch geahnt!

»Harry«, begann ich beklommen, »lass mich raten. Du vermutest nun, wenn die schon Waffen illegal nach Kasachstan verschoben haben, könnte Sig Sauer womöglich auch um ein paar Ecken Pistolen und Gewehre an die Taliban oder die Kämpfer vom Islamischen Staat vertickt haben.«

»So ist es. Ganz genau so, Hemlokk«, sagte Harry in dem Ton eines höchst zufriedenen Lehrers, dessen Schulanfänger das erste Wort ihres Lebens richtig geschrieben haben.

»Aber das ist brandgefährlich!«, rief ich ehrlich entsetzt. Und das war noch untertrieben. »Waffenschieber sind keine Zimperliesen«, setzte ich noch eins drauf. »Und die Firma ist mächtig und einflussreich. Heiliger Strohsack!«

Harry winkte lässig ab.

»Richtig erkannt, Hemlokk. Sig Sauer gehört in der Tat zu den größten Ausrüstern von Militär und Polizei weltweit.« Der Dösbaddel konnte seine Begeisterung nicht länger unterdrücken. »Deshalb wäre es wirklich ein Superknüller, wenn ich –«

»Wenn du mit gebrochenen Armen, fehlenden Fingernägeln und einem Loch im Kopf im Passader See dümpelst? Das finde ich nicht, Harry.« Ich sah ihn eindringlich an. »Solche Leute lassen sich von dir nicht das Geschäft kaputt machen. Du bist für die nichts weiter als eine lästige Fliege. Zack, und du bist platt. Da kennen die nichts. Oder meinst du etwa, nur weil die hier um die Ecke im beschaulichen Eckernförde sitzen, tun sie dir nichts?« Wie einfältig war der Mann eigentlich? »Wenn du denen oder – schlimmer noch – ihren Geschäftspartnern so richtig in die Quere kommst, bist du schneller tot, als du gucken kannst. Lass es, Harry.«

Ich wollte das nicht! Die Sache war eindeutig viel zu groß für eine One-Man-Show. Im besten Fall verbrannte er sich gehörig die Finger, im schlechtesten trieb er irgendwann kieloben in der Eckernförder Bucht. Bei meinen Worten war Harry aufgestanden und neben meinem Schaukelstuhl in die Knie gegangen, um wortlos an meinem Ohrläppchen zu knabbern.

»Was hältst du von einer kleinen Entspannungseinheit, Hemlokk?«, raunte er in mein glühendes Öhrchen. »Du scheinst sie bitter nötig zu haben.«

Viel, um ehrlich zu sein. Zumindest hielt ich davon weitaus mehr als von moussierten Schweineköpfen und durchgeknallten Pistoleros.

VIER

Gleich am nächsten Vormittag setzte ich Harry mitsamt seinen Taschen und einer weiteren fruchtlosen Ermahnung, ja vorsichtig und auf der Hut zu sein, an die Luft. Weil Vivian etwas zu Papier bringen und ich mich endlich um den Anima-Fall kümmern wollte. Außerdem sah ich uns mittlerweile in einem wahren Horrorszenario in trauter Zweisamkeit sämtliche Abende, die die Grundgütige werden ließ, nebeneinander auf dem Sofa verbringen; Fernsehen gucken, Chips mümmeln und Bier süffeln.

Nein, danke. Noch war ich nicht so weit. Harry war natürlich beleidigt gewesen, doch da musste er durch. Ich tauge eben nicht für eine heimelige Beziehung der konventionellen Art. Je eher er das begriff, desto besser. Als er grummelnd abgezogen war, fühlte ich mich wohler.

Zumindest einen Vorteil hatte sein Kurzbesuch jedoch gehabt. Es war Harry gewesen, der mir in dem Anima-Fall ganz pragmatisch geraten hatte, mich zunächst nicht weiter um obskure Tierversuchslabore und sonderbare Gourmettempel zu kümmern – ich hatte ihn beim Frühstück doch noch mit meinem Verdacht konfrontiert, und er hatte ihn zu meinem Erstaunen gar nicht so abartig gefunden –, sondern die Sache quasi von hinten aufzuzäumen und mich ganz einfach an der Brücke auf die Lauer zu legen.

»Denk doch mal pragmatisch, Hemlokk. Wenn du Glück hast, schnappst du sie auf diese Weise schon nach wenigen Nächten«, hatte er gemeint. »Und dann wirst du ja sehen, was dahintersteckt. Ist doch ganz einfach.«

Er hatte mir seine Hilfe angeboten. Ich hatte abgelehnt.

Stattdessen rief ich Krischan an und erklärte ihm meinen Plan. Er sagte sofort zu. Und auch Philipp zögerte nur kurz, weil er einen Termin verschieben musste, dann war auch er dabei. Ich ermahnte die beiden Jungs, ja ihre Handys nicht zu vergessen und sich warm anzuziehen, denn nachts wird es in unseren Breitengraden im September bereits empfindlich kühl und feucht. Wir verabredeten uns für sieben Uhr unter der Brücke, da es mittlerweile gegen halb acht anfing zu dämmern. Die Wurz erwähnte niemand von uns.

Anschließend kochte Hanna der LaRoche eine schöne Kanne Earl Grey und stellte der Guten einen motivierenden Teller mit Plätzchen vor die Nase. Es musste ja nicht gleich eine ellenlange Adelsschmonzette werden, denn den bei Donata erlittenen Komtessen-Schock musste ich erst einmal verdauen. Ein kurzer bürgerlicher Einteiler tat es auch.

Also verliebte sich die gazellenhafte Camilla schwuppdi-wupp in den älteren Richard, fühlte sich als junges Ding jedoch bald von seiner imposanten Charakterstärke gewaltig gegängelt, trennte sich deshalb als junger Hüpfer von ihm, als die B-Besetzung Martin ihr den Hof zu machen begann, und erkannte erst, dass sie Richard immer noch wie blöde liebte, als er – bleich und eingefallen vor lauter Kummer, aber immer noch mit einer tierisch männlichen Ausstrahlung gesegnet – einem kleinen Mädchen heldenhaft das Leben rettete. Kuss und Schluss und fertig. Na bitte, ging doch.

Nach dem Mittagessen las Vivian den Sülzheimer noch einmal sorgfältig durch, machte aus dem ewigen Richard einen Sönke, aus Camilla eine Helen und aus Martin einen Thomas. Dann schickte sie das Dramolett ab. Es war halb drei, als Hanna aufstand, sich reckte und streckte und den Computer herunterfuhr.

Ich schob mir rasch die beiden Restplätzchen in den Mund und überlegte. Ich war erst in drei Stunden mit Krischan und Philipp verabredet, also blieb noch genug Zeit, um einmal kurz bei Donnys Bruder, dem Herrn Baron, durchzuklingeln. Denn ich war schlicht und ergreifend neugierig auf einen weiteren Adelsspross, das gebe ich zu. Und seine Schwester war ja wirklich ein bisschen spinnert. Harmlos zwar, aber eindeutig spinnert. Außerdem hatte sie mich direkt zu dieser Überprüfung aufgefordert – als Johannes' Freundin und als Private Eye.

Was also wollte ich mehr? Ich angelte nach dem Zettel, den sie mir gegeben hatte, und wählte. Wahrscheinlich näselte der

Typ vor lauter Vornehmheit total. Schließlich handelte es sich bei ihm um den Clanchef derer von Schkuditzens. Es tutete. Und tutete. Durchlaucht befanden sich augenscheinlich nicht im Schloss, und das Gesinde begoss im Park die Begonien. Ich legte auf, ziemlich enttäuscht, was natürlich komplett unsinnig war.

Bis halb sieben vertrieb ich mir die Zeit mit der Reinigung des Krötenterrariums, wobei ich allen vier Knödeln zum Eingewöhnen einen liebevollen Klaps auf den Minipanzer verpasste, und anschließend mit Elizabeth Georges Adelsspross Thomas Lynley. Als seine Scotland-Yard-Assistentin Barbara Havers wieder einmal ihre Haare mit der Nagelschere zu bearbeiten begann, schlug ich das Buch zu. Es wurde Zeit, zwei Kannen Tee für das Observierungskommando zu kochen sowie ein paar Brote für die Nacht zu schmieren. Es war zehn Minuten vor sieben, als ich zum Auto stiefelte.

Ich parkte den Wagen an der Neuschönberger Hauptstraße und ging den Treckerweg zu Fuß. Das war am unauffälligsten. Als ich die Brücke erreichte, streichelten die letzten Strahlen der Sonne Tiere, Menschen, Sträucher, Bäume und Äcker. Bald würde es anfangen zu dämmern. Im Radio hatten sie von einer klaren Nacht gesprochen. Dafür war es kühl und windete ordentlich, sodass ich mich in das stetige Rauschen der vorbeifahrenden Autos auf der Brücke über mir erst hineinhören musste.

Meine beiden Mitstreiter bogen mit ihren Rädern um die Ecke, als ich gerade meinen Rucksack absetzte, und bremsten scharf vor mir ab.

»Moin, Hanna«, grüßte Krischan dynamisch und sprang mit einem Satz von seinem betagten Damenfahrrad.

Ich erwiderte den Gruß. Philipp, der sein Mountainbike sorgfältig gegen eine Birke lehnte, nickte mir lediglich zu. Er sah elend aus, der arme Kerl.

»Wie geht es Jana?«, erkundigte ich mich mit gedämpfter Stimme. »Habt ihr etwas gehört?«

»Nicht so gut«, erwiderte Philipp bedrückt. »Ich war gestern bei ihr im Krankenhaus, aber sie lassen nur die Eltern zu ihr. Sie liegt immer noch im künstlichen Koma. Wegen der Schmerzen und auch so.«

Er wandte den Kopf hastig ab, doch ich sah, dass er blinzelte. Krischan legte ihm tröstend die Hand auf die Schulter, sagte jedoch nichts. Was denn auch? Das wird schon wieder? Nein, das wäre gelogen, denn das konnte niemand voraussagen.

»Können wir nicht das Thema wechseln?«, flüsterte Philipp, während ein älteres Paar an uns vorbeiradelte, ohne uns zu beachten.

Großstädter, eindeutig. Die erkennt das Landei daran, dass sie keine Miene verziehen, sondern stets und ständig mit diesem gelangweilt-abwehrenden S-Bahn-Blick stur geradeaus starren, ob man sich nun in den Probsteier Salzwiesen oder auf dem Mars begegnet.

»Ja, natürlich«, sagte ich zu Philipp. »Entschuldige.«

»Schon okay«, nuschelte er.

»Also, ich denke mir das so«, begann ich. »Du, Krischan, kletterst hoch auf die Brücke, Philipp und ich bleiben unten. Stell dich möglichst unauffällig hinter einen Baum oder Busch und halte dein Handy bereit. Du hast es doch mit?«

»Ja, klar.«

Eine überflüssige Frage bei dieser Generation und einem »Mann für alle Fälle«.

»Wir geben dir sofort Bescheid, wenn ein Tier hier unten auf dem Treckerpfad landet, und du fotografierst dann den Wagen und vor allen Dingen das Kennzeichen. Kapiert?«

»Kapiert. Am besten beziehe ich wohl ein Stückchen hinter der Brücke Posten. So hundert Meter dürften reichen, denke ich. Dann kommen die Schweine direkt auf mich zu.« Sein Tonfall besagte, dass er sich auch ohne zu zögern vor das Auto werfen würde, um mit den Insassen Tacheles zu reden.

»Du bleibst auf jeden Fall hinter der Leitplanke«, befahl ich streng, »gleichgültig, was passiert. Alles andere ist zu gefährlich!« Er schwieg. »Krischan«, sagte ich eindringlich, »wenn du mir das nicht versprichst, breche ich die Aktion ab.«

Trotzig schob der junge Mann sein Kinn vor. Grundgütige, ich hatte ganz vergessen, dass sich meine Hilfstruppe altersbedingt noch im hormonellen Ausnahmezustand befand. Philipp war bekanntlich siebzehn, Krischan zweiundzwanzig; da pulst das Testosteron heftigst durch Adern und Muskeln und reduziert das Hirn auf einen kleinen, unwichtigen Klumpen.

»Krischan?«, sagte ich noch einmal.

»Na gut«, brummelte er schließlich, weil ich keinen Millimeter nachgab. »Ich verspreche es.«

Ich blickte Philipp an. So leicht lässt sich eine ältere Dame nicht von zwei halbwüchsigen Djangos abspeisen.

»Hält er, was er verspricht?«, fragte ich ihn.

Sie sollten wissen, dass es mir bitterernst war. Wenn ich jemanden in Gefahr brachte, dann nur mich selbst und sonst niemanden.

»Ja, tut er«, bestätigte Philipp. Die beiden jungen Männer grienten auf mich herab. Ich hatte eindeutig einen Stein im Brett bei ihnen. »Aber soll ich nicht lieber oben die andere Richtung abdecken, statt hier unten mit dir zu warten?«

Er fing an, seine Taschen nach seinem Handy zu durchforsten. Rechte Tasche, linke Tasche, Hosentasche. Nichts. Sogar in dem Dämmerlicht konnte ich erkennen, dass der Arme ganz käsig wurde.

»Scheiße, ich hab's nicht mit«, gestand er schließlich das Offensichtliche.

Er tat mir leid. Janas schrecklicher Unfall beutelte ihn sichtbar.

»Macht nichts. Dann stehen die Chancen heute Abend eben fifty-fifty«, versuchte ich vergeblich, ihn zu beruhigen. Wütend schlug er mit der geballten rechten Faust gegen seine linke Handfläche.

»Ich könnte mich ohrfeigen, Hanna. Soll ich vielleicht schnell nach Hause …?«

»Nein«, entschied ich. »Wir ziehen das so durch. Sonst wiederholen wir die Aktion eben. Das ist ja kein Problem.«

Elvis' Samtstimme, die gefühlvoll »Love Me Tender« anstimmte, ließ uns zusammenzucken. Krischan fingerte grummelnd in seiner Hosentasche herum, zerrte es heraus und blickte auf das Display.

»Ah, der alte Schleimer soll ruhig warten«, meinte er dann. »Bei dem muss ich immer um mein Geld betteln.« Und damit versenkte er das Handy wieder in den Weiten seines Beinkleides. Als er seine Hand herauszog, sah sie aus wie eine Kralle.

»Sehr witzig«, sagte Philipp. »Lass das.«

»Moment, ist gleich vorbei.« Und damit begann Krischan, seine Rechte zu kneten und zu schütteln wie einen nassen Sack. »Alles okay, Leute.«

Philipp blickte seinen Freund ernst an. »Es ist doch kein Wunder, dass deine Hand streikt. Bei dieser ganzen Telefoniererei. Du solltest dir angewöhnen, auch mal die Linke zu benutzen.«

Krischan puffte Philipp kameradschaftlich in die Rippen. »Mach ich, Kleiner.«

»Können wir?«, mischte ich mich ein.

»Jau«, sagte Krischan, drehte sich um und fing an, den Damm hochzukraxeln.

»Ruf mich dann gleich an«, rief ich ihm hinterher, »damit die Verbindung steht.«

Als Antwort streckte er uns die Rechte mit dem erhobenen Daumen entgegen. Dann verschwand er in der Dämmerung, und ich blieb mit Philipp allein zurück. Mittlerweile war es halb acht.

»Ich wollte vorhin nicht unhöflich sein«, begann der Junge unsicher. »Aber die Sache mit Jana –«

»Das ist völlig in Ordnung«, beruhigte ich ihn. »Sie ist deine Freundin, und du machst dir Sorgen. Wir können wirklich von etwas anderem sprechen. Oder auch einfach den Mund halten.« Welches Geheimnis die beiden teilten und was er und Jana nach der DePP-Gründung vorgehabt hatten, konnte ich, wenn überhaupt, auch noch später in Erfahrung bringen. Es war nicht so wichtig – und ging mich im Grunde genommen nichts an. Mein Handy klingelte.

»Ich bin jetzt oben«, quäkte Krischan, kaum dass ich ihn freigeschaltet hatte. »Und ich habe auch schon einen Busch zum Verstecken gefunden, der perfekt ist.«

»Prima«, lobte ich ihn, während ich eine Isomatte aus meinem Rucksack zog und sie am Fuß des Dammes entrollte. Vom Treckerweg aus sah man uns nicht, denn ich legte keinen Wert darauf, gefragt zu werden, was zum Teufel ich hier in der Dämmerung mit einem jungen Knaben wie Philipp trieb. Wir setzten uns und hörten eine ganze Weile nur dem eintönigen Rauschen der Autos über uns zu.

»Die Straße ist ganz schön befahren«, bemerkte Philipp flüsternd. Ich nickte zustimmend, obwohl er es in der Dunkelheit nicht sehen konnte. Plötzlich wisperte er: »Hör mal!«

Ich lauschte angestrengt. Und tatsächlich, da oben wurde ein Auto langsamer. Im nächsten Moment vernahmen wir lautes Gelächter und einen donnernden Rülpser. Dann platschte ungefähr zwanzig Meter vor uns etwas auf den Treckerweg, während der Wagen oben wieder beschleunigte.

»Krischan«, brüllte ich ins Handy, während Philipp und ich aufsprangen. »Sie kommen.«

»Ja. Oh Mann. Das sind ja gleich zwei Autos.« Pause. Dann triumphierend: »Ich hab sie!«

Ich hob den Daumen in Richtung Philipp und flüsterte: »Kümmere dich um die Tiere. Aber sei vorsichtig. Sie sind verängstigt und beißen und kratzen bestimmt sofort.«

»Geht klar«, flüsterte Philipp zurück und verschwand.

»Die Kennzeichen sind ein bisschen schwer lesbar, aber wenn wir sie vergrößern, haben wir die Dreckskerle«, jubelte Krischan. »Kennst du jemanden bei der Polizei?«

»So in etwa«, gab ich vage zurück, während ich hinter Philipp herstolperte.

Den guten alten Harry würde ich schon wieder so weit besänftigen, dass er für mich einen seiner zahlreichen Kontakte nutzte. Er kannte nämlich mindestens hundert Leute aus der Schule, die auf allen wichtigen Posten dieser Welt saßen. Ich wette mit jedem, dass Harry Gierke es sogar schaffen würde, einen Termin bei La Merkel zu bekommen. Einen kurzen zwar, aber er würde es hinkriegen, weil irgendein Kumpel jetzt als Staatssekretär im Innenministerium seine Brötchen verdiente.

»Oh Scheiße!«, hörte ich Philipp in diesem Moment brüllen. »Schau dir das an, Hanna.«

Ich schlidderte auf ihn zu. Von verletzten und verängstigten Hunden oder Katzen war weit und breit nichts zu sehen. Stattdessen starrten wir auf den weit gestreuten Inhalt zweier Imbisstüten: vier leere XXL-Burgerschachteln und zwei Riesen-Colabecher. Mahlzeit. Unsere Enttäuschung war mit Händen zu greifen.

»Krischan«, knirschte ich ins Handy, »Entwarnung. Da haben nur welche ihren Essensmüll entsorgt.«

»Mist«, fluchte er. »Ich hatte die Nummernschilder so gut erwischt. Wir hätten sie gehabt.«

Ich war der General bei diesem Unternehmen. Und ein General lässt den Kopf nicht hängen, auch wenn er vor lauter Frust lieber schreien und auf dem Boden trommeln würde.

»Seht es positiv«, versuchte ich daher meine beiden Mitstreiter aufzumuntern, »die Generalprobe hat schon mal gut geklappt. Lasst uns wieder auf unsere Posten gehen.«

Philipp sammelte den Müll ein und trottete mitsamt den beiden Tüten hinter mir her. Wir plumpsten auf die Isomatte. Der Wind hatte aufgefrischt, und ich fröstelte.

»Möchtest du auch einen Tee?«, fragte ich ihn und legte das Handy neben mich.

»Ja, gern«, sagte er höflich. Schweigend füllte ich zwei Becher und reichte ihm einen.

Ich hatte keine Ahnung, was man mit einem aufgeweckten Siebzehnjährigen so redete. Also murmelte ich zwischen zwei Schlucken: »Hör mal, wenn dir das jetzt durch Janas Unfall zu viel ist mit DePP, solltest du das sagen. Marga wird das verstehen.« Das lag mir wirklich am Herzen, denn ich hatte Renate Wurzens Worte in Hinblick auf Krischans Stresssymptome noch im Ohr.

»Nein, nein, das packe ich schon«, beteuerte er. »Ich kriege das hin. Und es lenkt ja auch ab.«

»Sicher«, erwiderte ich ruhig. »Aber du hast auch noch die Schule.«

»Ja schon, aber da bin ich ganz gut.«

»Und was heißt das heutzutage, wenn ich fragen darf?«

Hörte ich mich jetzt an wie eine alte Tante? Aber irgendwie

mussten wir uns ja die Wartezeit vertreiben, außerdem interessierte es mich wirklich. Denn was man heutzutage über Schule, Unis und Bildung allgemein hörte oder las, verursachte mir eine Gänsehaut. Da hatte sich wirklich einiges geändert, wenn ich das mit meiner Schulzeit verglich.

Philipp stellte den leeren Becher zur Seite. »Na ja, ich habe momentan einen Notendurchschnitt von eins Komma acht. Mein Ziel für das Abi ist eins Komma fünf.«

»Toll«, sagte ich beeindruckt. Ich hatte damals eine Drei vor dem Komma gehabt, wenn ich mich recht entsann. Das war völlig normal gewesen.

»Damit stehen mir alle Möglichkeiten offen. Damit kann ich so ziemlich alles studieren«, erklärte Philipp. Womit er sicher recht hatte. Trotzdem fand ich solch einen Ehrgeiz – na ja, befremdlich. »Ich bin keiner dieser Ego-Shooter, die nur ihre Zensuren im Kopf haben«, verteidigte er sich ungefragt. Hatte ich so etwas vielleicht angedeutet? Nein. »Ich mache auch Sachen neben der Schule. Die mir Spaß bringen. Außerdem wird das heute erwartet.«

Das klang nach einem ziemlich strammen Programm für einen Siebzehnjährigen.

»Hast du denn schon eine Vorstellung, was du nach dem Abitur machen willst?«, erkundigte ich mich. »Es ist doch sicher gar nicht so leicht, sich für etwas zu entscheiden, oder? Wie du ja gerade gesagt hast – die Möglichkeiten sind praktisch unbegrenzt.«

Philipp schnaubte durch die Nase.

»Nee, leicht ist es bestimmt nicht.« Der Satz kam hörbar aus den Tiefen seiner Seele. »Mich interessiert BWL. Oder irgendwas mit Sprachen. Aber Archäologie finde ich auch gut. Oder Ethnologie. Doch die Fächer sind schwierig wegen der fehlenden Berufschancen.« Der Junge gluckste. »Oder ich werde ein ›Mann für alle Fälle‹ wie Krischan. Der führt ein ziemlich freies Leben. Manchmal beneide ich ihn darum.«

»Oha«, bemerkte ich nur.

Das war eine reichlich romantische Interpretation von Krischans Dasein, fand ich. Oben auf der Brücke nahm der Verkehr jetzt etwas ab. Ich schaute auf die Uhr. Fünf vor neun. Zwei Stunden harrten wir nun schon hier aus. Das war keine lange Zeit, trotzdem kam es mir endlos vor.

»Ja, ich weiß.« Philipp hielt mir seinen leeren Becher hin. »So richtig zielgerichtet ist das alles nicht. Mein Nachhilfelehrer in Geschichte macht sich darüber auch immer lustig.«

Ich wollte gerade konsterniert »Nachhilfelehrer in Geschichte?« blubbern, als mein Handy klingelte – was es eigentlich gar nicht durfte.

Philipp und ich blickten uns erschrocken an. Ich Trottel musste die Verbindung zu Krischan unbewusst beendet haben, als ich es weglegte. Hastig griffelte ich nach dem Teil.

»Krischan?« Der arme Kerl langweilte sich da oben bestimmt langsam zu Tode. Am anderen Ende hüstelte jemand.

»Nein, bedaure. Sie haben bei uns angerufen. Alwin von Schkuditz ist mein Name.«

»Der Baron«, entfuhr es mir verblüfft. Donnys Bruder lachte.

»Ja, der Titel steht mir zu. Und mit wem habe ich die Ehre?«

Die Worte kamen zwar reichlich geschwollen daher, doch der Tonfall war freundlich bis ironisch.

»Oh, Verzeihung. Hanna Hemlokk. Es geht um Ihre Schwester.«

»Donata?« Das klang erschrocken. »Ist etwas mit ihr?«

Hemlokk, du Kamel! Du machst dem Mann ja Angst. So etwas geht man anders an.

»Nein, nein, es ist alles in Ordnung«, versicherte ich dem Herrn Baron. »Es ist nur ... äh ...« Philipp tat so, als ob er von meinem Gestotter keinen Ton mitkriegte, obwohl sich unsere Schultern fast berührten. Ich fand das rührend. »Tja, also«, stammelte ich weiter. Ach Schiet, was sollte es! »Ihre Schwester hat mir Ihre Nummer gegeben, damit ich sie überprüfen kann«, teilte ich ihm rundheraus mit.

»Wieso ist das nötig?«

Jede Unverbindlichkeit war schlagartig wie weggeblasen. Mit dem Mann war bestimmt nicht gut Kirschen essen, wenn ihm etwas nicht passte. Trotzdem entschied ich mich dafür, ihm die Wahrheit zu sagen.

»Weil ich es ungewöhnlich finde, dass Ihre Schwester ausgerechnet nach Hollbakken gezogen ist. Da tost nicht gerade das Leben.«

»Und das ist alles?«, erkundigte er sich spöttisch.

»Nein, ist es nicht«, erwiderte ich mit meiner besten Nun-komm-mir-bloß-nicht-komisch-Stimme. »Ich überprüfe gleichzeitig ihre Bonität. Ich bin Privatdetektivin, und der Vermieter Ihrer Schwester ist ein Freund von mir.« Dass dieser Freund grundsätzlich niemandem etwas Böses zutraute und ich mir deshalb Sorgen um ihn machte, verschwieg ich wohlweislich. Das ging den Herrn Baron nichts an.

»Hat Herr von Betendorp Sie offiziell beauftragt?«, wollten Seine Durchlaucht wissen.

»Nicht direkt«, entgegnete ich, ganz ehrliche Haut.

»Ah«, sagte er. »Ich verstehe. Er hat keine Ahnung von Ihrem Treiben. Aber ich kann Sie beruhigen. Ich werde Donatas Miete pünktlich zu jedem Monatsersten überweisen. Und wenn es trotzdem einmal Unregelmäßigkeiten oder Probleme geben sollte, wenden Sie sich ruhig an mich.«

»Nicht an Ihre Schwester?«, hakte ich nach. Schließlich war Donata eine erwachsene Frau.

»Doch, doch, das können Sie selbstverständlich auch tun. Ich dachte nur, Ihnen sei es lieber, mit mir direkt …« Im Hintergrund fing plötzlich eine Kinderstimme an zu plappern. »Jetzt nicht, Kaspar. Du siehst doch, dass der Papa telefoniert. Entschuldigung. Mein Sohn.«

»Ja«, sagte ich. Dieses Geplapper beruhigte mich weitaus mehr als alle Versicherungen seinerseits. Es wirkte so normal.

»Und noch eins«, fuhr Herr von Schkuditz fort. Näselte er nicht tatsächlich ein bisschen? Doch, ja, ich glaube, das tat er. »Es mag für Sie möglicherweise schwer verständlich sein, aber meiner Schwester ist jeglicher Trubel wirklich aus tiefstem Herzen verhasst. Deshalb fühlt sie sich auf Hollbakken so wohl. Die ganze Welt sowie die Mehrzahl der Menschen sind ja heute völlig anders gestrickt. Da muss immer etwas los sein. Ständig erreichbar, stets mittendrin. Donata fand das bereits als Kind entsetzlich. Ich erwarte selbstverständlich nicht, dass

Sie das verstehen, doch ich möchte Sie bitten, diese Haltung zu respektieren.«

Ich beließ es bei einem vagen »Mhm«, kurzzeitig abgelenkt, weil Philipp aufsprang und lauschte.

War da was?

»Haben Sie Ihrerseits noch Fragen?« Die Stimme des Barons drang klar und scharf an mein Ohr. »Denn wenn nicht, möchte ich das Gespräch jetzt beenden.«

»Nein«, antwortete ich verdattert.

»Es war mir ein Vergnügen, mit Ihnen zu plaudern«, sagte Donnys Bruder und legte – zack – auf.

»Ich glaube, der war ein bisschen verärgert«, bemerkte Philipp schüchtern.

»Ja.« Ich nickte nachdenklich, während ich das Handy beiseitelegte.

»Hanna, du musst Krischan wieder anrufen«, erinnerte mich Philipp. »Sonst kann er nicht ...«

Verdammt. Ich drückte seine Nummer. Unser Mann vor Ort meldete sich umgehend, sodass Philipp und ich unser Gespräch fortsetzen konnten.

»Wer war das denn eben?«, erkundigte er sich gespannt. »Ich meine, ich will ja nicht neugierig sein, aber der Typ hat sich schon komisch benommen. So ein bisschen von oben herab.«

»Ich arbeite noch an einem anderen Fall«, teilte ich ihm einsilbig mit. Donny und ihr hochherrschaftlicher Bruder gingen den Jungen selbstverständlich nichts an. Die fielen unter das privatdetektivische Betriebsgeheimnis. Er hatte so eigentlich schon zu viel mitgekriegt. »Aber sag mal, bekommst du ehrlich Nachhilfe in Geschichte?«, knüpfte ich an unser durch den Anruf unterbrochenes Gespräch an. Wie hatte man sich denn das vorzustellen? Hörte da jemand die Jahreszahlen ab – drei, drei, drei, bei Issos Keilerei –, oder erläuterte ein verkrachter Examenskandidat dem Jungen vielleicht, wie man den Gordischen Knoten zu binden hatte?

»Oh, ich habe auch Nachhilfe in Mathe und in Chemie, weil ich in beiden Fächern manchmal Dreien schreibe.« Ich verkniff mir jeden Kommentar. Trotzdem musste er mir mein

Erstaunen angesehen haben. »Ich bin kein Streber. Deshalb haben mich meine Eltern ja auch auf diese Schule geschickt. Die legen sehr viel Wert auf soziales Verhalten. Inklusion und so. Behinderte und Nichtbehinderte lernen zusammen. Ich finde das ganz okay so.«

Davon hatte ich auch schon gehört. Doch bevor ich etwas sagen konnte, hörten wir Krischan nölen: »Mir fallen gleich vor Langeweile die Eier ab. Tut sich denn gar nichts bei euch?«

»Nein«, konnte ich nur antworten. »Hier ist alles ruhig. Willst du runterkommen? Soll Philipp deinen Posten eine Zeit lang einnehmen?«

»Nee, lass man«, wehrte er ab. »Wie lange wollen wir denn eigentlich bleiben? Die ganze Nacht?«

Ich warf unserem Küken Philipp einen fragenden Blick zu.

»Bis elf, halb zwölf, würde ich sagen«, murmelte er zögernd. »Wir schreiben morgen eine Englischarbeit, und da möchte ich ein paar Stunden vorher schlafen.«

»Du hast es gehört, Krischan.«

»Okidoki«, trällerte unser »Mann für alle Fälle«, als oben auf der Bundesstraße ein Auto heranrauschte und vor der Brücke hörbar langsamer wurde. Philipp und ich sahen uns an.

»Krischan«, flüsterte ich aufgeregt. »Es tut sich was.«

»Verstanden. Ich bin bereit«, kam prompt die Antwort.

Und dann landete direkt vor unseren Füßen ein mageres Hündchen, überschlug sich x-mal, blieb regungslos liegen und gab keinen Ton von sich.

»Krischan«, zischte ich, während Philipp neben dem armen Wesen niederkniete, um mit watteweicher Stimme auf das Tier einzureden.

»Hier«, meldete er sich militärisch knapp.

»Ach du Scheiße!«

Mein Aufschrei bezog sich auf einen weiteren Hund, der nicht stumm landete, sondern zum Gotterbarmen jaulte, als er hart aufprallte. Und dann sauste noch ein dritter in hohem Bogen über die Brüstung. Kaum aufgeschlagen, versuchte er, mit den Vorderbeinen zu fliehen. Seine Hinterläufe hingen schlaff herab, offenbar war sein Rückgrat gebrochen.

Oben beschleunigte der Wagen wieder.

»Jetzt, Krischan!«, rief ich lauter als beabsichtigt ins Handy. In diesem Moment hätte ich diese Mistkerle eigenhändig erwürgen können. »Sie kommen. Halt dich bereit.«

Er antwortete nicht. Natürlich nicht, er hatte ja auch anderes zu tun, als mit mir zu plaudern. Ich merkte, wie ich den Atem anhielt. Es war zwar stockdunkel, doch wenn es ihm gelang, das Kennzeichen per Blitz zu erwischen, hatten wir sie. Der Rest würde mit Harrys Hilfe ein Klacks sein. Und dann würden diese Typen ...

Oben auf der Straße ertönten hastige Schritte. Dann turnte jemand über die Leitplanke und rutschte auf dem Hosenboden zu uns hinab. Krischan.

»Und?«, fragte ich ahnungsvoll, als er vor mir stand und ein Gesicht machte, als stünde er unmittelbar vor dem Schafott.

»Ich hab's vermasselt, Hanna. Die Bilder sind so unscharf, dass man das Nummernschild nicht erkennen kann.«

FÜNF

Schweigend sammelten wir die Tiere ein und stiefelten – immer noch stumm – zu meinem Wagen, um sie in den sicheren Hort der Anima-Zentrale zu bringen, wo Renate sie untersuchen würde. Die Räder wollten die Jungs am nächsten Tag holen. Während ich uns nach Bokau fuhr und Philipp die Wurz benachrichtigte, fand Krischan endlich seine Sprache wieder.

»Ich bin ein kompletter Idiot«, knirschte er. »Zu nichts nütze. Sogar zu blöd, um ein Foto zu machen. Und das kann nun wirklich jeder Trottel.«

Es hätte nicht viel gefehlt, und er hätte angefangen zu heulen.

»So etwas kann doch mal vorkommen«, versuchte ich ihn zu trösten. »Du hast es schließlich nicht mit Absicht getan. Das ist einfach Pech.«

»Anderen passiert das nicht«, behauptete er im Brustton der Überzeugung. »Es ist doch kein Wunder, dass aus mir nicht richtig was wird. Doof, dämlich, ein Volltrottel eben.«

»Hör auf, Krischan«, befahl ich scharf. Sicher, der Junge hatte gehörig Mist gebaut, aber eine solche Form der Selbstanklage brachte überhaupt nichts, außer dass es einen seelisch noch weiter runterzog.

»Renate kommt gleich rüber«, sagte Philipp vorsichtig.

Der Blick, mit dem er seinen Freund bedachte, war derart mitleidig, dass ich ebenfalls ausgetickt wäre.

»Guck mich nicht so an!«, blubberte Krischan. »Ich häng mich schon nicht auf.«

Wir bogen auf den Hof ein und holperten am Haus vorbei zu den Ställen.

Die Wurz wartete bereits auf uns. Mit grimmigem Gesicht trat sie aus der Tür. Ich stellte den Motor ab und blieb sitzen.

»Hört mal«, sagte ich zu den beiden jungen Männern. »Was geschehen ist, ist kein Beinbruch. Wir wiederholen die Sache einfach in den nächsten Tagen.«

Krischan nickte eifrig und voller Erleichterung, Philipps Gesichtsausdruck blieb skeptisch.

»Was ist?«, fragte ich.

»Tja, das wird nur klappen, wenn sie Krischan nicht bemerkt haben«, gab er sehr vernünftig zu bedenken. »Sonst suchen die sich natürlich eine neue Brücke oder bringen die Tiere anders um. Auf jeden Fall sehen wir die dann nie wieder.«

Einen Moment war es sehr still in meinem Wagen. Sogar die Hunde schienen das Atmen eingestellt zu haben.

»Krischan?«, sagte ich.

Philipp hatte natürlich recht.

»Na ja, es könnte vielleicht sein, dass die was von mir mitgekriegt haben. Ich musste meine Deckung ja für das Foto verlassen. Und den Blitz könnten sie natürlich auch mitbekommen haben. Aber sicher bin ich mir nicht.«

»Scheiße.«

Das war Philipp. Der Stoßseufzer kam aus tiefstem Herzen. Ich schwieg, weil die Wurz in diesem Moment die Geduld verlor, an die Beifahrertür trat und sie mit einem Ruck aufriss.

»Ich habe nicht ewig Zeit.« Die Dame hätte wirklich mühelos jeden Charmanz-Wettbewerb gewonnen. »Wie viele sind es dieses Mal?«

Sie ignorierte mich komplett, ihre Worte galten ausschließlich meinen beiden Beifahrern.

»Drei«, sagte Krischan und hielt ihr den Welpen hin, der auf seinem Schoß gelegen hatte.

Und da geschah nichts Geringeres als ein Wunder: Renate-Saula verwandelte sich beim Anblick dieser geschundenen Kreatur in Renate-Paula, ganz wie Krischan und Philipp immer behauptet hatten.

»Na, mein Süßer«, gurrte die Wurz, während sie das Hündchen vorsichtig an ihre Brust drückte. »Lass dich begucken, Kleiner. Ich tue dir nicht weh.«

Mit diesen Worten strebte sie in den Schuppen. Wir folgten ihr mit den anderen beiden Hunden.

Mit zunehmender Ver- und Bewunderung beobachtete ich die Frau. Es war wirklich erstaunlich, aber die Tiere schienen zu spüren, dass sie bei ihr in guten Händen waren. Sie entspannten sich sichtbar, während die Wurz behutsam ihre rosigen Bäuche abtastete, die Beine befühlte, in ihre Schnauzen schaute und die Augen untersuchte. Anschließend kramte sie in ihrer riesigen Tasche und steckte zwei Hunden etwas ins Maul.

»Wurmkur«, erklärte Krischan.

»Der Dritte ist nicht zu retten«, ergänzte Philipp mit feuchten Augen.

Es war der mit dem gebrochenen Rückgrat. Die Wurz griff ein weiteres Mal in ihre Tasche, nahm eine Spritze heraus und zog sie sorgfältig auf.

»Ich gehe raus«, sagte sie und langte nach dem Fellknäuel, dem das Todesurteil galt. »Macht mir mal einer von euch die Tür auf?«

Schweigend kam Krischan der Aufforderung nach. Wir warteten stumm, bis die Wurz – ohne den Hund – wieder erschien. Ihre Miene war ausdruckslos.

»Ich habe nichts gefunden«, wandte sie sich an mich.

»Bitte?« Ich verstand nicht gleich.

»Ich habe die Tiere untersucht und keine Einstiche gefunden. Von irgendwelchen Spritzen«, präzisierte sie. »Und das Ergebnis der Blutuntersuchung habe ich noch nicht.«

»Ah«, brummte ich.

Madame hatte mich also ernst genommen. Gut. Doch natürlich besagte das nichts. Gar nichts, um noch genauer zu sein, denn Renate besaß weder kriminalistischen Spürsinn, noch traute ich ihr zu, irgendwelche Pikser zu finden, die sich beispielsweise in einer eiternden Stelle befanden. Oder zwischen den Fußballen.

Ich verabschiedete mich bald darauf. Für heute Nacht war mein Job getan, und trotz der späten Stunde war mir entschieden nach einem heißen Tee, meinem Schaukelstuhl und einem Buch, das mich in eine Welt entführte, in der keine kleinen Hunde abgespritzt wurden, weil sie keine Chance mehr hatten. Kein Krimi also, obwohl ich bekanntlich das Genre liebe. »Per Anhalter durch die Galaxis« vielleicht? Allein der wahrhaft geniale Anfang würde meine miese Laune beträchtlich heben.

Doch als ich meine Tür aufschloss, sah ich das Lämpchen am Anrufbeantworter in der Dunkelheit blinken. Harry, war mein erster Gedanke. Vielleicht war er ja von gesottenen Schweineköpfen auf geräucherte Flechten und Moose umgestiegen und musste mir das umgehend mitteilen. Oder er bangte in einem marokkanischen Erdloch um sein Leben, weil ihm mittlerweile die internationale Waffenmafia auf den Fersen war.

Doch es handelte sich um meine Mutter. Sie wollte sich nach dem Wohlergehen ihrer Tochter erkundigen, aber auch einmal hören – da schlug Margas beste Freundin durch –, wie es denn mit DePP vorangehe.

Meine Eltern waren erklärte Nachteulen, deshalb rief ich trotz der späten Stunde zurück. Sie freute sich ehrlich, von mir zu hören – das war nicht immer so gewesen –, und ich berichtete, dass morgen die offizielle Gründungsveranstaltung der neuen Partei vonstattengehen sollte. Und zwar in Bokaus einzigem Restaurant bei Inge Schiefer, die ich bei der Gelegenheit gleich einmal fragen wollte, ob ihr vielleicht unter der Hand Katzen- oder Hundefleisch angeboten worden war. Ich glaubte das zwar nicht, denn Inge kochte norddeutschbodenständig – ihr Butt mit Stachelbeeren war ebenso legendär wie ihr Labskaus – und hatte mit dem ganzen Sternefirlefanz wenig bis nichts am Hut. Aber man konnte ja nie wissen.

»Ja, Marga hat mir von dem Termin erzählt«, sagte Mutti.

»Ihr habt telefoniert?«, rutschte es mir heraus. Blöde Frage.

»Erst letztens. Wegen diesem Degenhardt. Er hat per Mail mit uns Kontakt aufgenommen, und darüber habe ich natürlich Marga informiert.«

Meine Mutter hatte im letzten Frühjahr einen Computercrashkurs besucht und fühlte sich seitdem im Netz zu Hause. Und Marga, die mit solchen technischen Dingen nichts am Hut hatte, griff natürlich begeistert auf diese Fähigkeiten zurück. Ich war mir sicher, dass der Internetauftritt von DePP höchst professionell gestaltet worden war.

»Degenhardt? Wer ist das denn?«, fragte ich, während ich geradezu heldenhaft den immer stärker werdenden Wunsch nach zwei bis fünf Tassen heißesten Tees unterdrückte.

»Oh, er ist, das heißt, er war Professor. Und er interessiert sich sehr für das Meer im Allgemeinen und für DePP im Besonderen. Er will versuchen, morgen bei der Versammlung dabei zu sein. Marga war ganz angetan von ihm, wie sie mir sagte.«

Hört, hört, das waren ja echte Neuigkeiten. Mir hatte meine Freundin nichts von dem Neuzugang erzählt. Ein bisschen verschnupft war ich deshalb schon.

»Was ist das denn für ein Typ?«, fragte ich.

»Das weiß ich nicht, Kind. Ich kenne ihn ja nur von den Mails her«, antwortete meine Mutter. »Er schreibt sehr sachlich und höflich. Na ja, er ist Professor. Aber du hörst dich bedrückt an, Hanna.«

Früher hätte ich gemauert und ihr nichts erzählt. Doch, wie gesagt, unser Verhältnis hatte sich entschieden gebessert. Also berichtete ich ihr von der verpatzten Aktion.

»Dich trifft natürlich keinerlei Schuld«, meinte Mutti langsam, als ich geendet hatte. »Aber dieser Krischan, ist der wirklich sauber?«

Seit meine Eltern mir einmal bei einem Fall geholfen hatten, sprach sie wie Humphrey Bogart, wenn es um das weite Feld der Ermittlungen ging.

»Ja, das ist er. Krischan Langguth ist ein feiner Kerl. Es war einfach Pech«, entgegnete ich schärfer als beabsichtigt. »Marga hat dir doch bestimmt von ihm erzählt. Er wohnt unten im Haus. Sie kennt ihn schon länger.«

»Das mag ja sein«, erwiderte Traute-Mutti trocken. »Aber wenn wir uns an die Fakten halten, bleibt die Tatsache bestehen, dass er die Autonummer beim ersten Versuch sehr wohl fotografieren konnte. Erst als es darauf ankam, hat er gepatzt. Und darüber hinaus gibt er selbst zu, dass er die Täter möglicherweise auch noch verschreckt hat, weil sie ihn bemerkt haben könnten. War es denn beim zweiten Mal schon dunkler, sodass er sich unbedingt weiter vorwagen musste?«

»Nein«, sagte ich langsam. »In beiden Fällen konnte man die Hand nicht mehr vor Augen sehen.«

»Dann würde ich den jungen Mann sicherheitshalber im Auge behalten.«

Plötzlich vermisste ich meine Telefonschnur ziemlich, um meinen kleinen Finger hilfesuchend in ihre Kringel zu bohren. Bis vor Kurzem hatte ich nämlich wie Marga ebenfalls noch so ein altmodisches Teil besessen. Inzwischen war ich zeitgemäß drahtlos – und in diesem Augenblick ratlos. Ausgerechnet Krischan sollte ich verdächtigen, der doch nun wirklich die Harmlosigkeit in Person war? Das konnte nicht sein.

Marga und ich kannten ihn schon mehrere Jahre. Gut, bei mir waren es lediglich flüchtige Eindrücke, aber immerhin. Und außerdem trog mich meine Menschenkenntnis nicht derart fundamental. Manchmal bilden eben auch Fakten, Fakten, Fakten die Wirklichkeit nicht ab, sondern stellen sie unglücklich oder verzerrt dar, wenn man sie ohne Hintergrundwissen interpretiert. Nein, Krischan Langguth war ein Lieber und arbeitete keinesfalls mit diesen Tierschändern zusammen, da biss die Maus keinen Faden ab.

Trotzdem bedankte ich mich bei meiner Mutter für ihren Tipp. Sie nahm meine Worte hörbar geschmeichelt entgegen, und wir wechselten nicht eine Silbe über Dorle Bruhaupt, die in den Jahren der Sprachlosigkeit zwischen uns die Rettung, weil unser neutrales Dauerthema gewesen war. Ich hatte mit Dorle in der Grundschule die Schulbank gedrückt und sie schon damals nicht gemocht, weil sie so unendlich brav gewesen war. Nie machte sie sich schmutzig oder gab Widerworte – das holte sie alles als Erwachsene nach. Dorle reiste zu einem Guru nach Indien, um sich dort selbst zu verwirklichen, verlobte sich als Vegetarierin mit dem örtlichen Metzgerssohn – die Beziehung ging scheppernd in die Brüche – und zeigte sich anschließend wild entschlossen, ihre alten Eltern zu pflegen. Die waren jedoch heilfroh, als die Tochter von ihnen abließ, weil sie für sich das Studium der Sozialpädagogik entdeckte. Das Leben der Dorle Bruhaupt hatte Gesprächsstoff für Stunden geboten. Ich war froh, dass wir die Frau inzwischen nicht mehr benötigten.

Am nächsten Morgen kübelte es wie aus Eimern. Kein Windhauch riss ein Loch in die bleigraue Wolkendecke; alles war feucht, nass und klamm. Hannelore und Gustav nahmen die Vorboten des Winters mit der ihnen eigenen Gelassenheit hin, das heißt, sie hatten es sich unter dem Rosmarinbusch gemütlich gemacht und dämmerten mit eingezogenen Köpfen vor sich hin. Um Viertel vor zehn sprintete ich zu meinem Wagen, um zu Inges eigentlich in Radentfernung gelegenem Restaurant zu fahren. Am Morgen hatte ich kurz überlegt, ob eine Parteigründung möglicherweise ein spezielles Outfit erforderte, war jedoch zu dem Schluss gekommen, dass Jeans und Pulli genügen mussten.

Marga begrüßte mich aufgeräumt, als ich den Saal betrat. Direkt überfüllt war er nicht. Krischan, Philipp und eine düster dreinschauende Renate Wurz saßen auf der einen Seite des großen Tisches; Theo, Johannes und Donata auf der anderen. Johannes musste eine Menge Überzeugungsarbeit geleistet haben, um die schüchterne Freifrau mitzuschnacken. Genauso wie Philipp und Krischan bei der Wurz, dem Furz. Mein Blick blieb unwillkürlich an Krischan hängen. Er grinste mich derart liebenswert schief an, dass ich mich spontan für meine Mutter schämte.

»Moin zusammen«, sagte ich laut in die Runde.

»Das ist Dieter«, stellte Marga mir den weißhaarigen Herrn mit dem akkuraten Schnauzer an ihrer Seite vor. »Professor Dr. Dieter Degenhardt, um genau zu sein.« Und dabei himmelte sie ihn an, wie es einem verknallten Backfisch zur Ehre gereicht hätte, während er abwehrend die auffallend schlanken Hände hob.

»Danke, Marga. Dieter reicht«, sagte er in meine Richtung und bedachte mich mit einem offenen Lächeln.

»Hanna, also Hemlokk«, stotterte ich verdruckst.

Wir gaben uns die Hand. Die anderen schwiegen. Theo durchbohrte den Professor mit bösen Blicken, Donata fummelte nervös an ihrer Brosche herum, Renate starrte haarscharf an meinem Kopf vorbei riesige Löcher in die Luft, Krischan schaute mich nicht an, sondern spielte verlegen mit seinem Handy, Philipp malte irgendwelche Kringel auf ein Blatt Papier, nur Johannes lächelte mir zu.

Grundgütige, in was war ich denn hier hineingeraten? Zu meiner Schande muss ich gestehen, dass sich meine Wahrnehmung in dem Moment auf diese völlig oberflächliche Sichtweise der Dinge beschränkte. Ich argwöhnte nichts, ich verdächtigte niemanden, ich misstraute keinem. Dabei fiel mit dieser Versammlung ein weiteres Puzzleteil an seinen Platz, wodurch wir uns letztlich alle unaufhaltsam der Katastrophe näherten.

»Sie arbeitet als Privatdetektivin«, erklärte Marga, was Dieter einen völlig unprofessoralen Pfiff entlockte, »und sie schreibt Liebesgeschichten für die Yellow Press. Davon lebt sie.«

Ich erstarrte innerlich. Was zum Henker bezweckte meine Freundin denn damit? Was ich mit beziehungsweise als Vivian trieb, ging niemanden etwas an. Da war ich äußerst empfindlich. Das wusste sie ganz genau. Wollte sie etwa den Professor im volksnahen Dieter beeindrucken? Doch da hatte sie sich verkalkuliert. Das war er nicht. Ganz im Gegensatz zu Renate. Sie hatte bei Margas Worten ihre Augen scharf gestellt und fixierte mich jetzt mit offenem Mund.

»Wahnsinn«, hauchte sie. »Sie schreiben richtige Liebesgeschichten? Und veröffentlichen sie auch? Ja, Wahnsinn.«

Ich antwortete nicht. Die Frau hatte eindeutig einen Sparren locker. Oder wollte sie mich doch auf den Arm nehmen? Nein, wollte sie nicht. Ein Blick in ihre entglittene Miene sagte mehr als tausend Worte. Sie war anscheinend ehrlich total beeindruckt.

»Damit verdient man sicher gutes Geld«, sagte Dieter locker. »Wollen wir uns nicht setzen?«

So begab es sich, dass Marga und Dieter nebeneinander an der Frontseite des Tisches Platz nahmen, während ich zwischen Donata und Theo zu sitzen kam.

»Was für ein Schaumschläger«, hörte ich Theo wütend zischen. »Sondert nichts als heiße Luft ab.«

»Ruhe bitte«, sagte Marga laut und lächelte dynamisch in die Runde. »Wenn ihr die Privatgespräche jetzt bitte einstellen würdet, wäre ich euch sehr verbunden.«

»Sie redet schon so geschwollen daher wie dieser Kerl.« Auch das kam von Theo, wem sonst.

»Denn wir sind ja nicht zum Spaß hier«, fuhr Marga ungerührt fort, obwohl sie – wie Dieter – seine Worte gehört haben musste, »sondern weil es an diesem Samstag ernst werden soll mit DePP.«

Es war Degenhardts schniekes iPhone, das in die weihevolle Stille siebte, die Margas Worten folgte, allerdings immerhin stilsicher mit Beethovens Neunter. Doch anders als Krischan in so einem Fall schaute er zwar ebenfalls kurz auf das Display, schüttelte dann aber missbilligend den Kopf und drückte den Anrufer weg.

»Entschuldigung. Das war der Veranstalter der Konferenz in Oxford.« Er sprach es »Aarksfudd« aus. Ob Prince Charles so redete? Oder Baby George? »Ich habe ihm bei allen heiligen Hallen der altehrwürdigen Universität versprochen, an diesem Wochenende auf jeden Fall erreichbar zu sein.« Degenhardt gab einen abgrundtiefen Seufzer von sich, ganz die von allen umworbene Seele, die sich ihren lästigen Pflichten nicht entziehen kann. »Es ist nämlich ein höchst problembehaftetes Unterfangen, mehrere Spitzenkräfte terminlich unter einen Hut zu bekommen.«

Das war geschickt gemacht, das musste man ihm lassen. Mal so eben und ganz nebenbei einfließen zu lassen, wo man beruflich und gesellschaftlich immer noch stand; nämlich ganz oben auf dem Forscherolymp, auch wenn man bereits seit ein paar Jährchen emeritiert war.

»Angeber«, raunte Theo.

Ich widersprach ihm nicht.

»Das verstehen wir selbstverständlich«, gurrte Marga.

Er schenkte ihr ein sonniges Lächeln.

»Ich danke dir, nein euch für das Verständnis. Bitte, fahre fort.«

Und die ach so selbstständige Marga, die sonst jede Bevormundung hasst wie die Pest, setzte brav wie ein Schulmädchen an, um die Versammlung zu eröffnen. Doch gerade da betrat Inge den zukünftigen bekupfertafelten Raum ihres Restaurants – »Hier wurde DePP gegründet« –, um die Bestellungen aufzunehmen.

»Hast du nachher eine Minute Zeit?«, fragte ich sie leise, als sie neben mir stand. »Ich müsste etwas mit dir besprechen.«

»Sicher«, meinte Inge, während sie vier Kaffee, ein Bier und zwei Tee aufschrieb. »Komm in die Küche. Da können wir reden.« Sie schaute mit gerunzelter Stirn auf den Zettel.

»Einer fehlt«, bemerkte sie dann.

»Ich«, sagte Krischan bedrückt. »Ich möchte nichts.«

»Ich gebe dir einen Kaffee aus«, bot Renate rasch an, was ich richtig nett fand.

»Nein, danke«, erwiderte er höflich.

Ich betrachtete ihn unauffällig. Er war grau im Gesicht und wirkte auch sonst nicht eben wie aus dem Ei gepellt. Sein strähniges, fettiges Haar und die Tränensäcke unter den Augen ließen sich nicht übersehen. War das die bloße Überarbeitung, oder litt er immer noch unter einem schlechten Gewissen, weil er gestern mit dem Autokennzeichen gepatzt hatte? Armer Kerl. In diesem Moment trafen sich unsere Blicke. Ich zuckte schuldbewusst zusammen, weil man mir das Mitleid bestimmt deutlich anmerkte, und er senkte hastig die Augen.

»... eigentlich gar nicht mitkommen wollen, aber Johannes hat nicht lockergelassen und mich überredet.«

»Wie bitte?«, fragte ich und wandte den Kopf zur anderen Seite.

Inge rauschte hinaus.

»Johannes«, wiederholte Donata geduldig. »Er hat mich überredet, mitzukommen, weil DePP eine gute Sache ist. Ich bin ja eigentlich gar nicht der Typ für so etwas. Für Versammlungen, meine ich.«

»Ja«, sagte ich dümmlich, in Gedanken immer noch mit Krischan und Muttis Verdacht gegen ihn sowie mit Inges Küche und etwaigen Hundeburgern und Katzenschnitzeln beschäftigt. »Äh ... ich habe mit Ihrem Bruder gesprochen.« Das sollte sie wissen, fand ich.

Sie perlte, was mich schon bei unserer ersten Begegnung innerlich auf die Palme gebracht hatte. Diesmal kamen bei diesem typisch weiblichen Lachen in schmerzhaft höchster

Tonlage noch ein paar weitere Bläschen hinzu, die zuverlässig anzeigten, dass Männer zugegen waren.

»Oh, ich weiß«, sagte die personifizierte Schampusflasche. »Er hat mich gleich angerufen.«

Ich nahm sie genauer in Augenschein. Wer beriet das Freifräulein bloß in Kleidungsfragen? Zugegeben, dieses Broschendings passte farblich wunderbar zu dem altrosa Pullover und dem dunkelgrauen Rock. Doch beides ließ sie wirken wie ihre eigene Großmutter. Ob der Edle von Alwin auf so etwas bestand? Nein, entschied ich, das war wohl einzig und allein Donnys Geschmack.

»… denn er mag Sie«, murmelte sie mitten in meine Stylish-Betrachtungen hinein.

»Wer?«

»Mein Bruder Alwin. Er ist wohl etwas grob zu Ihnen gewesen, und dafür bittet er Sie um Verzeihung. Er meint, Sie hätten Charakter. Alwin schätzt solche Menschen sehr.«

Ich muss zugeben, dass mich ihre schüchtern dahingehauchten Worte rührten. Na ja, Charakter habe ich natürlich, das sah der Herr Baron schon richtig, aber – Marga klopfte entschlossen mit einem Bleistift auf den Tisch.

»Ruhe bitte. Können wir fortfahren?«

»Wir haben doch noch nicht einmal angefangen«, nörgelte Theo laut.

»Marga, bitte«, erteilte ihr Degenhardt daraufhin völlig unnötigerweise das Wort. Langsam erinnerte mich die gesamte Veranstaltung an ein Kaspertheater.

Marga räusperte sich gewichtig, um zu ihrem großen Gründungsmonolog anzusetzen. Ich lehnte mich bequem zurück und erwischte mich dabei, wie mein nachdenklicher Blick schon wieder auf Krischan ruhte. Der Junge quälte sich und tat mir einfach leid.

»Wir alle wissen, dass es wirklich sauschlecht um den Zustand der Meere bestellt ist. Fast jeden Tag … neue Hiobsbotschaft … Müll überall … Polkappen schmelzen …« Ob ich Krischan vielleicht einmal direkt ansprechen sollte? Aber was sollte ich sagen? Du siehst richtig scheiße aus, brauchst du vielleicht

Hilfe? Und: Mach dir doch um Gottes willen keine Vorwürfe mehr wegen des verpatzten Fotos. Meiner Mutter kommt es zwar merkwürdig vor, dass du ausgerechnet das zweite Bild versemmelt hast, aber was soll's? Sie kennt dich nicht. Ich hingegen schon. Es war ein blöder Zufall. Nein, das ging irgendwie nicht. »Und so behandelt der Mensch die ihm anvertraute Umwelt komplett hirnlos, nachlässig und verantwortungslos. Dies sehen wir nicht zuletzt an dem schrecklichen Unfall von Jana. Es war der Mensch, der diesen Phosphorkram im Meer versenkt hat und meinte, er sei ihn damit für immer los. Aber wie blind muss man eigentlich sein, wenn man —«

»Ich hätte sie nicht allein lassen dürfen.« Philipps flüsternde Stimme klang geradezu gespenstisch. »Dann wäre das nicht passiert.« Ein trockenes Schluchzen begann seinen ganzen Körper zu schütteln. »Aber sie wollte mich nicht dabeihaben. Sie wollte allein sein. Und ich habe sie gelassen.«

Er schlug die Hände vors Gesicht und fing hemmungslos an zu schluchzen. Wir schwiegen betreten, bis Krischan aus heiterem Himmel explodierte.

»Mein Gott, nun hör doch auf zu plärren. Davon wird Jana auch nicht wieder gesund. Das nervt doch nur.«

»Ja«, wimmerte Philipp und legte den Kopf auf den Tisch. Nicht nur ich hatte einen Kloß im Hals.

»Jana wollte allein sein«, sagte ich leise und speicherte diese Information in meinem Hinterkopf ab. »Das hast du respektiert. Dass sie den Phosphorklumpen für Bernstein gehalten und aufgesammelt hat, dafür kann niemand etwas. Es war ein Unfall, Philipp. Dich trifft keine Schuld.«

»Da hörst du es. Und jetzt hör endlich auf zu flennen!«

Krischan schaute seinen Freund wütend an. Dabei war ich mir sicher, dass er unter Janas furchtbarer Situation genauso litt wie Philipp. Aber jeder geht eben auf seine Weise mit so einem Drama um. Der eine weint sich die Seele aus dem Leib, der andere wird vor lauter Hilflosigkeit stinksauer und hadert mit sich, der Welt und dem Leben. Mir entging allerdings nicht, dass Marga von Krischans Reaktion deutlich irritiert war und ihren Hausgenossen anschaute, als habe er sich vor ihren Augen von einem Knuddelbären in ein Stinktier verwandelt. Ich würde bei Gelegenheit einmal mit ihr reden und das Verhalten des Jungen erklären müssen.

Plötzlich begann Krischan in seiner Hosentasche zu kramen. Doch nicht schon wieder nach seinem Handy? Nein, jetzt hielt er Philipp ein nicht sehr sauberes Taschentuch hin.

»Hier.«

»Danke.«

Philipp schnäuzte sich geräuschvoll.

»Entschuldigung«, sagte er dann.

»Das ist schon in Ordnung«, meinte Marga großzügig.

»Kann ich irgendwie helfen?«, fragte Degenhardt, der von Janas Unfall keine Ahnung hatte.

»Nein«, sagte Theo barsch, als sich der Grundgütigen sei Dank die Tür öffnete und Inge mit unseren Getränken erschien. Sie stellte sie hin und verzog sich rasch wieder, was ich als sicheres Zeichen dafür deutete, dass die Luft im Raum ausgesprochen dick sein musste. Als Gastwirtin hatte Inge für so etwas ein untrügliches Gespür.

Doch als sie hinter sich die Tür ins Schloss ziehen wollte, bimmelten Degenhardts iPhone und Krischans Handy gleichzeitig; »Freude, schöner Götterfunken« gegen »Love Me Tender«. Mir reichte es. Diese Veranstaltung entwickelte sich mehr und mehr zu einer Farce, bevor sie überhaupt richtig begonnen hatte. Und weil das so war, fragte ich für alle Anwesenden deutlich vernehmbar: »Ach Inge, ist dir vielleicht in letzter Zeit unter der Hand Hunde- oder Katzenfleisch angeboten worden? Als besondere Delikatesse für den heimlichen Gourmet?«

Wenn die anderen es nicht für nötig hielten, an dieser Versammlung auf angemessene Weise teilzunehmen, konnte ich ja wohl auch mal kurz mein eigenes Süppchen kochen.

Neben mir schnappten Donata und Theo nach Luft, während Johannes und die Wurz mich besorgt ansahen. Degenhardt warf hingegen einen gelangweilten Blick auf das Display und verweigerte erneut die Gesprächsannahme.

Na bitte, es ging doch. Nein, nicht ganz, denn Krischan

schnauzte in die Membrane: »Ja, was ist denn?« Pause. »Ach so, ja, das ist schlimm. Da sollten Sie ...«

Er stand auf, den Blick stramm auf den Boden gerichtet, und eilte hinaus. Ich kochte. Wenn das so weiterging und er seine blöde Sabbelmaschine nicht endlich ausschaltete, würde ich sie in Inges großem Gulaschpott versenken!

»Wie meinst du das?«, fragte die jetzt verdutzt.

»Wie ich es sagte. Manche Leute essen Hunde und Katzen. In Asien ist das gang und gäbe. Und nun frage ich dich, ob sie es auch bei dir können.«

Inge warf Marga einen hilflosen Blick zu, der mit einem ebenso ratlosen Achselzucken beantwortet wurde.

»Ich weiß auch nicht, was das Schätzelchen damit bezweckt«, murmelte sie.

»Es hat möglicherweise mit einem Fall zu tun«, erklärte ich. »Beantworte doch bitte meine Frage, Inge, auch wenn sie dir absurd vorkommt.«

Inge kaute nachdenklich an ihrer Lippe. »Du meinst, für Schaschlik vom Terrier oder Klops vom Siamkater?« Sie fragte das ganz vorsichtig. »Ist das jetzt der allerallerneueste Schrei in der Küche?«

»Nee, das ist Schweinekopf in Blutwurstsoße«, konnte ich mich nicht bremsen und fügte stumm hinzu: Erschossen mit einer Pistole von Sig Sauer.

»Aha.« Inge schien keineswegs erstaunt zu sein. »Na, ich habe da nicht so viel Ahnung. Ich koche ja eher klassisch. Dorsch in Senfsoße und so etwas. Oder Roastbeef vom Angusrind. Ist das eigentlich strafbar bei uns? Ich meine, Hunde und Katzen zu essen?«

Gute Frage.

»Das Essen wohl theoretisch nicht«, entgegnete ich nach kurzem Nachdenken. »Aber das Töten. Das verstößt wahrscheinlich gegen das Tierschutzgesetz.«

Inge nickte zustimmend. Renate räusperte sich.

»Tut es. Bei Schweinen und Rindern zum Beispiel ist das streng geregelt. Na ja, wenn ein einziger Großschlachter vierzehn Millionen Schweine im Jahr zu Tode bringt, damit das

Fleisch billig bleibt, muss das auch so sein. Obwohl da trotzdem tagtäglich schlimme Sachen passieren.«

Degenhardt begann, gelangweilt mit seinem Kugelschreiber zu spielen. Knopf rein, Knopf raus; Knopf rein, Knopf raus. Vielleicht war der Mann ja Kotelett-Enthusiast oder nur am Wohl von Fischen interessiert.

»Aber wenn man keine persönliche Beziehung zu einem Hund hat, ist das eigentlich nicht so ein großer Unterschied zur Kuh oder zum Schwein. Es sind ja alles Lebewesen«, meinte Inge, die in Bokau und damit auf dem Land groß geworden war. Außerdem neigte sie entschieden zum Pragmatismus.

»Es sind alles Lebewesen mit einer Seele«, sagte Philipp fest. »Und ich finde es einfach widerlich –«

»Also, dir ist kein Hunde- und Katzenfleisch angeboten worden, Inge?«, grätschte ich dazwischen, um die sich anbahnende Debatte über den vorhandenen oder nicht vorhandenen Unterschied zwischen Nutz- und Schnuckeltieren im Keim zu ersticken. Sonst saßen wir übermorgen noch hier und versuchten, eine Partei zu gründen. Wenn wir uns dann überhaupt noch an dieses ursprüngliche Vorhaben erinnern sollten.

»Nein«, antwortete Inge. »Ich wäre auf so was auch nicht eingegangen.«

»Im Blut war übrigens nichts, was da nicht hingehört«, bemerkte Renate an mich gewandt. »Die Katzen waren, was das betrifft, völlig in Ordnung. Um die Hunde muss ich mich noch kümmern.«

Ich nahm es kommentarlos zur Kenntnis. Hier war weder der rechte Ort noch der richtige Zeitpunkt, um das Thema weiter zu vertiefen.

»Das müssen wir jetzt nicht verstehen, oder?«, erkundigte sich Marga zuckersüß.

»Nein«, bestätigte ich.

»War's das jetzt?«, fragte Inge ungeduldig. »Ich werde draußen gebraucht.«

»Ja«, sagte ich. »Danke.«

Sie öffnete die Tür, und wir hörten es alle: Krischan telefonierte immer noch.

»Er meint es nicht böse«, verteidigte Philipp seinen Freund leise. Mein Gesichtsausdruck war wohl eindeutig gewesen. »Er kann sich bloß nicht so gut organisieren. Ich habe das auch erst lernen müssen.«

»Da gibt es so einen Knopf, Philipp«, fauchte ich. »Nur einmal daraufgedrückt und die Kiste ist aus. Das kann doch nicht so schwer sein.«

»Es ist aber auch nicht leicht«, beharrte Philipp, ganz der treue Kumpel. »Mir musste das auch erst ein Coach beibringen.«

»Hä?«, rutschte es mir verständnislos heraus.

»Na, mich zu organisieren«, erklärte Philipp und lachte verlegen. »Ich hatte da mal mit zwölf so einen Hänger und konnte mich nicht so strukturieren. Und da hat Mama mich zu einem Coach geschickt. Seitdem klappt's. Vielleicht sollte Krischan ...« Er verstummte jäh und schüttelte heftig den Kopf. »Nein, das ist ja Quatsch. Er kann sich das gar nicht leisten. Und seine Eltern ... na ja.«

Degenhardt hüstelte jetzt ganz wie der Herr Baron und schaute dabei demonstrativ auf seine Armbanduhr.

»Ja«, sagte Marga. »Ich denke auch, dass wir fortfahren sollten. Wenn Krischan nicht –«

In diesem Moment öffnete sich die Tür, und der Dauertelefonierer beehrte uns wieder mit seiner Anwesenheit.

»'tschuldigung«, murmelte Krischan, schien jedoch mit seinen Gedanken völlig woanders zu sein. Wie ein nasser Sack ließ er sich auf den Stuhl fallen.

»Jetzt gründen wir DePP«, verkündete Marga grimmig. »Komme, was da wolle.«

Degenhardt hob die Hand.

»Ja, Dieter?«

»Darf ich zuvor noch etwas sagen?«

»Natürlich.« Margas in diesem einen Wort herauszuhörende Bewunderung ließ Theo, der sich schon eine ganze Weile irgendwelche Notizen gemacht hatte, erneut gequält aufstöhnen.

Und Degenhardt legte los: »Mutige Frau an meiner Seite ... schwall ... ohne sie nichts geworden ... schwall ... dabei so notwendig ... schwall ... absolut bewundernswert ... ohne sie die Welt ärmer ... großen Erfolg ... für die Ozeane der Welt eine verlässliche Freundin ...«

Es waren wunderschön gedrechselte Sätze, die in den geweihten Hallen von »Aarksfudd« wunderbar gepasst hätten, hier in Bokau jedoch fehl am Platze waren. Nein, nicht ganz, wenn man Margas entglittene Miene und Donatas in Ehrfurcht erstarrtes Gesicht betrachtete. Theo schob mir unauffällig seinen Zettel herüber.

Der Kerl hat eine Tochter und vier Söhne, las ich, während Degenhardt immer noch Margas umweltpolitische Weitsicht sowie ihre Charakterstärke in den höchsten Tönen pries. *Die heißen Dietlind, Dietwulf, Diethard, Dietmar und Dietrich. Nur weil er selbst Dieter heißt. Der hält sich wohl für Abraham!!! Das ist ein fauler Apfel, Hanna. Deshalb möchte ich, dass du sein Leben gründlichst auseinandernimmst und untersuchst.*

Theo nickte entschlossen, als ich aufschaute. Nur mit Mühe gelang es mir, ein lautes Seufzen zu unterdrücken. Degenhardt war zweifellos ein Wichtigtuer, aber rechtfertigte das den Einsatz einer Privatdetektivin?

»Nee, Theo«, raunte ich aus dem Mundwinkel in seine Richtung.

Er beugte sich vor und fing an, hastig einen weiteren Zettel zu bekritzeln. Dann schob er ihn mir zu.

Geld spielt keine Rolle. Der Satz war dick unterstrichen. *Fang am besten sofort an. Und sag Marga nichts davon.*

Also gut. Wenn es seinem Seelenfrieden diente. Ich nickte zum Zeichen dafür, dass ich seinen Auftrag annahm. Die Recherche würde im Handumdrehen erledigt sein, denn ich hegte keinerlei Zweifel daran, dass Professor Dr. Dieter Degenhardt genau der war, für den er sich ausgab. Nein, der liebe Theo war schlicht und ergreifend eifersüchtig, und das trübt den Blick naturgemäß ungemein.

»Und damit komme ich zum Schluss meiner Ausführungen«, schwallte das Dieterle mit vor lauter Wichtigkeit gesträubten Bartsprossen. »Denn nun geht es um ganz pragmatische Dinge, die nicht in meinen Kompetenzbereich fallen. Marga.«

Er lehnte sich zurück und legte die gefalteten Hände auf den Tisch. Kein Altersfleck trübte ihre Schönheit, und die Finger waren wirklich außergewöhnlich lang und sehnig. Ein Bild von einem Mann, zweifellos. Was er genau wusste.

»Ich danke dir, Dieter«, sagte Marga hörbar geschmeichelt. »Das waren wunderbare Worte. Ich hätte es nicht besser auf den Punkt bringen können.«

Hört, hört. Eigenlob stinkt bekanntlich gewaltig, Marga Schölljahn. Theo knirschte mit den Zähnen, Donata nickte ernst, Johannes gähnte, Renate verzog keine Miene, Philipp und Krischan hatten in den Schulmodus gewechselt und schienen mit offenen Augen zu schlafen.

»Als Erstes brauchen wir natürlich einen Vorstand, eine Satzung und ein Programm, in denen unsere Ziele, Visionen und Forderungen formuliert sind. Und irgendwo müssen wir uns auch anmelden, damit wir ordnungsgemäß existieren. Denn wir sind zwar im Kern anarchisch, aber wir leben in Deutschland, deshalb müssen die Formalitäten selbstverständlich korrekt erledigt werden.«

Bei diesen Worten begann ihr Blick, milde über unsere Köpfe hinwegzugleiten. Oh nein, teure Freundin! Ich nicht. Ich hatte genug anderes Zeugs an der Backe. Und Theoriekram war sowieso nicht mein Ding. Marga zwinkerte mir kurz zu.

»Philipp«, sagte sie dann, als hätte sie den Jungen nicht von Anfang an im Visier gehabt. Er zuckte erschrocken zusammen. »Du bist doch ein cleveres Kerlchen. Kannst du dich nicht einmal schlaumachen, was man so alles beachten muss, wenn man eine Partei mit allem Pipapo gründen will?«

»Äh ... ich ... weiß nicht.«

»Klar kannst du das«, dröhnte Marga. »Ich lasse jetzt einen Zettel rumgehen, und da unterschreiben wir alle. Damit sind wir zumindest für uns gegründet. Aber das zählt nicht bei den Behörden, fürchte ich. Also guck doch mal ins Internet. Da gibt es bestimmt nicht nur Bastelanleitungen für Bomben, sondern auch für Parteien.«

»Ich möchte eigentlich nicht –«

»Ach, das kostet dich bestimmt nicht viel Zeit«, schnitt Marga ihm das Wort ab. »Du kannst doch mit einem Computer umgehen. Natürlich kannst du das. Eure Generation macht doch gar nichts anderes mehr. Und wenn du damit fertig bist, guckst du bei mir vorbei, und wir schrauben, vielleicht gemeinsam mit Krischan, noch ein bisschen am Parteiprogramm herum. Einverstanden?«

Philipp zögerte. Alle schauten ihn erwartungsvoll an. Ich inklusive.

»Ja, gut«, gab er sich schließlich kaum hörbar geschlagen und senkte den Blick.

»Prima«, sagte Marga herzlich. »Und danke schön, Philipp.«

Sie fing an zu klatschen, und wir fielen ein. Ich war gerührt. Genau das war Margas Art, dem Jungen in seinem Kummer über Janas schrecklichen Unfall hinwegzuhelfen. Sie hielt keine großen Reden, sondern kam mit ganz konkreten Vorschlägen, um ihm etwas zu tun zu geben und um ihn abzulenken. Ich bewunderte sie in diesem Moment sehr.

SECHS

»Oh, Sie sind es, Baron von Stetten«, hauchte Camilla mit glühenden Wangen, um anschließend züchtig den Blick zu senken angesichts seiner überaus maskulinen Erscheinung. Vivian hätte unsere Dauerheldin auch »Oh, Sie sind es, Herr von Stetten« hauchen lassen können, doch wie klang das denn? Fast wie »Tach, Herr Meier«. Nein, unmöglich, denn die Meiers dieser Welt glamouren nicht. Zumindest nicht in einer Adelssülzlette für die Yellow Press. Und die Anrede »Baron von Stetten« sei ebenfalls zulässig, hatte Donata mir auf telefonische Nachfrage hin versichert, weshalb ich Richard entgegen meiner sonstigen Gewohnheit schon zu Beginn des Schreibprozesses umgetauft und in den Blaublüter verwandelt hatte, weil ich hoffte, auf diese Weise Vivian gleich in das erwünschte adlige Denk-, Schreib- und Fahrwasser zu lotsen.

Ich hatte die Rechnung jedoch ohne Camilla und die LaRoche gemacht. Und auch Richard mochte es gar nicht, ohne sein Einverständnis in den Adelsstand erhoben zu werden. Er hölzerte, das heißt, er sprach dermaßen unnatürlich, dass es Vivian und mich grauste. Von unserer holden Camilla mal ganz zu schweigen. Auch wenn die LaRoche als mein Pseudonym nicht wirklich existiert, wie es neudeutsch so hübsch heißt, hat die Frau doch manchmal ihren höchst eigenen Kopf. So wie in diesem Fall.

Ich stand auf, schlenderte zu Silvia hinüber und erklärte ihr das Problem. Sie hörte mir zwar aufmerksam zu, enthielt sich jedoch jeglichen Kommentars, was ich ihr nicht verdenken konnte. Ihre Welt war die Herde; mit dem menschlichen Oben und Unten und den damit verbundenen Titulaturen hatte sie nichts am Horn. Also griff ich zu einem Mittel, das schon so manches Mal funktioniert hatte, wenn Vivian gefrustet war. Ich breitete beide Arme aus, holte tief Luft und brüllte dreimal so laut »Mist, verfluchter« über den See, dass am gegenüberliegenden Ufer in Johannes' Tischlerwerkstatt die Scheiben bebten.

Das half. Irgendetwas löste sich damit zuverlässig in meinem Inneren, und ich stapfte zurück.

Einen kurzen Moment liebäugelte Hanna noch mit der Idee, erst einmal den Degenhardt zu googeln, aber kaum saßen wir vor der Tastatur, gewann Vivian die Oberhand.

»*Ich kündige*«, schluchzte Camilla, und die Tränen rannen ihr wie Sturzbäche über die Wangen, woraufhin der Herr Baron schwer erbleichte.

»*Darf ich den Grund für Ihre Entscheidung erfahren?*«, fragte er mit rauer Stimme, während sie Seite an Seite auf dem freiherrlichen Forstweg dahinschritten. Die Vögel tirilierten in der nachmittäglichen Sonne, das Grün der Blätter besaß eine geradezu magische Kraft, und keine Tempotaschentuchansammlung mit gelben Flecken störte die Idylle, denn dies hier war ein Privatgrundstück, wo Krethi und Plethi keinen Fuß hineinsetzen durften – weder zum Spazierengehen noch zum Pinkeln –, ohne vom treuen Oberförster mit barscher Stimme und einem Gewehr im Anschlag aufgefordert zu werden, die Privatsphäre der baronesken Familie zu respektieren.

»*Nein*«, *hauchte Camilla mit roten Augen, wobei sie energisch ihr Lockenköpfchen schüttelte.* »*Nein!*«, *brach es noch einmal aus ihr heraus. Wie konnte sie diesem Bild von einem Mann gestehen, dass sie ihn mit jeder Faser ihres Herzens liebte und begehrte. Dass es so schrecklich schmerzhaft war, ihn nicht berühren zu dürfen, denn sie war nichts weiter als eine kleine Angestellte, während er für immer und ewig der Herr Baron blieb! Mit bangem Blick schaute sie zu ihm auf, als er auf sie zutrat.*

»*Camilla, Liebste, du teures Wesen*«, *murmelte er in ihr dichtes Haar.* »*Du weißt nicht, was du mir bist. Ich bitte dich, bleib.*«

»*Herr Baron!*«

»*Sag Alwin zu mir.*«

»*Alwin*«, *hauchte Camilla-Donata wie betäubt.*

»*So ist's recht.*« *Er lächelte.* »*Denn für eine künftige Freifrau und Baronin schickt es sich doch nicht, ihren Gatten zu siezen, nicht wahr?*«

Potz Blitz, wenn das mal nicht ein gelungener Heiratsantrag war! Ein bisschen fix vielleicht das Ganze, aber was sollte es.

Wenn die Gefühle wallten, gab es eben kein Zurück mehr. Gerührt blinzelte Vivian zu den kleinen Kröten hinüber, die unter ihrer Wärmelampe dösten und den magischen Moment verpassten. Hanna war zufrieden. Wir konnten also auch Adel. Das ließ die Kasse klingeln und freute nicht nur die Agentin.

Ich klappte den Laptop zu und blickte auf die Uhr. Den Sülzheimer noch einmal Korrektur lesen würde ich morgen, denn um Punkt zwei war ich mit Marga verabredet. Wir wollten eine Runde spazieren gehen und dabei über alles Mögliche reden. Das heißt, ich hatte da durchaus genauere Vorstellungen, was etwa das von Theo verdächtigte Dieterle oder Krischan, den armen Kerl, betraf.

Der Himmel war blau, als ich zum Haupthaus hochstiefelte, ein paar harmlose Schönwetterwolken zogen über uns hinweg. Erst für den Abend hatte der Wetterbericht Regen angekündigt. Von der Nordsee her rauschte das Atlantiktief Hilda auf uns zu. Einen Augenblick blieb ich vor Krischans Wohnungstür stehen. Von drinnen erklang mehrstimmiges Gelächter. Er hatte also Besuch. Außerdem war es bereits zwei Minuten vor zwei, und Marga, die anarchische Seele, hasste Unpünktlichkeit. Ich würde zu einem späteren Zeitpunkt bei dem Jungen vorbeischauen, um ihm zu versichern, dass ich seine wütende Trauer um Jana verstand.

Marga und ich beschlossen, nach Behrensdorf zu fahren, um von dort aus am Wasser entlang nach Hohwacht zu laufen. Dass wir uns für einen Weg am Strand entschieden, war ihr, nein unser Glück. Sonst hätte das Ganze noch weitaus schlimmer ausgehen können. Dabei stand der ganze Ausflug von Anfang an unter keinem guten Stern.

»Dieter Degenhardt«, begann ich ohne Umschweife, nachdem wir das Auto abgestellt und einen Blick auf den linker Hand liegenden Leuchtturm geworfen hatten, ehe wir uns anschickten, rechts dem Wanderweg zu folgen.

»Was ist mit ihm?«, fragte Marga. Ihr Tonfall hätte mich warnen müssen. Sie hatte die Stacheln bereits ausgefahren, bevor wir die ersten drei Schritte gegangen waren.

»Das will ich von dir wissen«, gab ich zurück. »Und weshalb musstest du gleich meine Schmalzheimer erwähnen?«

»Weil du sie nun einmal schreibst«, lautete die ebenso dröge wie wahre Antwort. »Ich halte nichts davon, die Hälfte eines Lebens zu verschweigen.«

Das war starker Tobak.

Ich verstand mich mittlerweile als fix und fertige Privatdetektivin, die nur noch im Nebenberuf als Tränenfee arbeitete. Das entsprach zwar nicht ganz der finanziellen Wirklichkeit, aber der emotionalen dafür allemal. Marga wusste das sehr genau. Doch ich ging nicht darauf ein, unsere freundschaftliche Unterhaltung fing ja erst an.

»Dieter Degenhardt«, wiederholte ich stattdessen stur.

»Nein. Nix da. Zuerst will ich wissen, was das bei Inge mit dem Hunde- und Katzengulasch sollte. War das dein Ernst?«

»Ja«, bestätigte ich kurz und knapp.

»War es. So. Aha«, bemerkte Marga angesäuert. »Und was ist das mit der Blutuntersuchung? Deines war ja wohl nicht gemeint. Du bist weder Katze noch Hamster, und die Wurz ist Tierärztin, wie Krischan mir berichtete.«

»Stimmt«, sagte ich. »Und es geht um Katzen und Hunde, nicht um Hamster. Komm, nun erzähl schon.«

»Mir passt dein Ton nicht.« Oha, kein Schätzelchen. »Dieter fängt keine Tiere von der Straße, um sie zu braten, falls du das mit deiner bescheuerten Frage andeuten wolltest. Er interessiert sich sehr fürs Meer, wie ich dir schon erklärt habe. Deshalb macht er bei uns mit. So einfach ist das. Und mehr geht dich nichts an.« Sie holte tief Luft. »Aber was ist mit dieser Schnepfe, die Johannes angeschleppt hat? Dieses Fräulein Rührmichnichtan. Donata heißt doch nun wirklich kein Schwein. Um die solltest du dich mal kümmern.«

»Fertig?«, fragte ich höflich.

Eine Möwe segelte kreischend über unsere Köpfe hinweg, jederzeit bereit, sich im Sturzflug auf uns zu stürzen, sobald sie etwas Essbares in unseren Händen zu entdecken glaubte. Tja, Pech gehabt, Baby.

»Nein«, erwiderte Marga. »Die Frau ist nicht echt, glaube es mir. Bei der müsste mal eine Schraube nachgezogen werden. Wenn nicht mehrere.«

»Was, genau genommen, zwei höchst unterschiedliche Sachen sind, nicht?«, bemerkte ich milde. »Ich muss dich enttäuschen. Donata ist in Ordnung. Ich habe sie gecheckt. Und dafür, dass sie adlig ist und so heißt, wie sie nun einmal heißt, kann sie nichts. Bau die Guillotine wieder ab, Marga.«

Eine Weile marschierten wir schweigend nebeneinanderher. Nein, dieser Spaziergang stand von Anfang an wirklich unter keinem guten Stern. Dabei hatte ich mich durchaus auf ihn gefreut, weil Marga und ich in letzter Zeit ein bisschen den Kontakt zueinander verloren hatten.

»Checkst du Dieter etwa auch?«

Ein Rind mit langen gebogenen Hörnern und einem außergewöhnlichen Rotton im Fell trabte neugierig auf uns zu, musterte uns nachdenklich und schluppte mit der Zunge nacheinander in beide Nasenlöcher. Wir ignorierten es.

»Hättest du etwas dagegen?«

»Und ob!« Marga blieb abrupt stehen und funkelte mich an. Und die Frau kann funkeln, dagegen ist ein messerschwingender Rocker ein harmloses Bürschchen. »Hände weg von Dieter Degenhardt. Du bist ja wirklich schon krankhaft misstrauisch.« Ich zuckte zusammen. Das hatte Johannes mir ebenfalls vorgeworfen. Musste ich an mir arbeiten? Na, momentan bestimmt nicht. »Der Mann will einfach nach seiner Pensionierung noch einmal etwas Neues machen«, fuhr Marga fort. »Der will nicht einrosten, verstehst du? Daran ist doch nichts Merkwürdiges. Und DePP bietet ihm die Chance, von Anfang an dabei zu sein und mitzugestalten.«

»Seine Worte, vermute ich?«

»Und meine«, knurrte Marga. »Dieter segelt seit Jahren, und das Meer hat ihn schon immer fasziniert. Wie mich auch.«

»Und Theo«, erinnerte ich sie an ihren treuen Weggefährten, gerade auch im Kampf für die Ozeane. Zugegeben, die Bemerkung war nicht besonders klug.

»Was soll das denn jetzt?«, brauste sie auch schon auf. Sollte ich ihr reinen Wein einschenken? Ja, entschied ich spontan.

Dann konnte sie selbst sehen, wie sie mit den beiden Männern klarkam. Denn darum ging es doch in diesem Fall und um nichts anderes.

»Theo ist eifersüchtig und macht sich Sorgen, weil du mit diesem Degenhardt turtelst, als gäbe es kein Morgen.«

Marga brach in ein gekünsteltes Lachen aus.

»So ein Kokolores«, schnaubte sie dann. »Und so unwürdig für einen alten Mann.«

»Meinst du Theo oder Dieter?«, erkundigte ich mich übertrieben freundlich. So neu war das Dieterle schließlich auch nicht mehr. Und in dieser Angelegenheit stand ich voll auf Theos Seite. Ein Teil von Margas Antwort bestand in einem vernichtenden Blick.

»Dieter ist glücklich verheiratet. Willst du den lieben Theo gleich anrufen, um ihm das zu berichten?«

Ich ging nicht darauf ein. Stattdessen fragte ich unschuldig: »Wie habe ich mir denn euer Kennenlernen vorzustellen? ›Guten Tag, ich bin Professor Dr. Dieter Degenhardt, und ich bin ein echter GöGa.‹ Ist es vielleicht so gewesen?«

Es rutschte mir einfach heraus. Ich konnte nichts dagegen machen. Aber besonders intelligent war das natürlich nicht. Das wusste ich bereits in dem Moment, als ich die letzte Silbe ausgesprochen hatte.

»GöGa?«, fragte Marga spitz.

»Göttergatte.«

»Sehr witzig. Wirklich«, versetzte Marga kühl. »Und ich muss dich enttäuschen. So war es nicht. Dass er glücklich verheiratet ist, entnahm ich der kurzen Schilderung seiner familiären Umstände, als wir uns das erste Mal trafen.«

Was für eine Wortwahl! Das war so gar nicht die Marga, die ich kannte.

»Wo war das denn?«

»Ist das ein Verhör?«

Ja, so in etwa schon.

»Nein«, log ich. »Ich bin nur neugierig.«

Sie glaubte mir kein Wort, ich sah es ihr an.

»Wir haben anfangs über eine Stunde telefoniert«, teilte

sie mir schließlich gnädig mit. »Und bestell Theo, dass er sich besser direkt an mich wenden soll, wenn er etwas über Dieter wissen will. Der Mann benimmt sich ja wie ein Kind.«

Ich nickte stumm und verriet ihr nicht, dass Theo mich sogar mit weiteren Nachforschungen beauftragt hatte. Das hätte nur zu noch mehr Ärger geführt. Falls ich über das Dieterle tatsächlich etwas Missliches herausfinden sollte, war es immer noch früh genug, Marga dann einzuweihen. Und wenn der Mann weder eine bewegte Vergangenheit noch in irgendeiner Form Dreck am Stecken hatte und Theo nur auf die Nerven ging – musste man ihr und ihm ja nicht unbedingt das Leben schwer machen.

Eine Weile trabten wir wortlos nebeneinanderher, beide den Blick starr geradeaus gerichtet wie zwei Nordic Walkerinnen, die mit jedem Schritt gedanklich den Kalorienabbau, den Glykose-Umsatz sowie die intramuskulöse Sauerstoffzufuhr messen und dabei weder Sonne, Mond noch Sterne wahrnehmen. Etwas Unverfängliches musste her, eindeutig. Sonst ging der Nachmittag endgültig den Bach hinunter. Und das wollte ich nicht, zumindest nicht, bevor ich nicht mein zweites Anliegen an die Frau gebracht hatte: Krischan, der auf jeden Fall Verständnis und vielleicht sogar Hilfe benötigte, keinesfalls jedoch Misstrauen à la Traute-Mutti oder verständnisloses Kopfschütteln à la Marga, wenn er seiner Trauer um Jana Ausdruck gab.

»Harry macht jetzt kulinarisch in Schweineköpfen«, versuchte ich daher das Eis zu brechen, als wir eine Weile stumm auf einer der Brücken gestanden hatten, die über den Dünengürtel vom Strand zu den Wiesen im Hinterland führen. Das Meer sah metallisch und kalt aus.

»Kommt daher dein merkwürdiges Interesse für Hunde- und Katzenfleisch in Inges Töpfen?«

»Nein. Ja. Also auch«, räumte ich ein.

»Das nennen wir doch wieder einmal eine präzise Auskunft, Schätzelchen.«

Wir grienten uns vorsichtig an. Na also.

»Harrys neues Hobby hat mich tatsächlich auf die Idee gebracht, dass da etwas dran sein könnte. Neben der Labor- und Versuchstierthese natürlich. Hast du den Namen KVP schon einmal gehört? Den hat die Wurz ins Spiel gebracht.« Und jetzt erzählte ich ihr in knappen Worten von meinem Anima-Fall. »Die Wurz hat zwar bei den Tieren keine Einstiche gefunden, und auch die Blutuntersuchung hat augenscheinlich nichts ergeben, wie sie sagte, aber sie hat bisher auch nur die Katzen untersucht. Ich bleibe trotzdem dran. Denn beides kann einfach nur Zufall sein. Die Wurz ist für so etwas nicht ausgebildet, und sie hat mir auch nicht verraten, welches Labor sie mit der Untersuchung des Blutes beauftragt hat. Vielleicht stecken die selbst bis zum Hals in der ganzen Angelegenheit mit drin. Wer weiß das schon? Der Fall ist jedenfalls total undurchsichtig.« Marga stimmte mir zu. Zu meiner eigenen Überraschung schloss ich meinen Bericht jedoch mit dem heftig hervorgestoßenen Aufschrei: »Aber ich will nicht meine gesamte Freizeit mit dem Sautieren, Pökeln und Rösten von Schweineköpfen verbringen.«

Nanu? Ging mir Harrys neueste Passion derart an die Nieren? Offensichtlich.

»Kann ich verstehen. Von diesen gastrosexuellen Männern habe ich auch schon gehört.«

Die Worte hingen zwischen uns, so gewichtig wie drei Riesenkürbisse.

»Den was?«, erkundigte ich mich vorsichtig. Das klang wie eine Krankheit, fand ich. Ob die ansteckend war?

»Ts, ts, ts.« Marga hatte jetzt eindeutig Oberwasser. »Was ist denn mit dir los, Schätzelchen? Das Ohr am Puls der Zeit scheinst du nicht gerade zu haben. Ich werde mal ein ernstes Wort mit Traute sprechen und hören, was die dazu meint.«

»Untersteh dich«, herrschte ich sie an. Auf diese Form von Getratsche konnte die Welt getrost verzichten. »Und worunter leidet Harry jetzt?«

»Er leidet nicht, er kocht«, verbesserte mich Marga sanft. »Und das tut der gastrosexuelle Mann einzig und allein, um seine Umwelt zu beeindrucken. Das Jungsmotto ›Größer, breiter, schneller‹ gilt nämlich auch am Herd und besonders für die Abteilung Küchenmaschinen. Solche Männer geben Unsummen für technische Geräte aus, die niemand braucht.«

»Wie so ein Pacodingsbums zum Beispiel.« Mir ging ein Licht auf.

»Wie auch immer die heißen mögen«, meinte Marga. »Dörrautomaten für Tausende von Euro oder Handräuchergeräte sind jedenfalls bei diesen Knaben der letzte Schrei, habe ich letztens beim Friseur gelesen.« Wir tauschten einen Blick tiefen Einverständnisses. »Es geht bei dem Ganzen nicht darum, eine schmackhafte Soße für sechs Personen zu zaubern, um die auch noch satt zu kriegen. Nein, ein gastrosexueller Mann versteht sich als Künstler am Herd.«

Wir tauschten einen weiteren innigen Blick.

»Den du hinterher über den grünen Klee loben musst, weil er es tatsächlich fertiggebracht hat, eine Zwiebel unfallfrei zu schnippeln?«, nahm ich den Ball auf. Bei Gelegenheit würde ich Harry einmal mit Margas Thesen konfrontieren. Ich freute mich jetzt schon auf sein Gesicht. »Und das stand alles in der Zeitung beim Friseur? Oder ist dein professoraler Degenhardt vielleicht auch so ein Gastrosexueller?«

Und aus war es mit der Eintracht. Hemlokk, du Trotteline, kannst du nicht mal die Klappe halten?

»Nicht dass ich wüsste«, erklärte Marga eisig. »Über so etwas habe ich mit Dieter selbstverständlich nicht gesprochen. Da ging es um wichtigere Dinge. Außerdem liest dieser Mann nun bestimmt nicht die Zeitungen, für die du schreibst.«

Ich ließ das auf sich beruhen. Meine Sülzletten und die dazugehörigen Gazetten waren ein schwieriges Thema zwischen uns. Marga lehnte sie ab, weil sie sie für Volksverdummung hielt, ich lebte davon und sah das Ganze mittlerweile nicht mehr so eng. Jeder Mensch braucht seine kleinen Fluchten. Richard und Camilla waren eine Drei-Minuten-Form davon. Nein, viel wichtiger schien mir in diesem Moment, wie ich die Sprache möglichst unauffällig auf Krischan und seine bedürftige Psyche bringen konnte.

»Dir passt die ganze Sache mit DePP nicht, oder?«, lieferte Marga mir das Stichwort. »Deshalb stänkerst du so gegen Dieter.

Theo hat damit gar nicht so viel zu tun. Wobei ich ehrlich der Meinung bin, dass du dich lieber ernsthaft um diese Do-na-ta kümmern solltest. Als Freifrau und –«

Oh nein, nicht schon wieder!

»Du irrst dich. Ich finde DePP völlig in Ordnung und wichtig«, widersprach ich. »Aber es wird eine Menge Arbeit machen. Das erledigen wir nicht einfach so im Handumdrehen. Schau dir doch Philipp an. Mit dem Parteiprogramm hast du dem Jungen ganz schön was aufs Auge gedrückt.«

Das war natürlich der Königsweg: Ich würde mich unverfänglich über Philipp an das heikle Thema herantasten.

»Ach was«, sagte Marga. »Er ist ein helles Kerlchen. Und er ist im Netz zu Hause. Außerdem lenkt es ihn von Jana ab. Er kann ihr ja doch nicht helfen. Und dieses dauernde Grübeln macht jeden kirre.«

»Stimmt schon«, sagte ich, »aber er ist erst siebzehn, und ich habe den Eindruck, dass Janas Unfall ihn genauso mitnimmt wie ... Krischan. Auch wenn der es auf andere Art und Weise zeigt.«

Na also, da waren wir doch schon.

»Indem er Philipp anschnauzt, wenn der in seiner Verzweiflung weint? Das fand ich total daneben«, meinte Marga. »Hätte ich von ihm auch nicht erwartet. Sogar deine Busenfreundin Donata hat in dem Moment schräg geguckt. Nein, ich bin ziemlich enttäuscht von dem Jungen, das muss ich ganz offen zugeben.«

»Sie ist nicht meine Busenfreundin, und er ist ein bisschen neben der Spur, weil er an der Brücke gepatzt hat«, erklärte ich, um nicht sofort mit der Tür ins Haus zu fallen.

»Davon hat er mir gar nichts erzählt«, bemerkte Marga gekränkt. »Keinen Ton hat er gesagt.«

Himmel, manchmal war die Frau aber auch wirklich mächtig begriffsstutzig.

»Weil es ihm peinlich ist, natürlich. Das kann man doch verstehen.« In knappen Worten berichtete ich ihr von Krischans Pech und unserer versemmelten Nachtwache unter der Brücke.

»Das ist wirklich blöd gelaufen«, brummte sie. Na also, endlich hatte ich sie da, wo ich sie haben wollte. Der Boden war bereitet für mein eigentliches Anliegen.

»Und außerdem ist das natürlich auch die schiere Hilflosigkeit«, fuhr ich entschlossen fort. »Wenn er Philipp in dieser Weise angeht, meine ich. Darauf kann man überhaupt nichts geben. Er mag Jana genauso gern wie der Kleine. Da bin ich mir völlig sicher. Er zeigt es bloß anders. Und eine aggressive Reaktion ist in so einem Fall gar nicht ungewöhnlich ...«

Marga beschleunigte ihren Schritt.

»Haben wir jetzt etwa auch noch Tsiechologie studiert?«, lautete ihr spitzer Kommentar. Diesem Wort hatte eine ehemalige Mitbewohnerin von Marga in Bokau zur Unsterblichkeit verholfen.

»Das brauche ich nicht. Ein bisschen Feingefühl reicht für so eine Erkenntnis völlig aus.«

»Das ich in diesem Fall vermissen lasse, willst du damit andeuten, nehme ich an?«

Mittlerweile sausten wir im Geschwindschritt nebeneinanderher. Man hätte es für Sport halten können, wenn wir nicht beide reichlich verbiestert aus der Wäsche geguckt hätten. Brachte das etwas? Nein.

»Marga ...«

»Schätzelchen ...«

Wir prusteten gleichzeitig los, bis Marga keuchend hervorstieß: »Krischan ist ein feiner Kerl und total in Ordnung, da gibt es keine zwei Meinungen. Ich fand ihn gestern eben nur ein bisschen grob.«

Da hatte sie recht.

»Er hat es wirklich nicht so gemeint, glaube mir«, sagte ich deshalb versöhnlich. »Wir könnten ihn und Philipp doch einmal zum Essen einladen, oder?«

»Könnten wir«, stimmte Marga friedlich zu. »Nächste Woche hätte ich terminlich ein bisschen mehr Luft.«

»Und du hast wahrscheinlich recht mit Philipp. Er schafft das.« Auch ich war die Friedfertigkeit in Person. Eine kleine Spitze konnte ich mir allerdings nicht verkneifen. »Obwohl du ihn ganz schön bedrängt hast.«

»Ich?« Sie spielte die Unschuld vom Lande perfekt. »Das ist nicht wahr. Ich habe ihn lediglich lieb gefragt, ob er das mit dem Programm und den Bedingungen für die Gründung wohl netterweise übernehmen könnte. Und wir haben doch auch keinen anderen. Theo hat von Computern keine Ahnung, Johannes tischlert für Hollbakken und seinen Lebensunterhalt, Dieter hält Vorträge in aller Welt, du kümmerst dich um Hundelabore und Katzen in irgendwelchen Kochtöpfen, und der Adelsbraut traue ich nicht über den Weg. Also blieb nur noch Philipp. Und bevor du mir auch hier wieder vorwirfst, eine unsensible Seele zu sein«, sie blickte mich triumphierend an, »er hat doch selbst erzählt, dass Mami ihn mit zwölf zu einem Coach geschickt hat, der ihm das Strukturieren seines kleinen Lebens beigebracht hat. Er sollte das also können.«

Ich hatte da so meine Zweifel. Marga offenbar insgeheim auch.

»Helikoptereltern, eindeutig. Das nenne ich Überfürsorge. Was Krischan davon zu wenig hat, hat Philipp zu viel. Du lieber Gott.« Sie begann, theatralisch mit den Augen zu rollen. »So etwas ist doch total bescheuert. Der Junge war noch nicht einmal in der Pubertät, und schon sollte er geradeaus denken können. So ein Schwachsinn. Wer ›strukturiert‹ und ›organisiert‹ wohl in dem Alter sein Leben? Da vergisst man den Hintern, wenn der nicht angewachsen wäre. Und das ist höchst normal. So war das zumindest zu meiner Zeit. Oder ist das heute alles besser durch diesen SmartPod-Kram?«

Sie hatte sich richtig in Rage geredet.

»Von einer Hintern-App habe ich noch nie gehört«, pflichtete ich ihr bei. »Aber du hast natürlich recht. Im Vergleich zu Philipp ist Krischan wirklich –«

Marga starrte mich an.

»Was hast du bloß immer mit Krischan?«

»Nichts. Gar nichts«, versicherte ich hastig, um die neu entstandene Harmonie nicht zu gefährden. »Ich denke allerdings, dass er ein bisschen Unterstützung gebrauchen könnte.«

»Das habe ich ja begriffen«, knurrte Marga.

»Und ich finde es schade«, fuhr ich fort, ohne ihre Bemerkung zu beachten, »dass er sein Leben so vergeigt. Als ›Mann für alle Fälle‹ ... na ja, Philipp nutzt seine Chancen da ganz anders. Er peilt einen Abischnitt von eins Komma irgendwas an, hat er mir unter der Brücke erzählt.«

»Früher nannte man solche Leute soziale Idioten«, torpedierte Marga meine Bemühungen bissig. »Auswendiglerner und Streber, die einem nicht in die Augen gucken können. Deine neue Busenfreundin ist bestimmt auch so eine. Hast du das mal ›gecheckt‹, wie bei dem armen Dieter?«

Ich ging nicht auf ihr Gestichel ein. Das war mir einfach zu dumm. Marga konnte nun einmal nicht von ihren vorgefassten Ansichten lassen, wenn es um den Adel ging. Das war so sicher wie das Amen in der Kirche – die natürlich als Institution bei meiner Freundin einen vergleichbar schlechten Ruf genoss.

»Philipp ist auf einer Schule, die sich die Inklusion auf die Fahne geschrieben hat«, entgegnete ich mühsam beherrscht. Manchmal brachte sie mich mit ihren gesammelten Vorurteilen selbst nach all den Jahren unserer Freundschaft noch zur Weißglut. Mal ganz abgesehen davon, dass wir uns immer weiter vom eigentlichen Thema entfernten. »Und er findet das ausdrücklich gut, weil er eben kein sozialer Krüppel sein will.«

Ich hatte den falschen Knopf gedrückt. Von jetzt an lief es erst richtig schief mit uns beiden. Wobei unsere Debatte über die aktuelle Bildungspolitik alle Merkmale eines Stellvertreterkrieges trug. In Wahrheit ging es um Marga und mich, um Theos Eifersucht und sein Misstrauen, was Degenhardt betraf, den Vorwurf, dass sie nicht sensibel genug mit Krischan und Philipp umgegangen war. Und dass ich sie nicht von Anfang in den Anima-Fall eingeweiht hatte.

Marga blieb ruckartig stehen und fing an, mit den Armen zu fuchteln, während sie wie ein gereizter Stier »Inklusion!« schnaubte. »Jeder wird mitgenommen, niemand bleibt außen vor, ob geistig oder körperlich behindert. Klingt wunderbar, nicht? Und klingt nicht nur wunderbar, ist auch ein tolles Konzept, wenn man es auf dem Papier betrachtet. Aber weißt du, was diese Wende, Waltraud Wende, Pädagogikprofessorin und Gott sei Dank verflossene Kultusministerin dieses Landes, dazu gesagt hat?«

Nö, keine Ahnung. Und um ehrlich zu sein, war es mir auch ziemlich egal. Mich interessierte etwas ganz anderes.

»Ach, die ist auch Pädagogikprofessorin?«, flötete ich. »Dann kennt dein Degenhardt sie ja bestimmt. Was für ein Zufall, nicht?«

Marga bedachte mich mit einem vernichtenden Blick, ließ sich jedoch – natürlich – nicht beirren.

»Die Frau hat allen Ernstes in einem Interview gesagt – sperr deine Lauscher auf, Schätzelchen, das ist ein Satz für die Ewigkeit –, sie hat gesagt, sie hätten zwar mit der Inklusion begonnen, sich jedoch von politischer Seite keinerlei Gedanken über die Rahmenbedingungen gemacht. Verstehst du das? Ja, ist die Dame denn total gaga? Man kann doch nicht ein Gesetz unterschreiben und dann –«

»Du meinst die Behindertenrechtskonvention der Vereinten Nationen?«, fuhr ich ihr in die Parade. Harry hatte über das Thema einmal eine sehr gelungene Reportage geschrieben, wie ich fand.

Marga starrte mich wütend an.

»Weißt du schon wieder alles besser?«

Wie gesagt, bei dieser Debatte ging es keineswegs um die Inklusion, sondern einzig und allein um uns. War mir das in diesem Moment bewusst? Um ehrlich zu sein, ich glaube nicht.

»Nein, tue ich nicht«, entgegnete ich zähneknirschend. »Aber ich möchte gern wissen, worüber ich rede, wenn ich rede. Und seit 2008 ist die Inklusion nun einmal ein Menschenrecht. Das ist in dieser Konvention festgelegt, soweit ich weiß. Die Bundesrepublik hat die unterzeichnet und ist deshalb daran gebunden. Punkt. So hat Harry es geschrieben, und so hat Philipp es mir erklärt, und das sollte man als Hintergrundinformation im Kopf behalten, finde ich.«

In diesem Moment ging mir meine Freundin Marga mit ihren unverrückbaren Glaubenssätzen sowie ihrer sturen Prinzipienreiterei unwahrscheinlich auf die Nerven. Bei ihr schien es allerdings, was mich betraf, keineswegs anders zu sein.

»So, findest du«, schnaubte sie empört. »Na, das ist ja schön. Und wie findest du es, wenn sich die Wissenschaftler im Elfenbeinturm einfach etwas ausdenken, was mit der Praxis allerdings nicht allzu viel zu tun hat, und die Politiker ebenso einfach etwas unterschreiben, weil es so hübsch klingt? Wie findest du das? Na? Nun sag schon!«

Ich schwieg bockig, was Marga nicht davon abhielt, weiterzulamentieren.

»Beides wird trotzdem zusammengerührt und zur gültigen politischen Strategie erklärt. Na prima. Dabei hat leider niemand bedacht, dass es für die Umsetzung der ganzen schönen wohlklingenden Idee auch ein paar andere Rahmenbedingungen braucht.« Sie holte tief Luft. Ihr Gesicht war mittlerweile puterrot.

Die Farbe stand ihr nicht, und ich überlegte einen kurzen Moment, ob ich ihr nicht einmal einen Spiegel vor die Nase halten sollte. Nur dumm, dass ich keinen dabeihatte.

»Pass auf dein Herz auf«, blubberte ich stattdessen.

»Dem fehlt nichts, keine Sorge«, knurrte sie. »Und ich bin noch nicht fertig, auch wenn du das zu hoffen scheinst und dich das Thema nicht weiter interessiert. Aber so eine ordentliche Horizonterweiterung hat noch niemandem geschadet, Schätzelchen. Also, schreib dir das hinter die Ohren: Inklusion funktioniert nicht ohne Geld und zusätzliche Lehr- und Betreuungskräfte. Das kann sich jeder Trottel denken. Ach was, jeder Idiot weiß das. Nur an dieser Frau Wende und ihren ganzen Nachfolgern ist diese Erkenntnis seltsamerweise komplett vorbeigegangen. Die sind ja alle gemeingefährlich, da hilft auch kein Abiturdurchschnitt von null Komma fünf.«

»Sie ist Professorin wie dein Dieter, der mit DePP jetzt ebenfalls in die Politik einsteigen will«, bemerkte ich zuckersüß und fand den Vergleich äußerst gelungen.

Marga nicht.

»Dieter ist nicht gemeingefährlich. Und du willst doch nicht etwa allen Ernstes behaupten, dass er sich dermaßen strunzdumm anstellen wird wie diese Wende und ihre Co-Pfeifen?«, brauste sie auf. »Wenn du es schon nicht lassen kannst, permanent nach irgendwelchen Verdächtigen zu suchen, dann solltest du besser —«

»Komm mir jetzt bloß nicht schon wieder mit Donata«, fuhr ich sie an. »Und ich suche nicht permanent nach Verdächtigen, wie du es ausdrückst. Ich halte nur Augen und Ohren offen und lasse mich nicht von hausgemachten Ideologien einlullen.«

»Dan-ke!«

»Bit-te«, entgegnete ich ebenso zackig. »*Ich* weiß zumindest immer noch nicht, was dieser Degenhardt bei DePP will.«

»Das habe ich dir doch erklärt«, zischte Marga gereizt. »Kann ich vielleicht etwa was dafür, dass du Schmalz in den Ohren hast? Und hör jetzt endlich auf, zu stänkern und unschuldige Leute zu verdächtigen. Erst versuchst du mir einzureden, dass ich mich Krischan gegenüber unmöglich benehme, und dann ist schon wieder Dieter dran. Diesen Spaziergang hätten wir uns sparen können.«

Ganz meiner Meinung. Außer Feindseligkeiten hatte er nichts gebracht. Wir äugten uns finster in die Pupillen, jede sozusagen die Rechte schussbereit am nicht vorhandenen Colt.

»Ich gehe ein Stück voraus und warte am Strand auf dich. Sonst kommen wir nicht heil zurück«, brummte Marga.

Ich nickte knapp, sie stiefelte davon, und ich setzte mich auf die nächste Bank. Die Sonne schien über den kleinen Binnensee, ein Schwanenpaar glitt majestätisch dahin, und ein Reiher stand stocksteif am Ufer und wartete auf einen fischigen Nachmittagssnack. Es hätte ein geradezu magischer Moment sein können, wenn Marga nicht eine Quadratmacke gehabt hätte.

Bislang hatte ich diesen Degenhardt ja auch eher für ein harmloses Würstchen gehalten. Aber jetzt? Würde ich ihn auf jeden Fall einer eingehenden Untersuchung unterziehen. Darauf konnte Marga wetten, denn dafür hatte sie mit ihren Lilalau-Antworten gesorgt. Bis dato hatte ich mir ehrlich gesagt keine großen Gedanken über die Motive des Mannes gemacht, bei DePP mitzumischen. Doch je mehr ich über ihn zu wissen bekam, desto dringlicher stellte sich die Frage: Was machte so ein Alphamännchen bei uns?

Wir besaßen zwar Überzeugungen, aber richtig Ahnung

vom Politikgeschäft hatte in unserer Gurkentruppe niemand. Die Wahrscheinlichkeit einer blitzschnellen Karriere über die Parteischiene tendierte also eher gegen null. Und wieso hatte es ihm als gelerntem Pädagogikprofessor überhaupt plötzlich das Meer angetan? Nur weil er segelte? Das konnte glauben, wer wollte. Ich tat es nicht. Denn zumindest sein berufliches Interesse lag auf einem völlig anderen Gebiet. Oder wollte er bei uns bloß den Chef spielen und hatte sich ausgerechnet uns als Ausgleichsvehikel für seinen Bedeutungsverlust als Emeritus ausgesucht? Denn mit dem Pensionärsstatus, der vielen Zeit sowie der nachlassenden Wichtigkeit kamen bekanntlich etliche Leute nicht klar.

Ich streckte meine Beine aus und schloss die Augen, um die letzten Sonnenstrahlen des ausklingenden Spätsommers zu genießen, als ein lauter Schrei mich zusammenzucken ließ. Ich blinzelte. Der Reiher hatte ihn ebenfalls vernommen, denn er gab seine Lauerhaltung auf, schüttelte sich kurz und hob mit wuchtigen Flügelschlägen ab. Wieder schrie jemand – laut, panisch und völlig außer sich. Ich sprang auf und blickte mich hektisch um.

Doch auf dem Weg war niemand. Marga? Unwillkürlich lenkte ich meine Schritte zur nächsten Brücke, die zum Strand führte. Hatte sie sich vielleicht etwas gebrochen? Oder war sie ausgerutscht? Die Steine konnten verdammt glitschig sein, aber das wusste sie doch. Oder hatte sie einen Schwächeanfall? In ihrem Alter kam so etwas schon einmal vor. Obwohl man dann bestimmt nicht mehr so laut brüllen konnte.

Ich legte einen Zahn zu und verfluchte nicht zum ersten Mal meine mangelnde Fitness, als ich keuchend und japsend auf die Brücke stürmte, um – ich kreischte entsetzt auf.

Wie ein Irrwisch hüpfte Marga von einem Bein auf das andere, während sie laut schreiend mit den Armen wild um sich schlug. Denn ihr Oberkörper brannte lichterloh, und sie versuchte mit den Händen verzweifelt, die Flammen zu ersticken.

»Ins Wasser. Schnell!«, brüllte ich, während ich die paar Meter zum Strand hinunterschlidderte.

Sie reagierte nicht, wahrscheinlich hörte sie mich gar nicht. Ohne nachzudenken, riss ich mir die Jacke vom Leib, schoss auf sie zu und versuchte, damit die Flammen zu ersticken. Es gelang nicht. Weder Marga noch das Feuer reagierten auf meine Bemühungen. Ich überlegte fieberhaft. Um sie zum Wasser zu zerren, fehlte mir die Kraft. Außerdem hatten wir keine Zeit mehr. Margas Gesicht war starr vor Entsetzen und Schmerz.

»Schätzelchen«, ächzte sie voller Verzweiflung und blickte mich flehend an.

Und was machte das Schätzelchen? Endlich das einzig Richtige: Ich trat ihr wortlos in die Kniekehlen, sodass sie umfiel wie eine gefällte Eiche.

»Hin- und herrollen«, befahl ich, während ich neben ihr auf die Knie sank. »Schnell.«

Doch Marga bewegte sich nicht mehr, sondern lag zusammengekrümmt da wie ein Fötus, die Hände schützend auf den Kopf gepresst. Ich biss die Zähne zusammen und fing an, sie in Windeseile mit Sand zu beschaufeln. Es ging viel zu langsam. Marga stöhnte. Wenn ich die Flammen am Bauch erstickt hatte, loderten sie an der Schulter wieder auf.

»Hilfe«, schrie ich so laut ich konnte, ohne in meinen Bemühungen nachzulassen. »Hilfe! Schnell! Hier stirbt ein Mensch!«

Ich spürte, wie ich anfing zu schluchzen. Der Strand war menschenleer an diesem Nachmittag mitten in der Woche, nur ganz weit draußen auf dem Meer dümpelte eine Segelyacht in Richtung Lippe und Hafen. Die Besatzung hörte mich natürlich nicht. Verbissen buddelte ich weiter. Wie eine Baggerschaufel bewegte ich meine Hände. Rein in den Sand und drauf mit der Ladung auf Margas brennenden Leib. Wieder und wieder. Mir tränten die Augen, der Schweiß rann mir in Sturzbächen den Rücken hinab, tropfte von meiner Stirn und suchte sich seinen Weg zwischen den Brüsten zum Bauch. Und endlich, endlich, nach gefühlten dreieinhalb Millionen Jahren, erlosch tatsächlich die letzte Flamme. Ich hatte es geschafft. Völlig ausgepumpt blickte ich auf meine Freundin hinab. Ihre Augen waren geschlossen.

»Marga«, flüsterte ich zaghaft. Keine Reaktion. »Marga, sag

doch was. Bitte, bitte, bitte«, wimmerte ich wie ein kleines Kind. Mir schnürte es die Kehle zu. Sie war doch nicht etwa ... tot?

Mit zitternden Händen fummelte ich mein Handy aus der Jackentasche und tippte 110 ein. Ich wusste, dass ich mich ziemlich hysterisch anhörte, doch der Mensch am anderen Ende der Leitung blieb gelassen und sachlich und versprach, auf der Stelle einen Rettungshubschrauber in Marsch zu setzen, als ich ihm beschrieb, wo die Verletzte lag.

Gott sei Dank. Hilfe war unterwegs. Jetzt konnte ich nur noch warten. Am ganzen Körper wie Espenlaub zitternd, nahm ich behutsam Margas Hand und streichelte sie vorsichtig.

»Sie kommen gleich«, schluchzte ich. »Du musst nur noch ein paar Minuten durchhalten. Nur ein paar Minuten, hörst du? Bitte, Marga«, flehte ich sie an, »mach uns keinen Scheiß. Theo überlebt das nicht, und Traute wäre sehr, sehr böse, wenn du dich einfach vom Acker machst. Und ich auch, Frau Schölljahn, hörst du mich!«

SIEBEN

Am nächsten Morgen goss ich in aller Herrgottsfrühe die Milch, die eigentlich in den Tee gehörte, in das Himbeermarmeladenglas, würzte meine Butterstulle mit Pfeffer und beschmierte das Brot mit Anchovispaste. Mit anderen Worten: Ich war völlig von der Rolle und hatte grottenschlecht geschlafen, weil ich die ganze Nacht über mit einem Ohr Richtung Telefon gelauscht hatte. Doch es hatte nur stumm vor sich hin gedräut.

Der Rettungshubschrauber mit dem Notarzt an Bord war eine Viertelstunde nach meinem Anruf auf dem benachbarten Feld gelandet. Ich hatte mir das T-Shirt von Leib gerissen und es wie verrückt geschwenkt, damit der Pilot sehen konnte, wo genau die Verletzte lag.

Sie hatten Marga, die halb bei Bewusstsein war, hastig untersucht, sie anschließend auf eine Trage gewuchtet und mir auf meine ängstliche Frage, ob sie schwer verletzt sei, lediglich mitgeteilt, dass sie dazu noch nichts sagen könnten und noch nicht wüssten, wohin sie die Patientin brächten. Das hänge davon ab, wo etwas frei sei. Und dann waren sie mit meiner Freundin davongeknattert und hatten mich mutterseelenallein auf dem Acker stehen lassen.

Am liebsten hätte ich mich auf den Boden geschmissen, um die sattschwarze Erde Schleswig-Holsteins mit den Fäusten zu traktieren. Wenn wir uns nicht ausgerechnet vorher gestritten hätten, wäre das nicht passiert. Und wenn ich nicht so penetrant nach Degenhardt gefragt und ihr Unsensibilität im Umgang mit Krischan vorgeworfen hätte ... Wenn, wenn, wenn; hätte, hätte, hätte.

Hör auf, Hemlokk, hörte ich Harry streng sagen. Das bringt doch nichts. Recht hatte er. Zwei silbrig blaue Motorräder waren im Schneckentempo auf mich zugeholpert. Polizei. Klar. Die wollten wissen, wie das passieren konnte. Ich nickte den beiden Beamten zu, sie hielten, nahmen die Helme ab und stellten sich vor.

»Frau Hemlokk?«

»Ja«, krächzte ich.

Sie sahen aus wie Stan und Ollie, das fiel mir trotz meines desolaten Zustands sofort auf; der Jüngere war hoch aufgeschossen und dünn wie ein Spargel, der Ältere hatte eher etwas von einem Fass. Sie nahmen meine Personalien auf und fingen dann an, mich zu befragen, was genau vorgefallen war und wie das passieren konnte. Ich wusste es nicht.

Ob Marga depressiv sei, wollte Ollie wissen. Ob sie vielleicht selbst Hand an sich gelegt habe. Nein, erklärte ich mit Bestimmtheit. Nie und nimmer. Ich würde sie gut kennen. So etwas würde sie nicht tun – erst recht nicht, weil sie vorhatte, mit DePP die politische Landschaft der Bundesrepublik aufzumischen und es den alten Säckinnen und Säcken mal ordentlich zu zeigen. Das hatte ich jedoch für mich behalten.

Aber man fange nicht einfach aus heiterem Himmel am Strand zwischen Behrensdorf und Hohwacht an zu brennen, wandte Stan sehr vernünftig ein und beäugte mich dabei misstrauisch. Das war sein Job, ich nahm es ihm nicht übel, sondern stimmte ihm zu. Denn das tat man wirklich nicht. Es musste einen Grund dafür geben. Es war meiner Sorge um Marga geschuldet, dass erst in diesem Moment bei mir der Groschen fiel.

»Bernstein«, sagte ich vernehmlich.

Stan verstand nur Bahnhof, doch Ollie kapierte sofort.

»Sie meinen«, er strich nachdenklich mit der Linken über sein blitzblank rasiertes Kinn, »Sie meinen«, wiederholte er langsam, »dass Ihre Freundin annahm, Bernstein zu sammeln, aber in Wahrheit war es Phosphor?«

»Ganz genau. Weißer Phosphor«, ergänzte ich.

»Das macht Sinn«, meinte Ollie zufrieden und klappte sein Notizbuch zu.

Tja, sorry, Junge.

»Nein, macht es nicht«, widersprach ich. »Marga, also Frau Schölljahn, sammelt keinen Bernstein. Und außerdem kennt sie die Gefahr bestens, weil haargenau das Gleiche letztens einem Mädchen aus unserem Bekanntenkreis passiert ist. Die Kleine liegt im künstlichen Koma.«

Zwei Augenpaare musterten mich überrascht.

»Der Name des Mädchens?«, fragte Stan. Ich kannte nur Janas Vornamen, wie mir zum ersten Mal klar wurde. Er nickte und schrieb ihn in sein Notizbuch. Dann blickte er mich ernst und auch ein wenig mitleidig an. »Das alles ist sicher ein großer Schock für Sie«, meinte er behutsam. »Aber manchmal passieren einfach Dinge, wie diese beiden Unfälle, da glaubt man dann vielleicht an einen Zusammenhang, wo gar keiner besteht.«

Ach ja? Ich schwieg. Zwei durch den Kontakt mit Weißem Phosphor brennende Menschen innerhalb so kurzer Zeit? Das war doch ein bisschen zu viel des Zufalls, fand ich.

»Zwei überaus bedauerliche Missgeschicke. Ja, so sehe ich das auch«, eilte Ollie seinem Kollegen zu Hilfe. »Sollen wir Sie nach Hause bringen, Frau Hemlokk? Haben Sie jemanden, der sich um Sie kümmert?«

»Ja, danke. Ich schaffe das schon«, erwiderte ich höflich.

Ollie gab mir die Telefonnummer ihrer Dienststelle. Morgen früh würde man mir bestimmt sagen können, wo der Rettungshubschrauber Marga hingebracht hatte und wie es ihr ging. Danach verabschiedeten sie sich.

Jetzt war es morgen früh. Sehr früh sogar, zumindest für meine Verhältnisse. Es dämmerte gerade, als ich nervös nach dem Telefon angelte. Aber schließlich schreckte ich ja keinen Privatmenschen aus seinem wohlverdienten Schlummer, sondern einen Diensthabenden. Der meldete sich nach dem dritten Klingelton mit amtlich-sachlicher Stimme. Ich nannte ihm meinen Namen und schilderte mein Anliegen.

»Moment«, sagte er, während ich ihn auf der PC-Tastatur herumhämmern hörte. »Marga Schölljahn, ja? Uniklinik Kiel, steht hier.«

»Danke.«

»Viel Glück«, meinte er, was ich nett fand.

Ich hielt es für eine Floskel, doch der Polizeibeamte hatte es offensichtlich ernst gemeint.

»Sind Sie mit Frau Schölljahn verwandt?«, erkundigte sich die Telefondame in der Zentrale der Kieler Uniklinik.

»Nein«, rutschte es mir ehrlich heraus. Wie gesagt, es war noch ziemlich früh am Morgen, und ich hatte kaum geschlafen, »also, das heißt, eigentlich ja. Wir sind sehr eng befreundet«, versuchte ich hastig, die Scharte auszuwetzen.

»Nun, dann können Sie mir doch sicherlich das Geburtsdatum der Patientin nennen.«

»Natürlich. Der 11. Mai.«

»Und das Jahr?«

Verdammt. Ich hatte keine Ahnung.

»Na ja, so ungefähr …«

»Dann tut es mir leid. Unter diesen Umständen darf ich Ihnen keine Auskunft geben. Datenschutz, Sie verstehen. Auf Wieder–«

»Ach bitte«, flehte ich. »Frau Schölljahn hat keinen Menschen außer mir, und ich mache mir große Sorgen.«

Ich konnte das Kopfschütteln am anderen Ende der Leitung regelrecht sehen.

»Es geht nicht. Ich darf das nicht. So sind nun einmal die Vorschriften. Da könnte sich ja jeder erkundigen, und wir haben hier schon Fälle gehabt, das glauben Sie nicht. Bedaure. Auf Wiederhören.«

Frustriert knallte ich den Hörer auf die Gabel, als gleichzeitig die Gartenpforte quietschte und mein Telefon anfing zu klingeln.

»Hemlokk«, brüllte Harry von draußen so laut, dass ich zusammenzuckte, »schlüpf aus den Federn, beweg deinen Astralleib und hilf mir tragen.«

Ich nahm den Hörer ab und meldete mich hastig. Doch es war nicht etwa das Krankenhaus, sondern meine Mutter. Und eben Margas beste Freundin. Die hatte mir gerade noch gefehlt.

»Es passt gerade nicht so gut«, würgte ich sie ab.

»Hemlokk«, schrie Harry wieder, »nun hüpf endlich aus dem Bett, oder bist du taub?« Noch nicht. Aber wenn er weiter so herumgrölte, würden meine Trommelfelle irgendwann garantiert schlappmachen. Ich bedeckte das Mundstück mit der Hand und brüllte zurück: »Ich kann jetzt nicht. Warte.«

»Es ist ja auch noch sehr früh«, erklang es irritiert an meinem Ohr. »Ich melde mich später noch einmal.«

Zack, hatte Mutti aufgelegt. Und erst jetzt wurde mir bewusst, dass sie noch nie zu derart nachtschlafender Zeit angerufen hatte. Mir wurde ganz flau im Magen. Ob etwas mit meinem Papa war? Ich wählte hastig. Harry bollerte gegen die Tür wie ein Irrer. Sein Hörsinn hatte durch die Schreierei also bereits gelitten.

»Lass das«, schrie ich hektisch, während es bei meinen Eltern tutete. »Warte, verdammt noch mal!«

Das Geballere verstummte. Na also, ging doch. Mit sechzig brauchte der Mann bestimmt eine Hörhilfe. Meine Mutter nahm nicht ab. Merde! Also öffnete ich Harry die Tür. Das Erste, was ich sah, war ein riesiger Pappkarton, aus dem drei langmähnige Porreestrempel herauslugten.

»Einen wunderschönen guten Morgen allerseits«, grüßte der Mann hinter der Kiste aufgeräumt, trug sie wie eine Monstranz zu meiner Küchenzeile, stellte sie behutsam ab und drehte sich mit einem strahlenden Lächeln zu mir um. Wahrscheinlich hatte das Herzchen zehn Stunden Tiefschlaf hinter sich, während ich mich zunehmend wie ein Wrack fühlte, dessen Bergung mangels verwertbarer Ladung keinen Sinn machen würde.

»Ich war auf dem Hamburger Fischmarkt. Ist alles ab-so-lut frisch, und da dachte ich, ich überrasche meine … äh … also … äh … dich.«

In einem anderen Moment, an einem anderen Morgen und in einem anderen Leben hätte mich seine verbale Bauchlandung höchst amüsiert, denn was war ich für ihn? Freundin, Geliebte, Lebensabschnittspartnerin oder von allem ein bisschen? Egal. Jetzt stieß ich lediglich dumpf hervor: »Marga hat gebrannt, und sie stellen mich nicht durch. Aber ich muss doch wissen, wie es ihr geht.«

Harrys frühmorgendliche Dynamik verwandelte sich binnen Sekundenbruchteilen in höchste Besorgnis.

»Setz dich erst mal, Hemlokk.« Seine Stimme klang vor Schreck ganz weich. Wahrscheinlich hielt er mich für übergeschnappt. »Ich koche uns jetzt einen schönen heißen Tee, und dann erzählst du mir alles.«

Ich tat wie mir geheißen. Er hatte eine Ostfriesenmischung gewählt, die er mit reichlich Kluntjes und noch mehr Sahne versetzte.

»Trink einen Schluck«, befahl er autoritär wie Richard in seinen männlichsten Zeiten. »Aber Vorsicht, er ist heiß.« Ich gehorchte bibbernd. »Also, was ist los, Hemlokk?«

Konfus berichtete ich zunächst von dem mysteriösen Anruf meiner Mutter und von Margas Unfall, der keiner war. Während ich erzählte, wurde Harrys Miene immer nachdenklicher.

»Wiebke Zirnstein«, murmelte er, als ich geendet hatte. Meine Hand zitterte, als ich erneut nach dem Teebecher griff. »Sie arbeitet in der Uniklinik, und zwar irgendwo ganz oben. Die Kleine war mal tierisch verknallt in mich.«

Wie schön für ihn. Es war mir herzlich egal.

»Ruf sie an«, befahl ich nervös.

Wenn das nichts brachte, würde ich mich ins Auto schmeißen, nach Kiel brettern und mich zu Marga durchschleichen. Irgendetwas würde mir da schon einfallen. Schließlich arbeitete ich nicht umsonst seit Jahren höchst erfolgreich im Schnüfflergewerbe.

»Ja«, hörte ich Harry jetzt im besten Richard-Tonfall sagen, »Frau Dr. Zirnstein. Wir hatten vor einiger Zeit einen sehr intensiven fachlichen Austausch, und ich müsste dringend … genau. Vielen Dank.« Wir warteten gemeinsam, bis Harry plötzlich ein herzliches »Wiebke!« in die Membrane trompetete. »Ja, Harry Gierke … Also sooo eine Überraschung … Aber wieso denn? … Tatsächlich? … Glaub mir, ich habe oft an dich … Jahrelang keinen Pieps? Ist das nicht etwas … Ach Wiebke, ich dich auch … ja, sollten wir mal wieder … ganz bestimmt … unbedingt … Ehrenwort! Und jetzt hör zu.«

Er schilderte ihr die Sache mit Marga und bat sie darum, sich so schnell wie möglich kundig zu machen und ihm dann Bescheid zu geben. Bitte, bitte, bitte, um der alten Zeiten willen. Und ja, er sei ausschließlich als Privatperson an Frau Schölljahn interessiert, nicht als Journalist. Allergrößtes Pfadfinder- und Indianerehrenwort.

Harry verabschiedete sich mit einem letzten schmelzenden »Danke, Wiebke« von seiner Verflossenen, und wir blickten uns bang an.

»Wann war sie denn in dich verknallt?«, fragte ich mit rauer Stimme. Alles war besser, als schweigend zu warten und den eigenen Gedanken nachhängen zu müssen.

»Oh, sie war vielleicht siebeneinhalb und ich acht, glaube ich«, ging Harry auf meinen Ton ein. Er mochte Marga sehr, das wusste ich.

Auf dem See fing jemand an, »O sole mio« zu singen. Er schmetterte, dass sich das Schilf bog. Gut, es klang nicht wie Pavarotti oder eine dieser anderen Goldkehlen, aber er konnte immerhin den Ton halten.

Harrys Handy klingelte.

»Ja.« Schweigen. »Ja.« Wieder Schweigen. Oh Gott. Mir brach der Schweiß aus. »Aha. Ja. Danke. Du bist ein Schatz, Wiebke. Ich melde mich.«

»Lebt sie noch?« Meine Stimme drohte zu brechen. »Wo liegt sie denn? Ist sie schwer verletzt?«

Ich hörte es selbst, ich ratterte die Fragen herunter wie Schüsse aus einem Schnellfeuergewehr.

»Entspann dich, Hemlokk.« Harry griente jetzt breit. Seine Erleichterung stand ihm ins Gesicht geschrieben. »Marga braucht keinen Sarg, sie braucht ein Auto. Seit gestern Abend liegt sie den Ärzten, den Schwestern, den Hilfskräften und dem Reinigungspersonal in den Ohren, dass sie nach Hause will. Und zwar pronto, weil sie mit irgendeinem Deppen eine Verabredung hat.«

Der war gut! Mit einem Deppen! Ich konnte nicht anders, ich fing an zu gnuckern. Ich gnuckerte und lachte, bis mir die Tränen über die Wangen liefen und ich einen Schluckauf bekam. Es war die pure Erleichterung, trotzdem konnte ich nicht aufhören.

»Wer ist der Hauptverdächtige in deinem Fall?«, blaffte Harry mich ohne Vorwarnung an. »Wer, Hemlokk? Los, sag's schon!«

»Äh«, stammelte ich verdutzt. »Was für einen Fall meinst du? Die Anima-Sache? Oder Jana und Marga?«

»Egal. Antworte.«

»Keine Ahnung. Ich habe noch nicht weiter darüber nachgedacht. Aber ein Zusammenhang besteht natürlich schon. Das sehe ich auch so.« Erst da fiel mir auf, dass mein Schluckauf aufgehört hatte und dass Harry grinste. »Aha. Die Frage war therapeutisch gemeint.«

»Und sie hat gewirkt.«

Das ließ sich nicht leugnen. Ich ging ins Bad, um mir Gesicht und Hände zu waschen.

»Hat deine Sandkastenliebe noch etwas über Marga gesagt?«, fragte ich blubbernd, während ich mich mit Wasser bespritzte. Herrlich, es fühlte sich an wie das Leben selbst.

»Nein«, rief er. »Frau Schölljahn geht's den Umständen entsprechend gut. Körperlich fehlt ihr nicht so viel, ihre Jacke hat eine Menge abgehalten, und durch deine Löscharbeiten ist das Schlimmste verhindert worden. Die Haare haben gelitten, die Augenbrauen sind weitgehend verschwunden, und am linken Arm haben sich die Flammen durch die Kleidung gefressen. Die Stelle tut mörderisch weh, ist aber nicht bedrohlich. Weitaus mehr Sorgen macht den Ärzten die Psyche. Wiebke deutete das zumindest an. An der Sache wird Marga noch ganz gut zu knacken haben, wenn sie zu Hause ist. So etwas sei ein Ding mit Langzeitwirkung, meinte sie.«

Das konnte ich mir lebhaft vorstellen, zumal Marga recht bald aufgehen würde, dass der Weiße Phosphor nicht zufällig in ihrer Jackentasche gelandet sein konnte. Sie würde die Parallelen zu Jana sehen und todsicher heftig ins Grübeln kommen. Tja – und sollte das wider Erwarten nicht der Fall sein, würden ihr spätestens meine Nachforschungen die Augen öffnen.

»Kann ich zu ihr?«, fragte ich, als ich aus dem Bad kam.

Harry zuckte mit den Schultern.

»Keine Ahnung.« Er sah mich scharf an. »Und wenn, besuchst du sie heute nur als Freundin, verstanden? Die Privatdetektivin lässt du schön hier.«

Das Harry-Schätzchen kannte mich ganz gut. Und recht

hatte es auch. Wenn Marga sich schon nicht selbst schonte, mussten es andere für sie tun. Außerdem kam es auf einen Tag mehr oder weniger bei meinen Ermittlungen nicht an. Dachte ich zumindest.

Theo fiel mir ein. Er hatte immer noch keine Ahnung, was passiert war. Ich musste ihm endlich Bescheid geben, was ich umgehend tat, während Harry mit ausdrucksloser Miene an seiner Gemüsekiste herumfuhrwerkte. Theo grollte und schmollte, weil ich ihn nicht sofort informiert hatte. Ich entschuldigte mich. Es half nichts. *Er* besuche Marga heute, teilte er mir am Schluss des Gesprächs mit, es reiche, wenn ich mich in den nächsten Tagen im Krankenhaus blicken ließe. Dann legte er ohne ein versöhnliches Wort auf. Harry platzierte derweil einen Blumenkohl mit einer Sorgfalt auf meiner Küchenzeile, als handelte es sich um ein zartes Kinderköpfchen. Auch sein überaus gerader Rücken sprach plötzlich Bände.

»Du bist ebenfalls eingeschnappt, weil ich dich nicht gleich gestern Abend angerufen habe, stimmt's?« In Rückensprache war ich heute richtig gut.

»Auf die Idee könnte man kommen, ja«, bestätigte er meinen Verdacht, ohne sich umzudrehen, während er sorgfältig die beiden Porreestangen inspizierte.

Mein Blutdruck stieg.

»Ich hatte eine Scheißangst um Marga, und mir ging es ziemlich suboptimal«, verteidigte ich mich.

»Eben«, sagte Harry.

»Was, eben?«, fauchte ich.

Endlich drehte er sich um, in der Rechten einen Bund Frühlingszwiebeln, mit dem er direkt auf mein Herz zielte. Ein vegetarischer Revolverheld, kam mir idiotischerweise in den Sinn.

»Wenn es einem normalen Menschen dreckig geht, sucht der in der Regel Trost bei seinen Freunden. Oder seinem Freund.«

Peng.

Der Freund kam Harry dieses Mal glatt über die Lippen. Ich schluckte, öffnete den Mund zu einer gepfefferten oder komischen, auf jeden Fall aber wie die Faust aufs Auge passenden

Erwiderung, schluckte noch einmal und sagte dann leise: »Na ja.«

»Das war's, Hemlokk? ›Na ja‹? Das ist alles? Mehr kommt nicht?« Harry klang dermaßen freundlich und nachsichtig, dass ich wusste: Der Mann stand kurz vor der Implosion.

»Na ja«, begann ich erneut. Komplett unrecht hatte er ja möglicherweise nicht. Ich bin bekanntlich ein lonesome cowgirl, wenn es um meinen Job geht, doch in privaten Situationen war diese Ich-mach-lieber-alles-mit-mir-selbst-aus-Haltung manchmal vielleicht nicht angebracht. »Also, na ja, ich will damit sagen —«

Mein Telefon rettete mich. Ich meldete mich hastig. Es war meine Mutter.

»Passt es dir jetzt besser, Kind?«

»Ist was mit Papa?«, stieß ich hervor.

»Nein, wieso? Deinem Vater geht es gut. Ich rufe wegen Marga an. Ich versuche sie seit gestern zu erreichen, weil noch etwas mit der DePP-Homepage unklar ist, aber sie geht nicht ans Telefon. Ich mache mir Sorgen. Du weißt nicht zufällig, was da los ist?«

Doch. Nach einer Sekunde des Zögerns berichtete ich ihr, was vorgefallen war und dass es Marga in Maßen gut gehe. Als ich geendet hatte, schwieg Traute lange. So lange, bis ich nervös drängte: »Nun sag doch was! Was ist denn los? Marga hat es wirklich relativ glücklich überstanden. Es —«

»Das ist es nicht, Hanna.« Die Stimme meiner Mutter hatte einen seltsam reservierten Klang angenommen. »Ich hätte mir gewünscht, dass du uns etwas gesagt hättest. Bitte, grüß Marga schön, wenn du sie im Krankenhaus besuchst, ja?«

Und peng, die Zweite hatte aufgelegt. Harry vertiefte sich derweil in den Inhalt seines Fischmarktkartons, als hinge seine Seligkeit davon ab.

»Nun sag's schon«, blubberte ich.

»Drei Leute finden dein Verhalten unmöglich«, teilte er dem Blumenkohl mit. »Drei«, wiederholte er. »Das sind ganz schön viele an einem einzigen Morgen, finde ich. Vielleicht überdenkst du einiges mal?«

Ja doch, ja doch! Damit hatte ich vorhin doch schon begonnen. Jedenfalls ein bisschen.

»Kann ich machen, wenn's passt«, nuschelte ich gnädig. »Aber jetzt habe ich Lust auf einen Spaziergang. Ich brauche dringend frische Luft, um vernünftig über Jana und Marga nachdenken zu können. Kommst du mit?« Ich sprang auf.

Aber Harry reagierte nicht, das heißt, er reagierte nicht so, wie ich es erwartet hatte. Sein Blick wanderte zu einem unscheinbaren zweiten Karton, den er dezent neben der Tür geparkt und den ich bislang noch gar nicht zur Kenntnis genommen hatte.

»Ich habe uns etwas mitgebracht«, schnurrte er.

Uns? Hielt er sich etwa für den Nikolaus?

»Doch keinen frischen Schweinekopf?«, argwöhnte ich.

»Phhht«, machte Harry. »Nein. Noch nicht. Ich habe uns einen Gourmetpiloten gekauft.«

Er war stolz, ich ratlos. Erst diesen Jet und jetzt einen Piloten?

»Der Apparat hilft bei der Zubereitung von Topf- und Pfannengerichten«, erklärte Harry. »Ich dachte, so für den Anfang könnte das hilfreich sein.« Eifrig wie ein kleiner Junge blickte er mich an. Seine vorwurfsvolle Miene war wie weggeblasen. »Weißt du, der besteht aus zwei Komponenten: Der Gourmetsensor ist ein Temperaturfühler mit sechs Messzonen, der per Bluetooth-Funk mit einer Smartphone-App kommuniziert und der –«

»Du outest dich gerade als gastrosexueller Mann«, fiel ich ihm heiter ins Wort.

Na, da schau an! Mir ging es gleich besser. Nicht nur ich hatte also eine Macke, andere besaßen auch eine. Und was für eine.

»Was bin ich?« Harry war deutlich irritiert, was mir ungemein guttat.

Ich erklärte es ihm, nicht ohne süffisant hinzuzufügen: »Sagt Marga.«

»Aha.« Harry, das Schätzchen, war eindeutig not amused. »Ich protze also mit teuren und völlig überflüssigen Küchengeräten, um dich ins Bett zu kriegen und andere Männchen auszustechen. Das ist doch lächerlich!«

»Aber wahr«, entgegnete ich sanft. »Mir zumindest leuchtet es total ein.«

»Wie schön für dich«, brummte er bissig und nahm seine Jacke vom Haken. »Komm, eine Runde an der frischen Luft kann uns beiden nicht schaden.«

Wir ließen den Karton, in dem das Gourmetwunder schlummerte, ungeöffnet und fuhren schweigend nach Heidkate, um von dort nach Kalifornien zu laufen, dessen permanent von den Touristen geklaute Ortsschilder den Gemeindeetat jedes Jahr mächtig beuteln.

»Also«, sagte Harry, als wir auf dem Deich standen, »was ist nun mit Margas Unfall?«

»Es war keiner«, entgegnete ich und setzte ihm ausführlich meine Theorie auseinander, wonach das Feuer durch Weißen Phosphor in ihrer Tasche ausgelöst worden war. Wie bei Jana.

Harry pfiff leise durch die Zähne.

»Du hast das natürlich der Polizei erzählt?«

»Yupp«, sagte ich. »Die Beamten haben mir allerdings kein Wort geglaubt. Also, die Sache mit dem Phosphor, den beide Frauen für Bernstein gehalten haben, schon. Aber dass es doch merkwürdig ist, wenn so etwas innerhalb kürzester Zeit zweimal passiert, und das auch noch bei Leuten, die demselben Bekanntenkreis angehören, nö, das fanden die nicht seltsam.«

Eine junge Mutter mit zwei Hunden, einem Dreirad, zwei Taschen und einem Kleinkind walzte den Strandhafer nieder, um auf möglichst geradem Weg ans Wasser zu gelangen.

»Dumme Tussi«, knurrte Harry.

Ich stimmte ihm zu. Manche Leute sind da wirklich schmerzfrei. Dass Bepflanzungen, Dünen oder Faschinen, das sind die Reisigbündel, die als künstliche Sandfangzäune am Ufer in den Sand gesteckt werden, einen Sinn haben könnten und dem Küstenschutz dienen, entgeht ihnen komplett. Sie wollen von A nach B. Wie Gustav oder Hannelore, bei denen gibt's in dieser Hinsicht auch kein Vertun. Was im Weg steht oder liegt, wird plattgemacht. So gesehen, steckt noch eine Menge Reptil im Homo sapiens, beim Gehen wie bei der gastrosexuellen Kochvariante.

»Dieses Mädchen, diese Jana, kenne ich nicht«, fuhr Harry nachdenklich fort, nachdem die Mama samt Anhang am Strand verschwunden war, »aber Marga sammelt bestimmt keinen Bernstein. Dafür ist sie nicht der Typ.«

»Das habe ich denen auch gesagt. Nein, die Polizei wird pro forma ein bisschen herumhorchen, auf die Schnelle nichts Verdächtiges finden, denn wer sollte Jana und Marga etwas Böses wollen, und das war's. Die sind knapp an Personal, und unbearbeitete Fälle haben die genug.«

»Also bist du gefragt, Hemlokk.«

»So ist es.«

Ich konnte geradezu hören, wie sich die Räder in seinem Hirnkasten knirschend drehten.

»Aber wo willst du anfangen? Wer sollte so etwas tun? Hast du schon eine Idee?«

»Nein«, gab ich zu. »Nicht die geringste. Aber ich gehe davon aus, dass es sich bei Jana und Marga um ein und denselben Täter handelt.«

Harry verzog zweifelnd das Gesicht. »Da wäre ich vorsichtig. Bei Marga könnte es sich schließlich auch um eine Nachahmungstat handeln.«

»Sicher. Theoretisch ist das möglich. Aber ich kann mir nicht vorstellen, dass in Bokau gleich zwei Leute herumlaufen, die ihre Mitmenschen mit Brandbomben ins Jenseits befördern. Mal ganz abgesehen von den Motiven. Nein, ich denke, es ist weitaus wahrscheinlicher, dass zwischen beiden Fällen ein Zusammenhang besteht.«

»Aber welcher?«, fragte Harry wenig hilfreich.

»Landesschutzdeich«, antwortete ein älterer Mann überdeutlich. »Bitte rechnen Sie mit deichtypischen Hindernissen, Verschmutzungen und Unebenheiten, zum Beispiel Treibgut, Schafkot, Wühlerbauen, Weidezäunen oder Schlaglöchern.«

Ich habe mich schon immer gefragt, weshalb manche Menschen das unbezwingbare Bedürfnis verspüren, jedwede Buchstabenkombination auf Schildern, Plakaten oder Fußmatten für die im Regelfall komplett desinteressierte Umwelt laut vorzulesen.

»Der Text zu den Rettungsringen ist ebenfalls sehr hübsch«, murmelte Harry, sodass nur ich ihn verstand. »Aber wirklich, Hemlokk, wo siehst du einen Zusammenhang, und vor allen Dingen, wo siehst du das Motiv? Was verbindet dieses junge Mädchen Jana mit Marga?«

»Genau das werde ich herausfinden«, erklärte ich ungeduldig.

»Davon bin ich überzeugt«, bemerkte Harry trocken. »Wenn es da etwas gibt, deckst du es auf. Koste es, was es wolle.«

»Ist das ein Kompliment?« Bei Harry wusste man in solchen Dingen nie so recht.

»Doch. Ja. So war es gedacht.«

»Danke«, sagte ich und freute mich. »Es könnte möglicherweise mit dem Anima-Fall zu tun haben. Jana war Mitglied der Gruppe, und Marga sympathisiert mit ihr.«

»Aber gleich zwei Mordversuche, weil sich jemand um ausgesetzte Hunde und Katzen kümmert?« Harrys rechte Augenbraue war bei meinen Worten in die Höhe geschossen. »Das glaubst du doch wohl selbst nicht. Dafür riskiert doch niemand jahrelangen Knast. Nein, dann suchst du einen Irren.«

»Nicht unbedingt«, antwortete ich bedächtig. »Man muss allerdings hinter die Dinge schauen, das hast du mir bei deiner Sig-Sauer-Sache doch auch erzählt. Ich sage nur: Geld. Und zwar viel Geld. Denn wenn hier nicht genehmigte Tierversuche ins Spiel kommen sollten, sieht die Sache gleich ganz anders aus. Diese Bayer-Tochter KVP setzt zum Beispiel mit ihren Produkten über eine Milliarde Euro im Jahr um, wenn ich das richtig im Gedächtnis habe. Allein mit Flohhalsbändern und Hustenmitteln für den erkälteten Wauwi. Nein, die machen schon richtig Kies. Obwohl die solche krummen Methoden eigentlich nicht nötig haben sollten. Was ich damit aber sagen will, ist: Dann geht es auch bei anderen nicht um Peanuts, verstehst du? Und wenn wir noch einen Schritt weiterdenken und es hier vielleicht sogar mit einem Versuchslabor zu tun haben, in dem nicht nur Zahnseide für die Katze hergestellt wird, sondern zum Beispiel heimlich, weil unter nicht genehmigten Bedingungen, an einem Medikament gegen menschliche Demenz, Schlaganfall oder Übergewicht gewerkelt wird, dann wäre das ein Mega-Milliardenmarkt. Denn das sind die Krankheiten der Industrieländer. Und die zählen, weil die zahlen können.«

Harry blieb skeptisch. »In einer Hinterhof-Klitsche in Bokau, Preetz oder Fahren soll solche Forschung stattfinden? Dafür braucht man mehr als ein Mikroskop. Komm auf den Teppich, Hemlokk. Das ist doch Quatsch.«

»Möglich«, gab ich zu. »Aber ich denke eben in alle Richtungen.« Und Wunder kann auch ein megacooles Private Eye wie ich nicht vollbringen. Außerdem fing ich doch erst an.

»Es könnte sich auch um Experimente mit Drogen handeln«, fuhr ich fort. »Ganz neue Sachen, die billig in so einem Hinterhoflabor hergestellt und an den Tieren ausprobiert werden. Mit denen macht man auch richtig Geld.« Krischans Einwand, dass sich die Hersteller dieses Zeugs die Mühe nicht machen würden, hielt ich bei ruhiger Überlegung für nicht stichhaltig, denn auch da kam es auf den Umsatz an.

»Das klingt schon besser«, meinte auch Harry. Wir waren in Kalifornien angelangt und setzten uns auf eine Bank. »Da könnte möglicherweise etwas dran sein.«

Na also.

»Andererseits würden Tiere aber wohl ganz anders auf irgendwelche bewusstseinsverändernden Stoffe reagieren als Menschen. Insofern wären solche Experimente ziemlich sinnlos.«

Alter Miesmacher!

»Dann handelt eben eine Tier-Mafia in großem Stil mit Hunde- und Katzenfleisch und wirft den Ausschuss weg«, bot ich eine weitere Möglichkeit an.

»Wie kommst du denn jetzt auf so was?«, fragte Harry erstaunt.

»Schweineköpfe, Pacodingsbumse und Gourmetpiloten«, sagte ich mit neutraler Stimme. »Die Trendküche sucht immer etwas Neues.«

»Aber … das ist doch etwas völlig anderes!« Harry war ehrlich schockiert und empört.

»Nö«, sagte ich. »Das sehe ich nicht so. Die Eventgastronomie boomt. Und wenn du unter der Hand irgendwo im Geheimen ein Hundegericht bekommst, würden das todsicher etliche Leute ausprobieren wollen, glaub mir. Nur für Insider, das ist doch einfach todschick. Da unterscheidest du dich mal so richtig von der blöden und ahnungslosen Masse. Womöglich kommst du auch nur mit Codewort in so ein Restaurant hinein. Oder es gibt Hinterhofzimmer wie damals zur Zeit der Prohibition in den USA, als der Schnaps verboten war.«

»Ach du lieber Himmel«, entfuhr es Harry. »Du meinst, man bestellt laut im Lokal das alljährlich neu konzipierte Sechs-Taler-Gericht und flüstert dann nur für den Kellner hörbar: ›Und den Rest packen Sie mir bitte für den Hund ein‹? Woraufhin der in der Küche Chihuahua-Rouladen in Rosmarinjus ordert? Hemlokk, du spinnst. Bei uns funktioniert so etwas nicht. Wir sind doch nicht in China.«

»Die Chinesen essen Hunde ganz offen, da ist nix heimlich.«

»Yulin«, sagte Harry und schaute nachdenklich einer Frau hinterher, die einen widerspenstigen Dalmatiner hinter sich herzerrte.

»Heißt das Hund auf Chinesisch?«

Er hatte sich bekanntlich letzten Sommer mit Mandarin beschäftigt. Aber das stand auf einem anderen Blatt.

»Nein, das ist eine Stadt dort«, entgegnete Harry. »In der findet alljährlich das bekannte Hundefleisch-Festival statt. Zehntausend Tiere wandern dann in den Kochtopf. Ihr Fleisch soll gegen die Sommerhitze helfen.«

»Na ja«, sagte ich skeptisch.

»Die Tradition existiert seit fünfhundert Jahren.«

»Dadurch wird sie auch nicht besser oder schlechter«, gab ich zurück. »Oder gehörst du jetzt auch zu denen, die alle Veränderungen mit dem bahnbrechenden Hinweis ›Das haben wir immer so gemacht‹ ablehnen?«

»Nein«, brummte Harry beleidigt. »Ich wollte dich nur umfassend informieren. Allerdings halte ich deine Hunde- und Katzenfleischthese für ausgemachten Blödsinn, Hemlokk.«

»Ich habe es vernommen«, sagte ich diplomatisch. »Aber ich überlege mir eben Szenarien, bei denen es nicht nur um ein paar arme Tiere geht, sondern um viele und damit um Geld. Und zwar, um es noch einmal zu wiederholen, um viel Geld.

Denn nur so machen zwei Mordversuche Sinn. Man muss das Pferd einfach mal vom Schwanz her aufzäumen. Das ergibt ganz neue Perspektiven. Das hast du mir selbst geraten, als du vorschlugst, mich an der Brücke auf die Lauer zu legen.«

»Und was ist dann mit DePP?«, fragte Harry. »Machen deiner Meinung nach in diesem Zusammenhang zwei Mordversuche einen Sinn? Ich meine, fahrt ihr mit der Gründung der Partei vielleicht irgendjemandem schwer an den Karren? Marga ist die Vorsitzende, und Jana hat lediglich der Unfall am Beitritt gehindert, denn sonst wäre sie doch auch dabei, oder?«

Das stimmte zwar, aber wer sollte etwas gegen die Gründung ausgerechnet dieser Partei haben? Die Fischereilobby? Oder die Walfangindustrie? Höchst unwahrscheinlich, fand ich, zumal ja noch niemand etwas von unserer neuen Massenorganisation ahnen konnte.

Nein, so kamen wir bestimmt nicht weiter. Doch so dumm war der Gedanke gar nicht – wenn man auch hier einmal die Perspektive wechselte. Denn wie sah es mit dem Innenleben von DePP aus?, überlegte ich weiter. Wen hatten wir denn da? Professor Dr. Dieter Degenhardt zum Beispiel. Das Dieterle. Der Mann war zweifellos ein bisschen seltsam, das sah ich ja mittlerweile genauso wie Theo. Der Knabe neigte zum Chefspielen und war sehr selbstbewusst. Hatte er daher möglicherweise etwas gegen starke Frauen wie Jana und Marga?

Aber nein, Jana kannte er ja gar nicht. Sie hatte schon im Krankenhaus gelegen, als wir die Partei gründen wollten. Doch vielleicht hatte Marga ihm von ihr erzählt? Möglich wäre es. Und dann? Nichts, und dann. Das war nichts weiter als allerwildeste Spekulation und ergab einfach keinen Sinn. Nun mach mal halblang, Hemlokk, rief ich mich zur Ordnung, das Ganze ist doch wirklich an den Haaren herbeigezogen.

»Es muss etwas völlig anderes sein«, orakelte Harry düster und stand auf. Ich tat es ihm nach, und wir schlenderten zurück. »Irgendetwas mit Waffen vielleicht. Da machst du auch ordentlich Knete.«

Ich unterdrückte nur mit Mühe einen genervten Stoßseufzer. Natürlich, Waffen. Das musste ja kommen.

»Ich glaube nicht, dass die Pistolen- und Gewehrlobby versucht, ihre Gegner mit der Bernstein-Phosphor-Methode in den Tod zu schicken, Gierke. Die arbeiten anders, wenn ihnen jemand ins Gehege kommt. Deren Killer benutzen Knarren. Das ist zuverlässiger, wie man bei Jana und Marga sieht. Beide leben noch. Das müsstest du nun wirklich wissen.«

»Genau wie du denke ich ebenfalls in größeren Szenarien«, gab Harry würdevoll zurück.

»Aber ich sehe ums Verrecken keine Verbindung zwischen Marga und Jana auf der einen und deiner Waffenlobby auf der anderen Seite.«

»Na ja, ich auch nicht so direkt.«

»Schön«, sagte ich. »Da bist *du* wohl eher gefährdet mit deinen Recherchen.«

Ich verkniff mir die Bemerkung, dass er meiner unmaßgeblichen Meinung nach nur noch lebte, weil er offenbar noch nichts Brisantes entdeckt hatte. Denn wenn …

»Auf mich lauert niemand, Hemlokk.«

»Ach nein?«

»Hör auf damit, Hemlokk.«

»Womit denn, Harry?«, flötete ich, während wir dem Auto zustrebten.

»So zu tun, als stünde ich bereits mit einem Bein im Grab. Was ich mache, ist mein Job. Das ist erst mal reine Routinearbeit. Recherche. Mit Leuten reden. Das ist nicht gefährlich.« Er nieste viermal hallend, bevor er fortfuhr: »Und außerdem kann ich dich beruhigen, denn ich habe mir einen Partner gesucht. Wir treffen uns in den nächsten Tagen in England, um alles Weitere zu bereden und eine To-do-Liste zu erstellen.«

England, soso.

»Und Helgoland? Was ist damit?«, fragte ich patzig.

Wir, wobei die Initiative eher von mir ausgegangen war, hatten seinem Neffen Daniel versprochen, dass es im Herbst noch einmal zu dritt auf die Insel gehen sollte. Der Junge war ein ausgesprochen plietsches Kerlchen und ein Süßer. Wir zwei hatten uns bei meinem letzten Fall kennen- und schätzen gelernt.

»Muss warten«, gab Harry knapp zur Antwort.

»Daniel wird schwer enttäuscht sein.«

»Vermutlich. Wir werden ja auch fahren, nur nicht jetzt. Hemlokk, versprich mir, dass du in allernächster Zeit nicht allzu viel Scheiß baust. Ich weiß, es hat keinen Sinn, dich zu bitten, auf mich zu warten, bevor du mit deinen Ermittlungen loslegst. Ich würde das auch nicht tun. Aber sei zumindest vorsichtig und behalte die Worte ›No-Go‹ im Hinterkopf. Denn du hast von uns beiden momentan den gefährlicheren Job, wenn du recht hast und wirklich etwas Größeres hinter alldem steckt.«

To-do-Liste, No-Go; mein Gott, Harry. Sonst redete er nicht so.

»Du hast die Must-haves vergessen«, sagte ich freundlich. »Wenn schon Modern Talking, dann auch richtig, nicht? Wieso musst du ausgerechnet nach England?« Da steckte doch etwas dahinter!

»Phhht«, machte er nun schon zum zweiten Mal an diesem Vormittag.

»Harry?« Ich wurde immer hellhöriger.

»Ich benötige jemanden mit echtem Know-how, wenn es um die Waffenbranche geht. Und dieser Jemand wohnt in London. Ich habe mich für mehrere Tage in einem Nest namens Hollingbourne eingemietet. Das ist ein kleiner typisch britischer Ort in Kent südöstlich von London. Von dort brauchst du mit der S-Bahn nur eine Stunde in die City. Ich komme da also ohne Probleme hin.«

»Ja, und?«

Was plapperte er denn für ein dummes Zeug? Wieso spielte der Mann plötzlich den Reiseführer? Er hatte doch nicht etwa vor, eine Urlaubsagentur aufzumachen?

»Nichts, und. Liza ist *die* Expertin auf dem Gebiet. Sie weiß alles über Waffen sowie die weltweiten offiziellen und inoffiziellen Vertriebswege, Gesellschaften und Holdings. Alles, Hemlokk. Deshalb werden wir die brisanten Details auch nur draußen in der freien Natur besprechen. Alles andere ist zu gefährlich, meint Liza. Sie ist da sehr vorsichtig.«

Liza. Ach so. Er hatte die Frau bislang mit keinem Atemzug erwähnt. Gab es da vielleicht einen Grund?

»Wie beruhigend«, bemerkte ich spitz. »Und Waldspaziergänge sollen ja besonders gut für die Seele und die Fitness sein. Wo hast du diese Liza denn kennengelernt?«

»Übers Netz. Und mach dich nur lustig über uns.«

Uns? Aber hallo! Und wie hatte man sich das in diesem Fall überhaupt mit dem Internet vorzustellen? Ob es spezielle Chatrooms für Agenten, Waffenschieber und diesbezügliche Experten aller Art gab? Wahrscheinlich. Oder hatte Harry es vielleicht über eine Bond-App versucht: Ich Harry – du Liza? Ach nee, das war ja Tarzan. Egal. Man hatte sich jedenfalls gefunden. Und schon lustwandelte man zu zweit über die grünen Hügel Kents und tauschte sich dabei über die Exportpraktiken von Sig Sauer und verwandten Unternehmen aus. Oder auch nicht. Oder zumindest nicht nur. Doch ich beschloss, ihn zu einem späteren Zeitpunkt darüber auszuhorchen.

»Liza ist wirklich *die* Spezialistin und kann mir zum Beispiel mit Sig Sauer weiterhelfen.« Harry lachte aufgeregt. »Stell dir doch mal vor, die hätten auch was über eine Scheinfirma nach Nordkorea geliefert. An diesen durchgeknallten Typen mit der irren Frisur. Das wäre der absolute Knüller. Das würde der Spiegel nehmen, der Focus und die Süddeutsche. Einfach alle würden es nehmen!«

Ja, doch, das wäre zweifellos ein Megaknüller. Und gerade deshalb blieb ich misstrauisch.

»Was will diese Liza von dir, Harry? Wieso zieht sie das nicht allein durch und heimst die Lorbeeren ein?« Es war die falsche Frage, ich sah es in dem Moment ein, als ich sie gestellt hatte.

»Sie stört sich eben nicht daran, dass ich nur ein unbedarfter Provinzjournalist bin«, erklärte Harry. »Und sie arbeitet mit mir zusammen, weil ihr meine Art gefällt und weil ich direkt vor Ort bin.« Er gab sein Bestes, um nicht zu verletzt zu wirken. Allein es gelang ihm nicht. Er war verschnupft. Und wie. »Liza vertraut mir, Hemlokk. Außerdem braucht *sie* auch manchmal jemanden zum Reden, hat sie gesagt. Und sie hält es für klug, quasi als Faustpfand für ihr Leben einen zweiten Mann in ihr Wissen und ihre Pläne einzuweihen.«

»Harry«, schnurrte ich begütigend.

Das war doch Mumpitz. Wenn die Frau wirklich so ein Ass im Waffenschiebergewerbe war, musste sie ganz andere Sicherheiten im Hintergrund haben als ausgerechnet meinen Freund Harry Gierke aus dem zugigen Kiel. Okay, das Herzchen war weder doof noch feige, aber dies hier schien mir nach wie vor fünf Nummern zu groß zu sein. Fünf? Ach was, fünfzig träfe es eher.

»Liza und ich verstehen uns super«, teilte mir der künftige Scoop-King trotzig mit, als wir den Parkplatz verließen. »Und sie hat eine Stimme wie Samt und Seide.«

Grundgütige, uns blieb auch nichts erspart.

»Sei vorsichtig, Harry.« Und damit meinte ich sowohl die Waffen-Mafia als auch die Frau, was er sehr wohl verstand.

»Du auch.« Er ließ seine Stimme eine Oktave tiefer rutschen. »Hüte dich vor schmierigen Hinterhof-Laborleitern und halbseidenen Restaurantbesitzern sowie Kerlen, die unschuldigen Frauen Weißen Phosphor in die Taschen schmuggeln. Ich möchte nicht, dass du in Flammen aufgehst, Hemlokk.«

ACHT

Harry und ich hatten noch eine Weile gnatterig auf meiner Gartenbank gesessen und versucht so zu tun, als sei *er* nicht von meinem Misstrauen gekränkt und *ich* nicht ungeduldig, weil mir der Sinn nicht nach gen England strebenden Männern, sondern nach handfesten Ermittlungen in zwei Fast-Mordfällen stand. Schließlich war er murrend samt Blumenkohl und Gourmetpiloten abgezogen. Auch gut.

Ich weinte ihm keine Träne nach. Sollte er doch zu dieser Stimmen-Sirene nach Kent entschwinden und sich von der verladen lassen, bis der Tower einstürzte oder Baby George den Thron bestieg. Was ging mich das an? Wir waren beide eigenständige Wesen, die ihre Fehler selbst machten – und zwar jeder auf seine Weise.

Das Hanna-Wesen beschloss während einer kopfklärenden Tasse Kaffee, bei Jana anzusetzen. Denn Marga, das heißt ihren Charakter und ihr Umfeld, kannte ich aus langjähriger persönlicher Anschauung bis ins letzte Detail. Na gut, über den seligen Herrn Schölljahn schwieg sie sich aus, aber der Mann hatte bereits vor vielen Jahren das Zeitliche gesegnet und deshalb todsicher nichts mit dem aktuellen Phosphorfall zu tun.

Von dem Mädchen wusste ich hingegen nur, dass es siebzehn und ziemlich tough war, mit Krischan und Philipp befreundet war, aufs Gymnasium ging und am Turner-Syndrom litt. Doch wenn meine Theorie stimmte und Jana und Marga irgendetwas verband, was zu diesen Brandattacken geführt hatte, musste es da noch etwas anderes geben. Logisch.

Ich stürzte den Rest meines Kaffees hinunter, angelte nach meinem Rucksack, verschloss die Tür und klopfte Gustav und Hannelore, die sich gierig eine angedetschte Nektarine teilten, wie gehabt zum Abschied auf die Panzer. Der Mensch braucht Rituale – ob dies allerdings den Kröten wichtig war, sei dahingestellt. Ich machte mir da nicht allzu viel vor. Eher nicht, würde ich mal vermuten. Doch da mussten sie ebenso durch wie Silvia und die anderen Kuhdamen, von denen ich mich mit einem lässigen Winke-Winke verabschiedete. Sie glotzten mir malmend hinterher, als ich in Richtung Haupthaus verschwand.

Ich fuhr zur Anima-Zentrale, denn Jana selbst konnte ich natürlich nicht befragen. Sie lag immer noch in einer Spezialklinik für Brandopfer, soweit mir bekannt war. Und ihre Familie wollte ich zum gegenwärtigen Zeitpunkt der Ermittlungen nicht mit meinem vagen Verdacht behelligen. Also blieben fürs Erste nur Krischan, Philipp und Renate Wurz.

Als ich auf dem Kopfsteinpflaster am Wohnhaus vorbei auf den Schuppen zuratterte, starrte mir die Greisin ausdruckslos hinterher. Ich winkte ihr flüchtig zu. Sie reagierte nicht auf meinen Gruß, sondern schlurfte laut vor sich hin lamentierend ins Haus – in dem vermutlich eine Atmosphäre herrschte, gegen die die Hölle ein angenehmer Ort war.

Als ich den Wagen direkt vor dem Schuppen parkte, blickte mir die Wurz mit unbeweglicher Miene entgegen. Sie saß auf der Bank, die Beine breitbeinig wie ein Mann auseinandergestellt.

»Moin«, grüßte ich. »Sind Philipp und Krischan da?«

»Nein.« Ende der Durchsage. Aber dann bequemte sie sich doch, zu fragen: »Haben sie das gesagt? Mir haben sie nicht erzählt, dass sie heute Mittag vorbeikommen wollten. Gibt es etwas Neues?«

Ich setzte mich unaufgefordert neben sie. Mein Gott, die Frau war wirklich nicht leicht zu haben. Sie mochte ja eine wahre Franziska von Assisi sein, mit Menschen tat sie sich jedoch verdammt schwer.

»Nein«, sagte ich. Zumindest nicht in dem Fall, den du meinst. Ich entschloss mich, ohne Umstände auf mein Ziel loszugehen. Small Talk wäre bei Renate reine Zeitverschwendung gewesen. »Was fällt ... äh ... dir zu Jana ein?« Wir waren schließlich Parteigenossen. Da duzt man sich, fand ich. Und manchmal klappte es mit so einem Überraschungsangriff am besten.

In diesem Fall nicht.

»Wieso willst du das wissen?« Das schien Renate Wurzens Standardantwort auf so ziemlich jede Frage zu sein. Dann sprudelte es völlig unvermutet aus ihr heraus: »Schreibst du wirklich Liebesromane?«

»Ja«, antwortete ich irritiert.

»Cool«, hauchte Renate. Ihre Augen begannen zu glänzen. »Total cool. Und die werden auch veröffentlicht?«

»Ja«, sagte ich wieder. »Sonst würden sie kein Geld bringen. Aber könnten wir jetzt über Jana reden? Es ist wirklich wichtig.«

Sie nickte, wenn auch zögerlich, und ich erklärte ihr meine These.

»Und du denkst tatsächlich, da hat es jemand auf Marga und Jana abgesehen? Das glaube ich nicht«, meinte sie ungläubig, als ich Luft holte.

»Das musst du ja auch nicht«, gab ich ungeduldig zurück. »Erzähl mir nur alles, was du über Jana weißt. Der Rest ist meine Sache.«

Um es kurz zu machen: Es kam nicht viel dabei heraus, obwohl sich Renate wirklich bemühte, was ich vermutlich meinen Schmalzheimern zu verdanken hatte. Dass das Mädchen Sterzenberger mit Nachnamen hieß, Tiere liebte und Turner hatte, wusste sie, doch privat hatte sie sich anscheinend nie mit Jana unterhalten. Hatte ich etwas anderes erwartet? Renate sprach mit Katzen, Hunden, Fohlen und Meerschweinchen, aber nicht mit Menschen, wenn es sich vermeiden ließ. Aber doch, ja, die junge Frau sei ihr sehr intelligent vorgekommen. Und willensstark auch, ja. Es habe die Kleine unheimlich aufgeregt, dass jemand Tiere wie Müll aus dem Autofenster entsorgte.

»Jana hätte den Typen die Augen ausgekratzt, wenn sie sie in die Finger bekommen hätte.«

Wie du selbst, dachte ich, als Krischan und Philipp mit lautem Gejohle auf ihren Rädern auf uns zubretterten, um nur Millimeter vor unseren Knien zum Stehen zu kommen.

»Hallo, Renate, hallo, Hanna«, begrüßte mich Krischan hoffnungsvoll. »Hast du was entdeckt?«

Ich brauchte Bruchteile von Sekunden, bis mir aufging, dass er den Anima-Fall meinte und nicht die Phosphorklumpen, denn von Margas »Unfall« konnte er ja nichts wissen. Ich nahm nicht an, dass Theo ihm etwas erzählt hatte.

»Nein«, entgegnete ich wahrheitsgemäß. »Noch nicht. Aber deshalb bin ich nicht hier. Es ist etwas mit Marga passiert.«

Ohne Umschweife berichtete ich von dem Brandanschlag, wobei ich allerdings immer wieder versicherte, dass Marga zwar noch im Krankenhaus liege, es ihr jedoch gut gehe. Na ja, zumindest einigermaßen gut.

»Oh Scheiße«, murmelte Krischan trotzdem entsetzt, während Philipp ganz grau im Gesicht wurde.

Dann fing Krischan an zu schwanken. Renate und ich sprangen gleichzeitig auf.

»Nun setz dich erst einmal«, befahlen wir besorgt.

Doch der Junge schüttelte störrisch den Kopf und hielt sich am Lenker fest. Seine Knöchel waren weiß.

»Ist schon okay. Das geht immer schnell wieder vorbei«, ächzte er. »Das ist der Schock.«

»Krischan«, sagte ich.

»Es wäre wirklich besser ...«, begann Renate.

»Mensch, Alter, jetzt gib hier nicht den Macker und park deinen Arsch auf der Bank«, blaffte Philipp.

Das half. Krischan lehnte sein Rad an die Wand und setzte sich. Der Junge war immer noch bleich wie der Tod und zitterte am ganzen Körper. War es wirklich nur der Schock? Er mochte Marga sehr, das wusste ich. Ich musterte ihn nachdenklich. Er schwitzte. Oder nahm der junge Mann möglicherweise Drogen?, schoss es mir durch den Kopf. Das würde eine Menge erklären. Seine Blässe, seine Fahrigkeit, seine Kopfschmerzen. Unsinn, widersprach ich mir selbst, dann hätte Marga doch wohl etwas gemerkt und auch gesagt. Hatte sie aber nicht.

»Hast du das öfter?«, erkundigte ich mich behutsam.

»Manchmal«, nuschelte Krischan verlegen und wich dabei meinem Blick aus. »Es ist nicht so wild.«

»Wurde dir auch schwindlig, als du das Foto an der Brücke vergeigt hast?«, fragte ich ohne Umstände. Denn natürlich, so musste es gewesen sein. Ich war wirklich blind auf beiden Augen gewesen.

»Nein, ich glaube nicht«, meinte Krischan und sah mich jetzt treuherzig an. »Aber so genau kann ich das gar nicht mehr sagen. Ich denke, es war einfach nur Pech. Oder Dämlichkeit. Ich bin manchmal ziemlich schusselig.«

»Das stimmt«, sprang Philipp seinem Freund zur Seite. »Er macht das nicht mit Absicht.«

»Vielleicht gehst du mal zum Arzt und lässt dich durchchecken«, schlug ich vor. Der würde dann ja wohl merken, wenn Krischan irgendetwas Verbotenes einnahm.

»Es ist wirklich halb so schlimm«, beteuerte der Junge. »Mir geht es gut. Echt jetzt. Wann, sagtest du, kommt Marga wieder nach Hause?«

Richtig, Marga. Deshalb war ich hier. Krischan versuchte zwar eindeutig vom Thema abzulenken, doch ich ging darauf ein. Denn »Eines nach dem anderen« war meine Devise, sonst verhedderte ich mich. Was allerdings nicht hieß, dass ich Krischans Problem aus den Augen verlieren würde. Oh nein. Wenn das Bürschchen das glaubte, kannte es Hanna Hemlokk schlecht.

Ich erklärte ihnen meine Theorie zu Jana und Marga.

»Und deshalb«, schloss ich meine Ausführungen, »muss ich möglichst alles über Jana wissen. Alles, hört ihr, auch wenn es euch noch so unwichtig vorkommt.«

Die Jungs schauten mich hilflos an.

»Na ja, sie ist wirklich ein feiner Kerl«, begann Philipp. »Aber ich weiß wirklich nicht, weshalb jemand Marga und Jana …«

Krischan verzog das Gesicht. »Jana ist ein Mädchen, kein Kerl.«

»Du weißt genau, wie das gemeint war«, knurrte Philipp.

»Ja, das wissen wir alle«, grätschte ich dazwischen, bevor sich da etwas weiterentwickeln konnte.

»Sie ist eine Kämpfernatur«, sagte Krischan trotzig. »Deshalb glaube ich auch, dass sie durchkommt und sich wieder erholen wird.«

»Ich habe sie immer gemocht«, mischte sich Renate jetzt ein. »Sie ist ein sehr klarer Mensch. Charakterstark und sensibel, aber deshalb wird man normalerweise nicht ermordet.«

Donnerwetter, und das von Renate Wurz. Das war wirklich

ein hohes Lob. Krischan neigte den Kopf nach rechts und lächelte schief. Die Farbe war in seine Wangen zurückgekehrt.

»Sie ist ein bisschen wie Marga, würde ich sagen«, murmelte er dann, was zweifellos als Kompliment gemeint war.

Ich würde es mir merken.

»Und sonst?«, stupste ich die drei an. »Wo ist sie aktiv? In welchen Vereinen oder Organisationen? Was interessiert sie? Wie habe ich mir zum Beispiel einen x-beliebigen Tag Janas vorzustellen?«

In den unteren Regionen Krischans fing Elvis an zu schmalzen. Der Junge fummelte in seiner Hosentasche herum, klaubte das Handy heraus, blickte aufs Display, seufzte und zuckte entschuldigend mit den Schultern.

»Frau Quatfasel, ich grüße Sie. Nein, nein, Sie stören kaum. Ja, nächste Woche passt es. Der Rasen und die Büsche links, klar. Ja, habe ich … Oh, das ist aber nett. Doch, Pflaumenkuchen mag ich sehr. Ja, Ihnen auch. Tschüss, Frau Quatfasel, und fallen Sie mir ja nicht von der Leiter.«

Mit Senioren konnte der Junge ausgezeichnet, das musste man ihm lassen. Krischan zwinkerte verständnisheischend in die Runde und wirkte in diesem Moment dermaßen unschuldig, dass mir ein überaus hässlicher Verdacht kam. Dieses Gesicht war nicht mit Gold aufzuwiegen, wenn man im Trüben fischen und beispielsweise von dankbaren Rentnern als Erbe eingesetzt werden wollte. Die keinen Sohn, keine Enkelin, kein Rind und keinen Hund ihr Eigen nannten, sondern lediglich aufblühten, wenn Krischan Langguth allwöchentlich zum Rasenmähen mit anschließendem Kuchenessen und geduldigem Zuhören hereinschaute. Und – dieses harmlose Blockflötengesicht war natürlich ein ganzes Aktienpaket wert, wenn man darauf spekulierte, außer der Reihe immer mal wieder etwas zugesteckt zu bekommen, damit man seine Drogensucht finanzieren konnte.

Mhm. Ich schämte mich. Auf solche Gedanken kam auch nur, wer sich berufsbedingt permanent mit den Abgründen der menschlichen Seele herumplagen musste. Hatten Johannes und Marga möglicherweise tatsächlich recht? Prägte mich der Beruf mehr, als mir guttat?

»Jana«, sagte ich daher ruppiger als beabsichtigt.

»Na ja, für die Schule muss sie schon arbeiten. Sie will unbedingt Jura studieren. Oder vielleicht auch Medizin, um Menschen noch direkter helfen zu können. Da ist ein super Abischnitt Pflicht«, sagte Philipp.

Ich hatte mir schon so etwas gedacht. Derartige Dynamikbolzen wie Jana studieren entweder etwas Entlegenes wie chinesische Vasenmalerei in der dritten Chang-Thi-Periode, oder sie entscheiden sich für die Klassiker. Nicht weil sie damit gutes Geld verdienen, sondern weil sie wahlweise weltweit der Gerechtigkeit zum Durchbruch verhelfen oder die Menschheit von den letzten üblen Krankheiten befreien wollen.

»Gut, sie hat also viel für die Schule getan«, fasste ich meine stillen Überlegungen zusammen, als im Schuppen ein Hund anfing zu bellen.

»Das ist bloß Ari«, sagte Renate und rührte sich nicht. »Der ist schon wieder ziemlich okay. Der will nur Aufmerksamkeit.«

»Damit waren die Nachmittage also weitgehend ausgefüllt«, fuhr ich deshalb fort. »Hat sie trotzdem irgendwelche Hobbys? Treibt sie Sport?«

Bei diesem Stichwort blickte Philipp auf die Uhr und sprang hektisch auf. »Oh Mist, ich muss los. Der Trainer versteht da überhaupt keinen Spaß. Aber ich hätte heute Abend Zeit.«

»Wunderbar«, nahm ich sein Angebot an. »Um sieben? Bei mir?«

Philipp nickte, während er sich auf sein Rad schwang.

»Was spielst du denn?«, fragte ich der Höflichkeit halber. Und weil ich neugierig war, zugegeben. Ich tippte auf Schach, Volleyball oder Tennis.

»Fußball«, sagte er zu meinem Erstaunen und grinste. »Da kann ich mal so richtig die Sau rauslassen. Baut total gut den Frust ab.«

»Der 1. FC Bokau ist Weltklasse«, mischte sich Krischan todernst ein und erschien mir dabei erneut so unschuldig wie frisch gefallener Schnee. »Als Nächstes schlagen die noch die Bayern. Und wenn das sportlich nicht so ganz klappt, mäht ihr sie einfach um, stimmt's, Philipp?«

Philipp griente zurück. »Ganz so krass hat der Trainer es nicht formuliert. Aber ein taktisches Foul an der richtigen Stelle habe noch nie geschadet, hat er letztens bei der Mannschaftsbesprechung gemeint.«

»Sag ich doch«, erwiderte Krischan. »Wenn gar nichts mehr geht, haust du den anderen einfach weg. Da ist nichts mehr mit Fair Play oder einfach nur Spaß am Dribbeln. Da wird gewonnen, oder es setzt was. Deshalb ist das auch nicht so mein Ding. Mach's gut, Sportsfreund.«

Philipp streckte ihm die Zunge aus und grüßte mit erhobenem Mittelfinger zurück. Dann radelte er davon.

»Bist du heute Abend auch dabei?«, fragte ich Krischan.

»Ja. Da kann ich. Wenn du meinst, dass das Jana und Marga hilft.« Es klang zweifelnd. »Könnten wir nicht lieber noch einmal zur Brücke fahren und uns dort auf die Lauer legen? Dabei können wir doch auch reden.«

»Ich denke, die haben dich vielleicht beim letzten Mal gesehen«, wandte ich skeptisch ein.

»Möglich ist es, ja. Aber ich glaube es nicht. Bitte, Hanna. Dieses Mal versemmle ich es auch nicht.«

Dabei schaute er mich in einer Art an, die meinen Widerstand schmelzen ließ wie eine Asphaltdecke am Äquator. Eine zweite Chance verdient schließlich jeder, gleichgültig, aus welchem Grund er die erste vergeigt hat. Und wenn uns auch dieses Mal kein Erfolg beschieden sein sollte, dann hatten wir nichts außer ein paar Stunden unserer Zeit in den Sand gesetzt. Das war es wert, fand ich und nickte.

Denn mittlerweile war ich schwer gefrustet. Was Marga, Jana und die Phosphorklumpen betraf, ergab alles einfach keinen Sinn. Die Lebenskreise der beiden Opfer überschnitten sich praktisch nicht. Wie auch? Das Mädchen war süße siebzehn und hatte seine Zukunft noch vor sich, während Marga auf die siebzig zuging und bereits weitgehend ihre Gesamtbilanz aufmachen konnte. Bislang schienen die ähnlichen Charaktere der einzige gemeinsame Nenner zu sein. Beide besaßen eine große Klappe und einen eisernen Willen und packten Sachen an, wenn sie vor ihnen lagen. Die eine tat das momentan mit der Gründung von DePP, die andere als engagiertes Mitglied von Anima.

Brachte mich das in irgendeiner Weise weiter? Nein, nicht wirklich.

Die Jungs waren überpünktlich, und Philipp roch entschieden gut, weil frisch geduscht. Am liebsten hätte ich ein bisschen an ihm herumgeschnuppert, doch das tut eine ältere Lady bei so einem Knäblein besser nicht. Ich wollte es ja nicht verschrecken. Also kredenzte ich mehrere Pötte Saft und schmierte dazu ein gutes Dutzend Käse- und Schinkenstullen. Die beiden langten ungeniert zu. Ich auch.

»Also nochmals zu Jana«, sagte ich mit vollem Mund. »Was ist euch da eingefallen?«

»Eigentlich nix«, gab Krischan beschämt zu. »Wie ist es bei dir, Philipp?«

»Nee. Auch nicht.« Er sah mich bittend an. »Ich denke, wir helfen Jana wirklich am ehesten, wenn wir die Mistkerle schnappen, die den Tieren so etwas antun. Ich erzähle ihr das dann.«

»Ist sie denn bei Bewusstsein?«, fragte ich erstaunt.

»Nein«, sagte Philipp leise und legte seine angebissene Stulle zurück auf den Teller. »Die Ärzte lassen sie immer noch im künstlichen Koma. Aber man weiß doch nicht, was sie mitkriegt. Ihre Eltern und ihre kleine Schwester erzählen ihr auch immer was. Oder spielen ihr Musik vor. Letztens hat ihr der Vater sogar ein bisschen was vorgegeigt, und er meint, sie habe daraufhin mit der rechten Hand gewackelt. Er ist Musiker. In einem Orchester.«

»Und die Mutter?«

»Sozialpädagogin. Ich glaube, am härtesten trifft es Ina. Sie ist erst neun.«

»Und die Familie versteht sich gut?«, bohrte ich weiter.

Philipp und Krischan warfen mir einen gequälten Blick zu.

»Weder Frau noch Herr Sterzenberger würden ihrer Tochter wehtun oder sie und Marga in Brand setzen, falls du das andeuten willst«, quetschte Philipp zwischen zusammengebissenen Zähnen hervor.

»Die Familie hält wirklich super zusammen«, meinte auch Krischan. »Die besuchen Jana jeden Tag mehrere Male, um an ihrem Bett zu sitzen, sie zu streicheln und mit ihr zu sprechen. Damit sie weiß, dass sie nicht allein ist.« Er schaute zur Seite, sein Adamsapfel hüpfte.

»Sie versteht bestimmt etwas«, erklärte Philipp mit belegter Stimme. »Und deshalb will ich sie auch nicht anlügen und ihr sagen, dass wir die Leute, die die Tiere aus dem Auto schmeißen, gefasst hätten. Das würde sie merken.« Er blinzelte und drehte ebenfalls hastig den Kopf weg. »Und wenn man sie anlügt, kann sie echt zickig werden.«

»Jana ist zäh«, flüsterte Krischan. »Die wird schon wieder.«

»Ja«, sagte Philipp, doch sowohl Krischan als auch ich merkten ihm an, dass er nicht so recht an ein Wunder glauben mochte. Armer Kerl.

»Okay«, brach ich daher burschikos unser Gespräch ab, als der letzte Krümel in Krischans Mund verschwunden war, »dann lasst uns jetzt zur Brücke fahren.« Ich musste das Problem offenkundig anders angehen.

Draußen empfing uns eine tintenschwarze Nacht; dabei zeigte die Uhr gerade erst halb neun. Es wurde, nein es war mittlerweile eindeutig Herbst; die Luftfeuchtigkeit war tropisch hoch und die Temperatur arktisch tief, sodass wir uns von einem, wie es mein Vermieter Plattmann urwüchsignorddeutsch nennen würde, lummerigen Sommerabend in T-Shirt und Badeschlappen bereits Lichtjahre entfernt hatten. Also drehte ich an der Gartenpforte noch einmal um, sauste zurück in die Villa und sammelte rasch alles an Decken ein, was ich aufbieten konnte.

Sollte ich vorsichtshalber auch noch ein paar Kannen heißen Tees kochen? Nein, entschied ich. Krischan und Philipp warteten bereits ungeduldig, und ein paar Stunden würden wir schon ohne Nahrung und Flüssigkeit überleben, auch wenn die aktuellen Trinkexperten vor so einem gewagten Verhalten dringend abraten und in jedem zweiten Gesundheitstipp empfehlen, ja nicht ohne Wasserbuddel zum Briefkasten zu latschen, weil sonst akute Dehydrierungsgefahr besteht.

»Dieses Mal werden wir anders vorgehen«, teilte ich meinen Co-Detektiven mit, während wir uns in den nicht vorhandenen fließenden Verkehr auf der Hauptstraße Bokaus einfädelten. »Wir wissen ja jetzt, aus welcher Richtung die Täter kommen, und ich gehe davon aus, dass sich daran nichts ändert. Also wird einer von euch, wie gehabt, unauffällig direkt oben auf der Brücke Posten beziehen, während ich mich dieses Mal nicht unten, sondern ebenfalls oben, aber ein Stück weiter längs mit dem Wagen in die Büsche schlage. Wenn der Posten —«

»Das mache ich, wenn ihr einverstanden seid«, bot Krischan eifrig an. Zu eifrig? Himmelherrgott, wenn einen einmal das Misstrauen in den Klauen hatte … »Geht das für dich in Ordnung, Hanna?«

»Ja«, sagte ich laut.

»Phil?«

»Klar. Ist okay. Wo bleibe ich?«

»Bei mir«, sagte ich. »Im Auto. Denn wenn Krischan meldet, dass da einer Tiere über die Brüstung schmeißt, gibt er uns Bescheid, und wir nehmen die Verfolgung auf. Ich denke, die Chancen stehen nicht schlecht, dass wir sie so kriegen.«

»Und dann schlagen wir ihnen die Zähne ein«, entfuhr es Philipp fast sehnsüchtig.

»Dann holen wir die Polizei«, korrigierte ich ihn tugendhaft.

»Hast du eigentlich schon viele Verdächtige mit dem Auto verfolgt, Hanna?«, erkundigte sich Krischan unschuldig.

Nö. Eigentlich noch nie so richtig. Und im Dunkeln schon gar nicht.

»Natürlich«, sagte ich mit fester Stimme. »So etwas gehört zum Job.«

»Ja klar, war blöd von mir«, entschuldigte er sich und errötete ob seiner saudummen Frage. Ich kam mir zwar ein bisschen mies vor, aber das absolute Vertrauen der beiden jungen Männer in die Professionalität ihrer Leitwölfin war mir wichtiger.

Die restlichen Kilometer legten wir schweigend zurück. Ich fand einen Zugang zu einem Feld etwa einhundert Meter von der Brücke entfernt und rangierte den Wagen so hinein, dass ich bei Bedarf wie der Blitz hervorschießen und mich an die Fersen der Tierquäler hängen konnte. Dann schaltete ich Licht und Motor aus. Krischan öffnete die Beifahrertür und stieg aus.

»Nimm lieber eine Decke mit. Oder auch zwei«, befahl Tante Hanna. »Wenn du dich nicht bewegst, wird dir schnell kalt.«

Als ob ein Mensch von zweiundzwanzig Jahren das nicht selbst wüsste! Irgendwie musste dieser Bemutterungstrieb wohl doch zur genetischen Grundausstattung von Damen gehören. Philipp griff hinter sich und reichte Krischan zwei Decken.

»Was ist mit deinem Handy? Ist das in Ordnung?«, fragte er seinen Freund.

»'türlich«, sagte Krischan, was ich ihm unbesehen glaubte. Es war vielmehr ein Wunder, dass Elvis in der letzten halben Stunde stumm geblieben war. »Soll ich überhaupt versuchen, wieder ein Foto vom Nummernschild zu machen? Oder soll ich euch nur Bescheid geben, wenn er kommt?«

Er versuchte zwar, seiner Stimme einen neutralen Klang zu geben, doch ich hörte schon, dass ihn sein blöder Fehler vom letzten Mal anscheinend immer noch gewaltig wurmte.

»Ein Beweisfoto schadet sicher nicht«, sagte ich. »Aber zuerst gib uns Bescheid, ja?«

»Ist gut.«

Krischan legte sich die Decken wie einen Poncho um die knochigen Schultern, nickte uns zu und verschwand in der Dunkelheit. Während ich Krischans Handynummer wählte und wartete, bis er kurz und knapp die Verbindung bestätigt hatte, drehte ich mich zu Philipp um.

»Komm doch nach vorn, dann redet es sich besser.« Zögernd kletterte er auf den Beifahrersitz, während vier Lichtkegel in Folge an uns vorbeiglitten. Danach war Ruhe. »Manchmal ist Krischan ziemlich einsam, nicht?«

»Verloren« hätte es besser getroffen, aber ich wollte seinem Freund gegenüber nichts dramatisieren. Und alles war besser, als ihn gleich wieder mit Fragen über Jana zu bombardieren. Oder ihn auf Krischans möglichen Drogenkonsum anzusprechen. In dieser Hinsicht war eindeutig Marga mein erster Ansprechpartner, nicht der Junge.

»Och, ich glaube, er kommt ganz gut klar«, wehrte Philipp die lästige Erwachsenenfrage ab. »Krischan ist zufrieden mit seinem Leben, behauptet er immer. Und ich glaube ihm. Er beneidet uns überhaupt nicht wegen der Schule und so. Er kann tun und lassen, was er will. Das ist doch toll.«

Ein Wagen schlich im Schneckentempo an uns vorbei. Automatisch schoss meine Rechte Richtung Zündschlüssel. Doch von Krischan kam kein Signal.

»Wenn nicht gerade gleichzeitig ein Birnbaum gefällt, die Hecke geschnitten und ein Kiesweg neu angelegt werden soll. Und zwar möglichst sofort«, hielt ich dagegen. »Dann ist das der pure Stress, weil Krischan ein Ein-Mann-Betrieb ist. Ich stelle mir sein Leben manchmal nicht gerade leicht vor.«

»Ach, der packt das schon«, meinte Philipp. »Das ist nun mal sein Job. Er macht sich da keinen Kopf. Und wenn ihm alles zu viel wird, schwänzt er auch schon mal.« Philipp lachte.

Es klang hohl, ja fast so, als ob er sich verschluckt hätte. Mir war gar nicht klar gewesen, dass er seinen Freund offenbar glühend beneidete. Dabei war er es doch, der in besseren, weil behüteten Verhältnissen lebte. Na ja, irgendwann würde er das begreifen. Mit siebzehn lebt man im Hier und Jetzt und sieht lediglich die Unabhängigkeit des anderen und nicht die Kehrseite der Medaille, nämlich dessen Einsamkeit und Chancenlosigkeit auf dem immer härter werdenden Arbeitsmarkt.

Wir schwiegen eine Weile.

»Ist dir zu Jana noch etwas eingefallen? Was wichtig sein könnte?«

»Nein«, sagte Philipp. »Eigentlich nicht. Mir wird warm.«

Er schob die Ärmel seines dicken Pullis hoch. Wir zwei heizten das Wageninnere ganz schön auf, während der arme Krischan in seinem Gebüsch ... Aber er hatte ja zwei Decken mit, beruhigte ich mich, als mir einfiel, dass wir gar nicht darüber gesprochen hatten, wie er nach Hause kam, wenn Philipp und ich die Täter verfolgten.

»Zu Fuß. Kein Problem«, versicherte Philipp, als ich ihm meine Überlegung mitteilte.

»Achtung, ihr beiden. Da tut sich was!« Krischan flüsterte,

obwohl das bestimmt nicht nötig war. »Der bremst jetzt total ab. Es ist ein Geländewagen, die Farbe kann ich nicht erkennen. Schwarz ist es nicht, aber weiß auch nicht. Jetzt hält er fast«, plapperte unser Außenposten hektisch weiter. »Das Kennzeichen kann ich auch nicht genau erkennen. PLÖ–KL … Mist, da ist Dreck drauf.«

Philipp hatte bei Krischans Worten genau wie ich die Luft angehalten, jetzt stieß er sie aus, beugte den Oberkörper zu mir herüber und verrenkte sich fast den Hals, als er an mir vorbei in die Dunkelheit starrte und gleichzeitig aufgeregt mit seinem rechten Zeigefinger direkt an meiner Nase vorbeistach.

»Schnell, lass den Motor an, Hanna. Dahinten kommt er! Nun mach schon!«

Ja wie denn, wenn der blanke Unterarm des Knaben zwei Zentimeter vor Auge und Nase auf und ab schwankte, sodass ich nichts weiter erkennen konnte, als dass dieser Arm nicht hell und glatt, sondern gemustert war. Zudem schielte ich auch noch wie Heidi, das verflossene Opossum, und sah weder Straße noch Zündschlüssel.

»Nimm den Arm weg«, schnauzte ich ihn an.

Er zog ihn hastig zurück und krempelte den Ärmel hinunter, während ich den Motor anließ und den ersten Gang einlegte. Offenbar war es ihm peinlich, dass ich die Tätowierung gesehen hatte. Hätte es gar nicht sein brauchen; mein Ding war das zwar nicht, doch dass diese Art der Körperkunst in den letzten Jahren gewaltig zugenommen hat, sieht man an jedem heißen Sommertag, wenn die Leute sich in die Fluten stürzen oder wenn die Mannen des Herrn Löw auflaufen, um Deutschlands Ehre zu erschießen. Gegen so manche Extremität dieser Junghelden verblasst jeder Papagei.

»Entwarnung«, hörten wir Krischan in diesem Moment rufen. »Die haben nichts rausgeworfen, sondern wollten wohl nur von der Brücke gucken.«

Im Dunkeln? Manche Leute befallen wirklich seltsame Gelüste. Ich schaltete den Motor aus, derweil ein Geländewagen mit satten fünfunddreißig Kilometern pro Stunde an uns vorbeizischte.

»Ach so«, sagte Philipp.

Am Steuer saß eine ältere Frau mit Hut, vorgebeugtem Oberkörper, mit beiden Händen das Lenkrad umklammernd und wahrscheinlich wegen der altersbedingten Nachtblindheit maskenhaft starrem Gesichtsausdruck. So genau konnte ich das nicht erkennen – mit zwanzig waren meine Augen auch besser gewesen.

»Soll ich Krischan mal ablösen?«, fragte Philipp.

»Frag ihn selbst«, sagte ich und hielt ihm das Handy hin.

»Nee«, quäkte Krischans Stimme aus dem Off, »noch nicht. Eine halbe Stunde halte ich noch durch. Dann darfst du dir die Eier abfrieren.«

»Ist gut.« Philipp klang fast enttäuscht.

Ich hatte den verstärkten Eindruck, dass er lieber mit seinem Freund getauscht hätte, um meinen Konversationsbemühungen zu entgehen. Seine folgenden Worte bestätigten meinen Verdacht.

»Wo kommst du eigentlich her, Hanna? Du hast doch nicht immer in Bokau gelebt, oder? Also, meine Familie stammt aus Preetz, das ist ja nicht weit von hier. Meine Großeltern haben lange Zeit am Markt gewohnt, direkt neben so einem Laden, der Waffen und Pistolen hergestellt hat. Landmann hießen die Leute. Ich kenne die nicht, das war vor meiner Zeit, aber mein Opa ...«

Ich ließ ihn plappern, während ich träge überlegte, wo ich den Namen Landmann schon einmal gehört hatte. Von Harry natürlich. Jenem Harry, den die dubiosen Geschäfte der Eckernförder Sig-Sauer-Leute in die Arme einer Tochter Albions getrieben hatten. Wahrscheinlich vermochte diese englische Sirene komplett nüchtern und ohne Knoten in der Zunge Worte vom Loriot'schen Format wie »Gristhwoldth Manor« von sich zu geben. Ich konnte das auch nach vier Guinness noch nicht, was wiederum meinen grundlegenden Verdacht bestätigte, dass die Welt ungerecht war.

»... und als ich sieben war, sind wir dann nach Bokau gezogen. Ich lebe gern dort. Du auch?«

»Doch, ja«, brummte ich.

Ich sehnte mich nach einer schönen heißen Tasse Earl Grey und nach meinem Bett. Stundenlang auf der Lauer zu liegen und die Augen offen zu halten gehörte zwar definitiv zu meinem Job als Private Eye, aber das hieß ja noch lange nicht, dass ich diesen Teil meiner Arbeit besonders schätzte.

»Trotzdem ist Maik ein echter Kumpel, auch wenn er manchmal natürlich schon nervt«, teilte Philipp mir jetzt mit.

Wer zum Donnerwetter war Maik?

»Tatsächlich?«, murmelte ich höflich.

»Ja, ich sitze ganz gern neben ihm.«

»Mhm.«

Junge, hätte ich am liebsten gesagt, du kannst aufhören zu plappern. Wir können hier auch ganz ruhig und entspannt sitzen und ein bisschen dösen, bis Krischan wieder etwas vermeldet. Mein stiller Wunsch wurde nicht erhört.

»Er hat irgendwas Autistisches«, informierte mich Philipp. »Deshalb ist er auch nur manchmal da.« Der Strom der Autos hatte jetzt deutlich nachgelassen, und mein Kopf sank unaufhaltsam in Richtung Kopfstütze. Wenn ich jetzt die Augen schloss, wäre es komplett um mich geschehen. »… manchmal richtig stinkig. Dann tickt er total aus. Aber ich kann ihn gut beruhigen. Die Lehrer sind ganz froh darüber.«

»Hanna, Philipp, hört ihr mich?«

Ich zuckte zusammen und brachte meine Rübe flugs wieder in eine senkrechte Position. Sogar Krischans Stimme klang verfroren.

»Ja. Soll Philipp dich jetzt ablösen?«, fragte ich hoffnungsvoll.

»Das wäre gut.«

»Ich schicke ihn dir.« Doch das war nicht nötig. Philipp hatte bereits die Beifahrertür geöffnet und sprang hinaus. »Lass dir die Decken geben. Und vergiss nicht, das Handy zu übernehmen.«

Er hob den Daumen.

»Wird gemacht, Ma'am.«

Und weg war er. Drei Minuten später ließ sich Krischan stöhnend auf den Beifahrersitz fallen. Seine Nasenspitze war gerötet, wenn ich das in dem funzeligen Licht der Innenbeleuchtung richtig sah.

»Oh Mann«, er hauchte in seine Hände, »in meinem Job bin ich zwar auch ständig draußen, aber ich bewege mich. Kriegst du eigentlich einen Langeweile-Zuschlag und eine Frostzulage?«

»Nee.« Aber zweifellos ein interessanter Gedanke.

»Dann würde ich den Job nur im Sommer machen oder nach Sizilien auswandern«, meinte er im Brustton der Überzeugung.

»Um der Mafia in die Quere zu kommen? Die tauchen deine Füße in Beton, lassen dich aushärten und versenken dich im Golf von Neapel.«

Krischan stöhnte. »Aber das Wasser dort ist warm.« Seine Miene wurde plötzlich ernst. »Sag mal ehrlich, Hanna, jetzt, wo Phil weg ist: Wird Marga wirklich wieder ganz gesund? Oder bleibt da was nach? Also, wenn sie nämlich Hilfe braucht ... Ich wäre ja da, und teuer bin ich auch nicht. Also, ein bisschen was müsste ich wohl schon nehmen, aber sie kriegt einen Sonderpreis, und am Anfang würde ich ihr natürlich auch umsonst helfen.«

»Ich stehe jetzt direkt hinter der Brücke«, meldete sich Philipp in diesem Moment. »Aber viel los ist wirklich nicht mehr.«

»Das letzte Mal sind sie auch ziemlich spät gekommen«, entgegnete ich.

»Ja. Roger. Over.«

Krischan und ich grinsten uns kameradschaftlich an. Unser Junior war erst siebzehn, da gab man schon mal gern den Bond, James Bond, geschüttelt und nicht gerührt.

»Mach dir mal keine Sorgen um Marga«, nahm ich den Faden wieder auf. »Frau Schölljahn wird schon wieder. Sie ist äußerst zäh. Aber dein Angebot weiß sie bestimmt sehr zu schätzen. Vielleicht besuchst du sie einfach mal öfters?« Sehr gut, Hemlokk, lobte ich mich selbst. Denn das half nicht nur ihr, sondern bestimmt auch ihm.

»Das hätte ich sowieso getan«, meinte Krischan. »Wir sind nämlich richtig befreundet, könnte man so sagen.«

»Ich weiß. Sie hat es mir erzählt.«

»Echt jetzt?« Das schien ihn wirklich zu freuen.

»Echt jetzt«, bestätigte ich. Kam da noch was? Ja.

»Ich … verstehe mich nicht falsch … Ich möchte dir nicht in deinen Job hineinreden, Hanna, aber du bleibst doch bei Jana dran, nicht? Ich möchte nämlich, dass das Arschloch bestraft wird, das das getan hat.« Er ballte seine Fäuste. »Ich kann mir gar nicht vorstellen, wer und warum −«

»Keine Sorge«, wollte ich ihn runterregeln. »Ich bleibe dran. Und ich werde mein Bestes geben, das verspreche ich −«

»Da!«, brüllte Philipp plötzlich so laut, dass es uns beide aus unseren Sitzen katapultierte. »Da hält einer. Und jetzt … Oh Mann, ich fasse es nicht.«

»Was ist denn? Nun rede schon, Mann!«, schrie Krischan.

»Drei, vier, fünf Tiere schmeißen die aus dem Auto«, zählte Philipp mit überschnappender Stimme auf.

Ich ließ den Motor an, während Krischan mir das Handy entriss.

»Der Wagen, Phil, beschreib ihn.«

»Ein Kombi, dunkel, schwarz wahrscheinlich. Oder dunkelblau. Kann auch dunkelgrün sein. Das Kennzeichen … Nee, Scheiße, kann ich nicht lesen. Jetzt fährt er wieder los! Kümmert euch drum, ich ruf Renate an.«

»Siehst du ihn schon?«, fragte ich Krischan nervös und legte den Gang ein, während er angestrengt schräg nach hinten an mir vorbeistarrte.

»Ja, jetzt. Da kommt was. Ich sehe nur die Scheinwerfer.«

Fast im selben Moment rauschte ein großer Wagen in hohem Tempo an uns vorbei. Ich wartete drei Sekunden, dann gab ich Gas, und wir schossen wie der Korken aus der Flasche aus unserem Wiesenzugang auf die Straße.

»Willst du ihn ohne Licht verfolgen?«, japste Krischan nach zwanzig Sekunden entsetzt.

»Nein«, beschwichtigte ich ihn, während ich angestrengt auf die beiden Rücklichter starrte, »ich warte bis zur nächsten Kurve, dann schalte ich die Scheinwerfer an. Sonst wundern die sich noch, wo wir so plötzlich herkommen, und schöpfen Verdacht.«

»Ach so, ja.«

Seine Stimme klang fast ein wenig piepsig. Wir folgten dem

Kombi in gebührendem Abstand. Wenn die Sache klappte, dann führten uns diese Mistkerle vielleicht direkt zu den Oberarschlöchern in irgendeinem Hinterhoflabor oder zum Lieferanteneingang einer geheimen Hipster-Kochbude. Ich war immer noch nicht bereit, meine Theorien vollständig zu begraben.

»Sie biegen ab«, flüsterte Krischan und fing mit beiden Beinen an zu hibbeln. »Da geht's nach Stakendorf.«

Ich blinkte ebenfalls, wir fuhren in den Ort hinein, kurvten schwungvoll um die Ecke und –

»Oh Kacke«, hauchte Krischan. Der Kombi parkte mit abgeblendeten Scheinwerfern am Straßenrand. »Sie haben uns gesehen. Fahr einfach weiter, Hanna!«

Das tat ich. Stramm den linken Bürgersteig fixierend, als gäbe es nichts Spannenderes auf Erden, lenkte ich den Wagen auf sie zu. Dummdidumm, wir sind vollkommen harmlos, Leute.

»Schau zu mir herüber«, zischte ich Krischan an. »Sie dürfen unsere Gesichter nicht erkennen.«

Und schwupps, waren wir an ihnen vorbeigezogen. Sie folgten uns nicht. Ich fuhr die Dorfstraße noch ein Stück weiter, bis wir außer Sichtweite waren, suchte mir eine geräumige Auffahrt, schoss hinein, legte den Rückwärtsgang ein, schoss zurück und ließ den Wagen langsam wieder Richtung Arschloch-Auto rollen.

»Was tust du denn da?«, quietschte Krischan panisch.

»Achte auf das Nummernschild«, befahl ich knapp, weil ich mich konzentrieren musste.

Zwei Personen saßen auf den Vordersitzen. Sie rauchten, die Glut der Zigarettenspitzen war deutlich zu erkennen. Wir rollten näher heran. Ich ignorierte Krischans angstvolles Ächzen. Die Personen, es waren zwei Männer, unterhielten sich. Ich kurbelte mein Fenster ein Stück weit hinunter, so wie sie es gemacht hatten. Als wir vorbeifuhren, hörten wir zunächst ein verschleimtes Husten, das dann jedoch in ein lautes Lachen überging. Die Männer beachteten uns überhaupt nicht.

»Die machen Pause«, stellte Krischan fassungslos fest. »Die machen einfach Pause«, wiederholte er.

Und während ich noch überlegte, wie ich jetzt vorgehen sollte, griff er mir ins Lenkrad und zog gleichzeitig die Handbremse. Wir knallten gegen die Bordsteinkante, der Motor erstarb mit einem heftigen Schluckauf, Krischan löste seinen Sicherheitsgurt, warf sich gegen die Beifahrertür, sprang hinaus und stürmte laut schreiend auf das Auto der Mistkerle zu.

»Krischan!«, brüllte ich entsetzt, doch er reagierte nicht, sondern rannte einfach weiter, um anschließend wie ein Wahnsinniger mit beiden Fäusten auf das Autodach einzuhämmern.

»Ihr Schweine!«, hörte ich ihn dabei schreien. »Wir haben euch genau gesehen. Wieso tut ihr das? Ich bringe euch um!«

Endlich gelang es mir, mich aus meiner Erstarrung zu lösen. Während Krischan anfing, an der Tür des Fahrers zu rütteln und gegen das Blech zu treten, hechtete ich aus dem Wagen und sprintete hinterher. In den umliegenden Häusern gingen die Lichter an.

»Scheißkerle.«

Er schluchzte jetzt. Dem Fahrer, der bislang verzweifelt seine Tür zugehalten hatte, gelang es, sie zu verriegeln. Hastig startete er den Motor – und würgte ihn ab.

»Ich mache euch fertig«, grölte Krischan.

Aber die Gelegenheit bekam er nicht: Beim zweiten Mal hatte der Fahrer mehr Glück. Mit quietschenden Reifen raste der Wagen davon.

NEUN

In jedem Fall gibt es einen toten Punkt, an dem nichts zusammenzupassen scheint. Alles ist wirr, kein loser Faden lugt aus dem Knäuel von Intrigen, Motiven und Möglichkeiten heraus, und frau steht da wie der Ochs vorm Berg. Nicht einmal dieses schön-schräge Bild nötigte mir ein Lächeln ab. Wie gesagt, ich kannte das zur Genüge, trotzdem ging es mir nicht unbedingt gut damit.

Total gefrustet hatten Krischan und ich Philipp von der Landstraße gepflückt, auf der er, wie verabredet, gen Bokau wanderte. Nur bei zweien der Hunde bestehe noch Hoffnung, hatte Renate erklärt, bei dreien sei jede Hilfe zu spät gekommen, berichtete Philipp niedergeschlagen. Nachdem Krischan dann noch etwas von »Wieder mal saumäßig in die Hose gegangen« und »Ich bin wirklich ein kompletter Idiot« gemurmelt hatte, waren wir schweigend nach Hause gefahren. Erst als ich den Wagen vor dem Haupthaus parkte und Motor und Licht ausschaltete, hatte er die Zähne wieder auseinandergekriegt.

»Es tut mir wahnsinnig leid«, hatte er genuschelt. »Ich weiß auch nicht, was in mich gefahren ist.«

Irgendein heiliger Geist, dem das Wohl von Katzen und Hunden am Herzen liegt, bestimmt nicht, dachte ich giftig. Verdammt und zugenäht, hätte er sich denn nicht ein bisschen mehr zusammenreißen können! Und auf das Kennzeichen hatte er auch nicht geachtet. Als er schwerfällig wie ein alter Mann ausstieg, nickte ich ihm kühl zu. Wie der Blitz verschwand Krischan im Haus.

»Was ist denn passiert?«, raunte Philipp, als wir zur Villa hinuntertrabten. Dort stand sein Rad. Ich berichtete in knappen Worten, was vorgefallen war.

»Oh Mann«, meinte er, als er sich verabschiedete. »Das war ja wirklich eine echte Megapleite. Armer Krischan.«

Tja, und damit hatte Philipp genau die Frage gestellt, die immer drängender wurde: War er das tatsächlich?

Ich schenkte mir ein Glas Riesling ein und setzte mich in meinen Schaukelstuhl. Ich halte mir bekanntlich eine Menge auf meine Menschenkenntnis zugute, doch in diesem speziellen Fall – ich genehmigte mir einen kräftigen Schluck – hatte ich mich möglicherweise geirrt, wie ich mir nun eingestand. Denn ich kann zwar mühelos verstehen, dass einem die Sicherungen durchbrennen, wenn man so richtig angefasst ist. Aber Fakt war zweifellos auch, dass Krischan es dadurch geschafft hatte, den Tätern unerkannt die Flucht zu ermöglichen. Und das war ihm bereits zum zweiten Mal gelungen. Ich schenkte mir ein weiteres Glas ein. Der Wein war gut – kalt und furztrocken; genau so, wie ich meinen Weißwein liebe. Trotzdem ging es mir keinen Deut besser. Im Gegenteil. Mir ging es hundsmiserabel. Ich hätte heulen können.

Denn Krischan war doch eigentlich durch und durch ein Lieber. Gut, er hatte möglicherweise ein kleines Drogenproblem, aber er war doch kein … Verräter! Noch heute Nachmittag hätte ich das auf alle vier Mini-Kröten-Panzer geschworen. Und jetzt? Eher nicht mehr.

Spielte Christian Langguth den unschuldigen, etwas töffeligen, aber im Kern doch liebenswerten jungen Mann vielleicht nur? Verbarg sich hinter dieser Fassade vielmehr ein abgefeimter Krimineller, der bis zum Hals in schmutzigen Tiergeschäften steckte und zur Tarnung um arglose Senioren herumscharwenzelte, um die gleichzeitig noch von ein paar Euros zu befreien? Ja, existierten diese Ego-Monster von Eltern überhaupt, die ihren armen Sohn als Altlast entsorgt hatten, um nach der Scheidung ein neues Leben anfangen zu können? Oder war das lediglich der gefühlige Tränendrüsenhintergrund, der alle milde stimmen sollte, damit Christian hemmungslos seinen miesen Geschäften nachgehen konnte? Und last, but not least: War der Mann ein echter Junkie? Sein merkwürdiges Verhalten ließ diesen Schluss ohne Weiteres zu.

Ich überlegte kurz, ob ich mir noch eine Stulle schmieren sollte, doch so ein richtiger Appetit kam nicht auf. Und das sollte schon etwas heißen, denn normalerweise bringt meinen Magen nichts und niemand aus der Fassung. Doch in diesem

Fall ging es eben nicht nur um Krischan und darum, dass ich mich möglicherweise mit seinem Charakter verpeilt hatte. Nein, hier ging es ums Grundsätzliche: nämlich um die alles entscheidende Frage, ob mich meine Menschenkenntnis so weit im Stich gelassen hatte, wie es mir noch nie passiert war. Das schlug mir auf den Magen.

Ein Private Eye kann einpacken, wenn die Instinkte nicht funktionieren. Ohne ein vernünftiges Bauchgefühl oder zumindest ein warnendes Klötern im Urin ist man einfach kein Schnüffelgenie. So einfach und so bitter war das.

Fortan würde ich also wieder meine Tage als Romanzenqueen verbringen, als Tränenfee für Durchlauchtens. Grundgütige, was für eine niederziehende Vorstellung! Am Ende kannte ich mich in Prinzessin Charlotte Elizabeth Dianas Verdauung und Kates Menstruationszyklus weitaus besser aus als im Bokauer Intrigenspiel oder in der Weltpolitik.

In dieser Nacht schlief ich schlecht, grottenschlecht, um genau zu sein, weil ich mich ständig hin und her wälzte. Gegen sieben gab ich den Kampf auf, stakste mies gelaunt ins Bad, duschte ausgiebig heiß und kalt und wusch mir die Haare. Stimmungsmäßig half das zwar wenig, doch zumindest roch ich jetzt gut. Während des kärglichen Frühstücks – Brot, Marmelade, Tee – überlegte ich, wie ich den Tag angehen sollte.

Mit Vivian schon einmal nicht, klar. Dabei würde nur furchtbares Gesülze herauskommen. Oder sollte ich den Stier bei den Hörnern packen und mir gleich einmal Krischan vorknöpfen? Auch nicht, entschied ich. Denn noch war ich richtig böse auf ihn. Und in diesem Zustand ermittelt es sich nicht sonderlich gut. Nein, Krischan musste erst einmal sacken.

Also rief ich nach einem Besuch bei Silvia Theo an, um mich nach Marga zu erkundigen. Er war noch immer hörbar verschnupft, gab mir aber Auskunft. Marga gehe es gut. Sie werde morgen entlassen und plane dann sofort die nächste Parteiversammlung. Ob sie sich zu dem Phosphorklumpen in ihrer Jackentasche geäußert habe, wollte ich wissen.

»Sie hat nichts davon gesagt«, entgegnete Theo.

»Aber hat denn nicht die Polizei –«

»Ich spreche nicht mit ihr darüber. Das regt sie zu sehr auf.«
Ach nee. Das konnte er seiner betagten Cousine erzählen, aber nicht mir! Marga würde todsicher wissen wollen, was und wer sie in Brand gesteckt hatte. Doch über Theo kam ich nicht weiter, wie seine nächsten Worte bestätigten.

»Hast du schon etwas über diesen Degenhardt herausgefunden?«

Ach Gott. Den Mann hatte ich in dem ganzen Tohuwabohu völlig vergessen. Und Theos Auftrag damit ebenfalls. Ich stotterte herum, murmelte etwas von »terminlichen Gründen«, die alles verzögert hätten, und handelte mir dadurch ein ebenso beredtes wie eisiges Schweigen ein. Hastig ließ ich Marga schön grüßen, verabschiedete mich von meinem Auftraggeber und setzte mich an meinen PC, um das Dieterle zu googeln.

Der Mann hielt offenbar einen Vortrag nach dem anderen. Ich zählte mindestens zwanzig Einträge, in denen Degenhardt erwähnt wurde. Auf Wikipedia schaute ich mir seinen Lebenslauf und seine Veröffentlichungsliste an. Doch, ja, beides konnte sich sehen lassen. Das Dieterle hatte sich durchs Leben geschrieben.

Hätte ich seine gesammelten Bücher und Artikel nebeneinandergelegt, hätte ich mühelos meinen gesamten Garten damit pflastern können. Na ja, man wird schließlich nicht ohne Grund nach »Aarksfudd« eingeladen.

Anschließend googelte ich das Institut für Pädagogik an der Kieler Uni, um herauszufinden, wo es auf dem Campus lag und womit die sich heute so beschäftigten. Ich war einfach neugierig, weil ich in das Fach vor langer, langer Zeit einmal hineingeschnuppert hatte. Das Erste, was mir auffiel, war, dass die Studis wieder mit »Commilitones« angeredet wurden. Wäre das zu meiner Zeit passiert, hätten wir vor Schreck gejodelt! Aber davon einmal abgesehen, fand ich diese altertümliche Anrede in der Epoche der Massenuniversität, die von einer Bildung im klassischen Sinne mittlerweile Lichtjahre entfernt ist, einfach nur putzig. Oder war das lediglich ein Kniff, um die politisch korrekten »Studierenden« und die »StudentInnen« zu umgehen? Keine Ahnung. Ich war jedenfalls heilfroh, dass mir die Jagd nach Credit-Points, Studiengängen im Eiltempo und mittlerweile komplett verschulten Fächern erspart geblieben war, und beneidete Philipp und seine Altersgenossen keine Sekunde um ihre künftigen Karrieren.

Vor lauter Luschern hätte ich fast vergessen, mir die Adresse zu notieren. Die Pädagogen saßen, wie passend, in der ehemaligen Pädagogischen Hochschule. Ich fuhr den Computer herunter, verabschiedete mich von den Knödeln pädagogisch wertvoll, indem ich ihre Namen herunterratterte – Marga, Harry, Theo und Johannes –, und eilte zu meinem Wagen.

Im Netz hatte ich die blank polierte Oberfläche Dieter Degenhardts zu Gesicht bekommen, weitaus mehr interessierten mich jedoch sein Innenleben und eventuelle Abgründe, von denen seine Kollegen dann wahrscheinlich zu berichten wussten. Abgründe, die ihn veranlasst haben könnten, Marga und Jana in Brand zu stecken ...

Von derartigen Auskünften versprach ich mir zumindest weitaus mehr als beispielsweise von einem Gespräch mit seiner Gattin oder einem seiner fünf D-Kinder. Nach meiner bescheidenen Erfahrung gibt es in so einer Universität nämlich ziemlich zuverlässig eine Menge Neider und Konflikte – da war das Feld für eine Privatdetektivin viel leichter und effektiver zu beackern.

Ich gondelte aufs Kieler Westufer hinüber und staunte nicht schlecht, wie sich das Unigelände in den letzten Jahr(zehnt)en verändert hatte. Sicher, das Hochhaus, die Kirche sowie die ehemalige Bibliothek standen noch an ihren Plätzen, als ich in die Olshausenstraße abbog, doch diverse neue Gebäude waren hinzugekommen. Aber vor allem sahen die herumwuselnden »Commilitones« mit ihren geradezu unanständig glatten Gesichtern so jung aus, dass ich mir vorkam wie meine eigene Oma. Ich fuhr am Sportforum und an den Fakultätsblöcken vorbei, wie sie zu meiner Zeit hießen, als ich mich durch ein paar Semester Geschichte gequält hatte. Dann bog ich von der Olshausenstraße links auf den Parkplatz der ehemaligen PH ab, quetschte den Wagen in eine Parklücke und fragte mich zu den Räumen der Pädagogen durch.

Als ich deren Flur betrat, entdeckte ich als Erstes ein Porträt des jungen Degenhardt. Mit einem leichten Lächeln auf den

Lippen blickte er mich an; ganz der bedeutsame Wissenschaftler inmitten seiner neben ihm hängenden Kollegen. Zur Linken der verblichene Sexualpädagoge, zur Rechten der emeritierte Sozialpädagoge; beide mit locker-flockiger grauer Haarpracht und offenem Hemd beziehungsweise lässig im Pullover.

»Kann ich Ihnen helfen?« Er war etwa dreißig, trug ein angebügeltes Hemd, die Haare kurz und eine eckige Intellektuellenbrille.

»Tja«, sagte ich zögernd. Konnte er das? Einen Versuch war es wert, obwohl ich einen älteren Kollegen bevorzugt hätte. »Möglich wäre es. Kennen Sie den da?«

Ich deutete auf Degenhardts Foto. Wenn ich auf Klatsch und Tratsch, Intrigen und Nickligkeiten aus war, kam ich nicht umhin, bis zu einem gewissen Punkt die Hosen runterzulassen.

»Das kommt darauf an, was Sie unter ›kennen‹ verstehen«, gab der Doktorand vorsichtig zurück. Mir hatte zwar niemand gesagt, dass er hier promovierte, doch ich hätte meine Nasenspitze darauf verwettet, dass es so war. »Persönlich befreundet waren wir nicht. Aber ich weiß selbstverständlich, wer er ist.«

Es war so etwas wie ein Geistesblitz. Die Tücken des Systems zu nutzen, um die mit den menschlichen, allzu menschlichen Schwächen zu kombinieren, war doch nicht etwa mies oder gar verboten. Nein, das war es nicht. Also nickte ich verständnisvoll.

»Klar. Da ist einmal der Altersunterschied, und er war Professor in Amt und Würden. Fest angestellt, unangreifbar, eine Lichtgestalt als Forscher, während Sie …« Ich ließ es wirken.

»Na ja«, sagte der Jung-Akademiker und fuhr sich mit der Rechten unentschlossen durch das raspelkurze Haar.

Ich legte nach. »Ich meine, Sie haben bestimmt nur einen dieser leidigen Zeitverträge ergattern können, wie es heutzutage so üblich ist, während er bombenfest im Sattel saß. Das trennt.«

»Was wollen Sie?«

Auf den Kopf gefallen war mein Gegenüber in alltagspraktischer Hinsicht also nicht.

»Sie haben doch ein eigenes Zimmer, oder forscht man heute in einem Großraumbüro an Tischen wie beim Kundengespräch in der Sparkassenhalle?«

Das entlockte ihm ein kaum wahrnehmbares Lächeln. »So schlimm ist es nun auch wieder nicht. Ja, ich habe eins.«

»Allein?«

»Nein, das gibt es schon lange ... nicht mehr.«

Mir entgingen die Pause und die Betonung nicht. Gut, ich war ein kleines bisschen älter als dieser Grünschnabel, doch in Verwesung übergegangen war ich deshalb noch lange nicht.

»Aber meine Schreibtischnachbarin forscht zurzeit in Simbabwe und kommt erst zu Vorlesungsbeginn wieder.«

Simbabwe? Was sie da wohl machte? Ich hätte es spannend gefunden, das zu erfahren, doch ich war nicht zum Vergnügen hier, sondern weil Theo mir einen Auftrag erteilt hatte und ich dem Degenhardt mittlerweile so einiges zutraute, also hielt ich den Mund.

Er wandte sich zum Gehen. Ich folgte ihm, bis er schließlich schweigend eine Tür am Ende des Ganges öffnete und mir bedeutete, einzutreten. Das Büro sah aus wie alle Büros dieser Welt: zwei Schreibtische Kante an Kante, zwei Computer, zwei Stühle, weiße Regale, ein Besucherstuhl, weder Bilder an den Wänden noch Pflanzen auf dem Fensterbrett. Ich nahm auf dem Stuhl hinter dem zweiten Schreibtisch Platz, sodass ich meiner hoffentlich gleich lossprudelnden Informationsquelle direkt gegenübersaß.

»Ralf Böthe«, stellte er sich vor.

Mein Verhalten irritierte ihn zweifellos, dafür sprach die kleine senkrechte Falte, die sich zwischen seinen Augenbrauen gebildet hatte.

»Hanna Hemlokk. Wie gesagt, ich interessiere mich für Professor Degenhardt.«

Er gab daraufhin zwar nur ein »Ah« von sich und verschränkte die Arme vor der Brust, doch das neugierige Glitzern in seinen schönen braunen Augen entging mir nicht. Es musste da also tatsächlich etwas geben.

»In welcher Funktion sind Sie hier, wenn ich fragen darf?«, eröffnete er das Gespräch.

»Später«, gab ich nonchalant zur Antwort. Für Privatdetektivinnen haben die meisten Unileute nach meiner Erfahrung nämlich genauso wenig übrig wie für Schmalzheimer-Schreiberinnen. Daher hielt ich ihm erst einmal einen saftigen Köder unter die Nase, um ihn auf die richtige Spur zu locken. »Es wurde bestimmt schon lange darüber gemunkelt, nicht?« Ich machte dabei ein todernstes Gesicht, während ich mich verschwörerisch zu ihm hinüberbeugte. »Aber niemand weiß etwas Genaues, vermute ich.«

Und es klappte.

»*Sie* wissen …? Bingo! Degenhardt hat in der Tat nie ein Wort darüber verloren. Nie. Und wir haben es mit Alkohol versucht, und die Frauen haben auf Teufel komm raus mit ihm geflirtet, aber er ist standhaft geblieben. Die ganze Zeit. Aber offenbar hat es doch nichts genützt, wie?« Er jubilierte zweifellos.

»Was durchaus verständlich ist«, bemerkte ich erdenschwer. »Wenn man weiß, um was es sich handelt.« Dass ich nicht einmal den Hauch einer Ahnung besaß, worum es ging, würde dieses Greenhorn spätestens dann erkennen, wenn es in einer stillen Stunde noch einmal über unser Gespräch nachdachte.

»Klar. Sicher«, stimmte er mir zu, entknotete seine Arme und stützte sie auf, um sich nun seinerseits mit eifrigem Gesicht über den Tisch zu beugen. »Ist es … ungesetzlich?«

Verdammt. Seine Kenntnis, was Degenhardts dunkle Seite betraf, schien sich auf der unbestimmten Gerüchteebene zu bewegen. Von wegen sprudelnde Quelle. Tja, und was nun, Hemlokk? Mein Hirn arbeitete auf Hochtouren. Ich konnte in Teufels Küche kommen, wenn ich in diesem konkreten Punkt log und mich so einer Verleumdung schuldig machte.

»Unmoralisch würde ich es eher nennen«, entgegnete ich daher diplomatisch, allerdings mit Grabesstimme. Damit lag ich bestimmt nicht so weit daneben, sonst hätte der Herr Professor sich doch nicht derart konsequent über sein kleines Geheimnis ausgeschwiegen.

Böthe stieß einen Pfiff aus. Ging ihm ein Licht auf?

»Ja, irgendwie haben wir uns schon so etwas gedacht.« Er schaute sinnend einer Fliege hinterher, die auf dem kahlen Fensterbrett saß und sich hingebungsvoll putzte. »Er hat fünf Kinder, wissen Sie.«

»Mhm«, brummte ich.

Was hatten denn die Gören mit Degenhardts Geheimnis zu tun? Waren die etwa nicht von ihm? Und wenn das so war, was hatte das dann wiederum mit Marga, Jana und dem Phosphor – Vorsicht, Hemlokk, Vorsicht, ermahnte ich mich. Bleib ja hübsch offen in deinen Überlegungen.

»Die kosten eine Menge Geld. Da kann es sogar mit einem professoralen Beamtengehalt knapp werden«, bemerkte ich daher im Konversationston.

»Aber das hatte er ja eben nicht«, informierte mich Böthe prompt. Die Aussicht, bei den Kollegen mit Wissen über Degenhardt zu glänzen, ließ ihn alle Vorsicht vergessen. »Das war ja gerade das Drama seines Lebens. Er hat sich zwar habilitiert, aber man hat ihn damals nicht ins Beamtenverhältnis übernommen. Keine Ahnung, weshalb. Degenhardt musste bis zum Schluss mit Zeitverträgen leben. Das hat ihn total gewurmt. Und die lieben Kollegen haben natürlich auf ihn herabgeschaut. Die Uni-Hierarchie ist da gnadenlos.« Er wies mit einer unbestimmten Handbewegung auf seinen Schreibtisch. »Ich weiß auch noch nicht, ob ich bleibe und was aus mir wird. Mit Einjahresverträgen kann niemand ein Leben aufbauen.«

»Degenhardt musste sich mit Einjahresverträgen durch sein Berufsleben hangeln?«, fragte ich erschüttert. Das war ja menschenverachtend. Und so etwas in einem der reichsten Länder der Erde.

»Nein, nein, ganz so schlimm war es nicht«, wiegelte Böthe ab. »Fünf Jahre hatte er Ruhe, dann stand die Verlängerung wieder an. Aber trotzdem war das einfach Mist für den Mann.«

Das konnte ich mir lebhaft vorstellen. An seiner Stelle wäre ich auch ausgetickt und hätte – Nur die Ruhe, Hemlokk, ermahnte ich mich nun bereits zum zweiten Mal, geh es langsam an. Schritt für Schritt, sonst verschreckst du den Jungen noch.

»War er denn Alleinverdiener?«, fragte ich.

»Soweit ich weiß, ja.« Böthe zuckte die Schultern. »Bei fünf Kindern ist das auch kein Wunder. Jemand muss sich schließlich um sie kümmern, nicht? Deshalb hat er –«

Draußen klappte eine Tür, dann lachte jemand schallend.

In dieser Welt der Bücher und des gepflegten Diskurses klang das irgendwie deplatziert.

»Was hat er?«, fragte ich sanft.

»Na, immer stramm etwas nebenher verdient. Und nicht zu knapp offensichtlich. Darum ging es doch die ganze Zeit, oder?«

Wir hatten noch ein bisschen hin und her geplaudert, doch weiter konnte mir Böthe nicht helfen – und ich ihm ebenfalls nicht, was ihn schwer enttäuschte. Manche Kollegen hätten auf etwas Kriminelles getippt, weil Degenhardt nie über Geldknappheit gestöhnt habe und die Reisen der Familie legendär gewesen seien. Ein Segeltörn in die sommerliche Antarktis sei dabei gewesen; Boot und Skipper seien gemietet gewesen, man habe sich zu siebent Wale, Pinguine und Eisberge angeschaut. Lediglich sein pubertierender Sohn habe Degenhardt genervt, weil er die ganze Zeit unter Deck am Computer gedaddelt habe. Oder der Trip nach Südostasien mit den drei jüngsten Kindern …

An dieser Stelle hatte ich abgeschaltet und mich kurz darauf verabschiedet. Schon wieder ging es also um Geld, wie vermutlich ja auch im Anima-Fall. Degenhardt verfügte über fast schon unanständig viel davon, und das lag nicht an seinem Job als Wissenschaftler. Das war Fakt.

Betrieb der Herr Professor vielleicht nebenbei einen Prostituiertenring für solche Leute wie Dominique Strauss-Kahn, diesen Ex-IWF-Chef und französischen Fast-Präsidenten, der praktisch unten ohne durch die Welt spaziert und nur für Konferenzen mal kurz in ein Beinkleid geschlüpft war? Allein schon wegen unserer Angela. Oder panschte der Herr Professor in seiner Garage Drogencocktails zusammen und experimentierte mit ihnen an Hunden und Katzen, überlegte ich, während ich die Schwentine querte, und Marga und Jana waren ihm auf die Schliche gekommen? Weshalb er den beiden Frauen umgehend Weißen Phosphor in die Taschen schmuggeln ließ, auf dass sie brannten?

Die Theorie war so löchrig wie ein Schweizer Käse, deshalb

ließ ich sie auf der Höhe der Schönkirchener Blitzampel bereits wieder fallen. Und auch die Gourmet-Restaurant-Spur führte in diesem Fall eher ins Nichts – meine Phantasie versagte, wenn ich mir Degenhardt als Oberboss eines weltweit operierenden Hunde- und Katzenfleischrings vorstellte.

Ich bog von Bokaus zentraler Verkehrsader in den Weg zum Haupthaus ab. Bei Marga und Krischan war alles dunkel, was mir sehr gelegen kam. Ich wollte nur meine Ruhe haben. Denn in diesem Fall fügte sich wirklich nichts zusammen. Gar nichts. Mittlerweile wusste ich nicht einmal mehr, in wie vielen Fällen ich überhaupt ermittelte, erkannte ich, während ich frustriert zu meiner Villa hinuntertrabte. Da waren einmal die beiden rätselhaften Brandanschläge, dann die über die Brüstung geschleuderten Tiere, hinzu kam Krischans merkwürdiges Verhalten, und jetzt saß ich auch noch mit Degenhardts geheimnisvollem Nebenjob an. Ganz zu schweigen von der Frage, ob und wie das alles zusammenhing! Nein, meine Laune war im Keller, als ich mich durch die Gartenpforte schob.

»Alles Mist, hörst du!«, pflaumte ich das Hannelörchen an. Sie reagierte verhalten bis gar nicht, sondern döste einfach weiter vor sich hin. Ich blieb dicht vor ihr stehen. »Wie soll das wohl gehen, hä?« Die Unileute waren Degenhardt schließlich in dreißig Jahren nicht auf die Schliche gekommen. »Wieso sollte ausgerechnet ich als Tränenfee und Private Eye mit angeschlagener Menschenkenntnis das Geheimnis knacken? Oder traust du etwa Krischan noch immer vorbehaltlos über den Weg?«

Und da fing die dumme Nuss auch noch an zu gähnen, was ich ihr tierisch übel nahm.

Ich hatte mir einen Topf Spaghetti gekocht und war gerade dabei, ihn lustlos mit einer improvisierten und total labberigen Hacksoße in mich hineinzustopfen, als mein Telefon klingelte. Zunächst zögerte ich, überhaupt ranzugehen. Mir war weder nach meiner Mutter, die mir sicher bloß wieder Vorhaltungen machen würde, weil ich ihr nichts von dem Anschlag auf Marga erzählt hatte, noch nach einem nörgelnden Theo oder einem Johannes, der mir von seiner entzückenden Donny vorschwärmte.

Der Anrufbeantworter schaltete sich ein.

»Hemlokk, ich spüre deutlich, dass du da bist.« Harry klang geradezu unanständig gut gelaunt. Ich knallte den Löffel auf den Tisch. »Also beweg dich, dein Liebster möchte mit dir plaudern, um deine liebreizende Stimme zu vernehmen.«

Was faselte er denn da? Hatte diese britische Emma Peel ihm vielleicht etwas in den Cream Tea geschüttet?

»Hemlokk, mein Herz«, flötete Harry jetzt. »Nun geh schon ran. Ich habe keine Lust, alles aufs Band zu quatschen.«

Mein rechter Arm verselbstständigte sich. Wie hypnotisiert nahm ich ab und schnauzte in die Muschel: »Was ist denn los, zum Teufel?«

»Na also, da ist ja mein Augenstern. Und wie immer überglücklich, von mir zu hören. Hast du einen schönen Tag gehabt, Hemlokk? Mir geht es auch gut, danke der freundlichen Nachfrage.«

»Bist du auf dem Sprung nach Hollywood, Gierke? Du redest wie der Gigolo in einem dieser amerikanischen Herz-Schmerz-Filme. Was ist?«

»Oh, oh, wir sind aber gar nicht gut drauf. Ich wollte deine Stimme hören, weil ich mich in der Fremde befinde und Sehnsucht nach dir verspüre.«

Draußen gab Silvia ihr asthmatisches Röhren zum Besten.
»Ach so.«

Na gut, direkt überschwänglich war das nicht, das gebe ich zu.

Eine Weile war es still in der Leitung, dann fragte Harry mit normaler Stimme: »Was ist los, Hemlokk? Erzähl es dem guten alten Onkel Harry. Das hilft.« Ich hörte ihn tief Luft holen. »Es ist doch nichts ... mit Marga?«

»Nein«, beruhigte ich ihn. »Soweit ich weiß, geht es ihr gut. Sie wird morgen entlassen. Hör zu, ich mag nicht reden. Es ist einiges schiefgegangen in letzter Zeit, und ich habe einen Hänger. Nichts Ernstes, nur nervtötend. Und wie sieht's bei dir aus? Was macht die Waffen-Mafia?«

Ich würde mir eher die Zunge abbeißen, als nach dieser Liza Trent zu fragen.

Aus dem Hörer drang das Läuten von Kirchenglocken. Aus irgendeinem Grund, den ich mir selbst nicht erklären konnte, fand ich es tröstlich, dass es in Kent ähnlich klang wie bei uns. Dort ging das Leben genauso seinen Gang wie in Bokau oder überall auf der Welt.

»Hier tut sich momentan einiges«, sagte Harry und klang dabei richtig begeistert. »Was Liza mir da erzählt, ist schon starker Tobak.«

»Sig Sauer?«, heuchelte ich Interesse. Sollten die sich doch allesamt ins Knie schießen! Mir war's wurscht.

»Auch, ja. Aber das ist nur die Spitze des Eisbergs. Du solltest einmal hören, wie −« Er brach ab. »Was ist los, Hemlokk?«

Also gut. Er hatte es so gewollt. Er war mein Freund, der erwartete, dass ich ihn mit so etwas behelligte. Das hatte ich verstanden. Also berichtete ich von Degenhardt und dessen geheimnisvollem Nebenjob, von Krischan und meinem Drogenverdacht, unserer Pleite an der Brücke und dass ich mich möglicherweise komplett in ihm geirrt hatte. Und ich gestand, dass ich vor lauter losen Enden und wirren Anfängen überhaupt nicht mehr wusste, wo ich mit meinen Ermittlungen beginnen beziehungsweise fortfahren sollte. Mit anderen Worten: Ich hätte eine Scheißangst, das erste Mal in meiner bislang ruhmreichen Laufbahn als Private Eye zu versagen.

»Tüdelkram«, grunzte Harry, als ich geendet hatte. »Du kannst Privatdetektivin. Ohne Frage.« Wenn er greifbar gewesen wäre, hätte ich ihn dafür geknutscht. Es war dieses eine Wort, das mich davon überzeugte, dass er tatsächlich meinte, was er sagte. Sonst hätte er weitaus mehr herumgeschwallt. »Tüdelkram.«

Ich würde es in dunklen Nächten wie ein Mantra vor mich hin murmeln. Mir ging es tatsächlich schon einen Tick besser.

»Jetzt bist du aber dran«, sagte ich zu ihm.

Harry ließ sich nicht lange bitten. Liza sei wirklich eine supertolle Frau. Kompetent, überhaupt nicht zickig oder nur auf ihren Vorteil bedacht. Sie gebe ihr Wissen großzügig preis und verfüge über Verbindungen in alle Welt, von denen er nur träumen könne. Und das solle bekanntlich etwas heißen. Sie gingen in der Umgebung von Hollingbourne viel spazieren. Denn in ihrem Londoner Apartment oder in seinem Hotelzimmer spreche Liza nun einmal nicht über heikle Themen.

Erst habe er das ja auch für übertrieben gehalten, aber jetzt … nicht mehr. Abends ließen sie den Tag im Pub ausklingen, bis Liza sich mit der S-Bahn wieder nach London begebe.

»Jeden Abend?«, fragte ich ganz nebenbei.

»Jeden Abend«, bestätigte Harry.

Aha.

Und überhaupt dieses Hollingbourne, schwärmte er hemmungslos weiter, es würde mir bestimmt gefallen. Es sei so durch und durch britisch und besitze ein nostalgisches Flair, das sei einfach unglaublich. Häuser, die aussähen wie zu Shakespeares Zeiten, total schief und mit winzigen Buntglasscheiben, Mauern aus grauem Stein und Schornsteine, die es so nur in Britannien gebe. Und dazu die Pub-Schilder! Unweigerlich würde man im Kern des Ortes alles in Schwarz-Weiß sehen, wie in den Miss-Marple-Filmen mit der unvergleichlichen Margaret Rutherford.

»Besuch mich doch«, schlug er unvermutet vor. »Dir würde es hier gefallen.«

»Das geht nicht«, wehrte ich automatisch ab.

»Und wieso nicht?«

»Na ja, meine ganzen Fälle natürlich … und Marga wird morgen aus dem Krankenhaus entlassen.«

»Theo ist doch da und wird sich bestimmt hingebungsvoll um sie kümmern. Die kommen ganz sicher drei oder vier Tage ohne dich aus.«

»Aber ich muss Marga doch befragen, wie das mit dem Phosphor genau gelaufen ist«, wandte ich störrisch ein. »Die Polizei kümmert sich nicht drum. Und wenn der Täter noch ein drittes Mal zuschlägt –«

»Theo wird dir was erzählen, wenn du dich sofort auf Marga stürzt wie der Falke auf die Maus. Sie braucht Ruhe, Hemlokk.« Er klang plötzlich sehr ernst.

Ich fing an, mit den Zähnen an meiner Unterlippe zu zupfen. Das tue ich oft, wenn ich verschärft nachdenke. Denn

Harry hatte in diesem Punkt, also nur in diesem einen Punkt, wohl recht.

»Dann ist da aber noch dieser Degenhardt. Ich habe Theo versprochen, ihm den Mann quasi gläsern vor die Füße zu legen. Und ich traue ihm auch nicht.«

Ich klang quengelig wie ein kleines Kind. Furchtbar, wenn man so etwas selbst hört.

Harry lachte nur. »Das mag ja sein, Hemlokk. Aber erstens ist Theo die nächsten Tage vollauf mit Marga beschäftigt, und zweitens ist an dem Degenhardt doch gar nichts höchst verdächtig. Er verdient sich nebenbei etwas dazu. Na und? Das tun Millionen andere Menschen ebenfalls. Theo ist doch nur eifersüchtig, und du suchst einen Grund, um dich selbst bemitleiden zu können. Das kannst du auch hier tun. Dafür bleibst du nicht allen Ernstes in Bokau.«

Das war auch wieder wahr. Verdammt.

»Aber Krischan und die anderen von Anima —«

»Gerade in diesem Fall täte dir ein bisschen Abstand sicherlich gut, wenn du meine fundierte Meinung hören willst.« Harrys Stimme nahm einen drängenden Tonfall an. »Hör zu, ich will dich ja nicht überreden, auszuwandern, Hemlokk. Ich denke da eher an drei, vier oder fünf Tage, nicht länger. Und danach bist du garantiert wieder im Lot, hast die Peilung und kannst deine diversen Fälle mit Schwung angehen.«

»Ich ... aber ... also ...«

»Kent ist wirklich schön. Sanft gewellte Hügel haben die hier, und das Weiß der Klippen von Dover ist einfach toll.«

»Wie Liza Trent?«, rutschte es mir heraus, weil Harry, der Terrier, einfach nicht aufgab.

»Die ist noch toller«, entgegnete das Harry-Schätzchen scheinbar in aller Unschuld, doch mich täuschte er nicht. Der Mann hatte die Angel ausgeworfen, und ich schnappte danach wie ein hungriger Hecht.

»Also gut«, hörte ich mich brummen.

»Sie freut sich schon auf dich. Du wirst Liza mögen, Hemlokk.«

ZEHN

Solche Containerriesen gibt es bei uns in der Ostsee nicht. Und das liegt daran, vermutete ich gut gelaunt, dass sie aufgrund ihrer Länge die Kurve oben am Skagerrak nicht gepackt hätten, ohne dabei einen norwegischen oder schwedischen Felsen zu touchieren – geschweige denn, dass sie auch nur ansatzweise in die Schleusen des Nord-Ostsee-Kanals gepasst hätten. Ich kniff die Augen zusammen, um den Namen am Bug des Monstrums entziffern zu können. »Goliath« kam aus China, natürlich, und hatte höchstwahrscheinlich jeden einzelnen seiner vierzigtausend Container bis zum Rand gefüllt mit singenden Weihnachtswichteln, dudelnden Nikoläusen und blinkenden Rentierketten für das alle Jahre wieder nahende Fest der Feste. Traumhaft.

Wir liefen in den britischen Hafen von Harwich ein, das heißt, das tat die Fähre aus dem dänischen Esbjerg, auf deren Achterdeck ich stand, um mir die Salzluft um die Nase wehen zu lassen und mir einen Vorgeschmack auf ein paar Tage Kent zu gönnen. Ich hatte in meiner Kabine gut geschlafen und die Überfahrt genossen. Gegen vier Uhr nachts hatte es zwar etwas geschaukelt, aber das hatte mich nicht weiter gestört. Im Gegenteil, ich war zufrieden in meiner Koje hin und her gerollt und war mir wie Kapitän Ahab auf großer Fahrt vorgekommen. Harry wollte mich in Harwich mit dem Auto abholen, also hatte ich meines in Esbjerg stehen lassen.

Für südelbische Ohren mag dieser Anfahrtsweg nach England höchst umständlich klingen. Ist er aber nicht, wenn man in Schleswig-Holstein wohnt. Esbjerg liegt knappe drei Autostunden von Kiel entfernt; kein Elbtunnel bremst einen aus, kein Stau auf der A 7 lässt einen verzweifeln, und außerhalb der Ferienzeit schieben sich auch keine motorisierten Touristenhorden über Dänemarks Straßen Richtung Ferienhaus. Da geht es ruhig und friedlich zu. Außerdem streikte in Hamburg wieder einmal das Luftpersonal.

Jetzt glitten wir langsam an Felixstowes kilometerlangen Kais mit ihren Kränen vorbei, deren Ausmaße den zu entladenden Mammutfrachtern entsprachen, und hielten uns anschließend backbord, also links.

Ob Harry bereits sehnsüchtig auf dem Pier von Harwich auf mich wartete? Ohne Liza Trent natürlich. Die hatte er heute Morgen in die Wälder des Südostzipfels von England geschickt, damit sie dort mit den Bäumen Kents über millionenschwere Waffendeals und Geldströme parlierte, bis den Armen die Blätter verdorrten.

Der Dampfer tutete tief und majestätisch: England, wir kommen! War ich eifersüchtig? Ein bisschen wohl schon. Kein weibliches Wesen hört es letztlich gern, wenn der Lebensabschnittslover in den höchsten Tönen von einer anderen Frau schwärmt.

Einen flüchtigen Moment überlegte ich, ob ich nicht mit einem höchst feenhaften Juchzer die Reling hinabstolpern sollte, um punktgenau in Harrys Armen zu landen, ganz genau so wie eines dieser Hollywood-Hühnchen oder die Trutsche Camilla in Vivians Sülzletten. Ich entschied mich jedoch dagegen. Rasend vor Eifersucht war ich schließlich nicht, nur … sagen wir … ein bisschen angefasst.

Ich fummelte in meinem Rucksack nach dem Handy und drückte Margas Nummer. Bevor ich mich an Harrys breite Brust kuschelte, wollte ich aus erster Hand wissen, wie es ihr ging.

Es tutete endlos, niemand meldete sich. Sofort begann ich mir Sorgen zu machen. Hatte sich Margas körperlicher Zustand vielleicht aus heiterem Himmel verschlechtert? Oder lag sie schlotternd vor Angst im Bett und wartete darauf, dass der Mörder ein zweites oder, wenn man Jana mitzählte, sogar ein drittes Mal zuschlug?

»Nun geh schon ran, Frau Schölljahn«, drängte ich, als ich es nach fünf Minuten erneut versuchte. Und fürwahr, es klappte.

»Hallihallo, wer will mich sprechen?«, flötete sie in einem singenden Tonfall in den Hörer, der völlig neu war.

»Ich«, sagte ich und konnte mich nicht länger bremsen. »Wo

warst du denn, um Himmels willen?«, schnauzte ich los. »Ich habe es schon einmal versucht und –«

»Auf dem Pott, Schätzelchen«, unterbrach sie mich ruhig. »Mir geht es gut. Du brauchst dir keine Sorgen zu machen.«

»Ehrlich?«, krächzte ich. Denn natürlich hatte ich mir Sorgen gemacht. Und wie!

»Ehrlich«, versicherte sie feierlich. »Sämtliche Heringsschwärme in den Weiten der Ostsee sind meine Zeugen. Wenn du magst, kannst du dich gern selbst davon überzeugen. Komm doch kurz hoch.«

»Das geht schlecht.« Ich druckste ein bisschen herum. »Weil ich nämlich in England bin. Na ja, fast. Die Fähre legt gerade an.«

»Beruflich?«, fragte sie interessiert. »Verfolgst du eine Spur?«

In Bokau keckerte eine Elster direkt vor Margas Fenster.

»Nein. Ich besuche Harry. Seine Waffenexpertin hat ihm ein bisschen den Kopf verdreht.«

Marga schwieg, und ich fing an, nervös auf Deck hin und her zu gehen. Schließlich räusperte sie sich. »Aber dir ist schon klar, dass ich nicht aus freien Stücken am Behrensdorfer Strand als Fackel herumgehopst bin, Schätzelchen?«

»Sicher«, sagte ich hastig.

»So.«

Mehr nicht. Das war ein schlechtes Zeichen. Wenn Marga ein Barometer gewesen wäre, hätte ihr Zeiger jetzt auf Sturm gestanden.

»Die Männer, also Theo, aber auch Harry, meinten«, plapperte ich drauflos, »ich sollte dich erst einmal in Ruhe lassen. Sie haben mir sogar Prügel angedroht, wenn ich mich nicht daran halte. Deshalb bin ich gefahren. Und es ist ja auch nur für ein paar Tage.«

»Du lässt dir doch sonst nix sagen«, knurrte Marga.

Das war auch wieder wahr.

»Ich fand's aber irgendwie ganz einleuchtend. Das mit der Ruhe und so.«

»Papperlapapp«, schnaubte Marga. »Ruhe hab ich genug, wenn ich tot bin. Nein, ich will schnellstens wissen, welcher

Mistkerl mir den Phosphorklumpen in die Tasche gesteckt hat. Und warum. Ich habe nämlich keine Ahnung. Und die Bullerei hält mich für eine tüdelige alte Schachtel, die Bernstein nicht von einem Kuhfladen unterscheiden kann. So ein junger Schnösel mit wichtigem Gesicht hat mich befragt. Dauernd musste er auf seinen Zettel gucken, damit er auch ja meinen Namen nicht vergisst. Na, dem hab ich was erzählt!«

Das konnte ich mir lebhaft vorstellen und unterdrückte ein Kichern. Der arme Mann. Wenn Marga Schölljahn wütend wurde – also richtig wütend und nicht nur ungehalten –, dann ist ein Hurrikan dagegen ein laues Lüftchen.

»Ich bleibe wirklich nicht lange«, versicherte ich ihr. »Und wenn ich wieder da bin, lege ich sofort los. Aber du hast tatsächlich überhaupt keine Ahnung …?«

Ich äugte über die Reling. Wir lagen mittlerweile gut vertäut am Pier, und ich bewegte mich in Richtung Kabine, um meine Sachen zu holen.

»Nein«, versicherte Marga noch einmal. »Nicht die Bohne. Manchmal glaube ich, da hat mich einfach jemand verwechselt. Oder hat sich einen saudämlichen ›Spaß‹ erlaubt. So ein Dummejungenstreich, verstehst du? Die meinten gar nicht mich. Ich habe schon überlegt, wo meine Jacke überall unbeaufsichtigt gehangen hat.«

»Bei Inge zum Beispiel«, sagte ich. »Als wir DePP gegründet haben. Aber das wäre wohl viel zu lange her.«

»Ja, da hätte sich der Phosphor viel früher entzündet.« Sie zögerte kurz. »Trotzdem hältst du nichts von meiner Theorie mit dem Zufall, oder?«

»Nein«, gab ich wahrheitsgemäß zu, erwähnte Jana jedoch nicht.

Das konnte ich immer noch nachholen, wenn ich wieder in Bokau war und die Ermittlungen aufnahm. Denn so viel Schonung hatte Marga nun wirklich verdient, fand ich. Auch wenn sie das nicht einsah. Wir verabschiedeten uns voneinander; ich ermahnte sie, die Augen offen zu halten, vorsichtig zu sein und sich von Theo verwöhnen zu lassen; sie gab mir den Rat, dieser britischen Zimtschnecke einmal so richtig zu zeigen, was ein bundesdeutscher Knaller ist. Ich versprach es, ohne allerdings zu wissen, wie ich das anstellen sollte.

Harry wartete im Terminal auf mich und schloss mich in die Arme, sobald ich meine Tasche abgestellt hatte.

»How are you, honey?«, raunte er mit seiner besten Bassstimme in mein linkes Ohr. Honey? Was war das denn?

»Ich hab meinen Namen nicht abgelegt und heiße immer noch Hemlokk, Gierke«, korrigierte ich ihn auf der Stelle. »Honey, darling oder sweetheart ist für deine Waffenelse reserviert. Bring da ja nichts durcheinander.«

»Nee, nee.« Er schob mich mit ausgestrecktem Arm von sich weg, griente mich an und meinte: »Liza würde mir mit einer Glock den Kopf wegpusten, wenn ich das täte.« Zumindest einen sympathischen Zug schien die Frau ja zu haben. »Gehen wir?«

Leichter gesagt als getan. Denn der verdammte Linksverkehr war – glücklicherweise mehrfach nur fast – mein Tod. Als Kontinentaleuropäerin schaute ich beim Überqueren der Straßen instinktiv in die falsche Richtung – und zack, quietschten die Bremsen, oder Harry zog mich am Schlafittchen in letzter Sekunde von der Stoßstange eines hupenden Rovers weg.

Ich transpirierte, als wir durch Harwich schlenderten, und ich schwitzte wie ein Schwein, als wir mittags in Hollingbourne ankamen. Denn Straßenquerungen als Fußgänger sind das eine, roundabouts, also Kreisel, in die man mit dem Wagen auf der falschen Seite und in die falsche Richtung hinein- und auch wieder hinausfahren muss, waren das andere. Obwohl ich nicht am Steuer saß, stand ich immer wieder kurz vor einem Infarkt.

»Hoppala«, murmelte Harry, als ein Siebentonner hinter uns mühsam zum Stehen kam und ein Taxifahrer demonstrativ mit beiden Händen an seine Stirn tippte. In diesem Moment beschloss ich, meine Tage in Kent autofrei auf Feldwegen und Wiesen zu verbringen. Oder besser noch im Bett.

Damit war Harry zwar zeitweise sehr einverstanden, doch bereits am Nachmittag drängte er darauf, nach Canterbury zu fahren. Er hatte ein echtes Touristenprogramm für mich ausgearbeitet; die Waffen-Mafia sowie mein Bokau'sches Kuddelmuddel waren tabu. Sonst, so hatte er mir während unseres mittäglichen Ausflugs ins Bett erklärt, sei der Erholungseffekt für mich garantiert im Eimer.

In Canterbury herrschte der pubertierende Wahnsinn. Wer hier älter als siebzehn war oder nicht im Rudel herumlief, konnte nur Pädagoge sein. Deutsche, russische, italienische, polnische Puberkel, wohin das Auge blickte und das Ohr hörte; Multikulti in einer englischen Kleinstadt. Und sie alle einte der Blick aufs Smartphone sowie die gähnende Langeweile, sobald man sich der weltberühmten Kathedrale näherte. Viele Säulen gab's da zu sehen, so what? Und überall lagen tote Ritter in ihren Rüstungen herum, die keinen Schimmer davon hatten, wie WhatsApp oder Twitter funktionierten. Ich dagegen fand die Kathedrale toll. Zu Stein gewordene Geschichte, deren bauliche Symmetrie mich völlig in den Bann schlug.

Unser Abendmahl nahmen wir stilecht in einem der Hollingbourner Pubs ein. Klar aßen wir Fish 'n' Chips und tranken dazu Lager und Bitter. Danach fiel ich ziemlich geschafft ins Bett, um komplett traumlos bis zum nächsten Morgen durchzuschlafen.

Und die Therapie zeigte Wirkung. Als wir am nächsten Tag nach Dover gondelten, hatte sich meine Laune bereits erheblich gehoben. Jeder sieht eben mal alt aus oder hängt durch, na und? Das passiert einer Privatdetektivin mit gefühlten tausend Fällen am Hals genauso wie einem normalen Menschen. Dagegen schmeißt man nicht sofort Pillen ein oder vergräbt sich monatelang im Keller. Nein, es kam lediglich darauf an, sich nicht unterkriegen zu lassen, sondern sich wieder aufzurappeln und weiterzumachen.

Mit Marga und Jana und dem brennenden Phosphor würde ich anfangen, beschloss ich, nachdem wir mehrere roundabouts auf dem Weg zu den berühmten weißen Klippen in Dover souverän gemeistert hatten. Danach würde ich mir Krischan und den Anima-Fall vornehmen. Und zu guter Letzt würde ich mich um den geheimnisvollen Nebenjob

Degenhardts kümmern. Das war die Reihenfolge, eins nach dem anderen und nach Wichtigkeit gestaffelt. Eigentlich war das doch ganz einfach, oder? Und konnte man es nicht als geradezu sensationell bezeichnen, dass bei klarem Wetter von Dover aus die französische Küste zu sehen war? Ich hatte das nicht gewusst.

»Tja, wieder etwas dazugelernt, Hemlokk«, meinte Harry und küsste mich schwungvoll.

Wir beschlossen den Tag beim Inder in Ashford mit Lamm Vindaloo, Hanna, und Rind Biryani, Harry.

»Wann beehrt uns deine Miss Bond noch gleich mit ihrem Besuch?«

Wir lagen noch im Bett. Ich hatte wunderbar geträumt – von weiten Ozeanen, funkelnden Sternen und einschmeichelnder Musik. Das Scheppern des Müllwagens hatte mich geweckt.

»Liza«, Harry betonte ihren Namen mit Nachdruck, »kommt um drei und heißt mit Nachnamen Trent. Das ist leicht zu merken. Bitte reiß dich zusammen, Hemlokk, und spring ihr nicht gleich beim ersten Schluck Tee ins Gesicht. Sie ist wichtig für mich.«

»Wie wichtig?«, grummelte ich, drehte mich auf die Seite, stützte meinen Kopf mit der Hand ab, um meinem Liebsten direkt in die Pupille sehen zu können.

»Beruflich sehr, privat läuft da nichts zwischen uns«, erklärte Harry feierlich. Wäre er Vivians Richard gewesen, hätte es jetzt um seine Mundwinkel herum gezuckt. »Ich habe nix mit Liza, ehrlich. Das wolltest du doch wissen, oder?«

»So in etwa, ja«, gestand ich. Man fühlt sich letztendlich immer besser, wenn man weiß, woran man ist.

»Gut, dann ist das ja geklärt«, meinte Harry. »Und denk daran, benimm dich. Ich brauche Liza, weil ich an einer ganz großen Sache dran bin.«

»Klaro«, versprach ich, während ich mit meinem Schicksal haderte.

Weshalb musste die dumme Pute ausgerechnet heute nach Hollingbourne kommen? Ich hätte weitaus lieber mit Harry einen Ausflug in die Downs, die sanften Hügel Kents, unternommen, als mit dieser Pistolenschnecke brav Konversation machen zu müssen.

»And where are you from?« Ihre Stimme fistelte todsicher, egal was Harry behauptete.

Die Angelsächsinnen piepsen ja alle eine Oktave höher.

»Aaah ... from the famous Bokau, indeed. How lovely. It is really known all over the world.«

Oder redeten so nur Amerikaner? Keine Ahnung. Ich wusste nur, dass es anstrengend werden würde, denn mein Englisch war schon ein bisschen eingerostet. Und so ganz ohne Lockerungsmittel, sprich Bier oder Wein, würde es noch mehr holpern. Denn wir trafen uns zwar in einem Pub, doch wir wollten uns bei Scones, Erdbeermarmelade, Clotted Cream und Tee beschnuppern.

Gut nur, dass die Frau in geschlossenen Räumen lediglich über Unwichtiges redete, wie Harry mir noch einmal eindringlich in Erinnerung rief, als wir gegen halb drei lostrabten. Dafür würde mein Englisch schon noch reichen. Ein Schwein war ein »pig« und ein Kopf hieß »head«. Na also. »Head of a pig« hieß Harrys momentane Lieblingsspeise auf Englisch, das war doch schon mal ein solider Ansatzpunkt für mehrere Minuten intensiver Konversation; nur mit der Übersetzung des Sautierens, Röstens oder Bratens haperte es etwas. Aber dafür sowie für das Phänomen des gastrosexuellen Mannes war der Gierke ja da.

Liza Trent stand an der Bar und plauderte Unverfängliches mit dem Wirt, als wir eintrudelten. Mitte dreißig, dunkelbraune halblange Haare und ein waches Gesicht ohne diesen Pferdetouch der britischen Oberschicht, den bekanntlich die jahrhundertelange Inzucht hervorgebracht hat. Sie drehte sich zu uns um und begrüßte Harry mit zwei Luftküsschen auf Wangenhöhe.

Dann wandte sie sich mir zu.

»Na supi, dass wir uns endlich kennenlernen. Ich bin Liza.« Dabei lächelte sie mich an, und zwar weder aufgesetzt strahlend noch zähnefletschend, sondern einfach freundlich.

»Ups«, sagte ich verdattert, denn sie sprach deutsch mit einem wunderbaren britischen Akzent. »Äh, ich bin Hanna. Harry hat keinen Pieps gesagt.«

Ich bedachte meinen Liebsten mit einem finsteren Blick, den er feixend erwiderte.

»Ich hielt es für eine gelungene Überraschung«, erklärte dieser hinterhältige Mensch. »Liza hat in Marburg und Besançon Deutsch und Französisch studiert. Wenn es dich danach gelüstet, kannst du mit ihr auch in der Sprache Napoleons parlieren.«

»Och, lass man. Heute nicht«, wehrte ich ab.

Er wusste genau, dass sich meine Kenntnisse der Sprache des großen kleinen Kaisers im Wesentlichen auf »oui« und »non« beschränkten. Ach ja, »Madame et Monsieur« ging auch noch. Aber dann war Schluss.

»Liza beherrscht beide Sprachen perfekt.«

Schon gut, Gierke!

»Fast perfekt«, korrigierte sie ihn so nachsichtig, als sei er ein knuddeliger Welpe, der ihr voller Stolz seinen Gummiball zu Füßen gelegt hatte. Was mich weitaus mehr beruhigte als jede Versicherung Harrys, dass zwischen den beiden nichts lief.

Wir setzten uns, und Liza bestellte besagte Scones mit Tee. Die Dinger sind eine Kalorienbombe ohnegleichen, weil man alles dick, und zwar richtig dick, aufträgt: die Erdbeermarmelade genauso wie die Sahne. Aber sie schmecken himmlisch. Die reinste Kraft- und Seelennahrung. Kein Wunder, dass die Briten eine Zeit lang eine Kolonie nach der anderen erobert haben.

Erstaunlicherweise hatten wir uns zwischen den Bissen und jenseits aller Waffenschiebereien eine Menge zu erzählen. Ich berichtete von meinen Jobs als Tränenfee und Privatdetektivin, Liza gab Anekdoten aus ihrer Marburger Studentenzeit zum Besten. Oder hieß das heute Commilitoneszeit? Harry schwieg weitgehend und fand offenbar Gefallen daran, seine beiden Damen zu beobachten.

»Es hat wirklich lange gedauert, bis ich euren Buchstaben R richtig hingekriegt habe«, verriet Liza, um anschließend todernst und mit perfekter Aussprache »Rohrkrepierer« zu sagen.

Ich verschluckte mich vor Lachen an meinem Scone.

»Sag's noch einmal, Sam«, bat ich sie, als ich mit dem Husten fertig war.

»Rohrkrepierer«, wiederholte Liza akzentfrei mit diesem kratzigen deutschen R, was für einen Nicht-Deutsch-Muttersprachler eine echte Leistung ist.

»Weißt du überhaupt, was das bedeutet?«, fragte Harry sie.

»Ja.« Liza nickte. »Ihr habt da so ein Gewehr für die Bundeswehr. Das G36. Das wird ausgemustert, weil es nicht mehr ganz so gut schießt, wenn es heiß wird. Das nennt man Rohrkrepierer.«

Humor hatte Liza Trent, das musste man ihr lassen.

»Wow«, sagte Harry bewundernd.

»Ich kenne noch einen Zungenbrecher.« Auch das Wort war ja schon wieder eine echte Leistung. Liza holte Luft, legte militärisch-grüßend die Hand an eine nicht vorhandene Mütze, knallte im Sitzen die Hacken zusammen und schnarrte in bestem wilhelminischen Tonfall: »Gestatten, von Schkuditz. Das klingt richtig preußisch.«

Harry lachte. Ich lachte auch. Es dauerte sekundenlang, bis der Name durch die dicke Clotted-Cream-Schicht zu meinen Hirnzellen vordrang.

»Von Schkuditz? Habe ich das eben richtig verstanden?«, vergewisserte ich mich. »Woher kennst du denn diesen Namen?« Sie hatte doch wohl nicht mit Donny Schach gespielt oder eine Affäre mit dem erlauchten Alwin gehabt?

»Aus Marburg. Da gab es eine Studentin an der Uni, die so hieß. An ihrem Nachnamen habe ich die deutsche Aussprache geübt. Von Schku-ditz.« Liza musterte mich mit einer Mischung aus Amüsement und Neugierde. »Sie hatte davon natürlich keine Ahnung.«

Ich legte mein angebissenes Scone auf den Teller zurück. Die Welt ist manchmal wirklich ein Dorf. Das musste ich Donny erzählen.

»Donata Freifrau von Schkuditz wohnt bei mir direkt nebenan. Auf Hollbakken«, erklärte ich den beiden, während eine vollschlanke Bulldogge schwer atmend ins Café walzte, um sich vor dem Kamin niederzulassen. Bald darauf erschütterten laute Schnarchgeräusche den Raum.

Liza blickte mich verdutzt an. »Entschuldige, wenn ich das so deutlich sage, aber ich denke, Bokau ist ein ganz kleines Nest. Ein Dorf, in dem nicht viel los ist. Das hat Harry zumindest immer erzählt.«

»Das stimmt. Bokau hat lediglich etwas mehr als dreihundert Einwohner. Und Hollbakken ist ein Herrenhaus, das völlig einsam liegt. Da ist noch weniger los. Aber Donata liebt ja die Ruhe. Deshalb ist sie dorthin gezogen, hat sie mir erzählt.«

Ich schnappte mir wieder mein Scone und biss herzhaft hinein. Mhmm. Diese Dinger machten zweifellos süchtig – und vollschlank. Mein Blick wanderte kurz zu der sägenden Bulldogge, deren breiter Brustkorb sich gleichmäßig hob und senkte. Den Wirt schien das Geschnarche nicht zu stören. Im Gegenteil, sein Blick sprach Bände. Dieses Tier wurde eindeutig geliebt.

»Tja, ich weiß nicht«, Liza zuckte ratlos mit den Schultern, »du musst eine andere Frau kennen. Sei mir nicht böse, Hanna, aber die von Schkuditz, die ich meine, hätte sich bei euch nicht wohlgefühlt.«

Drei Männer kamen jetzt zur Tür hinein, schauten kurz in unsere Richtung – aha, Touristen –, nickten und stellten sich mit dem Rücken zu uns an den Tresen. Wortlos begann der Wirt die Biere zu zapfen. Stammgäste also.

»Donata ist ziemlich schüchtern und wohl auch ein bisschen menschenscheu«, beschrieb ich Johannes' Mieterin.

Liza gluckste. »Schüchtern und menschenscheu? Also shy und unsociable? Habe ich das richtig verstanden?« Harry und ich nickten unisono. Liza schüttelte heftig den Kopf. »Dann kann sie das nicht sein.«

»Was wiederum höchst unwahrscheinlich ist«, mischte sich Harry jetzt in unser Gespräch ein. »Ich meine, ihr sprecht ja nicht über eine Frau Meier oder eine Frau Schulze. Nein, eine Donata Freifrau von Schkuditz gibt es bestimmt nur einmal auf dieser Welt. Darauf achtet so eine Familie doch, wenn sie ihre Gören tauft.«

Das war als Argument nicht von der Hand zu weisen. Und trotzdem fand ich das merkwürdig.

»Meine Donata ist schüchtern, in sich gekehrt und heilfroh, wenn man sie in Ruhe lässt. Mit dieser Welt, der Hektik und dem normalen Berufsstress will sie nichts zu tun haben«, zählte ich die Eigenschaften auf, die Johannes' Mieterin auszeichneten.

Liza orderte per Handzeichen noch eine Kanne Tee, bevor sie sagte: »Meine Donata ist eher ein zäher Brocken, clever, selbstbewusst und nicht einmal ansatzweise schüchtern. Sie weiß, was sie will, nämlich Geld und Macht – und von beidem möglichst viel. Und sie handelt danach.«

Wir blickten uns nachdenklich an, bis ich das Schweigen mit der Frage unterbrach, wie alt denn Lizas Donata sei.

»Oh, jetzt so in etwa Mitte dreißig. Wie ich«, sagte sie.

»Also genauso alt wie meine.«

»Dann handelt es sich höchstwahrscheinlich um ein und dieselbe Person«, bemerkte Harry tiefsinnig, obwohl das ja wohl bereits auf der Hand lag. »Wenn neben diesem ungewöhnlichen Namen auch noch das Alter übereinstimmt ...«

Verdammt noch mal, er hatte ja recht. Trotzdem war ich von dieser Dr.-Jekyll-und-Ms.-Hyde-These nicht restlos überzeugt. Niemand verändert seinen Charakter derart radikal. Zumindest nicht aus freien Stücken und innerhalb so kurzer Zeit! Was also war im Leben der Freifrau Donata von Schkuditz schiefgelaufen?

Der Pub füllte sich langsam, womit der Geräuschpegel stieg. Dies war kein vornehmes Etablissement, in dem es Scampi und allerlei kulinarisches Trallala gab. Hier kehrte man nach der Arbeit auf ein Bier ein und gönnte sich dazu ein paar Fritten mit Essig. Oder eben Scones.

»Hat deine Donata mal einen älteren Bruder erwähnt?«, fragte ich Liza. »Alwin Freiherr von Schkuditz?«

Sie überlegte.

»Nein«, sagte sie dann. »Aber wir waren auch nicht befreundet. Ich habe sie in einem Studentenclub kennengelernt. In so einem Zirkel; in den USA sagt man ›sorority‹ dazu, also Schwesternschaft heißt das wohl im Deutschen. Es sind lauter

Frauen dort, verstehst du? Das ist nichts für mich. Ich bin schnell wieder verschwunden.«

Bei diesen Worten schielte sie derart unauffällig-auffällig auf die Uhr, dass bei mir alle Alarmglocken schrillten.

»Musst du los? Hast du noch etwas vor?«

Sie wollte mich doch wohl nicht mit den beiden Donatas sitzen lassen! Aber genau das tat sie.

»Hast du Hanna nichts erzählt?«, wandte sie sich erstaunt an Harry, während sich ein blütenzartes Rosa auf ihren Apfelbäckchen breitmachte.

»Nee«, brummte Harry.

»Was erzählt?«, fragte ich nur mäßig interessiert.

Das konnte doch bestimmt warten. Ich fand Donatas schizoide Persönlichkeit momentan weitaus spannender als ein Rendezvous mit irgendeinem Charles, Henry oder John, auch wenn der Maschinenpistolen zum Mars verschob.

»Ich habe heute meinen Termin«, hauchte Liza. »Um zwanzig Uhr fünfzehn. Und ich will lieber eine S-Bahn früher nehmen, damit ich ihn auf jeden Fall wahrnehmen kann.«

Aha. Ich äugte ratlos zu Harry hinüber. Konnte der dusselige Knilch nicht langsam mal den Mund aufmachen?

»Liza hat einen Tisch im Katzencafé bekommen.« Seine Stimme klang völlig neutral, und er verzog keine Miene.

»Ja«, juchzte Liza, während sie aufstand und ihre Jacke überzog.

Ich starrte sie mit offenem Mund an. Was faselte Harry da? Es ging um Katzen? Aber ja, fast hätte ich mir mit der flachen Hand gegen die Stirn gehauen. Wenn es irgendwo in der westlichen Welt eine Lokalität gab, in der Katzen- und Hundefleisch angeboten wurde, lag die bestimmt im kosmopolitischen London. Was für eine ungeahnte Chance für meine Ermittlungen!

»Ein Katzencafé?«, echote ich daher begeistert.

Darüber sollten wir ebenfalls noch ein oder zwei Stündchen plaudern, fand ich. Liza griff nach ihrer Handtasche.

»So etwas habt ihr in Bokau bestimmt nicht. Harry wird es dir erklären. Viel Glück bei dieser Donata, Hanna.« Damit nickte sie uns zu und rauschte hinaus.

»Scheiße«, fluchte ich laut. Einer der Männer am Tresen drehte sich um und grinste mich freundlich an. Na ja, um das Wort zu verstehen, brauchte man kein Deutsch zu können. Der Tonfall war universell.

»Also, was soll das Ganze? Wieso haut sie jetzt mitten im Gespräch ab?«, pampte ich Harry an. »Sie hätte mir doch bestimmt ein paar Tipps geben können. Ich muss auf jeden Fall morgen noch einmal mit ihr reden. Vielleicht bekomme ich dadurch den entscheidenden Hinweis in meinem Anima-Fall und –«

»Nimm erst noch einen Schluck Tee, Hemlokk. Das beruhigt.« Er klang ungemein heiter. Haha. Meine Laune war im Keller. Ich schwieg demonstrativ, bis er den Wink verstand.

»Pass auf, Hemlokk, das Ganze hat überhaupt nichts mit Laboren, Drogen oder Restaurants zu tun, in denen man Katzenfleisch isst. Im Gegenteil.« Ich starrte ihn finster an. Er seufzte. »Es geht um etwas völlig anderes. Das ist dir allerdings bestimmt genauso fremd. Also hör zu. In Bokau laufen Katzen über die Straße, fangen Mäuse oder dösen in der Sonne, und du kannst sie streicheln, wann immer dir danach ist. Richtig?«

Ich nickte. Klar, die Tiere waren einfach da. Manche Menschen fanden das schön, andere nicht, aber alle nahmen das hin. Wir lebten schließlich auf dem Land.

»In Großstädten ist das anders«, fuhr Harry fort. »Da hast du oft einen Mietvertrag, der dir die Tierhaltung verbietet, oder du hast einfach keine Zeit für eine Katze wegen deines Jobs. Du bist nur selten zu Hause, und es wäre herzlos, das Vieh so lange allein zu lassen.«

»Ja, ja, das verstehe ich schon. Komm zum Punkt, Harry«, nörgelte ich.

»Tue ich ja. Denn weil das so ist, gibt es mittlerweile überall in den Mega-Städten dieser Welt Katzencafés. Da holst du dir einen Termin, weil die nämlich Wochen bis Monate im Voraus ausgebucht sind, und dann gehst du dahin, trinkst einen Kaffee und knuddelst dabei mit einer Katze, die das Café stellt. Diese Läden boomen total.«

Ach Gott. Und ich hatte gedacht ... Dabei ging es in diesem Fall nicht um den Magen, sondern um die Seele, um Zärtlichkeit auf Bestellung für bedürftige Damen. Ich hätte mein linkes grünes Auge darauf verwettet, dass sich in so einem Laden überwiegend Ladys auf die Warteliste setzen ließen. Wie hatte Liza solche Gemeinschaften genannt? Sororities, genau. Vielleicht waren diese Katzenläden ja der allerletzte Schrei unter den Schwesternschaften.

»Miau«, sagte Harry, ging zum Tresen und orderte zwei Bitter.

ELF

Harry hatte am nächsten Morgen zwar noch versucht, mich zu einem Kurztrip nach London zu überreden, doch ich ließ mich nicht erweichen. Ich war unruhig und wollte so schnell wie möglich nach Hause. Denn mein Freund Johannes war zwar nicht auf den Kopf gefallen, aber bekanntlich tief in seinem Herzen ein Schaf: friedliebend, gutmütig und manchmal zum Heulen unbedarft. Wenn daher Donata Freifrau von Schkuditz nicht ganz koscher war und in irgendwelche finsteren Machenschaften verwickelt sein sollte, dann gnade dem Jungen die Grundgütige. Da auf die jedoch auch nicht immer Verlass ist – obwohl speziell Johannes einen guten Draht zum höchsten aller Wesen pflegte –, war mir entschieden wohler, wenn ich ebenfalls ein Auge auf ihn warf.

»Es soll sowohl in Bokau als auch in Hollingbourne die segensreiche Erfindung des Telefons geben«, hatte Harry beim Frühstück verschnupft eingewandt. Die Orangenmarmelade war schlichtweg köstlich. »Ruf ihn doch einfach an.«

Aber so einfach war das eben nicht. Das wusste das Harry-Schätzchen eigentlich auch ganz genau. Mit Johannes musste man Heikles von Angesicht zu Angesicht bekakeln. Am Telefon würde er nur auf Durchzug schalten, weil er nun einmal prinzipiell und fest an das Gute im Menschen glaubte. Selbst bei Adligen und auch nach all dem, was ihm selbst passiert war.

»Du machst mal wieder aus einer Mücke einen Elefanten, Hemlokk«, schimpfte Harry, als wir kurz vor Harwich zum Terminal der Esbjerg-Fähre abbogen. »Es gibt Tausende von Möglichkeiten und Erklärungen, weshalb diese Frau in ihrer Studienzeit offenbar äußerst zielstrebig und erfolgsorientiert war und inzwischen im Lager der Schüchternen ihr Zelt aufgeschlagen hat. Strafbar ist das zumindest nicht.«

»Nein«, gab ich einsilbig zu. Darum ging es doch überhaupt nicht, Himmelherrgott noch mal!

»Eine schwere Krankheit, der Tod eines nahestehenden

Menschen, ein anderer Schicksalsschlag, der ihr den Boden unter den Füßen weggezogen hat«, zählte Harry auf. »Oder sie ist einer Sekte beigetreten. Die sich das zurückgezogene Leben auf ihre Fahne geschrieben hat. Raus aus der Großstadt, rauf aufs Land. Verstehst du, Leute mit so einem Erweckungserlebnis werden auch plötzlich ganz anders. Sonst wäre es ja keins.«

Wir überholen einen norwegischen Reisebus, der aus unerfindlichen Gründen im Schneckentempo auf die Fähre zukroch. Die Scheiben waren beschlagen. Ich tippte auf mehrere kreisende Whiskyflaschen, die so kurz vor dem Ziel auch vor dem Fahrer nicht haltmachten. Für die trinkfreudigen, aber kurzgehaltenen Nordländer war so ein Trip ins bierselige England bestimmt ein Erweckungserlebnis der besonderen Art.

»Eine Sekte, die ihre Mitglieder in die norddeutsche Pampa schickt, damit sie sich dort fortan in Sittlichkeit und Zurückhaltung üben? Die muss neu sein, Harry«, spottete ich.

»Schon mal was von innerer Einkehr und Keuschheit gehört?«

»Harry«, stöhnte ich genervt.

Er ließ nicht locker.

»So etwas gibt es seit Tausenden von Jahren, Hemlokk. Vielleicht ist es ja auch etwas Germanisches. Ist doch denkbar in einer Zeit, in der jeder Zweite oder Dritte meint, das Abendland vor wem und was auch immer retten zu müssen. ›Zurück zu den Wurzeln‹ heißt das Motto dieser Leute, zu Odin, Freya und Thor. Und bei Vollmond tanzen wir alle um die Weltenesche Yggdrasil herum und schmettern erbauliche Lieder. Schau doch mal, was die Freifrau nachts so treibt. Ob sie tanzt oder nicht, meine ich.«

»Harry«, sagte ich erneut.

Ihm schien das Ausschmücken von Donatas Leben richtig Spaß zu machen. Mir nicht. Ich machte mir Sorgen.

»Was ist denn? Ich will dir doch nur helfen.«

»Bist du sicher?«, entgegnete ich schroff.

Wir hatten den Fährterminal erreicht. Harry bretterte in eine Parklücke hinein, stellte den Motor ab und zog die Handbremse mit einem Ruck an.

»Nein«, sagte er, »bin ich nicht. Ich bin sauer. Weil wir uns noch ein paar schöne Tage hätten machen können.«

Ich griff nach meiner Tasche, stieg aus und parkte die Arme auf dem Dach. Harry folgte meinem Beispiel. Wir starrten uns an. Die Fähre tutete einmal. Es wurde Zeit.

»Ich habe so ein mulmiges Gefühl«, gestand ich leise. »Als ob irgendetwas –«

»Jetzt lass mal deinen Urin hübsch in der Blase, Hemlokk«, schnitt er mir ruppig das Wort ab. »Du hast Schiss, dass deine Menschenkenntnis dich auch bei dieser Donata im Stich gelassen haben könnte. Das treibt dich um und macht dich ganz kirre. Ich kenne dich doch.«

Touché. Er hatte recht.

»Na ja, da könnte schon etwas dran sein. Möglicherweise«, räumte ich lahm ein.

»Da ist nicht bloß etwas dran, Hemlokk, das ist die präziseste Analyse deiner Befindlichkeit, die es zurzeit auf dem Markt gibt.« Er pikste mit dem Zeigefinger in meine Richtung. »Und wenn dir der gute alte Harry einen Rat geben darf: Mach dich auf der Überfahrt nicht mit deinem Bauchgefühl verrückt. Manchmal grummelt's schlicht und ergreifend im Darm, weil man zu viele Zwiebeln gegessen hat. Wie findest du eigentlich Liza?«

Die hohe Schule der Konversation beherrschte Harry eindeutig ebenso wenig wie ich.

Ich verzog jedoch keine Miene, sondern sagte lediglich sachlich: »Ich mag sie. Sie ist mir sympathisch, aber ich denke, sie hat mich nur einen Blick auf die Oberfläche werfen lassen. Die Frau hat ganz sicher noch andere Seiten und kann bestimmt knallhart sein.« In diesem Moment hatte ich natürlich keine Ahnung, wie goldrichtig ich mit meiner Einschätzung lag. Ich grinste Harry an, der vergeblich so tat, als interessierte ihn meine Meinung nur am Rande. »Wenn dir die gute alte Hemlokk einen Rat geben darf: Lass die Finger von dem Weib und sei vorsichtig. Ich kenne dich schließlich auch schon ein bisschen länger. Der bist du nicht gewachsen.«

An Bord gönnte ich mir ein sauteures Smörrebröd zum Abschluss meines Kurzurlaubs: dünn bebutterte Brotscheiben mit einem extra dicken Belag aus Krabben, Käse, Eiern, Kaviar, Wurst, Pastete, Fisch, Gemüse, zugeschlämmt mit Remouladensoße. Das opulente Mahl krönte ich mit einem dänischen Bier und der »Sonne über Gudhjem«, einem geräucherten Hering mit Zwiebeln, Schnittlauch, klein geschnittenen Radieschen und einem Eigelb. Plopp.

Mein Hosenbund spannte ordentlich, als ich auf dem Achterdeck zu meinem Abendspaziergang startete. Hinter uns versanken die letzten Lichter der britischen Küste in der Dunkelheit, und ich fing prompt an, neben einem übervollen Magen auch noch unter einer Mischung aus Abschiedsschmerz und Fernweh zu leiden.

Wann ich wohl wieder einmal nach England kommen würde? Ob ich Harry einen gemeinsamen Urlaub vorschlagen sollte? Das Schiff schaukelte sanft hin und her, und ich lehnte mich – windgeschützt – hinter einem der Rettungsboote an die Reling und überließ meinen Körper dem Rhythmus der Wellen. Vier Wochen mit Harry im Auto durch Wales, Schottland und den Süden. Herrlich. Wir würden in kleinen Bed-&-Breakfast-Pensionen übernachten und –

»Nein, verdammt, die Kehle durchzuschneiden, halte ich für keine gute Idee! Nein, auch nicht langsam, damit er was davon hat.«

Bitte? Ich benötigte Bruchteile von Sekunden, um aus meiner Urlaubstraumwelt in die Realität an Bord zurückzukehren. Was hatte der Typ da gesagt? Denn es war zweifellos eine Männerstimme, die diese verstörenden Worte in ein Handy blaffte.

»Das ist doch kompletter Schwachsinn«, fuhr die Stimme jetzt fort. »Er hat es verdient.« Pause. »Doch, natürlich hat er das. Jetzt quatsch hier nicht dumm rum.« Der Unbekannte horchte, ich lauschte, während sich eine Gänsehaut auf meinem gesamten Körper ausbreitete. »Ja, gut, meinetwegen, skalpieren geht auch. Wenn du das lieber hast.«

Du großer Gott. Unwillkürlich legte ich die Arme um meinen Oberkörper. Nur knappe fünf Meter von mir entfernt besprach ein Auftragskiller seinen nächsten Job, als handelte es sich darum, einen Brötchenstand auf dem Schönberger Marktplatz zu eröffnen. Der Hering in meinem Inneren revoltierte, und ich stieß säuregesättigt auf. Sollte ich zum Kapitän eilen? Der besaß bekanntlich die Polizeigewalt auf dem Schiff und konnte den Kerl festsetzen lassen, bis dänische Gesetzeshüter ihn in Gewahrsam nahmen. Doch natürlich würde er alles abstreiten.

»Ach du liebe Güte«, lamentierte der Killer jetzt. »Das kostet extra.« Pause. »Nein, sag ihm das. Entweder mehr Geld oder da läuft gar nichts. Skalpieren ist im Preis mit drin, aber die Sache mit der zerquetschten Leber ist ein anderes Ding. Da muss ich mich richtig reinknien.«

Der »Sonne über Gudhjem« reichte es endgültig. Ich konnte mich gerade noch über die Reling beugen, und schon schoss der Fisch in hohem Bogen wieder in das Element, aus dem er gekommen war. In Teilen zwar, aber er schoss. Gott sei Dank kam der Wind aus der Richtung dieses Sadisten, sodass er von meiner Aktion nichts mitbekam.

»… ausweiden, ja«, verstand ich glasklar, als ich vorsichtig um das Rettungsboot herumluscherte.

Der Kerl wandte mir den Rücken zu, trotzdem verstand ich deutlich, dass er jetzt von »den ganzen Klumpen kochen oder roh verschlingen« sprach.

Ich spürte, wie mir erneut schlecht wurde. Der Mann war ja völlig pervers! War das vielleicht gar kein Killer im herkömmlichen Sinne? Hatte es da nicht vor Kurzem einen Fall gegeben, wo zwei Männer sich genau zu so einer Tat verabredet hatten? Der eine fand die Vorstellung zauberhaft, ermordet, zerstückelt und gegessen zu werden, der andere fand es hinreißend, genau dies mit seinem freiwilligen Opfer zu tun. Das war krank, zweifellos. Doch was unternahm man dagegen?

»Nein«, rief der Perversling jetzt sehr entschieden. »Da mache ich nicht mit. Entweder richtig schlachten und ausweiden oder nix da. Das kannst du ihm bestellen.«

In diesem Moment geschah zweierlei. Die Stimme löste ein sachtes Kribbeln in meinem Bauch aus, und der Schlächter drehte sich in meine Richtung, sodass ich sein Gesicht sehen konnte. Mir blieb das Herz stehen. Das war ohne jeden Zweifel das Dieterle, Professor Dr. Dieter Degenhardt, die Zierde der Kieler Pädagogik, der Vater der fünf D-Kinder, Margas Liebling und Theos Alptraum. Oder hatten sie ihn etwa im Vereinigten Königreich geklont wie seinerzeit dieses Schaf in Schottland? Dolly hatte es geheißen. Aber er sprach deutsch, nicht englisch. Wurde die Muttersprache bei der modernen Klonerei heutzutage vielleicht gleich mitgeliefert?

Mir wurde schon wieder übel. Stöhnend presste ich mich so dicht wie möglich an mein Rettungsboot und betete dabei inständig, dass ich auf wundersame Art und Weise mit ihm verschmolz. Denn jetzt kam Degenhardt direkt auf mich zu – und schritt rasch und gesenkten Hauptes an mir vorbei Richtung Achterdeck, ohne mich zu bemerken. Seine Miene war heiter und gelassen, soweit ich es erkennen konnte, als habe er nicht soeben einen bestialischen Mord geplant, sondern lediglich telefonisch ein paar Dahlien bestellt.

Vorsichtig verließ ich meine Deckung, um ihn im Auge zu behalten, wobei mir aberwitzige Ideen durch den Kopf schossen. Verdingte sich der Herr Professor in der vorlesungsfreien Zeit tatsächlich als Auftragskiller? Dann war es natürlich kein Wunder, dass der Mann in Geld schwamm. Diese Art von Nebentätigkeit ist bestimmt äußerst lukrativ. Und Degenhardt schien ja ein wahrer Könner seines Faches zu sein, denn immerhin übte er diesen Job bereits seit dreißig Jahren aus, ohne jemals geschnappt worden zu sein.

Marga fiel mir ein. Und Jana. Hatte er im Auftrag einer wie auch immer gearteten Mafia die Phosphorklumpen in die Taschen der beiden getan? Ich war mir schließlich sicher, dass es bei dem Fall um viel, viel Geld gehen musste; da schlug das Honorar für einen ordentlich arbeitenden Profimörder sicher nicht nennenswert zu Buche. Und an der Gründungsversammlung von DePP hatte er nachweislich teilgenommen.

Doch arbeitete ein professioneller Totmacher überhaupt mit Phosphor? Nein, tat er nicht – nach allem, was ich aus Filmen wusste. Nur mit Mühe unterdrückte ich ein hysterisches Kichern. Dieser Unimensch, dieser Ralf Böthe, würde jedenfalls den Mund nicht mehr zukriegen, wenn er das erfuhr. Und erst die Schlagzeilen in der Presse: »›Hatte ich denn eine Wahl?‹, fragte der Professor. Zeitverträge machten Akademiker zum Auftragskiller«. Oder: »Dieter Degenhardt – vom Professor zum Lustmörder«.

Igitt.

Ich schauderte, als das Dieterle sich von der Reling abwandte, um im warmen Inneren des Schiffes Schutz vor dem zunehmenden Wind zu suchen. Die schwere Eisentür klappte zu. Ich wartete zwei Sekunden, dann eilte ich hinter ihm her. An Schlaf war heute Nacht natürlich überhaupt nicht zu denken. Ich würde den Mann keine Sekunde mehr aus den Augen lassen. Denn ich würde mir ewig Vorwürfe machen, wenn er hier auf dem Schiff jemanden köpfte und ausweidete, um in seiner Kabine dessen Leber zu verspeisen.

Noch schien Degenhardt allerdings keinerlei Mordappetit zu verspüren. Er setzte sich in eine der Bars und bestellte ein Glas Wein, was eindeutig dagegensprach, dass er heute Nacht noch jemanden ins Jenseits befördern wollte. Denn dafür braucht man eine ruhige Hand und einen klaren Kopf. Und zwar allemal, wenn man auf diesem Gebiet so erfolgreich war wie der Herr Professor.

Ich drückte mich unauffällig vor der Bar herum, bis Degenhardt sich nach dem dritten Glas erhob, zahlte und in Richtung Kabine schlenderte. Wie ein Schatten huschte ich hinter ihm her und machte meine Sache offensichtlich gut, denn er bemerkte mich nicht. Er hatte sich eine der luxuriösen Kabinen gegönnt, ganz oben mit einem wunderbaren Panoramablick. Jetzt öffnete er die Tür mit der Chipkarte und trat ein, während ich mich in eine Nische quetschte, die Degenhardts Etablissement schräg gegenüberlag.

Es wurde eine lange und harte Nacht – in der absolut nichts geschah.

Als der mörderische Professor am nächsten Morgen erschien, sah er dementsprechend frisch und ausgeruht aus, während ich mich fühlte wie eine dreihundertjährige Greisin. Glasigen Blickes wankte ich hinter ihm her, als er mit federnden Schritten ins Restaurant strebte. Und der Mistkerl musste natürlich das große englische Frühstück mit Ei, Schinken, gegrillter Tomate, zwei Brötchen, Kaffee und reichlich O-Saft bestellen. Mein Magen grummelte furchteinflößend, während ich ihm beim Schlemmen zusah. Als er fertig war, ging er an Deck, schaute sich verstohlen um – lediglich zwei Verliebte knutschten sich die Spucke von den Mandeln, blind und taub für ihre Umwelt – und zückte sein iPhone.

Aha. Die Zerstückelungsarie ging also weiter. Da der Wind über Nacht weitgehend eingeschlafen war, konnte ich mühelos jedes Wort verstehen.

»Degenhardt hier. Wie hat er sich entschieden?« Pause. Ich schluckte hart. »Schlachten und ausweiden. Okay, damit kann ich leben. Ich werde mir da ein paar schöne Details ausdenken. Ja?« Pause. Und dann in scharfem Tonfall: »Hör mal, Bernd, ich bin schließlich Profi und schon ein paar Tage länger im Geschäft. Natürlich kriege ich das hin … Wann? Sagen wir, in drei Tagen.« Neue Pause. Schließlich ärgerlich: »Natürlich kannst du dich darauf verlassen. Ich weiß, dass jeder Drehtag teuer ist, verdammt. Das musst du mir nicht sagen. In drei Tagen liegt das Skript auf deinem Schreibtisch.«

Er stopfte das iPhone in die Tasche und beschirmte die Augen mit der Hand, um einen besseren Blick auf die vor uns liegende dänische Küste zu haben. Drehtag? Skript? Nur langsam sickerten die Worte in mein Bewusstsein, was selbstverständlich auch an der durchwachten Nacht lag. Hatte dieser Scheißkerl tatsächlich »Skript« und »Drehtag« gesagt? Hatte ich mir die Nacht also völlig umsonst um die Ohren geschlagen?

»Herr Degenhardt!«, brüllte ich, um wie die heilige Johanna von Orléans aus meiner Deckung und ihm in den Weg zu treten. »Dieter. Was machen Sie denn hier?« Das Du der Fast-Parteifreundin wollte mir einfach nicht über die Lippen kommen.

Überrascht blieb er stehen.

»Hanna, nicht wahr?«, begrüßte er mich aufgeräumt. »Das ist aber ein Zufall. Das Gleiche könnte ich Sie fragen. Ich war auf einer Konferenz in Oxford.« Natürlich sprach er es wieder

»Aarksfudd« aus. »Ich denke, ich habe kurz auf dem DePP-Treffen davon erzählt, oder nicht? Ich fliege nicht gern, wissen Sie. Und jetzt bin ich auf der Rückreise.«

»Ach«, sagte ich laut. Und was jetzt, Hemlokk? Lass dir etwas einfallen!

»Und Sie? Was hat Sie in diesen Teil der Welt verschlagen?«, kam er mir zuvor.

»Och, ich habe einen Freund in Kent besucht«, erwiderte ich leichthin, um dann völlig unprofessionell hervorzustoßen: »Ich habe Ihr Telefongespräch belauscht. Und das gestern auch.«

Immerhin tat er mir den Gefallen, sichtbar zu erbleichen. Sein Blick wanderte an meinem Gesicht vorbei zu einem Fischtrawler, den Dutzende kreischende und auf Beute hoffende Möwen umkreisten.

»Tja«, bemerkte er dann. Es klang resigniert und nachdenklich zugleich. »Irgendwann musste es wohl so kommen. Fast dreißig Jahre ist es gut gegangen. Das ist eine lange Zeit.«

»Wofür?«, drängte ich, obwohl ich bereits etwas ahnte. »Ich habe Sie ständig von Ausweiden, Skalpieren und anderen furchtbaren, ekligen Dingen sprechen hören.«

Er warf mir einen verständnislosen Blick zu. »Na ja, davon leben Splatterfilme nun einmal. Je blutiger und gewalttätiger die Szenen sind, desto besser. Das lieben die Leute, die so etwas kaufen und es sich anschauen.« Er schüttelte leicht den Kopf. »Sie sehen so etwas nicht, vermute ich?«

Kettensägenmassaker unter Kannibalen und Psychopathen in besonders hübsch inszenierten Ausweidungs-, Schlachtungs- und Folterszenen? Bewahre!

»Nein. Von so etwas bekomme ich Kopfschmerzen.« Und das war nicht gelogen.

Splatterfilme, Grundgütige! Kein Wunder, dass der Herr Professor auf der DePP-Versammlung nicht ans Telefon ging, als der Regisseur oder der Produzent noch ein paar Details zum neuesten Metzel-Drehbuch besprechen wollte: Soll das Opferhirn vielleicht malerisch gegen die Wand spritzen, wenn der Psychopath den Schädel mit einem Hackebeil bearbeitet, oder kommt es besser, wenn sich der Kannibale die offene

Hirnschale an den Schlund setzt und die graue Masse mit etwas Tabasco schlürft? In Großaufnahme selbstverständlich und unterlegt mit netten Schmatzgeräuschen.

Nee. Dann doch besser eine Menge Liebe und wabernde Gefühle zwischen meiner Camilla und ihrem Dauer-Beau Richard. Jetzt verstand ich auch Degenhardts abgeklärte Reaktion auf meine Schmalzheimer. Die waren Peanuts sowohl in moralischer als auch in finanzieller Hinsicht gegen das, was er da so trieb und schrieb. Ich unterdrückte ein Giggeln, als ich an Frau Schölljahns belämmertes Gesicht dachte, wenn ich ihr von der Nebentätigkeit des hochverehrten Herrn Professors berichtete. »Ach Marga, dein doller Dieter martert und mordet nebenbei so ein bisschen auf dem Papier herum. Da lässt der richtig die Sau raus und bedient die niedersten menschlichen Instinkte. Aber dafür kriegt er anständig Kohle.«

»Bislang weiß niemand davon außer meiner Frau.« Degenhardt sah mich eindringlich an. »Wäre es Ihnen wohl möglich, es dabei zu belassen? Sie täten mir damit einen Riesengefallen.« Sorgfältig strich er mit dem Zeigefinger beide Enden seines Oberlippenbartes zurecht. »Bitte«, sagte er dann leise und wandte sich in seinen Glättungsbemühungen dem schütteren Haupthaar zu, das selbst das laue Lüftchen ordentlich zerzaust hatte.

Ich dachte an die Häme, die ich immer wieder wegen meiner Sülzletten-Schreiberei zu ertragen gehabt hatte, und an Ralf Böthe und dessen Unikollegen, die wie ein ausgehungertes Wolfsrudel über ihn herfallen und sich die Mäuler zerreißen würden, wenn die Kunde von Degenhardts Nebenjob an ihr Ohr drang – und nickte.

»Wenn ich diese Information nicht in einem meiner Fälle benötige, werde ich den Mund halten«, versprach ich ihm, während mir gleichzeitig eine wunderbare Idee kam. »Allerdings ist mein Schweigen nicht umsonst zu haben.«

»Wie viel?«, stieß er nach einer Schrecksekunde hervor.

»Exakt so viel, wie ein großes englisches Frühstück mit allem Pipapo kostet«, gab ich gut gelaunt zur Antwort.

Und so hatte ich mir auf seine Kosten den Bauch vollgeschlagen. Degenhardt hatte mir dabei Gesellschaft geleistet. Während ich genussvoll das gesamte Programm vertilgte, fragte er mich nach den Bedingungen im Schmalzheimer-Gewerbe aus.

Ob ich einen Agenten hätte. Ja. Er nicht. Wie viel denn in dessen Taschen fließe. Das Übliche, zwischen fünfundzwanzig und dreißig Prozent, erwiderte ich kauend und schluckend. Der Toast war eine Wucht. Und wie viele Storys ich pro Monat so abdrücken müsse? Na ja, schätzungsweise drei bis fünf im Schnitt, gab ich zu Protokoll. Tja, also wenn ich einmal daran dächte, das Genre zu wechseln – gute Splatterschreiber würden ständig gesucht –, könne er da sicher etwas für mich tun. Ich lehnte höflich ab. Wie gesagt, platzende Därme und spritzende Hirne waren definitiv nicht mein Ding.

Da ließen Vivian und ich doch lieber unsere Lichtgestalt Richard, diesen Mann aller Männer, sülzen und schmalzen, bis der holden Camilla die Ohren abfielen und sie vor lauter Glück hemmungslos schluchzend an seine breite Brust sank, um ihm ewige Treue zu schwören. Nicht ahnend, dass nach dem Kussschluss der Geschichte unweigerlich das umsichtige Waschen seiner vollgeschweißten Socken ebenso dazugehören würde wie das sorgfältige Bügeln seiner Feinripp-Unterhemden und Hosen mit Eingriff. Bis dass der Tod euch scheidet. In Ewigkeit, amen.

Der Professor und ich verabschiedeten uns geradezu herzlich voneinander, als die motorisierten Passagiere aufgefordert wurden, sich zu den Autodecks zu begeben.

Der Verkehr in Dänemark war angenehm gering wie bei meiner Anreise. In der Nähe von Ribe legte ich eine Pause ein, um eine Runde zu schlafen. Anschließend gönnte ich mir einen Kaffee mit einem Hotdog und extra vielen Röstzwiebeln. Den Rest der Strecke fuhr ich durch, sodass ich Schlag vier auf den Innenhof von Hollbakken rumpelte. Es nieselte leicht – auf der Höhe von Schleswig waren die Wolken dichter geworden –, wodurch das Kopfsteinpflaster wunderschön glänzte. Aus Johannes' Werkstatt dudelte es esoterisch; irgendjemand gab eine duettale Tonfolge aus Klangschale und Panflöte zum Besten, die für mein ungeschultes Gehör nicht sonderlich melodiös klang. Bei Donata war alles dunkel.

Ich strebte Richtung Werkstatt. Vielleicht saß Ms. Hyde ja bereits bei dem armen Johannes, um ihm die ehrenwerte Dr. Jekyll vorzuspielen. Bis er in einem unbedachten Moment den Kopf abwandte und den Hals entblößte, was sie wiederum, ohne zu zögern, nutzen würde, um ihm mit einem Stemmeisen die Eingeweide durchzurühren. Quatsch. Dieser Splatterscheiß hatte mich eindeutig mehr beeindruckt, als mir lieb war. Das war natürlich kompletter Unsinn.

Trotzdem verzichtete ich auf meinen obligatorischen Besuch bei Nirwana. Die Tür stand offen. Ich klopfte höflich an den Rahmen, aber Johannes hörte mich nicht, weil er völlig in den Anblick eines hölzernen Buddhas vertieft war. Da half nur eins: Ich ging zur Musikanlage und drückte den Aus-Knopf.

»Hanna?«, sagte er erstaunt, wischte sich die Hände an der Hose ab und nahm mich in den Arm. »Ich dachte, du bist in England. Marga deutete so etwas an. Mit Harry.« Er schob mich auf Armeslänge von sich und musterte mich besorgt. »Ihr habt euch doch nicht gezofft?«

»Nee, alles bestens«, versicherte ich ihm. »Ich bin erst kurz wieder hier. Genau genommen komme ich gerade von der Fähre.«

»Ah.« Mehr sagte er nicht, doch sein Blick wurde augenblicklich wachsam.

»Kochst du uns einen Kaffee?«, fragte ich leichthin.

Er nickte. »Mach ich. Schau dir doch so lange meinen neuesten Buddha an. Er ist fast fertig, und ich finde ihn sehr gelungen.«

Johannes liebte Buddhas – liegend, sitzend, mit wissender Miene oder mit Mona-Lisa-Lächeln –, und sobald es seine Zeit erlaubte und er einen passenden Holzklotz gefunden hatte, schnitzte er einen. Dieses Exemplar hatte selbst für ein Abbild des erleuchteten Religionsstifters eine ziemliche Wampe, fand ich, und auch am Kopf sollte er wohl noch etwas schmirgeln. Aber das Holz mit der feinen Maserung sowie dem honiggelben Farbton war einfach wunderschön.

»Ich verschlanke ihn noch ein bisschen«, kam Johannes meiner Kritik zuvor und stellte einen dampfenden Pott Kaffee vor mich hin, »dann ist er perfekt. Donata findet ihn auch gelungen. Ich glaube, sie hätte ihn gern, traut sich jedoch nicht, mich darum zu bitten.« Er nippte nachdenklich an seinem Kaffee. »Ich weiß nicht, ob ich ihn überhaupt hergeben möchte.«

»Dann behalte ihn«, entgegnete ich knapp. »Habt ihr eigentlich viel Kontakt, Donata und du?«

Das war doch mal ein gelungener Einstieg in ein Verhör. Wenn ich es geschickt anfing, merkte er anfangs gar nicht, in welche Richtung der Hase hoppelte.

»Nein. Wieso? Manchmal schaut sie in der Werkstatt vorbei und bleibt zehn, vielleicht fünfzehn Minuten. Sonst sehen wir uns eher selten. Wir erzählen uns nicht unser Leben, wenn du das meinst. Was ist los, Hanna?«

So weit zum gelungenen Einstieg.

»Ich habe in England etwas Merkwürdiges über Donata erfahren.«

Manchmal half nur ein Sprung ins kalte Wasser. Und dann erzählte ich ihm ohne Umschweife, was Harrys Liza über seine Mieterin berichtet hatte.

Zu meiner Überraschung wurde Johannes weder böse, noch versuchte er, mein ungutes Gefühl niederzureden, sondern meinte lediglich versonnen: »Ich habe Donata einmal gesehen, als sie davon ausging, allein auf Hollbakken zu sein. Ich hatte mich bei ihr für mehrere Tage abgemeldet, weil ich mit Nirwana auf Tour gehen wollte. Das hatte sich dann jedoch zerschlagen.« Er senkte den Blick, umfasste den Kaffeebecher mit beiden Händen und rollte ihn hin und her. Mir schwante nichts Gutes. »Sie sah toll aus. Sie trug das Haar völlig anders, dazu hatte sie einen engen Rock an. Und die High Heels waren eine Wucht. Die Frau hat vielleicht Beine! Die reichen einmal zum Mond und zurück.«

»Ein richtig steiler Zahn also«, brachte ich seine Hymne auf den Punkt.

»Äh. Ja. So könnte man es wohl auch formulieren«, stimmte Johannes zu. »Obwohl es nicht so sehr an dem Äußeren lag.«

Ach nein? »Nein«, fuhr er fort, »ihre Körperhaltung war nämlich ebenfalls eine völlig andere. Sie war ein anderer Mensch: selbstbewusst und sexy. Ich hätte sie fast nicht erkannt. Sie hat mich damals nicht gesehen. Und ich habe nie etwas gesagt. Seitdem weiß ich, dass Donata noch eine andere Seite hat.«

Und warum zum Donnerwetter hast du nie einen Ton darüber verlauten lassen, Johannes von Betendorp?

Ich war immer noch in Rage, als ich meinen Wagen vor dem Haupthaus parkte, mir meine Tasche schnappte und den Weg zur Villa hinuntertrabte. Weil das ganz allein ihre Sache sei, hatte Johannes allen Ernstes treuherzig erwidert, als ich ihn schmallippig darauf angesprochen hatte. Donata sei seine Mieterin, mehr nicht. Er habe deshalb ihre Privatsphäre zu respektieren. Und wenn ihr zu gewissen Zeiten nun einmal nach einer tollen Nummer sei – habe er dann das Recht, sich darüber aufzuregen? Nein. Das sei völlig in Ordnung und gehe niemanden etwas an, die Frau sei schließlich erwachsen, und er sei kein Moralapostel. Außerdem würde ich doch überall sowieso nur Unheil und Verrat wittern.

»Ach, Junge, du leichtgläubiger Simpel«, sagte ich laut zu Silvia, die kuhäugig zu mir herüberglotzte, als ich die Tür aufschloss. »Man kann diesen Mann wirklich nicht allein lassen«, teilte ich den vier Knödeln zwei Minuten später mit. Sie nahmen keine sichtbare Notiz von meiner Entrüstung. Erst als ich ein Salatblatt ins Terrarium schmiss, kam Leben in die Krabbelstube. Ob Seine Hochwohlgeboren, der freiherrliche Bruder Alwin, wohl wusste, was sein Schwesterlein da manchmal trieb? Gustav und Hannelore, die ich mit dem Problem konfrontierte, wussten es auch nicht.

Das Telefon klingelte in dem Moment, als ich mich mit einer dampfenden Tasse Earl Grey in meinem Schaukelstuhl niedergelassen hatte, um in aller Ruhe auf den still daliegenden Passader See zu glasen. Es waren lange vierundzwanzig Stunden gewesen, und die neuen Informationen galt es erst einmal zu sortieren.

»Ja?«, meldete ich mich daher unwillig.

»Liza lässt mich hängen. Heute Morgen hat sie mir eine verschlüsselte SMS geschickt. Sie könne unseren Termin nicht einhalten. Als ich zurückfragte, was denn los sei und wann wir wieder spazieren gehen würden, um zu reden, hat sie nur ›sorry, babe‹ geschrieben. Nichts weiter. ›Sorry, babe‹«, wiederholte Harry fassungslos. »Ich bin doch kein dummer Junge!« Nein? Ich hatte ihn gewarnt. Ich hatte bloß nicht gedacht, dass Liza Trent den armen Harry derart früh zu den Akten legen würde. »Nun sag doch was, Hemlokk.«

»Es tut mir leid«, murmelte ich. Tat es ja auch.

»Dabei hat sie immer so getan, als wären wir Partner, die gemeinsam etwas ganz Großes aufziehen.« Harry gab ein grimmiges Lachen von sich. »Wahrscheinlich spaziert sie jetzt bereits mit einem chinesischen Waffen-Multimilliardär am Pazifischen Ozean entlang, um mit ihm zu überlegen, wie sie die Russen trockenlegen. Das ist Betrug. Nun sag doch auch mal was, Hemlokk!«

Ja, wie denn, wenn er ununterbrochen redete?

»Setz dich in den Flieger und komm nach Haus, Harry. Vergiss Liza Trent, Sig Sauer und die Riesen-Enthüllungsstory.«

Das war knallhart, zugegeben, doch was half es, wenn Harry sich in Hollingbourne vergrub? Nichts. Die Frau war eine Nummer zu groß für ihn. Ich hatte es vorausgesehen – wie immer, wenn er sich in etwas verrannte, was er als Einzelner einfach nicht wuppen konnte. Ich kannte das Spielchen schon. Der geschlagene Held kehrte heim und bedurfte des Trostes, der Fürsorge und des Zuspruchs.

»Das tut weh, Hemlokk«, jammerte der gefallene Recke.

»Ist mir schon klar«, raunte ich sanft, während ich überlegte, was zu tun sei, um das angeknackste Ego wieder aufzurichten. »Hör mal«, sagte ich schließlich. Manchmal musste man eben über alle Schatten dieser Welt springen. »Was hältst du davon, wenn ich uns gleich morgen einen schönen frischen Schweinekopf besorge? Den bereiten wir dann in aller Ruhe nach den neuesten Regeln der Kochkunst zu. Wie findest du das?«

Ich zumindest fand mich ziemlich gut.

»Ich glaube, ich könnte mich an dich gewöhnen, Hemlokk«, lautete Harrys romantische Antwort.

ZWÖLF

»Nee«, verkündete Fridjof Plattmann am nächsten Morgen gemütlich, »dat geiht nich, wat, Bertha? Wi heppt jo keenen Hofladen.«

Der Bauer und ich standen vor einem der offenen Ställe und betrachteten die stattliche Sau und ihre Mitschwestern, die grunzend durch das Stroh pflügten. Ich hatte meinem Vermieter meinen Wunsch halbherzig vorgetragen, woraufhin er mich wortlos in Richtung seiner neuen Stallanlage gelotst hatte.

»Bertha ist erst in ein paar Wochen dran. Bis dahin braucht sie ihren Kopp.«

Das leuchtete mir ein. Eine exzellente Wurst-, Kassler-, Filet- und Krustenbratenlieferantin wird man nicht ohne Hirn. Genau das würde ich Harry sagen. Damit hatte ich meine Pflicht und Schuldigkeit in dieser Hinsicht getan, fand ich. Schweigend blickten wir auf Bertha hinab. Die Sau war keine Schönheit. Ihre Schlappohren wippten bei jeder Bewegung auf und ab, und ihre Beine waren viel zu kurz für den mächtigen Körper. Doch am beeindruckendsten war der Rüssel. Die Steckdose war dermaßen beweglich, dass ich unwillkürlich anfing, probeweise selbst mit der Nase zu wackeln – bis mich ein abgeklärter Blick aus Schweinsäuglein traf, der weder allzu freundlich noch seelenvoll wie bei Silvia war.

Weshalb ich in diesem Moment ausgerechnet an Donata und die mörderischen Brandanschläge auf Jana und Marga denken musste? Keine Ahnung, aber es war so. Wenn die Freifrau als nunmehr graues Mäuschen aus unerfindlichen Gründen einen unbezähmbaren Hass auf selbstsichere Frauen sowie ihre frühere, ähnliche Identität entwickelt hatte? Die sie nur noch ganz selten und dann sicherlich mit schlechtem Gewissen auszuleben wagte? Und wenn sich dieser Hass jetzt ein Ventil gesucht hatte, indem sie Marga und Jana Weißen Phosphor in die Taschen gesteckt hatte, um sie brennen zu sehen wie einst die Hexen, deren Scheiterhaufen während einer wahrhaft dunklen Epoche in ganz Europa loderten? Und diesen Gedanken einmal weitergesponnen: Würde ich dann die Nächste sein, die Feuer fing? Denn direkt gehemmt und schüchtern war ich nun wahrlich nicht. Vor Schreck wurde mir ganz heiß.

Mit einem satten Grunzlaut drehte mir Bertha das Hinterteil zu und zuckte dabei mit ihrem Ringelschwanz. Sie hatte ja recht. Ein bisschen weit hergeholt war die Theorie vielleicht schon. Hatte Donata Jana überhaupt gekannt? Ich wusste es nicht.

»... direkt zu meinem Schlachter fahren und dort nach einem Schweinekopf fragen«, knarzte Plattmann. »Da kriegst du vernünftige Tiere und nicht so einen Murks. Quälfleisch, du weißt schon.«

Es war seltsam, aber in diesem Fall landete ich immer wieder beim Essen. Ob nun Hunderagout oder Bioschwein, eine Lösung in dieser vertrackten Sache lag todsicher in irgendwelchen Restaurantküchen und Töpfen.

»Mach ich«, versprach ich, denn mir war nicht entgangen, wie Plattmann seine Tiere betrachtete: liebevoll, man konnte es nicht anders nennen.

Und seine Stimme bekam einen geradezu weichen Klang, wenn er mit ihnen sprach. Obwohl Berthas Ende unvermeidlich war und der Bauer deshalb bestimmt nicht unter Schlaflosigkeit litt. Wir verabschiedeten uns mit einem stummen Nicken voneinander; weder er noch ich neigten zu unnötigen Worten.

Harrys Flieger sollte gegen vierzehn Uhr in Hamburg landen. Jetzt war es erst zehn. Zeit genug also, um sich zumindest telefonisch kurz nach Margas Befinden zu erkundigen – »Alles paletti, meine Liebe. DePP wird der Knaller. Es wäre allerdings nett, wenn du dich mal bei mir sehen lassen würdest. Mich hat nämlich jemand angezündet, falls du das vergessen haben solltest« –, in Schönberg den Einkauf für unser abendliches Kochen zu erledigen und der Freifrau einen Besuch abzustatten. Denn Johannes konnte die Dame für noch so harmlos halten – ich war anderer Meinung und hatte mich bei Bertha entschieden, die Fälle nach neu erkannter Dringlichkeit abzuarbeiten. Ich konnte mich schließlich nicht zerreißen.

Erst würde ich mir jetzt die scheinheilige Donata vorknöpfen, dann kamen die saure Marga, Jana und der Phosphor dran – gefolgt von dem verdächtigen Krischan und dem Anima-Fall. In dem ganzen Kuddelmuddel fand ich es außerordentlich trostreich, dass zumindest Degenhardt keine Rolle mehr spielte. Ich erwog kurz, Theo als meinen Auftraggeber anzurufen, um ihm das Ergebnis meiner Ermittlungen mitzuteilen, doch dann entschied ich mich dafür, ihm einen kurzen Brief zu schreiben. Denn er war bestimmt immer noch nicht allzu gut auf mich zu sprechen. Tenor: Der Herr Professor hat zwar ein Geheimnis, aber es ist nichts Kriminelles oder etwas, um das man sich kümmern müsste. Vertrau mir, mehr möchte ich dazu nicht sagen. Ich legte meine Rechnung samt Kontonummer mit ins Kuvert, pappte eine Marke auf den Umschlag, beschriftete ihn und warf ihn auf meinem Weg zu der Freifrau in den einzigen Briefkasten Bokaus.

Um Punkt elf stand ich vor der Tür ihrer von Schkuditz und legte den Finger auf den Klingelknopf. Dort blieb er, denn ich hatte mich auf der Fahrt nach Hollbakken für ein aggressives Vorgehen entschieden, um der Guten ein bisschen Feuer unter dem adligen Allerwertesten zu machen. Eilige Schritte erklangen im Flur der Wohnung, verharrten kurz, dann riss Donata mit einem Ruck die Tür auf.

»Liza Trent«, sagte ich, nahm den Zeigefinger vom Klingelknopf und marschierte, ohne ihre Aufforderung abzuwarten, an ihr vorbei ins Wohnzimmer, wo ich mich in einen der Sessel fallen ließ.

Sie folgte mir in Windeseile.

»Hanna?« Es gelang ihr, meinen Namen mit exakt der richtigen Dosis an Verletztheit und Erstaunen hervorzustoßen. »Was ist denn los? Ist etwas Schlimmes passiert?«

Lässig schlug ich das eine über das andere Bein, während ich auf den zweiten Sessel deutete.

»Setz dich.« Sie gehorchte wortlos. »Ich war in England und habe dort mit Liza Trent gesprochen.«

Sie glupschte mich an wie ein scheues Reh, verknotete die Hände und ließ sie in ihren berockten Schoß sinken.

»Liza Trent?« Es kam wie ein Hauch dahergeweht. Wenn sie schauspielerte, war sie wirklich gut. »Der Name sagt mir nichts. Es tut mir leid.«

Donny beherrschte die Rolle der Schüchternen und Verdrucksten wirklich perfekt.

»So? Dann helfe ich dir gern auf die Sprünge.« Ich nagelte sie mit meinem Blick auf ihrem Sessel fest. »Als Studentin in Marburg warst du Mitglied in einem Club, einem reinen Frauenclub. Klingelt's da bei dir?«

»Nein«, sagte sie nachdenklich. »Also ja, ich war Mitglied, aber der Name ... tut mir wirklich leid, nein.«

»Dort hast du Liza Trent getroffen.«

Interessiert beobachtete ich, wie die Frau instinktiv nach dieser komischen Schleife griff, die sie über dem Herzen trug und wahrscheinlich auch in der Sauna nicht ablegte. Ich unterdrückte ein Kichern, als ich mir die splitterfasernackte Donny, nur mit diesem Abzeichen bekleidet, vorstellte. Das hatte doch was. Ob Sekundenkleber erst bei einhundert Grad seine Kraft einbüßte?

»Nein«, murmelte sie. »Ich kann mich wirklich nicht erinnern.«

»Dafür erinnert sich Liza ganz genau an dich. An deinen auffälligen Nachnamen und« – ich ließ sie nicht aus den Augen – »daran, dass sie dich völlig anders in Erinnerung hat, als ich dich kenne.«

Donata stand auf. »Darf ich dir etwas zu trinken anbieten? Einen Tee vielleicht? Oder einen –«

»Nein. Setz dich.«

Sie rang kurz mit sich, dann gehorchte sie, wenn auch sichtlich widerwillig.

»Du bist aus irgendeinem Grund böse auf mich«, stellte sie bekümmert fest.

»Noch nicht«, versetzte ich. »Noch bin ich eher irritiert. Aber ich möchte eine Erklärung.«

»Wofür denn?«, fragte Donata. »Was hat diese Liza denn über mich erzählt?«

»Zuerst bist du dran«, bügelte ich sie ab.

Donata wandte den Kopf zur Seite und faltete erneut die Hände sittsam wie eine Klosterschwester. Unvorstellbar, dass diese Frau sich nicht bei den ersten drei Schritten auf High Heels auf der Stelle beide Beine brechen würde. Dann stieß sie einen gequälten Seufzer aus und blickte mir direkt in die Augen – so, wie es schlechte Lügner tun.

»Was soll ich sagen, Hanna? Ich bin ich.«

»Aber du warst offenbar nicht immer du. Da liegt das Problem«, brachte ich es philosophisch brillant auf den Punkt. »Zumindest wenn man Liza und Johannes Glauben schenkt. Und das tue ich.«

Fast unmerklich veränderte sich ihre Atemfrequenz.

»Johannes? Was hat der denn damit zu tun? Was behauptet er?« Das kam für meinen Geschmack ein bisschen zu schnell und zu scharf heraus. Da lugte schon Ms. Hyde ein wenig aus dem Busch, auf den ich gerade geklopft hatte.

»Oh, er hat dich gesehen«, entgegnete ich lässig. »Als du völlig anders angezogen warst als jetzt. Nicht so ... äh ... Verzeihung ... altbacken, sondern ziemlich stylish.« War das der richtige Ausdruck? Flott war ja wohl ein Begriff aus der modischen Mottenkiste. »Und auch deine Körperhaltung, dein ganzes Auftreten habe da mehr der Frau geähnelt, die Liza beschrieben hat, hat er gesagt.«

»Wann soll das denn gewesen sein?«

»Du leugnest es also nicht«, hielt ich fest. »Da sind wir ja schon mal einen Schritt weiter.«

»Moment«, sagte Donny. »Soll ich uns nicht doch rasch einen Kaffee kochen?«

»Nein«, lehnte ich ab.

Sie versuchte nur, abzulenken und Zeit zu schinden, das merkte ich sehr wohl. Plötzlich senkte sie den Blick.

»Es ist nicht so leicht. Und es ist anders, als du denkst, Hanna.« Jetzt fing sie schon wieder an, an dieser blöden Schleife herumzufummeln. »Ich bin weder schön noch hübsch, dessen bin ich mir sehr wohl bewusst. Altbacken hast du meine Kleidung genannt. Das stimmt wohl.« Sie zögerte, bevor sie leise und gequält fortfuhr: »Manchmal möchte ich einfach nur toll aussehen. Verführerisch, sodass die Männer sich nach mir umdrehen und keinen Bogen um mich machen.«

»Ja, und?« Ich verstand nur Bahnhof. Wieso begrub sie dann die Altmädchensachen nicht und kaufte sich einen tollen Fummel? Das Geld dafür spendierte doch das Brüderchen. Und wofür sie die Knete ausgab, ging ihn nichts an.

»Ich bin nicht so selbstsicher wie du. Ich käme mir ... lächerlich vor in einem sexy Kleid. Das entspräche überhaupt nicht meinem sonstigen Stil. Und Alwin ... mag das überhaupt nicht.«

»Was hat der denn mit deinen Kleidern zu tun?«, fragte ich verständnislos.

»Nichts. Gar nichts eigentlich«, versicherte sie hastig. »Aber ich weiß, dass er konservative Kleidung schätzt. Bei Eleonore ist das zumindest der Fall.«

Meinte die Frau das etwa ernst? In meinen Ohren hörte sich das eher nach kurdischem Großclan als nach deutschem Kleinadel an. Das Brüderchen, der Onkel oder der Cousin – egal, Hauptsache, männlich – bestimmte in seiner ganzen Herrlichkeit, was die weiblichen Familienmitglieder zu tun, zu lassen und zu tragen hatten. Herrjemine, so mochte es ja in etlichen Regionen der Welt zugehen, aber doch nicht hier auf Hollbakken oder in Bokau.

Ich war derart mit meinen Gedanken beschäftigt, dass mir Donatas emsiges Nicken fast entgangen wäre.

»Du kennst solche Probleme selbstverständlich nicht, weil du eine äußerst attraktive Frau bist, Hanna«, murmelte sie kaum hörbar. Ach? Ich spürte, wie mein Misstrauen schlagartig wuchs. Was sollte denn dieses Honig-ums-Maul-Geschmiere? Als »äußerst attraktiv« hatte mich noch nie jemand bezeichnet.

»Ja, du bist so selbstständig und dabei so warmherzig und intelligent. Und Witz hast du auch und –«

Es reichte. Das war eindeutig eine Umdrehung zu viel.

»Wo führst du deine schrillen Klamotten eigentlich spazieren, wenn dich niemand so sehen darf? Im Wald, auf dass dich Uhu und Fuchs bewundern?«, unterbrach ich sie grob.

»Nein«, flüsterte sie, und ihre Augen begannen zu glänzen.

»Das möchte ich ... nicht sagen. Es ist alles völlig harmlos, das musst du mir glauben. Es ist nichts Schlechtes. Es ist nur ...«

Eine Träne rann ihr über die Wange. Sie wischte sie nicht weg. Ein Bild des Jammers, fürwahr.

»Und Alwin hat von deinen Verkleidungskünsten wirklich keine Ahnung?«

»Alwin?« Sie blickte mich erschrocken an.

»Dein Bruder«, erinnerte ich sie.

»Oh, Alwin. Natürlich.« Jetzt wischte sie mit der Rechten die Träne weg. »Bitte verrat mich nicht, Hanna.«

Ging es im deutschen Adel heute wirklich zu wie in einer billigen Schmierenkomödie? Das gab es doch nicht. Die Leute lebten schließlich nicht auf einem völlig anderen Stern als wir Bürgerlichen.

»Versprechen kann ich dir nichts«, gab ich zur Antwort. »Aber wenn es sich irgendwie machen lässt, werde ich den Mund halten.«

Sie lächelte mich an.

»Danke, Hanna.«

Es klang ungemein erleichtert. Dieser Alwin musste wirklich ein Kotzbrocken sein. Aber wie waren wir eigentlich auf den Punkt Kleiderordnung gekommen? Durch Johannes' Beobachtung, richtig. Die Donata eilends aufgegriffen und ausgeschmückt hatte, um ... tja, um mich vom eigentlichen Thema abzulenken? Mit derartigen Tricks geriet man bei Hanna Hemlokk allerdings an die Falsche! Kleider machen zwar bekanntlich Leute, aber nicht nur.

»Liza Trent«, wiederholte ich stur. »Sie hat dich in deiner Marburger Zeit als äußerst selbstsicher und selbstbewusst beschrieben. Du seist sehr an Geld und Macht interessiert gewesen. So hat sie dich und die anderen Frauen dieses Zirkels geschildert. Ihr seid –«

»Oh ja, die Schwestern«, wisperte Donata und hielt sich schon wieder an diesem vermaledeiten Schleifchen fest, als sei es ihr ganz persönlicher Rettungsanker. Ich prägte mir Farben und Form genau ein. »Es handelte sich dabei um einen Zusammenschluss von Frauen.«

Schweigen. Sie hatte den Mund zugeklappt wie ein Fünfjähriger vor dem Spinatteller.

»Ja, und?«, blubberte ich sie genervt an. »Ihr habt doch bestimmt nicht nur Halma gespielt oder Stroh-Marias für den kirchlichen Winterbasar produziert, oder?«

Donata bedachte mich mit einem schrägen Blick.

»Oh, so in etwa schon. Wir unterstützten uns gegenseitig im Studium, und wir haben viel miteinander geredet.«

Und schon wieder schwieg das High-Heel-Mäuschen. Okay, dann eben nicht. Es gab andere Mittel und Wege, herauszufinden, was es mit diesen seltsamen Damen auf sich hatte. Ich beugte mich zu ihr hinüber und setzte mein strengstes Gesicht auf.

»Donata, es ist schön und gut, dass du offenbar Freunde fürs Leben in diesem Frauenbund gefunden hast, aber ich will wissen, wieso du heute so bist, wie du bist, und wieso du früher ein anderer Mensch warst.«

Jetzt schaute sie mich ebenso unschuldig wie verblüfft an.

»Aber das stimmt doch gar nicht, Hanna. Ich bin lediglich reifer geworden. Manches ist einfach nicht mehr so wichtig für mich. Im Leben zählen völlig andere Sachen, als ich während des Studiums gedacht habe. Das ist ein ganz normaler Prozess. Man nennt es erwachsen werden. Das ist alles. Und diese Liza hat natürlich auch maßlos übertrieben, sonst wäre es ja keine gute Geschichte geworden. Na ja, und vielleicht wirkten wir damals für britische Maßstäbe auch besonders lebenslustig und lebenshungrig, ich weiß es nicht. Nein, wir waren ganz normale junge Frauen, die gemeinsam lernten, redeten und Spaß miteinander hatten. Sag mal, bist du eigentlich sicher, dass mich deine Liza nicht mit jemand anderem verwechselt hat?«

Es klang, als sei ihr der Gedanke erst in diesem Moment gekommen. Andererseits war es plötzlich meine Liza.

»Den Namen Donata Freifrau von Schkuditz gibt es nicht so häufig, vermute ich mal«, nahm ich ihr mit Harrys Argument den Wind aus den Segeln.

»Nein«, stimmte sie zu.

Wir blickten uns an – sie abwartend, zögerlich und in sich

gekehrt, ich forschend und unsicher, was ich von alldem halten sollte. Ich war verwirrt, das musste ich zugeben. Liza Trent hatte so überzeugend geklungen bei Scones und Tee, und als mir auch noch Johannes von seiner Beobachtung erzählte, war ich sicher gewesen, dass die Freifrau ein falscher Fuffziger war. Aber jetzt ...

Ich stand auf. Es machte keinen Sinn, weiter mit ihr die Klingen zu kreuzen. Ich benötigte eindeutig ein Mehr an Informationen. Sie erhob sich ebenfalls. Und zwar so schnell, dass mir fast der Ausdruck der Erleichterung entgangen wäre, der über ihre aristokratischen Züge huschte.

»Wenn du noch Fragen zum Adel hast oder auch so, dann wende dich an mich. Ich werde dir helfen, wo ich kann«, bot sie an, während sie mich zur Tür begleitete.

»Das werde ich tun«, versprach ich.

Sie streckte mir die Hand hin. Sie war kühl und ein bisschen feucht, wie bei Vivian LaRoches B-Männchen Martin, wenn der aussichtslos hinter Camilla herschmachtete. Ein weiteres Indiz dafür, dass Donny tatsächlich schüchtern war und Liza übertrieben hatte? Oder dass ich sie mit meiner Fragerei in die Enge getrieben hatte und dass sie log? Keine Ahnung, verdammt.

Zu Hause blinkte das Licht an meinem Anrufbeantworter. Es war Harry. Er saß in London-Stansted fest und fluchte wie ein Bierkutscher. Vor heute Abend gehe kein Flieger nach Hamburg. Alles sei außerdem überbucht. Er befürchte deshalb ernsthaft, dass er Weihnachten in einer britischen Abflughalle verbringen müsse. Ob der Schweinekopf überhaupt in meinen Kühlschrank passe?

So richtig traurig war ich nicht, dass sich unser Wiedersehen hinzog, um ehrlich zu sein. Dann hatte ich noch ein bisschen mehr Zeit für mich. Ich kochte mir eine Kanne Tee, stärkte mich mit drei Butterkeksen, trieb ein schönes weißes Blatt Papier auf, trug alles nach draußen, setzte mich auf meine Gartenbank und fing an zu zeichnen. Nach zwanzig Minuten war ich fertig. Genau so sah Donatas Schleifchenbrosche aus.

Zufrieden betrachtete ich mein Werk. Die Frau konnte mir viel erzählen, was sich nicht nachprüfen ließ. Doch dieses Ding hier brachte mich vielleicht auf eine andere Spur, wenn es sich nicht um das Familienabzeichen derer von Schkuditzens handelte, wie ich anfangs gedacht hatte.

Nein, es war höchstwahrscheinlich das Zeichen dieser geheimnisvollen Schwesternschaft, sonst hätte Donata sich nicht permanent an dem Teil festgehalten, sobald die Sprache darauf kam. Schwesternschaft, was für ein blödes, altmodisches Wort, überlegte ich, während ich einen jungen Igel beobachtete, der mit wackelndem Hinterteil und unter lauten Schmatzgeräuschen ohne Scheu meinen Garten nach etwas Essbarem absuchte. Das Wort Bruderschaft hörte sich da viel geläufiger an.

Ich nahm einen Schluck Tee und gönnte mir dazu noch einen Butterkeks. Mein Dünndarm begann zu flattern. Denn eine solche Bruderschaft nannte man an der Uni gemeinhin Burschenschaft oder Verbindung. Einen kurzen Moment frohlockte ich, bis mir einfiel, dass damit die Parallelen auch schon aufhörten. Studentische Verbindungen sind reine Männervereine, da werden Frauen höchstens geduldet, wenn ein Ball stattfindet und Mann die Damen zum Betanzen benötigt. Zu meiner Zeit hatte man es ohnehin nicht so mit den Cörpsen gehabt, die gefühlt alle irgendwas mit Teutonia oder Alemannia hießen. Ich brachte sie mit Saufen, Saufen und Saufen in Verbindung sowie mit Mützen, die die Jungs aussehen ließen wie geborene Vollpfosten. Sie frönten Degenspielen, die Narben auf den glatten Gesichtern hinterließen, und es gab die alten Herren mit Beziehungen, und es gab die jungen Männer, die diese Beziehungen nutzten. Alles war stramm und hierarchisch organisiert. Ein echter Männerbund halt und nix für das vermeintlich schwache Geschlecht. Wie bei den Rockern, nur dass die Burschenschaftler keine Pferdeschwänze trugen und nicht in Leder herumstolzierten.

Eine Sackgasse also? Trotzdem hörte mein Darm nicht auf zu flattern. So war es, wie gesagt, zu meiner Studienzeit gewesen. Doch die war ja bereits etwas länger her. Galt das Boys-only-

Prinzip denn überhaupt noch? Vielleicht hatten die Damen mittlerweile aufgeholt, soffen sich nun ebenfalls stumm und dumm unter die Tische und ritzten sich beim Fechten die Wangen auf. Nein, halt, das gab unschöne Narben. Wahrscheinlich haute man sich in schwesterlichen Zirkeln eher tüchtig auf die Leber. Das schmerzte zwar höllisch, tat der zarten weiblichen Schönheit jedoch keinen sichtbaren Abbruch.

Ich ging ins Haus und fuhr den Computer hoch. Das Internet würde wissen, ob heutzutage reine Frauenverbindungen existierten – die nicht nur Socken strickten, miteinander plauderten und die Mitschwestern vergaßen, sobald ein respektabler (Ehe-)Mann am Horizont auftauchte, um mit der Dame seines Standes einen Stall voller Kinder zu produzieren.

Und voilà, es gab sie. Viele waren es nicht, schätzungsweise so zwanzig bis dreißig in der gesamten Bundesrepublik. Die Mädels trinken ganz ladylike Wein und Sekt statt kübelweise Bier, und sie haben es nicht so mit dem Degen, lernte ich. Aber als Bund fürs Leben gilt der Beitritt in eine derartige Gemeinschaft ebenfalls, wie bei den Jungs. Man fühlt bürgerlich-konservativ wie sie, trägt Mützen, Bänder und Farben wie die Männer und nennt die Altvorderen »Hohe Damen«. Na, das war doch mal ein Titel! »Hohe Dame«, das klang ähnlich phantasievoll wie die »Professorin für Leadership«, der »Experte für Reputationsmanagement« oder die »Business-Querdenkerin«, die heutzutage den Leuten in völlig übertreuerten Vorträgen erklären, wie man seine Persönlichkeit optimiert. Dagegen verblasst jede Bachelorette oder Doktoresse.

Doch da war auch schon Schluss mit lustig. Denn den Frauen in diesen Verbindungen geht es wie den männlichen Mützenträgern ganz modern und karriereorientiert um Austausch, Vernetzung und die Tradition. Und natürlich um den Wunsch nach einer festen, unverbrüchlichen Gemeinschaft, insofern hatte Johannes' schüchterner Blaustrumpf nicht gelogen. Doch das war eben nicht alles.

Ich klickte mich geduldig durch die Seiten der Akademischen Verbindungen »Merzhausia« zu Freiburg, der »Normannia« zu Mainz und der akademischen Damenverbindung »Concordia

Feminarum« zu Kiel, bis ich tatsächlich Donnys Schleifenbrosche am prachtvollen Busen eines der in die Kamera strahlenden Mädels entdeckte. Unsere Freifrau war nicht nur »Hohe Dame« der »AV Amazones Germaniae«, sondern sogar eine der Gründermütter dieser in Marburg angesiedelten »Amazonen Germaniens«; davon zeugte ein Bild der jugendlichen Donny in vollem Wichs.

Einen Moment überlegte ich, ob ich noch einmal zu ihr fahren sollte, um sie auf der Stelle mit meinem neuen Wissen zu konfrontieren. Doch bei einem Salat mit Holundervinaigrette sowie zwei Spiegeleiern mit Brot entschied ich mich dagegen. Erst einmal musste das Ganze sacken; Schnellschüsse haben noch nie etwas gebracht.

Und was hatte ich konkret auch in der Hand? Nein, Donatas Mitgliedschaft bei diesen germanischen Amazonen war eine Hintergrundinformation, die ich sorgfältig abspeichern, aber zunächst nicht nutzen würde. Da brachte es mich weiter, wenn ich noch einmal mit Bruder Alwin über das Schwesterchen plauderte. Oder mit einer von Donnys Co-Amazonen. Die konnten mir bestimmt so manche Schote über die jugendliche Freifrau und den genauen Zweck dieser Schwesternschaft erzählen.

Wer behauptete denn, dass es sich dabei lediglich um eine traditionsbewusste, harmlose Verbindung handelte und nicht um eine Tarnorganisation, die heimlich Tierlabore betrieb, Waffen in aller Herren Länder verschob, mit Hundefleisch dealte oder ihren Gegnern Weißen Phosphor in die Taschen schmuggelte?

Obwohl – ich äugte nachdenklich zu den Lütten in ihrem Terrarium hinüber, in dem gefräßige Ruhe herrschte –, der Sinn so einer Verbindung bestand ja gerade darin, dass man wie Pech und Schwefel zusammenhielt. Donnys Schwestern würden daher eher schweigen wie ein ganzes Gräberfeld, als aus dem Nähkästchen zu plaudern. Höflich zwar, denn man wahrt ja die Form, aber mehr als eine Strickanleitung für einen Amazonen-Schal würde man mir freiwillig sicher nicht verraten. Wenn überhaupt. Merde!

Es war Harry, der mich aus meinen trüben Gedanken riss. Harry, der mir mit dumpfer Stimme mitteilte, dass er immer noch in London sei und erst heute Nacht in Hamburg eintreffe. Es sei alles fürchterlich chaotisch, und er wisse nicht, ob wir uns jemals wiedersähen. Ach Gott, dem Armen ging es wirklich beschissen, ich hätte diesem blöden Weibsstück von Liza Trent den Hals umdrehen können. So also sahen Damen aus, die richtig Eier in der Hose hatten. Die schredderten hemmungslos Seelen, wenn's ihren Zwecken diente. Ich würde es mir merken. Dass Harry Gierke dabei litt wie ein Hund, war der Frau so egal wie sonst was. Wahrscheinlich erinnerte sie sich schon gar nicht mehr an seine Existenz.

Nachdem wir aufgelegt hatten, beschloss ich spontan, endlich Marga einen Besuch abzustatten. Sonst säuerte sie noch mehr vor sich hin, weil ich in ihrem Fall nichts unternahm. Rasch verfrachtete ich das dreckige Geschirr in den Spüler und schaltete den Computer aus. Um Donny und ihre Damen würde ich mich heute Abend weiter kümmern, die Zeit hatte ich ja nun. Ich verzichtete darauf, mich telefonisch bei meiner Freundin anzumelden, und stiefelte nach den beiden obligatorischen Klapsen auf Gustavs und Hannelores Krötenpanzer los.

Margas Fenster waren geschlossen, doch das besagte selbstverständlich nichts. In ihrem angegriffenen Zustand bestand Theo bestimmt darauf, damit sie sich in der feucht-kühlen Oktoberluft keine Lungenentzündung holte.

»Hanna. Hallo. Willst du zu mir oder zu Marga?«

Krischan eilte mit Philipp von der Hauptstraße her auf mich zu, bis sie direkt vor mir standen; zwei taufrische junge Männer mit immer noch erschreckend weichen Gesichtszügen. Obwohl Krischan ein bisschen müde aussah, wie ich fand. Weil er mies schlief und ihn ein schlechtes Gewissen plagte? Weil er sich Drogen reinpfiff? Weil beides zutraf?

»Eigentlich will ich zu Marga«, erklärte ich. »Moin, ihr beiden.«

»Die ist nicht da«, teilte Krischan mir mit. »Die ist bei Theo, um mit ihm die nächste DePP-Veranstaltung vorzubereiten.«

Er deutete mit dem Daumen auf Philipp, der mit unbewegter Miene neben ihm stand. »Wo der hier uns erzählen wird, wie man eine Partei gründet. Hast du dich schon kundig gemacht?«

»Klar«, sagte Philipp lässig. »Kein Problem.«

Ich schaltete blitzschnell um, wie es sich für eine gute Detektivin gehörte. Wenn Marga nicht greifbar war, dann kümmerte ich mich eben um Krischan, denn bekanntlich hatte ich mit ihm noch ein Hühnchen von der Größe eines Emus zu rupfen.

»Lädst du mich auf einen Tee ein?«, fragte ich ihn ohne Umschweife. Mir entging nicht, dass die beiden Jungs einen ebenso raschen wie ratlosen Blick wechselten. »Ihr habt doch Zeit, oder?«

»Doch, natürlich«, versicherte Krischan sofort. »Wir haben eben nach den Tieren geschaut und wollten jetzt eigentlich …«

Er schaute hilflos zu Philipp hinüber.

»Nur ein bisschen abhängen«, ergänzte der.

Na prima.

»Aber bei mir ist es nicht sehr ordentlich«, warnte Krischan mich, als er seine Wohnungstür aufschloss.

»Ist mir egal«, beruhigte ich ihn. Das war nicht gelogen. Wie es bei anderen Leuten aussah, interessierte mich nicht die Bohne. Nur in meinem Heim hatte ich es gern sauber und in Maßen aufgeräumt.

»Wie geht es Marga denn?«, fragte ich, während er anfing, in seinem Küchenschrank zu wühlen. Es interessierte mich natürlich, und gleich mit der Tür ins Haus fallen wollte ich nicht.

»Gut so weit.« Krischans Stimme klang dumpf, weil sein Kopf in den Tiefen des Schranks verschwunden war. »Sie ärgert sich tierisch, dass jemand es gewagt hat, ihr diesen Phosphorklumpen in die Tasche zu tun. Und, äh … sie und Theo wollen jetzt eigene Ermittlungen anstellen.« Krischans Kopf erschien wieder. »Tut mir leid, ich habe nur Kaffee.« Er hielt mir die Tüte vors Gesicht.

»Das ist schon in Ordnung. Was für Ermittlungen?« Die beiden waren doch in detektivischer Hinsicht reine Amateure und überschätzten sich todsicher total.

»Weiß ich nicht«, sagte Krischan. »Sie reden nicht viel darüber.«

Was für meine Ohren die Sache nur noch verschärfte! Ich würde mich um Marga kümmern müssen, und zwar pronto! Sonst drohte da einiges schiefzugehen.

Krischan biss plötzlich die Zähne zusammen, und auf seiner Oberlippe glitzerte ein Schweißfilm. Ich beobachtete ihn misstrauisch.

»Hast du Stress?«

Weil du etwas zu verbergen hast? Und weil du deshalb Angst vor mir hast? Denn ihm war bestimmt klar, dass ich ihn auf sein verdächtiges Verhalten in der Nacht an der Brücke anzusprechen gedachte.

»Nein. Wieso?«

»Kopfschmerzen können ein Zeichen dafür sein«, erklärte ich liebenswürdig.

»Ich habe keinen Stress. Mir geht es gut. Es ist alles in Ordnung. Setzt euch doch.«

Für meinen Geschmack war das etwas zu viel der Beteuerung. Philipp und ich nahmen Platz; er auf dem einzigen freien Sessel, ich auf dem zugemüllten Zweisitzer, der schon bessere Tage gesehen hatte. Er roch, wie die ganze Wohnung, nach alten Socken, selten gewechselter Bettwäsche und ständigen Nudel- und Fertiggerichten: Pizza, Pasta, Spaghetti ... alles aus der Tiefkühltruhe. Kurzum, es war unverkennbar die Behausung eines männlichen Singles und dekomäßig dermaßen unterbelichtet, dass die Wohnung eher an eine Knastzelle erinnerte statt an ein Heim, das diesen Namen verdiente. Was mir wieder in Erinnerung rief, dass Krischan Langguth ein elternloser Jüngling und ganz auf sich allein gestellt war. Behauptete er zumindest, fügte ich eilends hinzu, um nicht bereits vor der Befragung weich zu werden wie ein Mon Chéri in der Mittagssonne.

»Ich habe sogar Milch«, sagte Krischan.

»Prima«, entgegnete ich, goss mir ein und nahm den ersten Schluck.

Der Kaffee schmeckte erstaunlich gut, obwohl man die Tasse

wahrscheinlich der Gesundheit zuliebe vor Gebrauch hätte desinfizieren sollen.

»Also gut«, begann ich. Philipp schräg neben mir sog hörbar die Luft ein. »Fangen wir an. Wir müssen reden. In der letzten Nacht an der Brücke, als du bei den Kerlen im Auto ausgerastet bist ...« Elvis hub an zu singen. Ich ignorierte ihn. »... hast du den Männern auf diese Weise die Flucht ermöglicht.«

Philipp stellte behutsam seinen Kaffeebecher ab, während Krischan mich voller Entsetzen anstarrte. Elvis schmalzte weiter.

»Was ... wie ... was willst du denn damit sagen, Hanna?«

»Erst einmal nichts«, entgegnete ich ruhig. »Aber das sind die Fakten. Die Männer konnten durch dein Verhalten unerkannt entkommen.«

Krischans Anrufer war wirklich von gnadenloser Penetranz. Der King sülzte und sülzte.

»Nein«, sagte er leise. »Ich meine, ja. Aber ich hab das nicht absichtlich gemacht. Ich habe einfach die Kontrolle verloren. Weil die mich zur Weißglut gebracht haben mit ihrem Lachen. Die können doch nicht einfach lachen, nachdem sie ... das können sie doch nicht! Hanna, bitte, du musst mir glauben!«

Elvis gab keine Ruhe.

»Geh endlich ran«, herrschte ich Krischan an. »Der hat vielleicht Nerven.«

Verstört griff er zum Handy und schnauzte nach einem Blick aufs Display: »Ja, Scheiße, was ist denn, Herr Rohwedder?« Interessiert beobachtete ich, wie er unbewusst mit der Linken anfing, seine Schläfe zu massieren. Stress, eindeutig. Da hatten wir es doch schwarz auf weiß. Die Frage war lediglich, was den verursachte. Doch dafür war ich ja hier. »Nein, ich kann jetzt nicht kommen. Stecken Sie sich Ihre Fliederbüsche sonst wohin!«

Philipp beäugte seinen Freund erstaunt. Ich auch. Was war denn das für ein Tonfall? Derart aggressiv, ja unverschämt gegenüber seinen Kunden hatten wir Krischan Langguth bisher nicht gekannt. Sonst schon, aber eben nicht bei seinen Geldgebern. Ich tippte ernsthaft auf Drogen. Waren sie auch die Bezahlung dafür gewesen, dass er die Täter von der Brücke bereits zum zweiten Mal so geschickt hatte entkommen lassen? Und wenn das zutraf – wie lange ging das dann schon so?

Ich überlegte. Noch nicht so lange, denn bisher war Krischan in dieser Weise nicht auffällig gewesen. Ich musste Marga über diesen Punkt befragen, auch wenn sie wieder enttäuscht von mir sein würde.

»Sie mich auch«, schrie der junge Mann jetzt in den Hörer. Sein Gesicht war rot und vor Wut verzerrt, als er das Gespräch beendete. Trotzig blickte er mich an. »Was ist?«

»Ich fürchte, du hast einen Kunden weniger«, sagte ich ruhig.

»Und wenn schon«, knurrte Krischan. »Der alte Rohwedder ist ein Ekel. Ich komme auch ohne den klar. Ich verdiene gut.«

»Aber nicht mehr lange, wenn du so weitermachst. Oder hast du noch andere Geldquellen?«

Er schien mich nicht zu verstehen, während Philipp ein keuchender Laut entfuhr. Er wusste genau, was ich damit andeuten wollte.

»Nein«, sagte Krischan mürrisch. »Hab ich nicht. Aber der alte Rohwedder tratscht nicht, wenn du das meinst. Der hält die Klappe.«

Verstockt wie ein Dreijähriger, der von der erzürnten Mami befragt wird, weil er das schwesterliche Quietscheentchen versteckt hat, stand der Junge da und rührte sich nicht. Dafür rührte sich etwas in mir; mögliche Drogensucht hin, entkommene Tierquäler her. Nämlich Mitleid. Ach verdammt, löchern konnte ich ihn auch noch später.

»Hast du schon einmal daran gedacht, etwas anderes aus deinem Leben zu machen, als ewig der ›Mann für alle Fälle‹ zu bleiben?«, fing ich an.

»Was denn? Ich kann doch nichts anderes«, lautete die verzagte Antwort.

»Das meiste kann man lernen«, erwiderte ich ruhig. »Dafür gibt es hierzulande Schulen, Ausbildungsbetriebe und diverse Förderprogramme. Man muss es nur wollen.«

Gut, das Gespräch nahm nicht unbedingt die Wendung, die ich mir als Private Eye vorgestellt hatte. Aber angenommen, mein Bauchgefühl war doch intakt und Christian Langguth hing zwar in etwas Miesem drin, wollte es jedoch eigentlich nicht, dann war es hohe Zeit, dass sich ein wohlmeinender Erwachsener um den jungen Mann kümmerte – indem er ihn einmal so richtig auf den Pott setzte und ihm einen Weg aus dem Schlamassel aufzeigte.

»Für Schule habe ich kein Geld«, brummte Krischan abwehrend.

Sein finsterer Gesichtsausdruck hätte weniger mutige Wesen als mich auf der Stelle verstummen lassen.

»Wenn du etwas wirklich willst, finden wir eine Lösung«, versprach ich ihm. »Am Geld soll es auf keinen Fall scheitern. Du musst allerdings wissen, was es sein soll. Das kann dir niemand abnehmen.« Krischan wandte den Kopf ab und begann nervös, auf seinem Herd herumzutrommeln. »Also, gibt's da was?«

Ich ließ nicht locker. Jetzt fing sein Adamsapfel an, wie ein Gummiball auf und ab zu hüpfen.

»Also, ich würde das nicht machen«, meinte Philipp unvermutet. »Noch mal zur Schule gehen und so. Ist doch sowieso alles nur für die heilige Dreieinigkeit von Leistung, Geld und Erfolg.« Er verzog abschätzig das Gesicht.

»Aber man hat einfach mehr Möglichkeiten, wenn man eine Ausbildung gemacht hat«, widersprach ich vernünftig wie eine uralte Tante.

Philipp winkte ab. »Das kriegt man von den Lehrern auch tagtäglich zu hören. Aber wer nicht gleichzeitig supersozial ist, sich neben der Schule wie blöde engagiert und ein Abi mit einem sauguten Schnitt schafft, endet auf der Parkbank. Mein Mathelehrer sagt immer, das sei heute das elfte Gebot.« Er verstummte erschrocken und schielte zu Krischan hinüber, der unserem Wortwechsel mit gequälter Miene gefolgt war. »Tut mir leid, ich wollte nicht andeuten, dass du auf der Parkbank ... also, ich finde dein Leben total in Ordnung. Das wollte ich damit sagen. Wenn das jetzt falsch rübergekommen ist ...«

»Nö. Ist es nicht«, antwortete Krischan beruhigend. »Ist schon alles okay so.«

»Nein«, beharrte ich streng. »Das ist es eben nicht! Ich finde wirklich, du solltest dein Leben nicht so vergeuden, sondern etwas daraus machen. Das könnte so manches Problem lösen, das dir vielleicht jetzt wie ein Berg vorkommt. Manchmal verzettelt man sich einfach. Und es gibt für alles Hilfe, wenn man nur bereit ist, sie anzunehmen. Für alles, hörst du?« Ich beobachtete ihn scharf. Er reagierte nicht. Entweder er hatte keine Ahnung, auf was ich anspielte – oder Christian Langguth gehörte zu den ganz Hartgesottenen. Also fuhr ich eindringlich fort: »Du bist intelligent und könntest dir einen Beruf suchen, der dir richtig Spaß macht. Sicher, der Weg dorthin ist anstrengend, aber es geht ja nicht nur darum, schnell viel Kohle zu verdienen, sondern es geht auch um Erfüllung und Sinn im Leben. Schau mich an. Ich habe zwar ein bisschen gebraucht, um den Beruf der Privatdetektivin für mich zu entdecken, doch jetzt bin ich wunschlos glücklich mit ihm.« Die beiden Jungs mussten ja nicht unbedingt erfahren, dass ich als Private Eye in keine Lehre gegangen war. »Deshalb noch einmal die Frage: Was wünschst du dir für dein Leben?«

»Nee«, wehrte Krischan ab. »Ich bin glücklich und zufrieden. Ehrlich.«

»Aber irgendwas schwebt dir bestimmt insgeheim vor.« Nicht nur Harry besaß Terrierqualitäten, wenn es darauf ankam.

»Weiß ich jetzt nicht«, muffelte das Objekt meiner Hilfsbereitschaft.

»Aber du musst doch irgendwann einmal eine Vorstellung gehabt haben.«

»Nee.« Er wandte den Kopf ab und schluckte. »Ach, ich weiß auch nicht. Architekt vielleicht.« Na also. Ging doch, auch wenn es eine schwierige Geburt war. »Aber eigentlich finde ich den Job gar nicht mehr so spannend.«

»Weil du den Traum bereits begraben hast, denn der Weg dorthin kommt dir ellenlang vor?«, bohrte ich nach. »Klar, Abitur, Studium, Prüfungen ohne Ende, aber dann –«

Es war wiederum Philipp, der seinem schweigenden Kumpel zu Hilfe eilte.

»Jetzt lass ihn doch endlich in Ruhe, Hanna!«, schnauzte er mich an. »Krischan will nicht. Das hat er gesagt. Und das ist sein gutes Recht. Er fällt niemandem zur Last und ist keinem Rechenschaft schuldig.«

Trotzig blickte mich dieses siebzehnjährige Kerlchen an. Er meinte es gut, zweifellos. Und ich verstand ihn ja. Er bewunderte die Freiheit und die Selbstständigkeit des Älteren, während er selbst in der Schulmühle steckte. Doch er sah natürlich nicht, dass ich hier darum rang, einem jungen Mann, der möglicherweise auf die schiefe Bahn geraten war, einen Weg zurück ins normale Leben aufzuzeigen. Und er sah ebenfalls nicht, dass man unweigerlich älter als zweiundzwanzig wurde. Vierzig vielleicht oder gar fünfzig. Und wie sah das Leben als »Mann für alle Fälle« dann aus?

»Ich werde mal ein ernstes Wort mit Marga und Theo reden, was die Finanzen angeht«, versprach ich Krischan. »Oder auch mit Inge Schiefer und Fridjof Plattmann. Gemeinsam werden wir schon einen Weg für dich finden.« Ich lächelte ihm aufmunternd zu. »Architektur war nie mein Ding, aber wenn du das wirklich studieren willst, dann steht halb Bokau mit Rat und Tat hinter dir. Versprochen.«

DREIZEHN

Dabei hatte ich es fürs Erste belassen. Mein Angebot musste erst einmal ankommen und verdaut werden; der Junge war ja wirklich nicht dumm. Er würde schon irgendwann einsehen, welche Vorteile ihm eine solide Berufsausbildung gegenüber so einem »Mann für alle Fälle«-Job verschaffte – zumal wenn er tatsächlich in irgendeiner Weise selbst mit Drogen, illegalen Laboren und Tierversuchen zu tun haben sollte. Dann bot sich ihm damit der perfekte Weg aus diesem Sumpf.

»Oder war das jetzt total spießig?«, fragte ich am nächsten Morgen Silvia, während ich ihren Hals und die Kuhle an ihrem Ohransatz kraulte.

Sie liebte das und hielt ganz still, während ich mit der anderen Hand die Teetasse zum Mund führte. Das war ein Tagesbeginn so ganz nach unserem Geschmack. Silvia antwortete nicht. Das war selten. Normalerweise hält sie mit ihrer Meinung nicht hinterm Berg.

»Du meinst«, interpretierte ich ihr Schweigen, »weil ich selbst in dieser Hinsicht keine echte Leuchte bin, hätte ich besser den Mund gehalten?« Wie gesagt, wir sind sehr gut befreundet. Jedem anderen hätte ich dieses Maß an Fundamentalkritik übel genommen. »Hör mal, ich habe mich durchgebissen. Und dass ich jetzt nicht so richtig weiterkomme, steht auf einem anderen Blatt. Ich mag Krischan nun einmal. Dafür kann ich nichts. Aber natürlich spricht einiges gegen ihn. Das sehe ich auch.«

Silvia erwachte aus ihrer Lethargie und brachte mit einem Schwanzschlag ein ganzes Fliegenrudel zum Brummen. Hundert auf einen Streich. Beeindruckend. Ich trank den Rest meines Tees.

Die anschließende Befragung Krischans hatte ich gestern eher halbherzig durchgeführt. So ganz nebenbei hatte ich ihm die Namen seiner Eltern und anderer Verwandter sowie seiner ehemaligen Schule entlockt. Zwecks Überprüfung seiner Angaben. Erst als er misstrauisch und immer unwilliger geworden war, hatte ich ihn schnörkellos darauf hingewiesen, dass er es durch sein Verhalten bereits zweimal geschafft hatte, den Katzen- und Hunde-Entsorgern die Flucht zu ermöglichen. Das sei doch zumindest seltsam, oder?

Daraufhin hatte Philipp sich solidarisch-empört gezeigt, während Krischan sich entsetzt-zerknirscht gegeben hatte. Es tue ihm total leid, hatte er wieder und wieder beteuert, und er wisse wirklich nicht, was da in ihn gefahren sei. Erklären könne er sich sein Verhalten selbst nicht.

»Glauben wir ihm?«, fragte ich Silvia.

Meine kühische Freundin rülpste laut. Es stank, das muss man sagen. Doch das war es nicht, was meine Welt von einer Sekunde auf die andere kollabieren ließ.

Die erste Kugel zischte nur einen Millimeter an meinem rechten Ohr vorbei. Die Wucht der Detonation ließ mein Trommelfell vibrieren wie ein Spinnennetz im Taifun. Ob es nun daran lag oder daran, dass man in Bokau gemeinhin nicht auf Leute ballert wie in Chicago, Schanghai oder Johannesburg – ich brauchte eine gefühlte Ewigkeit, bis ich mich bäuchlings auf die Erde geschmissen hatte.

Und da lag ich nun, am ganzen Körper zitternd, das Gesicht halb in eine matschige Pfütze gepresst, und glaubte es nicht. Jemand schoss auf mich! Jemand trachtete mir, Hanna Hemlokk, nach dem Leben! Denn dass mich am helllichten Tag ein schwachsichtiger Waidmann für ein Reh im rot-weißen Ringelshirt oder für ein zweibeiniges Wildschwein hielt, war mehr als unwahrscheinlich. Nein, die Kugel galt mir, und hinter den Büschen und Bäumen lauerte ein Verrückter.

So schnell mich Arme und Beine trugen, robbte ich im Kriechgang einer Riesenechse über den Weg, der Silvias Wiese von meinem Mini-Garten trennte, auf meine rettende Villa zu. Ich kam bis zur Gartenpforte. Da war Ende, denn die war geschlossen und verriegelt und daher nur im Stehen zu öffnen. Ich überlegte fieberhaft. Mich hochzuwuchten kam natürlich nicht in Frage. Ein besseres Ziel konnte ich dem Irren gar nicht bieten. Also schlängelte ich mich seitwärts weiter am Zaun entlang, begleitet von Silvias nachdenklichem Muhen.

Der zweite Schuss verfehlte meinen Skalp nur äußerst knapp, wodurch ich vor Schreck in eine Art Schockstarre verfiel. Am liebsten hätte ich schützend die Hände über den Kopf gelegt, ganz unprofessionell losgeheult und gewartet, bis alles vorüber war. Doch im hintersten Winkel meines Hirns wusste ich selbstverständlich, dass dies die schlechteste aller Lösungen wäre.

Also, mach hin, Hemlokk, befahl ich mir selbst, streng deinen Grips an und beweg deinen Hintern, wenn dir dein Leben lieb ist, sonst befördert dich dieser Wahnsinnige im Nullkommanichts ins Jenseits. Halb taub und mit schwindenden Kräften zwang ich mich, mechanisch weiterzurobben: rechter Arm vor, linkes Bein vor; linker Arm vor, rechtes Bein vor; rechter Arm vor, linkes Bein vor. Denn auf der Rückseite meiner Villa stand das Schlafzimmerfenster offen.

Wenn ich es bis dahin schaffte, war ich in Sicherheit. Ich würde mich mit einem Satz ins schützende Innere meiner Behausung retten und Hilfe herbeitelefonieren. Und bis die anrückte, würde ich mich in meinem Badezimmer verbarrikadieren und, wenn nötig, mit Nagelfeile und Klobürste sowie Deospray und Parfümflakon um mein Leben kämpfen. Doch dazu kam es nicht.

Mit dem dritten Schuss erwischte er mich. Ich hörte, wie jemand gellend aufschrie. Dann gingen in meinem Kopf die Lichter aus, und um mich herum wurde es stockfinster.

»Hemlokk?« Die Stimme klang blechern und variierte mörderisch in der Lautstärke. Trotzdem erkannte ich sie. »Jetzt gib hier nicht den sterbenden Schwan, sondern erheb dich. Für Sonnenbäder ist es zu kalt. Du holst dir noch eine Lungenentzündung. Wir haben Herbst.«

»Gibt keinen Schweinekopf«, krächzte ich, als Harrys Gesicht direkt vor meinen Augen auf die Größe eines Fesselballons anschwoll, um kurz darauf als Erbse auf und nieder zu hüpfen.

»Himmel, hast du das Frühstück ausgelassen? Bist du unterzuckert, oder hast du was genommen?«

»Ja«, ächzte ich und blieb stocksteif liegen. »Ist er weg?«

»Wer?«

Gut, Harry Gierke war manchmal nicht der Hellsten und auch nicht der Schnellsten einer, aber dermaßen begriffsstutzig hatte ich ihn selten erlebt.

»Na, der Killer natürlich«, blubberte ich ungeduldig.

Eine von Silvias Mit-Damen regte irgendetwas mächtig auf. Sie röhrte zu uns herüber, dass sich das Wasser auf dem See kräuselte.

»Wie heißt du, Hem… äh …? Und wie viele Finger siehst du hier?«

Er kniete jetzt dicht neben mir und fuchtelte mit der Rechten vor meiner Nase herum. Was für eine schwachsinnige Frage! Da trachtete mir jemand nach dem Leben, und der Gierke stach mir mit dem Zeigefinger fast die Augen aus.

»Lass das«, sagte ich.

»Du bist verwirrt«, stellte Harry fest.

»Nee, bin ich nicht.« Langsam und ganz vorsichtig richtete ich mich auf und wackelte mit dem Kopf hin und her. »Mein Schädel ist zumindest okay. Er hat nur meinen Bizeps getroffen.«

Ich deutete auf meinen linken Oberarm. Der Schuss hatte mein Sweatshirt ruiniert und meine Alabasterhaut geritzt.

»Ach du Scheiße!«, stöhnte Harry, sprang wie ein mit voller Wucht auf den Boden geknallter Gummiball hoch und sauste davon. Nanosekunden später war er wieder da – mit meinem gesamten Handtuchvorrat und einem Stück von meiner Wäscheleine.

»Streck den Arm aus. Schnell«, kommandierte er. »Ich binde ihn ab.«

»Aber da blutet doch gar nichts mehr«, protestierte ich.

»Red nicht. In so einem Fall ist eine gute Notfallversorgung das A und O.«

»Aber –«

»Die Rettungssanitäter werden mit der Bahre schlecht hier runterkommen.« Mit einem Ruck zerriss er mein Sweatshirt und griff nach dem ersten Handtuch. »Ich werde wohl besser gleich den Heli bestellen. Die sollen drüben bei Silvia landen. Dann könnten die mit der Bahre hier rüberlaufen und –«

»Trage, Harry«, widersprach ich milde, während er meinen Arm verschnürte, als seien sämtliche Arterien und Venen gerissen. »Wenn die mit der Bahre kommen, haben sie immer einen Leichensack dabei. Dann bist du nämlich tot.«

»Nun mach auch noch Witze, Hemlokk«, fauchte er mich an. »Die Lage ist ernst. Na ja, wahrscheinlich ist das der Schock.« Tja, die Frage war nur, wer hier unter Schock stand. Ich war es nicht. Endlich war Harry fertig. Mein mehrlagig umwickelter Arm hatte mittlerweile den Umfang einer Tonne. »Wie geht es dir, Schätz... äh ... Hemlokk?« Er starrte mich voller Besorgnis an. »Ach Gott, ich muss dir noch die Beine hochlegen. Sonst klappt der Kreislauf weg. Da besteht akute Ohnmachtsgefahr.«

»Nein, musst du nicht«, sagte ich entschlossen. »Und in die stabile Seitenlage drehst du mich auch nicht, hörst du? Und lass meine Zähne drin. Die sind nämlich angewachsen.«

Er zögerte.

»Harry«, sagte ich geduldig, also sehr geduldig. »Hilf mir einfach auf. Das reicht fürs Erste.«

»Ich weiß nicht, ob das gut ist, Hemlokk. Du hast ein traumatisches Erlebnis hinter dir und ziemlich viel Blut verloren. Da –«

»Habe ich doch gar nicht. Es ist ein Ratscher, mehr nicht. Jetzt steh endlich auf, gib mir deine Hand und zieh mich hoch.«

Und was tat dieser verdammte Gierke? Schüttelte stur wie ein Maulesel den Kopf.

»Ich rufe lieber den Notarzt.

»Das lässt du schön bleiben.«

»Aber –«

»Harry«, knurrte ich drohend. »Ich sterbe nicht. Jedenfalls nicht hier und nicht jetzt. Versprochen.« Er zögerte noch immer. »Und bevor du mich fragst, wie alt ich bin und wie die Bundeskanzlerin heißt: Ich bin einundvierzigeinhalb, und wenn sie nicht gestorben ist, heißt sie immer noch Merkel. Zufrieden?«

»Nein«, sagte er leise. »Eigentlich nicht. Aber nach einem Fall für die Intensivstation schaut es auch nicht aus, das muss ich zugeben.«

»Siehst du.«

»Vielleicht reicht es tatsächlich, wenn wir erst deinen Hausarzt anrufen und dann die Polizei benachrichtigen.«

Ich wuchtete mich umständlich auf die Knie.

»Ich muss mal«, erklärte ich dabei unüberhörbar. »Wenn ich nicht bald aufs Töpfchen komme, geht hier noch etwas ganz anderes schief. Hilfst du mir jetzt hoch oder nicht?«

»Ach so.« Und endlich, endlich streckte er mir die Hand hin, zog mich vorsichtig empor und geleitete mich fürsorglich zur Badezimmertür. »Die lässt du besser offen. Wenn du in Ohnmacht fällst und –«

»Nein«, widersprach ich freundlich. »Pipi macht die Dame von Welt allein.«

»Aber –«

»Nein, Harry!«

Im Bad entfernte ich als Erstes das Ungetüm von Verband, um mir die Wunde in Ruhe begucken zu können. Ich hatte wirklich nur einen Kratzer abbekommen. Mehr nicht. Der Schütze war also kein Könner. Oder wollte er mich lediglich erschrecken und verwarnen, damit ich von irgendetwas ja die Finger ließ? Aber von was? Sorgfältig klebte ich ein Pflaster über den blutigen Ratscher und klatschte mir drei Hände voll kaltes Wasser ins Gesicht.

»Hemlokk? Tust du noch?«, dröhnte Harrys besorgte Stimme durch die Tür.

»Nein«, gab ich zurück. »Ich bin schon auf dem Weg in himmlische Sphären. Mir geht's gut, Harry. Wirklich. Kein Grund zur Panik.«

Ich starrte in den Spiegel. Mein rechtes Auge ist bekanntlich blau, mein linkes grün. Normalerweise bin ich stolz darauf. Heute war ich es nicht. Jemand hatte versucht, mich zu töten. Die Erkenntnis traf mich plötzlich mit voller Wucht. Ich hörte mich seufzen, ganz leise, nicht lauter als eine Brise, die über die Sommerwiese streift, dann sank ich gegen die Wand meiner Duschkabine und rutschte unaufhaltsam Richtung Boden.

Als ich wieder zu mir kam, war meine Villa voller Leute, und ich lag auf der Couch. Jemand hatte eine Decke über mich gebreitet, und ein fremder Mann in Weiß umklammerte mein Handgelenk. Eine Frau und ein Mann in Rot-Weiß standen abwartend im Hintergrund, während Harry mit seiner besten Bühnenflüsterstimme irgendetwas ins Telefon bellte.

»Na also«, sagte der Weiße jetzt zu mir, weshalb ich Harrys Gebelle nicht verstand. »Da sind wir ja wieder.« Dann drehte er sich kurz um und nickte den beiden Menschen an der Tür zu, bei denen es sich zweifellos um Rettungssanitäter handelte. »Wir können hier nicht viel machen. Fahrt doch schon einmal vor.«

Die beiden verschwanden wortlos. Der Notarzt blickte mich ernst an.

»Sie haben Ihre Wunde ja schon selbst bestens versorgt. Das ist also in Ordnung. Und was die seelischen Narben angeht ... Ihr Bekannter erzählte uns etwas von mehreren Schüssen ...«

»Drei«, präzisierte ich. »Es waren drei Schüsse.«

»Ah ja.« Er schaute mir in die Augen, löste seine Rechte von meinem Handgelenk und legte mir die Blutdruckmanschette um. Wir warteten. Das Gerät pumpte, dann piepte es. »Körperlich ist auf den ersten Blick alles in Ordnung mit Ihnen«, teilte mir der Mediziner mit und packte seine Sachen zusammen. »Aber ich rate Ihnen dringend, sich von einem Psychologen helfen zu lassen. So etwas wirkt nach. Auch wenn Sie dieses ... äh ... Ereignis zunächst völlig problemlos wegzustecken scheinen, kann es einen noch nach Tagen oder Wochen erwischen, und dann –«

»Sparen Sie sich Ihre Worte, Doktor«, sagte Harry, der sein Telefongespräch beendet hatte und neben den Arzt getreten war. »Die Frau ist dickköpfig wie ein Rhinozeros und macht doch nur, was sie will.«

»So.« Der Notarzt stand auf. »Das müssen Sie entscheiden. Aber Sie müssen natürlich auf jeden Fall die Polizei benachrichtigen. Ich werde das in meinem Bericht vermerken.«

»Die erscheint in circa einer halben Stunde«, schnarrte Harry, ganz der Mann, der alles im Griff hatte. »Das habe ich soeben in die Wege geleitet.«

Der Weiße griff nach seinem Koffer. »Dann darf ich mich

verabschieden. Alles Gute für Sie.« Er nickte mir freundlich zu, während Harry ihn höflich die vier Schritte zur Tür begleitete. Dann waren wir allein.

Ich schlug die Decke zurück und stemmte mich vorsichtig hoch, während Harry mich wie eine besorgte Glucke umtänzelte.

»Meinst du, dass das jetzt richtig ist, Hemlokk?«, platzte er schließlich heraus.

»Kochst du uns einen Tee, Harry?«, versuchte ich ihn zu erden. »Ich verdurste.«

»Kamille, Pfefferminz oder Frucht?«

»Whisky, Wodka und Rum«, knurrte ich gereizt. »Earl Grey, Gierke. Mit meinen Darmzotten ist alles in bester Ordnung, soweit ich weiß, und ich bin weder invalid noch scheintot. Hör auf, mich zu bemuttern wie eine unterbeschäftigte Mami.«

»Warst du nicht die Frau, die in Ohnmacht gefallen ist, als ich dich das letzte Mal allein gelassen habe?«, entgegnete er unschuldig. »Ich habe Peter angerufen.« Harry warf einen Blick auf sein Chronometer. »Er müsste gleich hier sein.«

»Tee«, erinnerte ich ihn.

Er gehorchte und stellte den Wasserkocher an. Wer zum Donnerwetter war Peter? Einer aus der endlosen Reihe seiner Schulfreunde vermutlich.

»Nein«, bemerkte Harry hellsichtig. »Ich weiß, was du denkst, aber Peter hatte mal was mit meiner kleinen Schwester. Ich habe noch etwas gut bei ihm.«

Ja, und? Half mir das in irgendeiner Hinsicht weiter? Harry goss schwungvoll das kochende Wasser in die Kanne und starrte sinnend auf die quellenden Teeblätter.

»Und weshalb soll nun ausgerechnet dieser Peter der richtige Mann in diesem Moment sein? Ich hatte da eigentlich mehr an einen Anruf bei der Polizei gedacht«, bemerkte ich säuerlich.

Harry feixte wie ein mäusegesättigter Kater.

»Als er mit der Kleinen ging, war er ein simpler Wachtmeister und ein ziemlicher grüner Junge. Aber das nur nebenbei. Jetzt wird er von zwei Sekretärinnen abgeschirmt und hat einen Terminkalender, der seinen Tag in Zehn-Minuten-Einheiten verhackstückt. Aber bei der Polizei ist er immer noch.«

»Schießen wir da nicht mit Kanonen auf Spatzen?«, nörgelte ich. »Ich meine, was soll ich denn mit so einem Kriminaloberhäuptling, der meinetwegen extra einen Termin beim Justizminister verschiebt? Solche Leute *machen* doch nicht, die *lassen* machen.«

Harry seufzte theatralisch, als sei ich ein begriffsstutziges Kind. Dann sagte er sehr langsam und sehr betont: »Das war ein Mordversuch, Hemlokk. Das muss vernünftig und vor allen Dingen kompetent untersucht werden. Mit so einem Wald- und Wiesenwachtmeister kommst du da nicht weiter. Der nimmt das auf, und dann hörst du nie wieder –«

»Peter«, unterbrach ich ihn, weil meine Gartenpforte quietschte.

Gleich darauf klopfte es an der Tür. Harry öffnete.

Der Kriminaldirektor, oder was immer er war, hieb Harry burschikos zwischen die Schulterblätter, schälte sich aus seiner mikrofaserigen Outdoorjacke und würdigte mich keines Blickes.

Am liebsten hätte ich »Hallo, guter Mann, um mich geht's. Ich bin das Opfer« gerufen, doch ich hielt auch noch in geradezu bewundernswerter Weise den Mund, als der Mörderspezialist zu Harry sagte: »Also, alter Junge, um was geht es?« Wobei er unauffällig auf seine Armbanduhr schielte, die wahrscheinlich nicht nur die popelige hiesige Zeit, sondern auch die auf Tahiti sowie die Mondphasen in der Sierra Nevada anzeigte.

Muss ich überhaupt noch erwähnen, dass er auch solariumsgebräunt war und ich ihn von der ersten Sekunde an für eine Pfeife hielt?

»Jemand hat auf Hanna geschossen«, informierte Harry ihn knapp.

»Drei Mal«, ergänzte ich höflich.

Endlich schaute er kurz zu mir herüber, um anschließend zu verkünden: »Ich sehe nichts.«

»Weil zwei Schüsse danebengingen und der dritte lediglich eine Schramme verursacht hat. Hier am Arm.« Ich tippte zart auf die bewusste Stelle.

»Aha. So.«

»Sie ist Privatdetektivin«, sagte Harry. »Möglicherweise hat es damit etwas zu tun.«

Der Polizeipräsident gestattete sich ein anzügliches Grinsen. »Sie ist eine Privatschnüfflerin?« Er sprach immer noch ausschließlich mit Harry, als sei ich nichts weiter als eine tote Beutelratte. »Was pflegst du denn für einen Umgang, mein Alter?«

Ich hörte, wie Harrys Zähne anfingen zu knirschen. Er wusste, dass ich kurz vor der Explosion stehen musste.

»Peter, hör mal«, begann er, doch der Experte fürs Kriminelle hörte nicht, sondern wandte sich jetzt tatsächlich an mich.

»Dann haben Sie todsicher eine Menge Feinde, nicht?«

»Nein«, sagte ich. »Privat zumindest nicht. Das heißt zumindest nicht solche, die mich umbringen wollen. Tja, und was das Berufliche angeht ...«

»Sind Sie angemeldet?«

»Nein«, musste ich dummerweise zugeben. »Dazu hat die Zeit noch nicht gereicht.«

Er glupschte mich an. »Verstehe«, sagte er dann sonor. »Wegen der vielen Fälle. Ja, manchmal kommt man einfach zu nichts. So ist das Leben.«

Der Kerl wurde mir immer unsympathischer. Er würde mir kein Wort glauben und mich für eine Aufschneiderin halten. Und irgendwann würde er wahrscheinlich vermuten, dass ich mir die Wunde selbst beigebracht hatte, um Aufmerksamkeit zu erregen. Quasi als Marketinggag für meine nicht florierende und auch noch unangemeldete Detektei. »An was arbeiten Sie denn zurzeit so? Mord, Totschlag, Viehdiebstahl?«

Dabei schenkte er mir ein strahlendes Lächeln, was wohl den Worten ihren spöttischen Beiklang nehmen sollte. Tat es aber nicht.

»Ich ermittele in zwei Brandfällen, in denen der Täter mit Weißem Phosphor gearbeitet hat. Das eine Opfer liegt im Koma, bei dem anderen ging es Gott sei Dank glimpflicher ab. Außerdem untersuche ich einen Fall von Tierquälerei, in dem möglicherweise Drogen und Laborversuche eine Rolle spielen könnten. Oder ... äh ... Restaurants. Auf jeden Fall geht es dabei um das ganz große Geld.«

In diesem Moment muhte Silvia derart klagend über den See, als hätte der Aufnahmeleiter einer dieser unsäglichen TV-Shows dem Publikum den Lachbefehl gegeben.

»Und nicht zu vergessen die Freifrau«, unterstützte mich Harry flugs. »Da musste Hanna extra in England recherchieren. Weißt du, in diesem Fall geht es zwar lediglich um eine falsche Identität, ist also mehr Kleinkram, aber vernünftig gearbeitet werden muss natürlich auch hier. Aber wem sag ich das. Du bist ja vom Fach.«

Der Kriminalobermotz blickte mich mittlerweile an wie ein Mondkalb. Und so richtig gelogen war das ja auch alles nicht. Hatte ich noch etwas zu bieten, um diesem aufgeblasenen Fatzke einmal zu zeigen, was eine echte Bokauer Ermittlungs-Harke ist? Hatte ich.

»Ach übrigens«, bemerkte ich nonchalant in Harrys Richtung, »Theos Auftrag konnte ich auf der Fähre erledigen.«

Er brauchte ein bisschen, bis er verstand. »Was? Du hast den Professor geknackt? Wirklich?«

Ich nickte gewichtig. »Der Mann ist in Ordnung. Ich habe ihn die ganze Nacht über observiert und anschließend zur Rede gestellt.«

»Und was –?«

»Nein«, sagte ich. »Der Fall ist abgeschlossen. Ich habe mich überzeugt, dass ihm nichts vorzuwerfen ist, und damit basta. Außerdem habe ich ihm mein Wort gegeben, dass ich über gewisse Dinge den Mund halten werde.«

Ich sah Harry an, dass er vor Neugier schier platzte, doch bevor er nachhaken konnte, klingelte mein Telefon.

»Entschuldigung«, murmelte ich höflich in Richtung Kriminalrat und meldete mich.

»Geht es dir gut, Hanna? Marga rief mich eben an und berichtete, dass vor ihrer Tür Krankenwagen und Notarzt stünden. Und bei ihr sei alles in Ordnung, und dieser Krischan sei nicht zu Hause. Da hat sie gedacht, das könne nur bei dir sei.«

Ich beruhigte meine Mutter, so weit ich es vermochte. Es sei nur ein Kratzer, nicht der Rede wert. Woher ich den denn hätte? Tja, gute oder eigentlich schlechte Frage. Denn mir fiel ums Verrecken keine nerven- und muttischonende Lüge ein. Also erzählte ich ihr von den Schüssen.

»Wir kommen«, trompetete Mutti. »Morgen sind Papa und ich da.«

Oh nein, bloß das nicht! Es war ja lieb gemeint, aber ich wusste immer noch sehr genau, welche Nerven es mich gekostet hatte, als meine Eltern die Detektiverei für sich entdeckt hatten.

»Das ist wirklich nicht nötig«, versicherte ich. Und dann ereilte mich der zweite – oder war es der dritte? – Geistesblitz in diesem Fall. »Äh ... Harry ist hier und kümmert sich um ... alles.«

»Harry, aha.« Vier Silben sagen manchmal mehr als tausend Worte.

»Also«, nahm Peter, der begnadete Kriminalist, den Faden wieder auf, als ich aufgelegt hatte und in die Kissen zurückgesunken war, »es handelt sich um drei Schüsse, von denen allerdings nur einer traf. Ist das richtig?«

»Ja«, grunzte ich undeutlich, weil ich mir eine Macadamianuss in den Mund gesteckt hatte.

»Und Motive scheint es auf den ersten Blick wie Sand am Meer zu geben, wenn ich diese Vielzahl an Fällen in Betracht ziehe.«

Jetzt grunzte ich nicht mehr, sondern schwieg. Auf was wollte der Polizeipräsident hinaus? Ich sollte es umgehend erfahren.

»Wisst ihr, was ich vermute?«, fuhr er langsam fort. »Seid mir nicht böse, aber sowohl aus kriminalistischer als auch aus pragmatischer Sicht drängt sich der Verdacht geradezu auf.«

»Welcher Verdacht?«, fragte Harry, das Schaf, während ich mich innerlich wappnete.

Der Kommissar vereinnahmte mit einem weit ausholenden Armschwenk Bokau und die gesamte Probstei.

»Die Gegend ist sehr ländlich hier. Beginnt die Jagdsaison nicht bald? Ich tippe daher als Täter auf einen Jäger oder Bauern, der sich schwer verschossen hat, sozusagen.« Er lachte über seinen mageren Scherz. Harry und ich nicht. »Er hat ... äh ...

Hanna, nicht? Also, dieser blinde Jäger wollte üben, damit er sich bei seinen Kameraden nicht blamiert, wenn's demnächst wieder auf die Pirsch geht, und hat Sie für einen Damhirsch gehalten oder – nichts für ungut, junge Frau – vielleicht für ein Wildschwein und hat draufgehalten. Bumm, und das war's. Erst letztens hat doch so ein Hubertusjünger in Meck-Pomm ein Liebespaar im Maisfeld erwischt. Hat die Geräusche der beiden mit dem Grunzen einer Wildsau verwechselt. Na ja. Der Lover ist tot und sie, glaube ich, schwer verletzt. So etwas gibt's. Vielleicht hatte er in eurem Fall auch einfach nur seine Brille vergessen, versteht ihr?«

Ja, das taten wir. Der Mann hatte null Ahnung und war ein Sesselfurzer, wie er im Buche stand.

»Dreimal?«, brummte Harry drohend. »Meinst du das ernst, Peter?«

»In Bokau laufen die Leute gewöhnlich nicht mit der Knarre herum, Sheriff«, sprang ich Harry zur Seite. »Auch nicht während der Jagdsaison. Und Optiker, die vernünftige Brillen hinkriegen, gibt's hier in der Gegend ebenfalls.«

»Das glaube ich ja alles«, versicherte der gewesene Oberwachtmeister uns achselzuckend. »Wie gesagt, nicht böse sein. Aber aus professionellem Blickwinkel sieht manches eben anders aus. Solche Verwechslungen kommen wirklich immer wieder vor. Nehmt nur den Fall des Jägers, der einen frühmorgendlichen Pilzsammler für ein Wildschwein gehalten hat. Stand kürzlich ebenfalls in der Zeitung. Blattschuss. Der Mann war sofort tot. Insofern haben Sie noch Glück gehabt, Hanna.«

»Du glaubst uns also nicht«, stellte Harry das Offensichtliche fest, ohne auf die Ungereimtheiten in dem Vergleich einzugehen.

»Doch, natürlich tue ich das. Also dir schon, alter Junge. Du warst aber nicht dabei, oder? Und selbstverständlich zweifelst du nicht an den Worten deiner ... also, du zweifelst nicht.«

»Freundin, Herr Kriminalrat«, flötete ich. »Oder Lebensabschnittsgefährtin, ganz wie es Ihnen beliebt.« Was für ein arrogantes Arschloch. Nach meiner bescheidenen Meinung konnte Harrys kleine Schwester gottfroh sein, dass sie den los war.

»Eben«, fuhr das Arschloch ungerührt fort. »Genau das ist es ja. Ihr zwei habt eine Beziehung. Da ist es ganz natürlich, dass man nicht objektiv bleibt.«

»Sie wollen also behaupten, dass ich mir alles nur eingebildet habe?«

Der Mann sollte es doch bitte schön einmal deutlich aussprechen, fand ich. Klare Kante, das war schon immer mein Ding.

»Nein, nein«, log der feige Gesetzeshüter. »Es ist nur so, und darauf weisen unsere Polizeipsychologen immer wieder hin, mit der Erinnerung ist das eine höchst komplizierte Angelegenheit.« Jetzt schaute er mich zwar direkt an, klang dabei jedoch so gönnerhaft, dass ich ihm mit Wonne in die Eier hätte treten können. »Manchmal meint man, etwas zu einhundert Prozent zu wissen, weil es bestens in die eigene Vorstellungswelt passt, ja sie geradezu stützt, doch in Wahrheit ist alles ganz anders. Und gerade sensible Seelen steigern sich da leicht in einen emotionalen Ausnahmezustand hinein und glauben dann fest an das, was sie ... äh ... glauben möchten.«

»Hemlokk ist weder hysterisch, noch neigt sie zu Einbildungen«, widersprach Harry tapfer.

»Das habe ich auch nie behauptet«, behauptete der Kommissar und schmiss sich seine Jacke über die Schulter. »Ich bringe den Fall auf jeden Fall gleich zur Meldung, und dann kümmern sich die Kollegen darum. Nichts für ungut, alter Junge.«

Er strebte zur Tür.

»Tschüss, Sheriff«, rief ich ihm hinterher. »Und passen Sie bloß auf, dass keiner von unseren halb blinden Bokauer Waffenbrüdern Sie mit einem Hasen verwechselt, wenn Sie vor die Pforte treten.«

Dem Knilch fehlten doch gleich mehrere Tassen im Sortiment. Jemand hatte auf mich geschossen – und zwar gezielt auf mich, Hanna Hemlokk, und nicht auf eine verirrte Wildsau, das wusste ich genau.

VIERZEHN

Harry blieb über Nacht bei mir, und am nächsten Morgen bestand ich – nachdem mein Bodyguard die Umgebung sorgfältig nach etwaigen Hecken- und Scharfschützen abgesucht hatte – auf einem großen Frühstück bei Matulke. Das Leben ist kurz und endlich, und ich sah überhaupt nicht ein, den Jordan mit leerem Magen überqueren zu müssen, wenn es der Irre ein weiteres Mal versuchen sollte. Und niemand wusste schließlich, ob die Cremeschnitten im Paradies auch nur ansatzweise an die von Matulke heranreichten – weshalb ich sicherheitshalber gleich zwei für den Nachmittag einpacken ließ, als wir uns setzten und ich Edith signalisierte, was unser Begehr war.

»Wo fangen wir an?«, fragte Harry, als Edith das hoch beladene Tablett auf unseren Tisch stellte, sich jedoch nach einem Blick auf unsere ernsten Mienen sofort wieder verzog.

Bislang hatte er sich mustergültig zurückgehalten und mich wie ein rohes Ei behandelt. Nun war meine Schonzeit vorbei. Schade. Ich war noch nicht so weit.

»Mit dem Lachs«, sagte ich daher und ließ meiner Ankündigung auf der Stelle Taten folgen.

Der Fisch schmeckte köstlich und irgendwie nach dem Leben persönlich. Harry ließ seine Brötchenhälfte mit Schinken auf dem halben Weg zum Mund wieder sinken.

»Haha«, brummte er nur. »Was soll das denn jetzt, Hemlokk? Da schießt so ein Kerl auf dich, und du machst dämliche Witze.«

Auch die Marmelade war wieder mal ein Gedicht.

»Soll ich mich vielleicht zähneklappernd ins Bett legen und warten, bis die Polizei alle Jäger im Umkreis verwarnt hat?«

»Mit Peter rede ich noch. Der spinnt eindeutig. Früher war der auch nicht so. Aber wenn die Leute erst einmal Karriere machen ...«

Seine Miene verfinsterte sich. Ich war da ganz seiner Meinung. Trotzdem brachte uns das nicht weiter.

»Hör zu«, quetschte ich mümmelnd zwischen zwei Bissen

Brötchen, belegt mit älterem Gouda, hervor, »erst frühstücken wir in aller Ruhe und feiern das Leben. Danach gehen wir zur Villa zurück und untersuchen den Tatort. Und zwar gründlichst. Denn einen Fußabdruck, einen Zigarettenstummel oder einen Fetzen Stoff wird der Täter ja wohl freundlicherweise hinterlassen haben.«

Howgh, ich hatte gesprochen. Krachend biss ich in meine dritte Brötchenhälfte, großzügig bepackt mit Holsteiner Katenschinken. Dabei entging mir nicht, dass Harry mich zweifelnd musterte.

»Genau. Vielleicht hat er ja auch irgendwo hingerotzt. Dann hätten wir seine DNA«, er klang verdächtig liebenswürdig, »und könnten die Daten Interpol faxen, und die würden dann weltweit nach ihm fahnden.«

Auf der anderen Straßenseite rückte ein Rentner den Blättern mit einem Laubsauger zu Leibe. Wenn es ein Gerät gibt, das die Welt nicht braucht, dann ist es dieses. Doch der Mann sah glücklich aus.

»Du musst ja nicht mitsuchen«, beschied ich meinen Lebensabschnittsbettgenossen grantig. »Ich robbe auch gern allein über die Wiese.« Harry fing an, ungeduldig mit der Rechten zu wedeln.

»Ja, ja, ich weiß, dass du wunderbar ohne mich zurechtkommst«, entgegnete er gekränkt. »Aber dies hier ist kein Spiel. Jemand hat versucht, dich zu ermorden. Tot, verstehst du, Hemlokk? Ende. Aus. Vorbei. Und zwar für immer.«

Wir benötigten eine zweite Kanne Tee. Ich gab Edith ein Zeichen. Dann sagte ich freundlich: »Das weiß ich, Harry. Es war *mein* Arm, den er erwischt hat, schon vergessen?«

Irgendwie lief es mit uns heute Morgen überhaupt nicht rund. Harry machte sich Sorgen, das verstand ich ja, trotzdem brauchte ich niemanden, der mich ohne Unterlass nach Kräften bemutterte und betuckerte. Und je eher er das verstand, desto besser.

»Ach du Scheiße«, bemerkte Harry in diesem Moment. »Das gibt's doch nicht.«

»Was ist denn?«, fragte ich alarmiert, spannte meine Muskeln an und blickte hektisch zur Tür. Doch da stand kein Killer und zielte mit einer Kanone direkt auf mein Herz.

Ohne mich zu beachten, stand Harry auf, griff sich eine Zeitung aus dem Ständer neben der Tür, setzte sich wieder und fing an zu lesen.

»Sig Sauer. Schon wieder. Da sind aus den Räumen der Staatsanwaltschaft Kiel Beweismittel geklaut worden, und niemand sieht einen Zusammenhang zu irgendwas. Na, so ein Zufall.« Er knallte die Zeitung auf den Tisch. »Halten die uns für schwachsinnig?«

»Harry«, warf ich begütigend ein.

»Da bleib ich dran, Hemlokk. Und dann wird Miss Liza Trent schon sehen, wen sie in die Wüste geschickt hat!« Plötzlich stand er so schwungvoll auf, dass sein Stuhl gegen die terrakottafarbene Wand knallte und einen hässlichen Abdruck hinterließ. Erschrocken ließ ich meine Teetasse sinken. »Iss zu, Hemlokk. Ich bin ein Rindvieh. Wir haben keine Zeit für ein Gelage. Nein, am besten lassen wir uns die Sachen einpacken. Edith!«

»Aber Harry ...«

»Sig Sauer, Hemlokk. Waffen. Und Waffen, das weiß jedes Kind, produzieren beim Schießen Patronenhülsen. Nun komm schon.«

Er zerrte mich vom Stuhl hoch, und wir eilten zur Tür.

»Ich hol's nachher«, rief ich der verblüfften Edith zu, während Harry weiterredete.

»Mein Erscheinen hat den Täter verjagt. Das heißt, er hatte keine Zeit, die Dinger einzusammeln. Das wird er erst jetzt versuchen. Deshalb müssen wir ihm zuvorkommen. Nun schlaf nicht auf der Straße ein, sondern trab ein bisschen zu, Hemlokk!«

Das war leichter gesagt als getan, denn die Hälfte des Matulke'schen Frühstücks beschwerte ja bereits meinen Magen und wackerte beim Laufen so vor sich hin. Trotzdem schafften wir die Strecke zu meiner Villa in beachtlichen vierzehneinhalb Minuten.

»Wo hast du gestanden, als der erste Schuss fiel?«

Ich sank auf die Gartenbank. Meine Beine brannten, und auch mit der ruhigen Atmung haperte es.

»Bei Silvia am Gatter«, keuchte ich.

»Okay«, murmelte Harry. »Und er kam aus welcher Richtung?«

Tja. Gute Frage. Ich hatte mich instinktiv zu Boden geworfen und war auf die Villa zugekrochen. Aber woher war der Schuss gekommen? Ich ließ meinen Blick schweifen. Aha.

»Von der Kastanie dort hinten.« Ich deutete auf den großen Baum mit seiner mächtigen bräunlich gelb verfärbten Krone.

»Du meinst, dort hat er sich versteckt, als er auf dich wartete? Mhm, ja, das könnte sein.«

»Versuchen wir es mal.«

Ich sprang auf, kletterte über das Gatter und lief auf die Kastanie zu. Silvia und die anderen Damen beobachteten mich interessiert, aber nicht ängstlich oder aggressiv. Harry zögerte.

»Äh ... wo ist denn der Herr der Weide?«, brüllte er hinter mir her.

»Kuddel? Der haust auf einer anderen Wiese, gesichert mit einem Elektrozaun. Außerdem ist er ein Netter. Nun komm schon, Gierke, stell dich nicht so an.«

Widerstrebend folgte Harry mir. Ich wusste, dass auch Silvia und die Damen ihm Respekt einflößten. Na ja, klein und zierlich waren sie ja nicht gerade. Und wenn sie sich ihrer Masse bewusst gewesen wären ... Waren sie aber nicht. Punkt.

Ohne weiter auf Harry zu achten, begann ich mit meiner Suche, indem ich mit gesenktem Blick und hoch konzentriert die Kastanie umrundete. Zwei Maulwurfshügel waren glasklar zu erkennen sowie ein nicht mehr taufrischer Dunghuppen aus Kuhproduktion. Ansonsten: Fehlanzeige.

»Hier ist nichts«, sagte ich, als Harry endlich neben mir stand und nervös von einem Bein auf das andere trat.

Er schüttelte den Kopf und deutete auf den Boden.

»Aber da sind die Halme geknickt.«

Harry Gierke war eine Großstadtpflanze par excellence. Eine rasante Autofahrt über glänzenden Asphalt war ihm allemal lieber als ein lauschiger Spaziergang über eine liebliche Wiese.

»Weil da Silvia nebst Kumpelinen gelegen hat«, belehrte ich ihn. »Schau doch, die platt gedrückte Fläche ist riesig. Da hat kein Mensch mit zwei Füßen gestanden, sondern da haben mehrere Kühe mit einer Gesamttonnage von einigen Doppelzentnern geruht und verdaut.«

»So? Na gut, möglich wär's«, knurrte er gereizt. »Trotzdem ist das ein perfekter Standort, um die Villa im Auge zu behalten und dich abzumurksen. Also, auf die Knie, Hemlokk!«

Harry ließ seinen Worten umstandslos die Tat folgen. Von ferne betrachtet, musste das schwer romantisch aussehen. Och nö. Sollte doch Vivian LaRoches Dauer-Beau regelmäßig vor der angebeteten Camilla ins Knie brechen. Aber Harry war bekanntlich nicht Richard, und ich würde mich eher entleiben, als mit dem Herzchen Camilla gemeinsame Sache zu machen. Daher sank ich augenblicklich hinterher. Auf allen vieren beziehungsweise achten begannen wir, um den Stamm herumzukrabbeln – er linksherum, ich rechtsherum –, sorgfältig jeden Grashalm und jedes Hügelchen absuchend. Doch da war nichts.

»Noch mal«, kommandierte Harry, als wir nach der zweiten Runde mit den Hinterteilen zusammenrasselten. Aber wir fanden auch diesmal nichts. Schließlich saßen wir ratlos nebeneinander im Gras und starrten auf einen der verblichenen Dungfladen vor uns.

»Wie alt ist der?«, fragte Harry plötzlich.

»Du meinst ...« Ich war heute wirklich schnell von Begriff und nahm Silvias grau-braune Hinterlassenschaft genauer in Augenschein. »Na ja, es könnte wohl hinkommen. Älter als einen Tag ist sie bestimmt nicht«, gab ich mein geballtes Wissen in puncto Kuhkacke zum Besten.

Harry belohnte mich mit einem klebrigen Grinsen.

»Dann such dir ein Stöckchen, Hemlokk, und rück dem Kloß zu Leibe. Ich bin im Geiste bei dir.« Er stand auf. »Du hast doch nichts dagegen, wenn ich mich körperlich ein bisschen entferne? Es stinkt.«

»Und es ist mein Leben und mein Beweisstück. Ich verstehe schon. Halt dir die Nase zu und stell dich nicht so an, Gierke«, schnaubte ich das Mimöschen rüde an. Dann erhob ich mich ebenfalls und brach ein Hölzchen von der Kastanie ab. Anschließend machte ich mich an die Arbeit. Die Chance war winzig, denn dass eine Patronenhülse ausgerechnet unter Silvias Darminhalt begraben wurde, hielt ich für äußerst unwahrscheinlich. Aber nicht unmöglich. Ich begann zu stochern. Und es dauerte gar nicht lange, da glitschte der Stock von etwas Hartem ab. Immer wieder. Groß war das widerspenstige Teil nicht, denn dicht daneben flutschte das Holz nur so durch den braunen Brei. Aber da war etwas, eindeutig.

»Tja«, sagte Harry gedehnt. »Ich passe derweil auf, dass niemand auf dich schießt. Du brauchst wohl einen zweiten Stock.« Er bemühte die Kastanie erneut und hielt ihn mir eilfertig hin. »Hier, bitte.«

»Tausend Dank.«

»Gern geschehen.«

Und hastig zog sich der Feigling zurück, während ich begann, das Teil sorgfältig freizulegen. Es dauerte gar nicht lange, da blinkte etwas in der grau-braunen Pampe. Nur kurz zwar, aber es blinkte.

»Metall«, sagte ich laut.

Harry kam vorsichtig näher und äugte scharf zu mir hinunter. »Ich sehe nichts.«

Ich antwortete nicht, sondern stocherte stoisch weiter, bis ich den Widerständler isoliert hatte und er in seiner ganzen Pracht vor uns lag.

»Tatsächlich, eine Patronenhülse«, bemerkte Harry geradezu andächtig. »Was habe ich dir gesagt, Hemlokk? Ohne mich wärst du aufgeschmissen. Gib es zu!«

»Ja, Harry«, sagte ich lammfromm. »Du hattest ja so recht, Harry.«

Er hatte mich das Beweisstück, so wie es war, in einen Briefumschlag stecken lassen und war damit umgehend nach Kiel zu seinem Schreibtisch gedüst. Dort lagerte die Adresse eines alten Schulfreundes, der – oh Wunder – im Kriminaltechnischen Institut des BKA arbeitete. Und der würde die Untersuchung mit dem nötigen Know-how, im Eiltempo sowie ohne viel

Gerede und Gedöns durchziehen, wie Harry mir wiederholt versicherte. Die Luftnummer von Kriminaldirektor erwähnten wir beide ebenso wenig wie die Polizei an sich. Sie hatten ihre Chance gehabt, jetzt waren wir dran.

Harry versprach, so bald wie möglich wiederzukommen. Bis dahin sollte ich ja auf mich aufpassen, aufpassen und nochmals aufpassen. Am besten sei es sicherlich, wenn ich für die kommende Zeit zu Marga zöge oder vielleicht, besser noch, meinen Eltern einen Besuch abstattete. Ich hatte ihn mit einem sanften Kuss auf die Wange verabschiedet. Dann hatte ich mir das längste Küchenmesser gegriffen, das ich besaß, es sicherheitshalber auf dem Tisch in Reichweite deponiert und mir einen Earl Grey gekocht.

Während ich den Tee trank, hörte ich die Nachrichten auf meinem Anrufbeantworter ab. Meine Mutter klang immer noch besorgt, versuchte jedoch heldenhaft so zu tun, als würde ihre Tochter jeden Tag angeschossen. Kein Problem. Wenn ich mal Zeit hätte, könne ich ja zurückrufen, aber es eile nicht. Marga erinnerte mich säuerlich an die nächste DePP-Veranstaltung und erkundigte sich so ganz nebenbei, ob ich überhaupt noch lebte. Sonst sollte ich doch bitte schön eine Postkarte aus dem Jenseits rüberwachsen lassen. Die Brandanschläge sowie ihren hirnrissigen Plan, selbst ermitteln zu wollen, erwähnte sie mit keinem Wort, was bei mir umgehend ein schlechtes Gewissen auslöste. Und die örtliche Polizei hatte sich gemeldet, um ein Protokoll vom Tathergang aufzunehmen.

Harrys Beinahe-Schwager hatte also nicht lange gefackelt, die Kollegen vor Ort jedoch mit Sicherheit sogleich mit seiner Sicht der Dinge vertraut gemacht. Blödmann. Was und vor allen Dingen wem nutzen solche Leute, denen man jeden Bären aufbinden und mit Jägerlatein das Hirn verkleistern kann?

Genau. Niemandem – und mir schon gar nicht.

Ich trank den Rest Tee aus und stellte die Tasse in den Spüler. Und nun? In eigener Sache konnte ich nichts weiter unternehmen, bis Harrys Experte die Patronenhülse nach allen Regeln der Kunst untersucht hatte. Und es brachte auch nichts, wieder und wieder über das mögliche Motiv für den Anschlag auf mich nachzugrübeln. Es war mir schlicht und ergreifend ein Rätsel. Ich war niemandem so heftig auf die Zehen getreten, dass jemand dafür mit einem Mord fünfzehn Jahre Knast riskierte. Zumindest nicht bewusst.

Oder vielleicht doch? Ich begann wie ein hospitalisierter Wolf im Zoo in meinem Wohnzimmer auf und ab zu gehen: drei Schritte vor, drei Schritte zurück; drei Schritte vor, drei Schritte zurück.

Zweifellos hatte ich Donata mächtig unter Druck gesetzt. Sie hatte zwar alles abgestritten und weiterhin auf schüchtern und gehemmt gemacht, sodass ich tatsächlich kurz in meiner Überzeugung schwankte. Aber an der Tatsache, dass ich ihr nicht über den Weg traute und gnadenlos weiterbohren würde, bis ich mit dem Ergebnis zufrieden war, war nicht zu rütteln.

Und kurz nach unserem Gespräch hatte jemand auf mich geschossen. Auch ein Fakt. Man hatte mich zwar verfehlt, trotzdem blieb die Frage: War es Zufall oder Absicht gewesen? Wollte mir da jemand lediglich zu verstehen geben, dass ich mich raushalten sollte, aus was auch immer? Oder hatte ich es mit einem schlechten Schützen zu tun, der es eigentlich bitterernst meinte, jedoch über eine unruhige Hand verfügte?

Ich spendierte den Knödeln drei Salatblätter, schlenderte nach draußen und setzte mich auf die Gartenbank. Ich fröstelte. Und das lag nicht nur daran, dass wir mittlerweile Oktober hatten und mit Riesenschritten auf den Winter zueilten.

»Hört mal, ihr beiden«, wandte ich mich an Gustav und Hannelore, die aufgrund der Temperatur lethargisch vor sich hin dämmerten und wahrscheinlich sehnsüchtig auf ihren winterlichen Aufenthalt im Kühlschrank warteten. Denn noch war es nicht so weit. Drei Wochen mussten sie das nasskalte Wetter Schleswig-Holsteins noch ertragen. Erst dann durften sie für die nächsten drei bis vier Monate schlafen gehen. »Heute Nacht werdet ihr ohne mich klarkommen müssen.« Keine Reaktion. Ich redete trotzdem weiter; die beiden Herzchen neigten halt nicht zu Überschwang und Gefühlsausbrüchen. Ich wusste das. »Ich werde mich nämlich bei Donny, der alten Mafiabraut, auf die Lauer legen.«

Okay, es war kindisch, aber ich wollte meinen Kröterich beeindrucken. Ich beugte mich tief zu Gustav hinunter. »Es sollte mich nämlich überhaupt nicht wundern, wenn die Frau bis zum Hals in den Sig-Sauer-Schiebereien drinstecken würde«, orakelte ich düster.

Mein Lebensgefährte reagierte nicht. Ich richtete mich wieder auf. Seit sich Hannelore in unser beider Leben gedrängt hatte – zugegeben, das konnte man sicherlich auch anders sehen –, war ich einfach abgemeldet. Oder lag's an den niedrigen Temperaturen? Egal. »Wenn ich also bis morgen früh um acht nicht wieder hier auf der Matte stehe«, fuhr ich barsch fort, »krabbelt ihr zu Marga hoch und schlagt Alarm. Wie ihr das anstellt, ist euer Problem. Sie ist zwar ziemlich wütend auf mich, aber hängen lassen wird sie euch schon nicht. Denn dann steckt eure Löwenzahn-, Bananen- und Salatbesorgerin in ernsthaften Schwierigkeiten.«

Tja, was soll ich sagen? Ich war bereits um halb sieben Uhr wieder da. Durchgefroren und mit steifen Gliedern. Nur der morgendliche Berufsverkehr hatte mich ein bisschen getröstet, denn zu dieser Unzeit lag ich im Gegensatz zu all diesen bedauernswerten angestellten Menschen normalerweise noch in der Falle und schlummerte selig vor mich hin.

Nichts hatte sich getan. Johannes und Donata hatten beide gestern gegen elf das Licht ausgemacht und offenbar wie zwei Steine bis zum Morgen in ihren warmen, weichen und trockenen Betten durchgeschlafen, während ich bibbernd und mit zunehmend schlechter Laune die Nacht im ungeheizten, klammen Auto verbracht hatte. Es war haargenau so öde gewesen wie die durchwachte Nacht vor Degenhardts Kabinentür – und genauso erfolglos.

Ich sparte mir das Frühstück und legte mich sofort ins Bett. Erst gegen Mittag erwachte ich. Dann zauberte ich mir drei Pfannkuchen mit Cranberrysirup und ließ Vivian ein bisschen an Baron Richard und Baroness Camilla herummurksen. Der dumme Knilch kriegte mal wieder die Zähne nicht auseinander, während sie tief getroffen durch den herzoglichen Wald wankte und mit dem Schicksal haderte. Warum? Ja, warum? Gute Frage, daran musste die LaRoche noch ein bisschen feilen.

Gegen Abend schmierte ich mir ein paar Brote, kochte eine Thermoskanne mit Tee und bezog erneut Posten am Herrenhaus. Und es geschah – wieder nichts. Alles blieb ruhig, lediglich Harry meldete sich kurz und berichtete schmallippig, dass Kumpel Bernd zunächst einen Eilauftrag zu erledigen habe, bevor er meine Patronenhülse untersuchen könne. Mist. Aber daran war nichts zu ändern.

Erst während der vierten Nachtwache vor Donatas Tür tat sich endlich etwas. Es war so gegen elf Uhr abends. Um mich herum war es stockfinster, es hatte angefangen zu nieseln, es war kalt und windig, und ich hatte gerade beschlossen, meine schwindenden Kräfte in der nächsten Nacht im Bett zu regenerieren, als plötzlich in den Räumen der Freifrau das Licht aufflammte. Na also!

Ich schlug mir zum Wachwerden kräftig auf die Wangen und boxte mehrmals auf einen nicht vorhandenen Sandsack ein, um den Kreislauf in Gang zu bringen. Es ging also los. Woher ich das wusste? Ich spürte es einfach im Urin.

Jetzt klapperte die Haustür, und die Außenbeleuchtung ging an, sodass ich Donata Freifrau von Schkuditz einen Moment lang wie auf einer Bühne betrachten konnte. Aber hallo! Die Dame trug enge schwarze Jeans, ein graues Sweatshirt und eine rattenscharfe Lederjacke im Fliegerstil. Die Haare hatte sie entduttet; sie umspielten jetzt locker ihr Gesicht. Aber das war nur das Offensichtliche, was mir sofort ins Auge sprang. Es dauerte einen kurzen Moment, bis mir bewusst wurde, was mich weitaus mehr beeindruckte: Die veränderte Kopf- und Körperhaltung, von der Johannes berichtet hatte, ja die Körperspannung war bei dieser Donny ein ganz anderer Schnack als bei der verdrucksten Adelsdame, die ich bislang gekannt hatte. Dies hier war eindeutig Liza Trents Donata und nicht das verhuschte Wesen, das sie uns unbedarften Landeiern vorzuspielen versuchte.

Raschen und energischen Schrittes marschierte Johannes' geheimnisvolle Untermieterin jetzt zu ihrem Auto und rollte langsam und leise vom Hof. Als sie um die Ecke bog, startete ich meinen Wagen, rumpelte ebenso vorsichtig hinterher, um anschließend nur noch schwach in der Ferne ihre Rücklichter verschwinden zu sehen. Donnerwetter, Donny fuhr einen wirklich heißen Reifen. Ich gab ebenfalls Gas und versuchte, nicht an das zahlreich vorhandene und gern im Dunkeln über die Straße wechselnde Wild zu denken.

Als wir durch Prasdorf bretterten, verlor ich sie fast. Es ist nun einmal um einiges leichter, jemanden am Tag inmitten des normalen Verkehrs zu verfolgen, als wenn man zur nächtlichen Unzeit im einzigen Auto, und das auch noch mit Licht, hinter einem anderen herjagt. Der Verfolgte muss dann schon ziemlich dämlich sein, wenn er den Verfolger nicht bemerkt. Und Donny war alles andere als dämlich. Daher ließ ich mich hin und wieder zurückfallen, mit dem unvermeidbaren Risiko, sie aus den Augen zu verlieren.

»Oh Mist, verfluchter!«, brüllte ich laut und hämmerte auf dem Lenkrad herum wie ein gnatteriger Rumpelstilz, während ich auf die verflixte Gabelung vor mir starrte. Links oder rechts? Kopf oder Zahl? Richtung Barsbek oder Richtung Lutterbek?

Ich stieg hastig aus, warf mich ohne Rücksicht auf mein bislang blitzsauberes Beinkleid auf die Knie und beleuchtete den glänzenden Asphalt mit meiner Taschenlampe. Es nieselte immer noch. Deshalb mussten da doch verdammt noch eins zumindest kurzzeitig Reifenspuren zu erkennen sein, oder nicht?

Ja! Ich atmete erleichtert auf, sprang hoch, schmiss mich ins Auto und legte vor Begeisterung den dritten Gang ein. Wupps. Noch mal. Donata hatte sich für die Straße nach Lutterbek entschieden, wenn denn diese Spur überhaupt auf ihr Konto ging. Denn von ihr war natürlich weit und breit nichts mehr zu sehen. Dunkel und friedlich lag die Probstei da. Alles schlief. Ich hätte heulen können. So nah dran und dann zu dusselig zum Schalten.

In diesem schicksalhaften Moment beschloss ich, den Job als Private Eye ersatzlos an den Nagel zu hängen. Für immer. Weil ich es nicht packte. Ich würde umdrehen und nach

Hause fahren, mich ins Bett legen und als Vollzeit-Tränenfee wieder erwachen, um künftig die Republik mit Schmalzheimern und Sülzletten aller Art zu fluten: Richard Edler von Bummelshausen im historischen Dramolett, Camilla Freiin von Wasweißich zwischen Alpenglühen und Ostseestrand in einem Heimatroman. Vivian würden vom Tippen die Fingerkuppen glühen, und mir wurde schlecht, als ich ein Geräusch hinter mir vernahm.

Ein Motor brummte. Dann erschienen in meinem Rückspiegel die Lichtkegel zweier Scheinwerfer. Sie lagen hoch. Ein Lastwagen also. Was machte der denn hier? Um Mitternacht wurden doch keine Nudeln, Schweinehälften oder Joghurts bei Edeka angeliefert. Seltsam.

Vorsichtshalber ließ ich den Wagen anrollen, damit der Lkw-Fahrer keinen Verdacht schöpfte, sondern dachte, dass hier jemand auf Schleichwegen nach Hause eierte, weil er von einer feuchtfröhlichen Sause kam. Als er an meiner Stoßstange klebte, bremste ich ab, gab dann wieder Gas, wobei ich zur Sicherheit noch ein bisschen mehr vor mich hin schlingerte. Der Laster ließ sich augenblicklich zurückfallen.

Zweimal wiederholte ich meine Vorstellung, dann schlidderte ich so ungeschickt wie möglich in die nächste Weidezufahrt, um ihn vorbeizulassen. Er hupte, als er an mir vorbeizog. Ich hupte zurück und schaltete das Licht aus. Zwei Sekunden später war ich wieder auf der Piste und hängte mich an ihn. Schätzungsweise einen Kilometer lang ging das so. Dann blinkte er plötzlich und scherte nach links aus, um rechter Hand in eine unscheinbare Einfahrt zu kurven.

Ich bremste und blieb stehen. Es war bestimmt klüger, dem Lkw auf den letzten Metern zu Fuß zu folgen. Sollte ich noch rasch mein Auto verstecken? Nein, entschied ich, dafür blieb keine Zeit. Und möglicherweise benötigte ich es ja auch als Fluchtwagen – wenn die Waffenmafia mich mit Bluthunden hetzte.

Rasch stülpte ich mir eine dunkle Mütze über den Kopf, schloss den Wagen sicherheitshalber nicht ab und sauste dem Laster hinterher. Etwa hundert Meter von der Straße entfernt entdeckte ich ihn und bezog hinter einem dicken Pappelstamm Posten. Der Wagen stand mitten auf einem matschigen Hof, der von einem baufälligen Wohnhaus sowie zwei riesigen Scheunen umrahmt wurde. Gleißendes Flutlicht erhellte die ganze Szenerie, nur deshalb fiel mir sofort auf, dass die Scheunen nicht ganz so alt und morsch aussahen wie das Haupthaus, sondern offensichtlich etwas neueren Datums waren. Jetzt öffnete sich die Tür des Hauses, und zwei Frauen erschienen. Ich hätte fast einen Luftsprung gemacht: Eine der Damen war Donata.

»Du bist spät dran, Mirca«, hörte ich sie mit tadelnder Stimme sagen, als der Fahrer des Lkw sich aus der Kabine schwang.

»Eine Baustelle bei Görlitz und eine auf dem Berliner Ring. Tut mir leid, Chefin.« Der Mann sprach mit dem unverkennbaren Akzent eines Osteuropäers.

»Dann musst du eben früher losfahren. Das hab ich dir schon oft genug gesagt.« Ihre Stimme war jetzt rasiermesserscharf. Ich bekam unwillkürlich eine Gänsehaut. »Wenn das noch einmal passiert, bist du deinen Job los.«

»Aber ich konnte doch nicht ahnen –«

»Ach, hör auf zu jammern, Mirca. Mach deine Arbeit und winsel uns nicht die Ohren voll mit Sachen, die nicht interessieren. Wie viele sind es?«

Maschinengewehre? Panzerabwehrraketen? Pistolen? Mir wurde der Mund trocken vor lauter Aufregung. Wenn ich das Harry erzählte …

Die andere Frau – ich hatte sie noch nie gesehen – war bereits ungeduldig zum hinteren Ende des Lkw marschiert. Jetzt gab sie dem Fahrer mit dem Kopf ein ungeduldiges Zeichen.

»Einhundertfünfzig«, murmelte Mirca. Ich verstand ihn kaum. Dann zuckte er mit den Schultern, während er um sein Gefährt herumging. »Aber die Qualität ist dieses Mal leider nicht so gut, Chefin. Sie haben gesagt –«

Donny explodierte.

»Verdammte Scheiße, wofür bezahlen wir euch Trottel eigentlich! Wenn ihr euren Job nicht vernünftig erledigt, suchen wir uns andere Zulieferer. Das ist überhaupt kein Problem. Es gibt genug von euch.«

Das glaubte ich gern. Die Welt war in der Tat reich an Waffenschmieden und -schiebern und an obskuren allemal.

»Nun mach schon. Beweg deinen Arsch«, fuhr die Edle von Schkuditz den Mann grob an, als alle drei vor der hinteren Tür des Lasters standen.

Irgendwo bellte ein Hund. Dann ging der Ton in ein Winseln über. Ich schob mich noch ein Stück weiter hinter meiner Pappel hervor und betrachtete Donny. Ihre Züge waren hart und mitleidlos. Ich meinte sogar, ein gieriges Glitzern in ihren Augen erkennen zu können. Dort auf dem Hof stand eindeutig Ms. Hyde, die sanfte, wohlerzogene Dr. Jekyll hatte sie auf Hollbakken zurückgelassen.

»Jawoll«, sagte der Mann, öffnete mit einem Ruck die Tür und kletterte ächzend in das Innere des Lasters.

Ich verrenkte mir fast den Hals, um besser sehen zu können. Irgendetwas wimmerte jetzt im Bauch des Ungetüms. Mir drehte sich der Magen um. Das waren doch nicht etwa Flüchtlinge? Oh Gott – oder wer auch immer dafür zuständig war! Unwillkürlich hielt ich mich am Baum fest. Donny als Kopf einer Schleuserbande? Die die Menschen verrecken ließ wie die Fliegen, wenn sie vor unerträglichen Zuständen in ihren Heimatländern flohen, um Schutz und Heil in Europa zu suchen? Ich musste sofort die Polizei benachrichtigen. Und einen Arzt. Oder besser gleich mehrere.

»Also, Mirca, wie sieht es aus?«, rief die Unbekannte jetzt ungeduldig, während ich mit meinem Magen kämpfte. Der Mann trat an die Laderampe.

»Vierzehn sind hin«, sagte er ohne eine Regung. »Zehn sind ein bisschen apathisch, um die sollten sich besser Willi und Werner kümmern. Aber der Rest ist gesund und munter.«

Und dann verschwand er wieder im Dunkel des Laderaums. Im nächsten Moment flog Fellbündel um Fellbündel aus dem Wagen. Es handelte sich ausnahmslos um junge Hunde mit mageren Körpern. Sie rührten sich nicht – im Gegensatz zu meinem Magen. Er revoltierte derart energisch, dass ich seinen gesamten Inhalt lautstark und in hohem Bogen auskotzte.

FÜNFZEHN

»Was war das?«, sagte Donata alarmiert. »Habt ihr nichts gehört?«

»Nee«, brummte Mirca.

»Vivi?«

»Nein«, sagte auch Vivi zu meiner Erleichterung. »Da hat sich der Wind in den Bäumen verfangen, oder ein Schaf hat irgendwo geblökt.«

Ich richtete mich wieder auf und wischte mir den Mund ab. Die sollten das »Schaf« kennenlernen! Arschlöcher waren das, nichts als miese Arschlöcher, auch wenn es sich, der Grundgütigen sei Dank, bei der »Fracht« zumindest nicht um Menschen handelte. Doch die Leute behandelten Tiere, als ob die weder über Schmerzempfinden noch über eine Seele verfügten.

Und das war schlimm genug. Denn man musste bloß einmal einen Hund oder eine Katze dabei beobachten, wenn ihnen etwas gegen den Strich ging, sie sich unwohl fühlten oder ein schlechtes Gewissen hatten. Niemand konnte dann mehr behaupten, dass es sich bei ihnen um unbeseelte Wesen handelte – auch wenn die völlig auf sich fixierte Menschheit das jahrtausendelang so gesehen hatte und es in weiten Teilen der Erde auch heute noch so gesehen wird. Ich ballte unwillkürlich die Fäuste. Mistkerle!

Aber was sollte ich tun? Mich wie Krischan auf das Trio stürzen, und zwar mit Gebrüll, um es nach Strich und Faden zu verdreschen? Drei gegen eine? Nicht sehr sinnvoll, Hemlokk. Ich zermarterte mir das Hirn nach etwaigen Alternativen, als Harry mir die Entscheidung abnahm: Mein Handy gab diesen durchdringenden Ring-Ring-Klingelton von sich, den man aus alten amerikanischen Filmen kennt. Merde.

»Der Wind, eh?«, hörte ich Donata auch schon angriffslustig schnauben, während sie auf meinen Baum zusprintete, dicht gefolgt von Vivi und Mirca.

Flucht war zwecklos, denn zumindest die Frauen wirkten

unangenehm fit. Ein Kampf kam, wie gesagt, ebenfalls nicht in Frage. Nein, in dieser Situation gab es nur eine vernünftige Lösung. Hocherhobenen Hauptes wie die Queen bei der Abnahme einer Truppenparade – nur ohne Hut – trat ich aus meiner Deckung hervor, das Handy fest ans Ohr gepresst.

»Gierke«, brüllte ich mit meiner besten Stentorstimme, während ich die drei mit Messern in den Augen fixierte. Denn nur Harry wagte es, mich zu dieser nachtschlafenden Zeit noch anzurufen. Donata, Vivi und Mirca stoppten wie ein Mann. »Hör gut zu. Liza hatte recht. Die Freifrau ist in Wahrheit eine ganz Toughe und will mir am liebsten an den Kragen. Wir befinden uns in einem abgelegenen Gehöft zwischen Prasdorf und Lutterbek. Hast du das? Es ist ein kleines Wohnhaus, das von zwei riesigen Scheunen flankiert wird. Es ist gar nicht zu verfehlen. Zwischen Prasdorf und Lutterbek, hörst du, Harry? Die Polizei weiß sicher, was und wen ich meine.«

Uff. Alle Informationen rübergerammt.

»Hemlokk!«, schrie Harry unnötigerweise zurück. »Sei bloß vorsichtig. Ist die Frau bewaffnet?«

»Keine Ahnung«, sagte ich leiser, um für mein erstarrtes Publikum wieder lauter fortzufahren: »Gut, du sagst also sofort der Polizei Bescheid, und dann seid ihr in wenigen Minuten hier.«

»Das schaffe ich nicht.« Das wusste ich auch, Himmelherrgott noch mal. Manchmal stand das Harry-Schätzchen wirklich auf der Leitung.

»Ja, ich habe verstanden, Gierke«, dröhnte ich. »In wenigen Minuten also, kein Problem.« Was so viel heißen sollte wie: Hilfe ist im Anmarsch. Es ist daher zwecklos, der Hemlokk an den Kragen zu gehen. »Und, ach ja, es sind drei Leute«, fuhr ich hastig fort. »Donata, eine Frau namens Vivi und ein Mann, der Mirca heißt.«

Dann gab ich ihm das Kennzeichen des Lkw durch. Die Gleichung war auch in diesem Fall einfach. Je mehr Informationen ich Harry übermittelte, desto sicherer wurde mein Leben. Ich hatte die Rechnung allerdings ohne meinen Freund und Liebhaber gemacht.

»Drei? Ach Gott«, stammelte er dümmlich. »Mach bloß keinen Scheiß, Hemlokk.«

Ja, wie denn? Indem ich Donny & Co. mein Handy an den Kopf pfefferte? Jetzt löste sich die Freifrau aus ihrer Erstarrung und trat einen Schritt auf mich zu. In ihrem Blick entdeckte ich sämtliche Schwerter, Degen und Speere ihrer Vorfahren, allesamt spitz, mörderisch und absolut tödlich. Dazu mahlten ihre Kiefer, dass ich um ihre Zähne und um mein Leben zu fürchten begann.

»Harry«, krächzte ich. Mein Mund war plötzlich staubtrocken.

»Halt durch, Hemlokk«, brüllte er. »Bin gleich da. Die Bullen schaffen es bestimmt schneller.«

Na hoffentlich! Ich zwang mich zu einem lässigen Lächeln Richtung Trio. Jetzt bloß keine Angst zeigen.

»Ihr habt es vernommen, ihr Süßen, nicht wahr?«, zwitscherte ich. »Wenn ihr mir auch nur ein Haar krümmt, wandert ihr ellenlang in den Knast, weil ihr euch nicht auf Notwehr oder sonst was herausreden könnt. Heimtücke und Vorsatz treffen es eher. Da kennt der Gesetzgeber kein Pardon, das wisst ihr doch, mhm?«

Mirca und Vivi nickten, während Donata mich mit einem Blick bedachte, in dem abgrundtiefe Verachtung lag. Ob man diese Kunstfertigkeit mit der adligen Muttermilch aufsog? Egal. Hauptsache, die Amazonen-Schwester stürzte sich nicht auf mich, sondern blieb, wo sie war. Und das tat sie.

Schweigend stierten wir uns an. Donata und Vivi waren nicht dumm. Im Gegenteil. Sie würden mir jetzt bestimmt nichts mehr tun und einen möglichen Gewaltausbruch Mircas zu verhindern suchen. Denn das gab mildernde Umstände. Mit neuer Zuversicht wandte ich mich gezielt an Donny.

»Dann vertreiben wir uns doch die Zeit einfach mit einer netten Plauderrunde, bis die Polizei eintrudelt. Und spiel mir bitte nicht länger die verhuschte Freifrau vor. Die Rolle steht dir nicht.«

»Aber du hast sie mir abgenommen.« Sie sagte das ganz ruhig, als würden wir nebeneinander an irgendeinem Büfett stehen, Champagner schlürfen und Konversation machen.

»Ja, habe ich«, gab ich ehrlich zu.
Wenn das ihrem Ego diente, bitte schön. Ich saß am längeren Hebel, wir wussten es beide. Und vielleicht brachte sie ein Zugeständnis meinerseits ja zum Reden. Einen Versuch war es allemal wert. Sie warf den Kopf in den Nacken und lachte hart und abgehackt.

»Liza Trent also. Was für ein selten blöder Zufall. Ich könnte die dumme Kuh erwürgen.«

»Na, na«, wies ich sie zurecht.

Ich schätzte solche Redensarten nicht. Silvia war schließlich nicht direkt dumm, nur intellektuell vielleicht ein bisschen benachteiligt, wenn man menschliche Maßstäbe anlegte. Und darüber, ob das überhaupt angebracht und fair war, ließ sich ohnehin trefflich streiten.

»War Liza Trent nicht diese Britin, die ... äh ... uns so langweilig fand?«, mischte sich Vivi plötzlich ins Gespräch ein, während Mirca sich gegen einen Baum gelehnt hatte und mit offenen Augen zu schlafen schien. »Weil wir viel über Geld und Macht sprachen und nicht über den Sinn des Lebens. Oder Männer.« Das klang eindeutig spöttisch und nach kleinem Naivchen.

Ich schwieg. Die Strategie hatte sich bereits mehrfach bewährt.

»Genau die war's.« Donny seufzte schicksalsergeben. »Wir haben noch versucht, dem Häschen klarzumachen, worum sich in der Welt wirklich alles dreht, aber sie hat es nicht verstanden. Oder wollte es nicht verstehen, die blöde Pute.« Donata sah mich scharf an. »Wenn man sich nicht nimmt, was man will, hat man schon verloren. Männer wissen das und handeln danach. Frauen meist nicht.«

Da waren wir endlich einmal ganz einer Meinung. Ich nickte leicht, während ich angestrengt in die Ferne horchte. Nichts.

»Was macht Liza eigentlich jetzt?«, unterbrach Vivi die Stille und kicherte albern. »Ich wette, sie plagt sich mit irgendeinem Harold herum und versorgt einen Stall voller Kinder.«

»Falsch«, gab ich liebenswürdig zurück. »Sie jettet permanent um die Welt und legt sich dabei mit der internationalen

Waffenmafia an. Ich denke, sie verdient damit locker das eine oder andere Milliönchen. Für ein Reihenhaus in London und eine Villa an der französischen Südküste wird es reichen.«

»Wie viel?«, stieß Donata erbittert hervor.

»Keine Ahnung«, erwiderte ich höflich. »Das hat sie mir nicht verraten.«

Vivi prustete los. »Meint die das ernst?« Sie sprach mit Donny, obwohl ihre charmante Anfrage eindeutig mich betraf. »Und wer ist die überhaupt?«

»Sie arbeitet als …«

»… Privatdetektivin«, nahm ich der Adelsdame das Wort aus dem Mund. »Und ehe ihr Hoffnung schöpft: Bestechen lasse ich mich nicht.«

Der Groschen fiel zwar ein bisschen spät, aber er fiel, immerhin. Donata hob die Rechte, als wollte sie einen D-Zug stoppen.

»Komm, Hanna.« Das klang geradezu versöhnlich. »Jeder Mensch ist käuflich. Absolut jeder. Was wünschst du dir? Was ist dein Traum? Wir erfüllen ihn dir. Ein tolles Haus vielleicht?«

»Hab ich«, wehrte ich mit fester Stimme ab.

»Gut.« Donata nickte verständnisvoll. »Aber möglicherweise verreist du gern. Und zwar nicht nur mit einem Zelt in den Harz, sondern so richtig luxuriös auf die Malediven. Oder du machst eine Kreuzfahrt. Karibik, Indischer Ozean, das Mittelmeer. Mit eigenem Balkon.«

»Allein?«, hielt ich liebenswürdig dagegen, denn wer redete, mordete nicht. »Das ist nicht mein Stil.«

»Und wie steht's mit diesem Harry?«, erkundigte sich Vivi so unschuldig, als seien wir die allerbesten Freundinnen. »Kann der nicht mitfahren? Was macht er denn so beruflich? Direkt reich wird er nicht sein, oder?«

»Nö, ist er nicht«, räumte ich wahrheitsgemäß ein. Verdammt, wo blieb der Junge bloß? »Aber wir beide über einen längeren Zeitraum zusammen – das gibt Krieg. Wir können nicht so eng, versteht ihr?«

Das taten die beiden Damen, wie ich ihrem zustimmenden Gesichtsausdruck entnahm.

»Ja, so einen hatte ich auch mal«, teilte Donny mir in schwesterlicher Offenheit mit. »Stehst du vielleicht auf Autos? Wie wäre es denn mit einem schnittigen Porsche? Oder bevorzugst du Oldtimer? Oder Motorräder? Eine Harley Da–«

»Nein«, unterbrach ich sie hastig.

Wann kam denn endlich mein Ritter, mein Held? Lange hielt ich das nicht mehr aus. Ein Hund schnappt schließlich auch irgendwann nach der Wurst, wenn sie nur lange genug vor seiner Schnauze baumelt.

»Ich hab's«, verkündete Vivi plötzlich aufgeregt. »Da kannst du gar nicht ablehnen. Ich meine, das würde wirklich nur ein ausgemachter Trottel tun. Wir zahlen dir eine Art Rente. So eine Art Zuschuss zu deinem Gehalt. Mit dem kannst du machen, was du willst. Wie wäre das?«

Wunderbar natürlich. Richtig oberfein wäre das. Dann könnte ich endlich voll und ganz als Privatdetektivin arbeiten und Vivian LaRoche samt ihren Sülzletten in die Wüste schicken. Hemlokk, mahnte eine innere Stimme ziemlich scharf, klapp die Öhrchen zu und bleib standhaft.

»Nein«, lehnte ich noch entschiedener diesen teuflisch verlockenden Vorschlag ab. »Geld habe ich genug.«

Die beiden brachen in ein derart schallendes Gelächter aus, dass Mirca verwundert anfing zu blinzeln.

»Blödsinn«, keuchte Donata schließlich. »Das gibt's nicht.« Ihre Augen bohrten sich in meine; ich hatte das unangenehme Gefühl, die Frau versuchte, auf den Grund meiner Seele zu schauen, wie es bei Camilla immer heißt. »Ich weiß noch etwas Besseres«, flötete sie da auch schon. Mir brach der Schweiß aus. »Etwas viel Besseres.«

Scheiße, fluchte ich stumm. Wo zum Henker blieb bloß dieser Gierke mit dem Polizistentross, um mich zu erlösen?

»Wir beteiligen dich an unserem Unternehmen. Eine weitere Frau könnten wir gut gebrauchen. Und du bist der zupackende Typ, denn Katja und Suse lassen in letzter Zeit ein wenig den Drive vermissen. Was meinst du, Vivi?«

»Aber ja, das ist eine prima Idee«, stimmte Vivi der Freifrau mit einem sonnigen Lächeln zu, während Mirca wieder in sein stumpfes Brüten verfiel. Der Mann hatte eindeutig das falsche Geschlecht und den falschen Intelligenzquotienten für dieses Spiel.

Apropos Spiel. In meinem Gehirnkasten begann es zu knirschen. Und wenn ich nun auf ihre Avancen einging, also nur so zum Schein? Dann bekam ich freiwillig höchstwahrscheinlich genau die Informationen, die mich interessierten. Und wenn Harry endlich eintrudelte ...

»Hanna Hemlokk«, stellte ich mich Vivi mit fester Stimme vor.

»Vivienne Schmalfuß«, kam es prompt zurück. Na ja, nicht jeder kann so hübsch heißen wie ich. Ich nickte kühl. Das »Angenehm« verkniff ich mir in einem Anflug von Ehrlichkeit; stattdessen bellte ich: »Beteiligung, woran?«

Kurz, knapp, präzise. Ganz wie es im Geschäftsleben üblich ist, wenn es um Millionen geht. Donata lachte. Vivi auch. Und zwar diesmal anerkennend. Operation gelungen. Zumindest schon mal die einleitende Narkose.

»Hanna ist gut, was!« Die Adelsdame versetzte ihrer Kompagneuse einen schwesterlichen Rippenstoß. »Ich prophezeie dir, dieser Tag wird als ausgesprochener Glücksfall in die Annalen unseres Unternehmens eingehen.«

Das glaubte ich nun keinesfalls, legte jedoch ein zustimmend-mildes Lächeln an den Tag, das sich gewaschen hatte. Redet, Mädels, flehte ich innerlich. Auf dass es euch Kopf und Kragen koste.

»Also – ach schau doch mal nach den Tieren, Mirca, ja? Und räum danach die anderen weg.« Es war keine Frage, sondern ein Befehl. Donata zwinkerte mir zu, als der Mann sich wortlos vom Baum abstieß und Richtung Lkw trottete. »Geschäftliches muss er nicht hören. Vivi und ich leiten den Laden, Mirca ist nur ein ... äh ... wie soll ich sagen ...?«

»Handlanger?«, schlug ich vor.

»Ja, genau, das trifft es.« Donata schenkte mir ein ehrlich entspanntes Lächeln. Na also, schien es zu besagen, geht doch. Dich habe ich in der Tasche. Tja, so kann man sich irren. Aber das würde sie noch früh genug merken.

»So, und nun kommt mal zur Sache, Schätzchen«, forderte ich meine Geschäftspartnerinnen in spe burschikos auf, als Mirca ein weiteres Fellbündel aus dem Wagen schmiss. »Wir haben nur noch wenige Minuten Zeit. Bis dahin sollte euer Angebot auf dem Tisch liegen. Ich will der Polizei doch überzeugend erklären können, dass alles nur ein dummes Missverständnis war.«

»Wer ist Harry?«, erkundigte sich Vivi ohne Vorwarnung misstrauisch.

Ich lachte abschätzig. Sorry, Gierke, aber was sein muss, muss sein.

»Den lass mal meine Sorge sein«, beruhigte ich sie. »Der pariert wie ein gut erzogenes Hündchen. Womit wir, glaube ich, beim Stichwort wären.«

»Ja«, stimmte Donata mir rasch zu. »Also, um es kurz zu machen: Unser Unternehmen importiert Rassehunde aus Osteuropa zum Schnäppchenpreis und verkauft die in den westlichen Ländern für teures Geld. Die Leute sind einfach verrückt nach Trendrassen wie American Staffordshires, Chihuahuas oder Havanesern.«

Ach ja? Bei uns an den Stränden tummelt sich, wie gesagt, ja eher die Mischlingsfraktion. Aber in den Städten sieht die Sache offenbar anders aus. Da latscht man mittlerweile wohl schon mit dem Pudel zur After-Work-Party oder mit dem Pinscher zum Shoppen oder zum Yoga – der Hund als modisches Accessoire und Statussymbol. Klar, warum eigentlich nicht? Mein Erstaunen hielt sich in Grenzen.

»So ein hiesiger Züchter nimmt satte tausend Euro für ein Tier«, erläuterte Donata das Firmenkonzept weiter, »wir hingegen verkaufen es für vierhundert.«

»Das hat ja fast was Soziales«, gelang es mir, lässig zu bemerken.

»Ja, nicht? Das auch noch.« Donata klang verdutzt. Das Wort »sozial« kam in ihrem Wortschatz erkennbar nicht vor. »Aber in erster Linie machen wir natürlich Geld. Viel Geld. Denn wir zahlen unseren Geschäftspartnern in Osteuropa für die Aufzucht maximal dreißig bis siebzig Euro pro Stück. Und die Differenz ...«

»… fließt auf unser Konto«, trällerte Vivi. »Donata, du hast noch vergessen, zu erwähnen, dass wir im Schnitt zweitausend Hunde pro Monat umschlagen.« Sie strahlte mich an. Ich rechnete. Vivi kam mir zuvor. »Das macht bei dreihundertfünfzig Euro Gewinn pro Tier – denn circa fünfzig Euro gehen ja für Aufzucht und Transport drauf, wobei der Preis bestimmt noch zu drücken ist –, siebenhunderttausend Euro im Monat. Netto selbstverständlich. Tendenz steigend.«

»Der Markt boomt«, assistierte Donata. »Deshalb wollen wir auch expandieren.«

Ich war beeindruckt, ich gebe es zu, doch eine potenzielle Geschäftsfrau, die den Namen verdient, setzt in so einem Fall natürlich ihr bestes Pokerface auf.

»Mhm«, überlegte ich laut und inhaltsleer. Die beiden Frauen hingen an meinen Lippen. »Mhm«, brummte ich noch einmal, um nachdenken zu können. »Das klingt gut. Und was ist mit Katzen?«

Denn die hatte ich in den Boxen von Anima ebenfalls gesehen. Zwar lange nicht so viele wie Hunde, aber es waren welche da gewesen.

»Nee«, sagte Donny. »Wir bleiben erst einmal bei unserem Kerngeschäft. Und das sind die Hunde. Der Markt ist ja noch lange nicht gesättigt. Um Katzen werden wir uns zu einem späteren Zeitpunkt kümmern.«

Aha. Dann stammten die Feliden in Animas Boxen also augenscheinlich von Privatleuten, die keine Lust mehr auf ihren Stubentiger hatten. Wie auch die hündischen Promenadenmischungen, bei denen man sich nicht die Mühe machen wollte, einen neuen verantwortungsvollen Besitzer zu suchen, wenn man selbst ihrer überdrüssig geworden war.

Nachdenklich ruhte Donatas Blick auf mir. »Aber wenn du natürlich als neues Mitglied im Leitungsteam darauf bestehen würdest, dass wir auch Katzen …«

»Nein, tue ich nicht«, knickte ich schnell ein. »War nur so ein Gedanke. Kommen wir doch erst einmal zu den weniger hübschen Seiten des Geschäfts. Wie oft genügt die Ware zum Beispiel den Ansprüchen nicht?« Ich deutete auf den hündischen Leichenberg neben dem Lkw. »Ich meine, das ist ja nur die Spitze des Eisberges, nicht? Beschwert sich da denn niemand, wenn die Hunde nicht top in Form sind? Gut, es sind Billigprodukte, da kann man nicht einhundert Prozent erwarten, aber ich sehe da ein Problem.«

In diesem Moment schmiss Mirca schon wieder etwas aus dem Bauch des Lasters. Es zappelte noch schwach. Ich gab vor, zu husten.

»Es ist keins«, versuchte Donata, völlig unbeeindruckt von dem Geschehen hinter ihr, meine vorgeblichen Bedenken zu zerstreuen. »Manche Leute tun zwar schwer sensibel, wenn sie sich einen Hund zulegen, aber die meisten wissen sehr wohl, dass die Güte des Produkts mit dem Preis korreliert. Das lernt man bei uns doch schon in der Kita.« Sie zuckte mit den Achseln. »Nein, unser Ruf ist in der Branche ausgezeichnet, keine Sorge.«

»Donata«, murmelte Vivi mit einem Blick auf die Uhr.

Wir lauschten. Doch es war immer noch nichts zu hören. Entweder raste Harry über Madrid und Rom in die Probstei, oder er verhandelte noch mit dem Knallkopp von Kriminaldirektor, anstatt ganz schlicht 110 zu wählen. Sei's drum. Hauptsache, er ließ sich noch ein bisschen Zeit. Also weiter im Text. Jede Information zählte, um die Damen zur Strecke bringen zu können.

»Das Ganze klingt nicht nur nach viel Geld, sondern auch nach einer anständigen Logistik«, schmierte ich ihnen Honig um den nicht vorhandenen Bart.

»Oh ja, da hast du vollkommen recht.« Donata lachte selbstgefällig. »Ich bin der Kopf des Unternehmens. Gemeinsam leiten Vivi und ich den Vertrieb für Nordeuropa. Für den Süden sind Melissa und Vanessa zuständig.«

»Deutschlands?«, fragte ich ahnungslose Schnepfe.

»I wo! Wo denkst du hin? Nein, wir exportieren in die Schweiz, die Niederlande, nach Österreich, Italien und Belgien. Status-Wauwis sind mittlerweile in ganz Europa tierisch gefragt. Gerade ist Alexander am spanischen Markt dran.«

Ich zog gekonnt die linke Augenbraue hoch, um mein Erstaunen zu signalisieren. »Ein Mann in euren Reihen?«, ulkte ich.

»Alex ist mein Cousin«, informierte Vivi mich und trat einen Schritt näher. »Der bei Bedarf am Telefon den gestrengen Bruder Alwin spielt. Er hat seine Sache doch gut gemacht?«

»Oh ja. Perfekt. Ich habe ihm alles abgenommen«, gestand ich. »Auch seine Kinder und Donatas Rückzug nach Hollbakken, weil sie tief in ihrem Herzen so eine kleine Schüchterne ist.« Zu dritt lachten wir herzhaft über meine bodenlose Arglosigkeit. »Kaspar hieß der Sohn, nicht?«

»Er kommt vom Band«, erklärte Vivi stolz. »Wir haben es für den Notfall aufgenommen. Alex war schon in der Schule in der Theater-AG.« Ich schaute die Frau genauer an. Da glitzerte doch etwas in Herzhöhe unter der offenen Jacke, genau wie bei Donny. »Als tragischer Held aus dem Mittelalter war er ein Ass. Es ging um Freiheit und Liebe, wenn ich mich recht entsinne. Besonders die Szene, wenn er den Degen gegen seinen Gegner hob ...« Sie riss die Rechte hoch, verbarg den linken Arm hinter ihrem Rücken und verbeugte sich leicht in meine Richtung. Ich starrte auf ihren Busen. Nein, kein Zweifel möglich. Sie trug die gleiche Brosche wie Donny. Soso. »... und dann fiel er vor ihr auf die Knie –«

»Hollbakken war also nichts als Tarnung«, fiel ich der enthusiasmierten Cousine roh ins Wort, da mich die schauspielerischen Talente ihres Anverwandten nicht die Bohne interessierten.

Sie verstummte jäh und beleidigt.

»Aber ja.« Donny blickte mich ernst an. »Freiwillig würde ich dort keine drei Tage ausharren. Nichts als Fliegen, Kühe und Ameisen. Wer soll das aushalten? Und dann dieses Riesenschaf von Johannes. Der Mann ist ja schon schmerzhaft dumm.«

»Er ist manchmal vielleicht ein bisschen naiv«, korrigierte ich die Freifrau schärfer als beabsichtigt. Meine Freunde beleidigt niemand in meiner Gegenwart. Ermittlung hin, Ermittlung her.

»Na gut, meinetwegen, wenn du es so siehst«, stimmte Donata mir zu. »Als Tarnung ist Hollbakken jedenfalls perfekt. Und es liegt natürlich in der Nähe zu den Gebäuden hier, das ist ein riesengroßer Vorteil. Kurze Wege, verstehst du? Das ist im Geschäftsleben ein unschätzbarer Vorteil. Ich werde erst mal dort bleiben und nur manchmal in die Stadt ausreißen. Das Geschäft geht vor.«

Was für ein löblicher Grundsatz. Pech nur, dass er so gar nicht meinem Denken entsprach. Mir wurde die Frau immer unsympathischer.

»Tja, der Weg zum großen Geld ist manchmal verdammt entbehrungsreich«, hörte ich mich spitz feststellen.

Donatas Gesichtszüge entgleisten. Himmel, Arsch und Zwirn, Hemlokk, reiß dich zusammen! Ich räusperte mich verhalten. Jetzt würden wir die Herzchen mal ein bisschen durcheinanderbringen.

»Die Führungsebene des Unternehmens besteht ausschließlich aus Damen der ›Amazones Germaniae‹?« Mein Ton war sachlich und äußerst businesslike.

»Woher weißt du das?«, fuhr Donata mich entgeistert an.

Ich versah meine Gesichtszüge mit einem selbstgefälligen Grinsen.

»Ich bin Privatdetektivin, schon vergessen? Du trägst diese Schleifenbrosche, Vivi tut es ebenfalls, und ich bin in der Lage, mir meinen Reim darauf zu machen und im Internet zu recherchieren. Ihr beide seid ›Hohe Damen‹ der Amazonen Germaniens. Toller Name, muss ich schon sagen.«

»Chapeau.« Ich hatte Donny beeindruckt. »Solche Leute können wir gebrauchen, was, Vivi? Ja, wir haben uns an der Uni kennengelernt. Fünfzehn Frauen waren wir damals, von denen neun absolut nicht einsahen, weshalb sie sich nicht wie die Männer für das große Geld interessieren sollten.« Vivi gab ein schulmädchenhaftes Kichern von sich. Donny beachtete sie nicht weiter. »Ich kam auf die Idee, als wir bei einem Glas Wein zusammensaßen.«

»Oder auch zwei«, korrigierte Vivi ihre Bundesschwester launig.

»Oder auch zwei«, räumte Donata ein. »Weißt du, wir wollten uns alle auf jeden Fall selbstständig machen. Frei sein in unseren Entscheidungen; niemand sollte uns reinreden. Das war das eine. Und es sollte Geld bringen. Und zwar vernünftiges, sicheres und schnelles Geld. Keine von uns hatte Lust auf Zeitverträge, Praktika oder so einen Unfug. Deshalb haben wir gleich etwas größer gedacht. Es sollte etwas Solides, Ausbaufähiges sein, mit uns als eigenen Herren beziehungsweise Damen.«

»Ich verstehe«, sagte ich. Bis zu diesem Punkt hätte ich das Unternehmen glatt mitgegründet.

»Ich werde niemals vergessen, was du damals gesagt hast, Donata.« Vivi klang fast ein bisschen verträumt. »Du hast so anschaulich über Statussymbole gesprochen, die der Mensch auch auf dem Mars benötigen würde, weil er nun einmal so beschaffen sei, und dabei kamst du auf den Hund.«

»Die Deutsche Dogge für den SUV-Besitzer?«, warf ich flugs ein, um zu demonstrieren, dass ich das Prinzip verstanden hatte. »Macht ja auch nichts her, wenn aus so einem Wahnsinnsschlitten eine popelige Promenadenmischung hüpft, die womöglich noch aus einem Tierheim stammt und nichts gekostet hat.«

»Ja, der Hund soll in der Tat in erster Linie nach etwas aussehen« – nach Geld, ergänzte ich im Stillen, nur nach Geld –, »aber er darf in der Anschaffung nicht allzu viel kosten«, sagte Donata in einem Tonfall, als habe sie just in diesem Moment das Rad neu erfunden. »Und da kommen wir mit unserem Geschäftsmodell ins Spiel, indem wir Rassehunde zu Schnäppchenpreisen anbieten.«

»Clever«, sagte ich nickend und hoffte, dass ich gebührend bewundernd klang.

So, wie sie mir die Geschichte erzählten, hätte sie als Wirtschaftswunderstory eines hippen Start-up-Unternehmens auch in der Postille »Branchentreff – tausend Insiderinfos für den coolen Jung-Manager« stehen können. Sie waren weiblich, sie waren jung, sie waren erfolgreich – und ihnen war das Wohl der Tiere scheißegal. Als »Produkte« oder »Ware« hatten die beiden die Hunde bezeichnet.

Ich hätte mir in den Hintern beißen können. Renates Hinweis auf die zahlreichen Rassehunde unter den ausgesetzten Tieren hätte mich schon bei unserem ersten Gespräch auf die richtige Spur bringen müssen. Doch dummerweise erinnerte ich mich erst in diesem Moment wieder an einen Zeitungsartikel über diese Art der Geschäftemacherei, den ich vor geraumer Zeit gelesen, aber trotz seines erschreckenden Inhalts wieder vergessen hatte. Ob das an meiner Fixierung auf Gustav und meinem allgemeinen Krötenfaible lag? Keine Ahnung.

Gezüchtet wurden die bedauernswerten Kreaturen demnach in irgendwelchen Hinterhofkaschemmen im Osten Europas. In Polen, Tschechien, der Slowakei oder wie in diesem Fall in Ungarn. Zu Tausenden und unter miesesten Bedingungen. Wer Geburt und die erste Zeit überlebte, wurde viel zu früh von der Mutter getrennt – time is money – und verängstigt, verdreckt, oft ohne Wasser und Futter in einen randvollen Lkw verladen, um tagelang durch Europa zum westlichen Großhändler wie der skrupellosen Donata zu rollen.

Wer diese Tortur auch noch überstand, wurde zur Päppelung und ersten Ansicht ein paar Tage gehältert – schlagartig wurde mir die Bedeutung der beiden Scheunen klar –, bis dann das entzückte Herrchen oder Frauchen auftauchte, um sich einen repräsentativen Liebling auszusuchen. Der mit hoher Wahrscheinlichkeit verhaltensgestört und gegen nichts geimpft, aber billig war.

Was sich manchmal allerdings ganz schnell rächte, denn etliche Hunde starben noch mit Langzeitwirkung an irgendwelchen Virusinfektionen. Dann hatte der geizige Kunde mit dem Hang zum lebenden Statussymbol satte vierhundert Euro versenkt. Das arme Schwein.

Mir reichte es. Nur eines musste ich noch wissen. Es war ein Schuss ins Blaue, doch er traf direkt ins Herz der beiden Unternehmerinnen.

»Weshalb schmeißt ihr eigentlich die kranken Hunde von der Brücke?«, erkundigte ich mich, so sachlich ich es vermochte. »Ich meine, das ruft doch nur ungewollte Aufmerksamkeit hervor.«

Donata und Vivi wechselten einen ratlosen Blick.

»Das tun wir nicht«, sagte Vivi schließlich zögernd. »Natürlich nicht. Das wäre ja geradezu sträflich dumm.«

»Aber irgendjemand tut es. Und zwar ziemlich regelmäßig. Ich vermute mal, immer wenn eine Fuhre ankommt, wird ein Teil der Tiere so entsorgt.«

»Was heißt das denn?«

Donata klang scharf und herrisch, ganz die Chefin eines marktführenden Unternehmens, die Schlendrian in den eigenen Reihen wittert. Ich verlagerte mein Gewicht von einem Fuß auf den anderen, wobei ich sacht das rechte Bein nach hinten stellte. Die klassische Verteidigungshaltung. Dann beschrieb ich ihnen die Lage der Brücke, unter der die schwächeren Tiere regelmäßig auftauchten, und sparte auch nicht mit blumigen Details, als ich ihnen erzählte, wie die Hunde hinuntergepfeffert wurden. Bleierne Stille schien plötzlich über uns zu liegen. Kein Blatt regte sich, aus dem Lkw und aus den Scheunen drang kein Laut.

»Führt die 502 nicht über Hohenfelde nach Lütjenburg?« Donata klang, als hätte sie eine Kiste voller Rasierklingen verschluckt.

»Ja«, bestätigte ich. »Auch.«

»Willi«, sagte Vivi so tonlos, dass mir unwillkürlich ein Frösteln über den Rücken lief. »Der wohnt in irgend so einem Kaff bei Hohenfelde.«

Donata schwieg, doch ihrem Gesichtsausdruck nach zu urteilen, überlegte sie gerade, ob sie Willi den Hunden bei lebendigem Leib zum Fraß vorwerfen sollte.

»Ja, und?«, stupste ich das grübelnde Pärchen ungeduldig an, denn ich meinte jetzt tatsächlich, in der Ferne einen Motor zu hören.

»Willi und Werner sind für die Ställe zuständig«, erklärte Vivi. »Saubermachen, Füttern, diese ganzen Sachen.«

Mir schwante etwas. »Und wenn die Makellosigkeit der Ware nicht gegeben, sprich ein Hund zu krank oder zu hässlich ist, dann …«

»… haben die beiden den Auftrag, den faulen Apfel zu entfernen, ja.«

Die liebreizende Vivi klang, als spräche sie beim Amt wegen einer größeren Biotonne vor, während Donatas Messer in den Augen immer schärfer, spitzer und größer wurden.

»Herrgott, wenn diese beiden Obertrottel die halb toten Viecher wirklich einfach rausschmeißen ... wo sie jeder sehen kann«, brach es aus ihr heraus. »Die fliegen. Alle beide. Auf der Stelle. Das ist eindeutig geschäftsschädigendes Verhalten.« Doch, ja, so konnte man es auch sehen. Diese Argumentation hatte bestimmt vor jedem Arbeitsgericht Bestand, wenn es zur Kündigungsklage kam. »Was haben sich diese Schwachköpfe bloß dabei gedacht!«

Nichts oder zumindest wenig, vermutete ich mal. Ich nahm allerdings an, dass den beiden Bütteln überhaupt nicht bewusst war, dass sie mit ihrer Aktion das ganze Unternehmen in die Bredouille brachten, sondern dass sie einfach ihre Allmachtsphantasien auslebten, indem sie wie Gottvater entschieden, welchen Tieren sie noch eine winzige Überlebenschance gewährten und welche Hunde sie mitnahmen, um sie gleich in der heimatlichen Jauchegrube zu ertränken. Manche Menschen sind so: roh und abgestumpft wie ein rostiger Eimer. Und das hat nichts mit mangelnder Intelligenz zu tun, sondern mit fehlendem Mitgefühl. Das sind zwei ganz verschiedene Paar Schuhe.

Das Brummen eines Motors wurde jetzt immer lauter. Verstärkung rückte an. Na endlich. Ich bedachte die Edle mit einem Lächeln der Sorte Vampir, der sich mit blauem Blut die Kante geben will. Dann sagte ich sehr deutlich und sehr langsam: »Tja, es rächt sich eben immer, wenn die Geschäftsleitung ihre Mitarbeiter nicht im Griff hat, nicht wahr? Das ist schlechte Unternehmensführung, ganz schlechte. Ich denke, ich werde deshalb euer großzügiges Angebot, als Teilhaberin in die Firma einzusteigen, besser nicht annehmen.«

»Aber das lässt sich doch abstellen«, murmelte Vivi. »Werner und Willi fliegen und –«

»Halt die Klappe«, fauchte Donny ihre Partnerin an. »Sie hat uns von Anfang an gelinkt, merkst du das denn nicht? Sie wollte uns nur zum Reden bringen.«

Alle Achtung! Die Freifrau war heute richtig hellsichtig, das musste man ihr lassen.

»Und das ist ihr gelungen«, stellte ich selbstzufrieden fest.

Gerade als Frau sollte man sein Licht nicht unter den Scheffel stellen. Eine Amazone Germaniens musste dafür doch Verständnis haben. Hatte sie aber nicht.

»Du Miststück«, knirschte Donata. »Du verdammtes Miststück.«

Das Auto war nicht mehr weit entfernt. Harry? Oder die Polizei? Das wäre dann allerdings ein ziemlich dürftiger Auftritt in solch einer Situation. Egal, Rettung nahte.

»Tja, dumm gelaufen, nicht?«, goss ich noch ein paar Tröpfchen Öl ins glimmende Feuer. »Es ist eben nie sehr clever, den Gegner zu unterschätzen. Und wenn ihr ...«

Ich brach ab und horchte. Das eben noch anschwellende Motorengeräusch wurde leiser. Und noch leiser, bis es sich schließlich ganz in der Dunkelheit verlor. Scheiße!

»Los!«, schnauzte Donata Vivi auch schon an. »Auf sie. Sie darf uns nicht entwischen. Nun mach schon!«

Mit einem Satz sprinteten die beiden auf mich zu. Ich strauchelte unter der Wucht des Anpralls der beiden Körper, wankte und fiel.

»Da«, keuchte Donata und knallte mir die Faust aufs Ohr, sodass es in meinem Kopf unheilvoll anfing zu scheppern. Vivi legte derweil mit festem Griff den Arm um meinen Hals und presste mir die Luft ab.

Harry, stöhnte ich innerlich. Wo blieb der Kerl denn bloß?

»... bereuen«, gurgelte ich. »... bald Hilfe ...«

Sie reagierten nicht auf mein Gestammel.

»Wir schaffen sie zur Scheune«, kommandierte Donata. »Dann schalten wir das Flutlicht aus und fahren den Lkw hinters Haus. Ihre Ortsbeschreibung war nicht so präzise. Wenn wir uns nicht allzu blöd anstellen, wimmeln wir die Bullen und diesen Harry ab. Hat sie nicht behauptet, der Mann sei ziemlich dumm? Los, pack mit an, mir fällt schon was ein.«

Der Druck auf meine Luftröhre nahm zu. Trotzdem wehrte ich mich wie eine Wilde, trat und schlug mit aller Kraft um mich. Ich traute den beiden Damen mittlerweile alles zu. Selbst einen Mord. Doch sie waren zu zweit und skrupellos. Ich hatte keine Chance – und meine Zukunftsperspektive ganz richtig eingeschätzt.

»Wo bleiben wir denn mit der Leiche?«, ächzte Vivi, während sie mich im Klammergriff Richtung Scheune zerrte und Donata mir die Arme auf den Rücken bog.

»Verfüttern wir portionsweise an die Hunde«, lautete die schaurige Antwort ihrer Partnerin, als der Druck auf meinem Kehlkopf plötzlich nachließ, sodass ein neuerliches Motorengeräusch überhaupt die Chance bekam, das Rauschen und Sausen in meinem Kopf zu übertönen.

Hosianna! Ich nutzte die Gunst der Sekunde, zog meinen rechten Arm mit einem Ruck nach vorn und rammte ihn der süßen Vivi direkt in die Milz. Sie keuchte, schnappte nach Luft wie ein Dorsch auf dem Trockenen und klappte zusammen. Wunderbar.

»Pass doch auf«, schrie Donata und tat genau das in dem Moment nicht.

Ich nutzte auch diese Gelegenheit geradezu vorbildlich, indem ich ihr mit voller Wucht gegen das Schienbein trat. Sie brüllte los. Volltreffer. In meinen Ohren klang es wie Bizets »Carmen«, Verdis »Traviata« und Mozarts »Kleine Nachtmusik« zusammen. Ich stand senkrecht und massierte mir meinen geschundenen Hals, als Harrys Nörpel auf uns zuschoss, um mit quietschenden Reifen direkt vor mir und den sich zu meinen Füßen windenden Damen zum Stehen zu kommen.

»Du kommst verdammt spät, Gierke«, greinte ich, als Harry aus dem Wagen sprang und die Szenerie mit einem Blick erfasste. »Die hätten fast Hundefutter aus mir gemacht.«

»Zwanzig Minuten«, sagte er. Nur zwanzig Minuten? Das konnte nicht sein. Mir war es wie eine Woche vorgekommen. »Aber wie ich sehe, kommst du gut allein zurecht.«

Vivi gab einen wimmernden Laut von sich, Donata würdigte uns keines Blickes. Ihr Unterschenkel schien sich verselbstständigt zu haben, er stand in einem merkwürdigen Winkel vom Bein ab.

»Das ist ein doppelter K.o., was, Hemlokk? Du hast die Damen gleich auf die Bretter geschickt und dich nicht lange mit taktischem Schnickschnack aufgehalten, wie ich sehe.«

»Die wollten mich an die Wauwis dort drinnen verfüttern«, knurrte ich und deutete auf die Scheunen.

»Das ist nicht nett«, stimmte Harry mir zu.

In der Ferne erklangen jetzt Martinshörner. Ich lauschte beglückt. Es schien sich um mehrere Wagen zu handeln.

»Polizei?«, fragte ich Harry extra laut, als Mirca vorsichtig den Kopf aus dem Laster streckte, um bei dem Wort sofort wieder im Inneren des Lkw zu verschwinden.

Harry nickte. »Ich habe Druck gemacht, weil ich die Situation nicht einschätzen konnte.« Er deutete mit dem Daumen auf Donata und Vivi. »Dann haben die beiden Damen auch auf dich geschossen?«

Auf diesen naheliegenden Gedanken war ich in der ganzen Aufregung noch gar nicht gekommen. Aber natürlich, so musste es sein. Wortlos kniete ich mich neben Donata. Sie drehte unhöflich den Kopf weg.

»Hör mir zu«, fuhr ich sie ruppig an, griff nach ihrem Kinn und zog das Gesicht wieder zu mir herum. Wir funkelten uns an. »Du hast Harry gehört. Hast du oder hat Vivi auf mich geschossen?«

»Keine von uns beiden.« Es klang verächtlich, als wollte sie sagen: An so etwas absolut Unwichtiges wie dich verschwenden wir weder unsere kostbare Zeit noch eine Patrone.

Nicht, aha. Doch ich ließ nicht locker. Denn mir ging es geradezu wunderfein, weil meine Karriere rasant an Fahrt aufnahm, während ihre kläglich im Matsch versackte.

»Aber ihr habt einen von euren Todesengeln, Willi oder Werner, mit der Knarre auf mich angesetzt, richtig? Du kannst es ruhig zugeben. Das macht den Kohl auch nicht mehr fett«, sagte ich freundlich.

»Nein, Herrgott noch mal«, fauchte die Freifrau. »Du nimmst dich ein bisschen zu wichtig, Hanna Hemlokk. Außerdem hatten wir bis heute Abend keine Ahnung, wie dicht du uns auf den Fersen warst.« Sie richtete sich ein Stück weit auf, um mir direkt in die Pupille zu sehen. »Und wenn ich schon einen Killer auf dich angesetzt hätte, dann wäre das ein Profi gewesen, der todsicher getroffen hätte. Da kannst du deinen Arsch drauf verwetten.«

Ich erhob mich steifbeinig, als drei Polizeiwagen in den Schotterweg einbogen und mit blinkenden Lichtern zum Stehen kamen. Ich glaubte ihr.

SECHZEHN

Die Polizei war tatsächlich mit fünf Wagen angerückt, zwei folgten in zehnminütigem Abstand. Ich gab meine Personalien an und machte meine Aussage, und Harry berichtete ebenfalls alles, was er wusste. Donata und Vivi hingegen verlangten ihren Anwalt zu sprechen, danach schwiegen sie ebenso eisern wie ihr Handlanger Mirca, was ihnen jedoch nichts nutzte. Die Beamten warfen lediglich einen Blick auf den Leichenberg und in den Lkw, inspizierten die beiden Scheunen – dann legten sie dem Trio Handschellen an, während ein junger, sichtlich angefasster Polizist eilends einen Tierarzt herbeitelefonierte. Aber pronto.

Die tiefschwarze Dunkelheit war immer noch undurchdringlich, es ging ja auch erst auf zwei zu. Doch ich war nach den vorangegangenen Nachteinsätzen sowieso schon hundemüde, und nun ließ auch noch die Anspannung nach. Trotzdem nahm ich es als Kompliment, dass mir Donata wortlos vor die Füße spuckte, als man sie aufrichtete und zu einem für sie bestellten Krankenwagen geleitete.

»Du mich auch, Durchlaucht«, brüllte ich hinter ihr her. Eine junge Polizistin lachte.

»Gehen wir, Hemlokk? Hier können wir nichts mehr tun. Und mit Verlaub, du siehst beschissen aus«, sagte Harry liebevoll, als der Tierarzt eintraf.

Man hatte den Mann eindeutig aus dem Bett geholt. Er sah so schlaftrunken aus, wie ich mich fühlte.

Ich nickte vorsichtig, um meinen Hals zu schonen. Mich auszustrecken, in eine warme weiche Decke zu kuscheln und vierundzwanzig Stunden am Stück durchzuschlafen, das war eine geradezu paradiesische Vorstellung. Und der gute alte Harry würde mich und meine Träume bewachen und sich auf jeden stürzen, der es wagen sollte, sich meiner Villa auch nur auf fünfzig Meter zu nähern. Wir ließen meinen Wagen stehen – morgen war auch noch ein Tag – und fuhren schweigend zurück nach Bokau.

»Warte hier«, befahl Harry, als wir vor dem Haupthaus standen. »Rühr dich nicht vom Fleck, verstanden? Ich peile kurz die Lage.«

»Gierke«, stöhnte ich. Ein Bett, ein Königreich für ein Bett!

»Nur weil du ein bisschen müde bist, werden wir nicht leichtsinnig, Hemlokk«, wies mich mein Liebster scharf zurecht.

»Ich bin nicht *müde*«, korrigierte ich ihn gähnend. »Ich werde die nächste Minute nicht überleben, wenn ich nicht gleich auf meine Matratze kann. Ich bin *tod*müde, Harry.«

Ohne meiner dramatischen Ankündigung Beachtung zu schenken, stieg er aus, marschierte um den Wagen herum und klopfte an meine Scheibe. Widerwillig öffnete ich das Fenster einen Spalt.

»Wassis?«, nuschelte ich.

»Todmüde ist immer noch besser als tot.«

Na ja, da war etwas dran. Ohne mein Zutun sank mir der Kopf gegen die Nackenstütze, und meine Augen schlossen sich wie eine Jalousie, die an einer Zeitschaltuhr hing. Mhmmm … wunderbar …

Ein Elefant trampelte auf dem Wagendach herum, und ich schreckte mit einem Schrei hoch.

»Die Luft ist rein, Hemlokk. Komm raus.«

Harry klang wie der Chef eines dieser militärischen Kommandotrupps, die von Zeit zu Zeit die Welt retten: martialisch, autoritär und irgendwie ein bisschen albern. Aber jetzt war wahrlich nicht der Zeitpunkt, um das zu problematisieren. Stattdessen stieg ich gehorsam aus, stolperte den Weg hinunter zu meiner Villa hinter ihm her, wankte ins Badezimmer, zog mich aus, sparte mir das Zähneputzen sowie irgendwelche Waschereien und kroch schnurstracks unter die Bettdecke.

»Schlaf schön, Hemlokk«, hörte ich Harry zärtlich raunen. Ich grunzte, dann war ich weg. Das heißt – nicht ganz.

»Harry?«, murmelte ich schlaftrunken.

»Ja. Ich bin hier.«

»Wieso hast du eigentlich angerufen? So mitten in der Nacht, meine ich.«

War es Vorsehung gewesen, vielleicht eine Ahnung, dass sich

die Liebste in Gefahr befand? Oder hatte ihn die unstillbare Sehnsucht nach meinem Lachen und meinem köstlichen Sinn für Humor zum Handy greifen lassen?

»Ist nicht so wichtig, Hemlokk.«

Aha. So viel also zu meiner romantischen Anwandlung. Ich öffnete das linke Auge. Was wichtig war und was nicht, entschied immer noch ich.

»Sprich«, befahl ich. »Ich bin ganz Ohr.«

»Ich habe wegen der Patronenhülse angerufen«, geruhte er mir mitzuteilen. »Bernd hat sie sich doch schon vornehmen können.«

»Und?« Vor lauter Gähnen begannen sich meine Gesichtsmuskeln zu verkrampfen. »Was ist damit?«

»Das sollten wir morgen besprechen. Nun schlaf doch erst einmal«, wich er aus.

»Nix da«, widersprach ich, hellhörig geworden.

Harry seufzte, doch er wusste, wann er verloren hatte.

»Na ja. Sie stammt nicht von einem der gängigen Fabrikate, sondern von einem Gewehr, dessen Herstellerfirma längst pleitegegangen ist. Landmann in Preetz. Du wirst dich bestimmt nicht erinnern, aber ich habe dir mal im Zusammenhang mit meinen Recherchen über Sig Sauer was über die und die RAF erzählt und so.«

Er irrte sich. Ich erinnerte mich trotz meines wattierten Kopfes sehr wohl daran. Allerdings hatte ich keinen blassen Schimmer, weshalb das tierisch wichtig sein sollte. Denn plötzlich ging einfach nichts mehr. Rien ne va plus. Mir fielen die Augen zu, und ich sank augenblicklich in einen tiefen traumlosen Schlaf – der satte dreizehneinhalb Stunden andauerte.

Es war zwar noch hell, als ich am späten Nachmittag erwachte, doch es dämmerte bereits wieder. Ich dehnte meine Glieder bis zum Anschlag, während ich den gewohnten Geräuschen lauschte, die so wunderbar normal waren. Auf dem See schnatterte eine Ente, ein Jungbauer bretterte mit dem Trecker über Bokaus Hauptstraße, und Silvia stieß ihr unverkennbares asthmatisches Röhren aus, das ich auch mitten auf dem Broadway wiedererkannt hätte. Es würde sicherlich noch eine Zeit lang dauern, bis ich meinen gewohnten Tages- und Nachtrhythmus wiedergefunden hatte.

»Harry?«

»Hier!«, kam die Antwort wie aus der Pistole geschossen aus dem Wohnzimmer, während sich auch schon meine Schlafzimmertür öffnete.

»Na also«, knurrte er zufrieden, nachdem er mich einer strengen Musterung unterzogen hatte. »Geht doch. Jetzt sieht sie nicht mehr aus wie eine Zombiene, sondern wie ein Mensch. Ein bisschen plüschig um die Augen vielleicht noch, aber das kriegen wir mit einer Kanne Tee und einer heißen Dusche auch noch hin. Wie haben Hoheit geschlafen?«

»Danke, James«, erwiderte ich würdevoll und kicherte. »Bestens.« Er schwieg, was mich einigermaßen irritierte. »Wirklich«, versicherte ich. »Keine Alpträume von toten oder gequälten Kreaturen oder durchgeknallten Freifrauen.«

»Schön«, sagte er nur.

Wir wussten beide, dass die wahrscheinlich noch kommen würden, wenn ich erst einmal den Zustand der akuten Erschöpfung überwunden hatte. Ich schwang die Beine aus dem Bett, stiefelte ins Bad und gönnte mir das volle Programm: heißes und kaltes Wasser im Wechsel, ein sauteures Shampoo, das nach Rosmarin roch und einen erhöhten Flufffaktor versprach, sowie ein Duschgel, das ich mir aus England mitgebracht hatte. Es duftete schwach nach Minze und sollte der Haut ein Feeling verpassen, das deren Besitzerin durch den Tag schweben ließ. Sicherheitshalber cremte ich mich nach dem Trockenrubbeln von oben bis unten ein. Es war ein Ritual. Ich musste den Dreck loswerden, den so ein hässlicher Fall unweigerlich mit sich brachte und der ohne diese Prozedur an mir kleben bliebe wie Pech. Erst danach fühlte ich mich gerüstet für den Tag beziehungsweise Abend.

»Was wünscht die Dame zum Frühstück?«, tönte Harry durch die Tür. »Oder soll es ein Abendbrot werden?«

Mir war es egal. Ich hätte ein ganzes Schwein verspachteln können. Also rief ich zurück: »Brunch und Lunch in einem, Harry. Das wäre klasse. Guck doch mal, was du im Kühlschrank findest, und improvisier uns etwas Nettes.«

»Mach ich.«

Die Gartenpforte quietschte. Ich hörte es ganz deutlich. Und dann sagte Harry auch schon: »Wir kriegen Besuch, Hemlokk. Die beiden Jungs, Krischan und Philipp. Soll ich sie wegschicken?«

Sollte er?, überlegte ich, während ich mein Haar mit Föhn und Bürste in Form brachte. Nein, entschied ich. Wahrscheinlich hatten sie gerüchteweise gehört, was in dieser Nacht passiert war. Sie waren meine Auftraggeber – auch wenn Krischans Rolle in dem Drama höchst zwielichtig war und blieb – und hatten deshalb ein Recht darauf, zu erfahren, was da genau abgelaufen war. Und ich rechnete ihnen hoch an, dass sie rücksichtsvoll bis zum Abend gewartet hatten, um mir einen Besuch abzustatten.

»Frag sie lieber, ob sie mitessen wollen. Haben wir genug?«, rief ich daher.

»Ich denke, ja«, sagte Harry, als es auch schon an der Haustür klopfte und Krischan meinen Namen rief.

»Die ist noch im Bad«, hörte ich Harry sagen. »Kommt rein, Jungs. Hem... äh ... Hanna ist gerade aufgestanden, aber sie ist gleich fertig. Was haltet ihr von einer kräftig-deftigen Mahlzeit?«

Krischan und Philipp gaben etwas von sich, was wie Zustimmung klang. Ich beeilte mich nicht, sondern föhnte hingebungsvoll weiter. So viel Zeit musste sein. Wenig später begrüßte ich meine Besucher frisch wie der sprichwörtliche junge Morgen. Harry hatte derweil den Tisch gedeckt, und in meiner Hütte duftete es wundervoll nach Tee, Brot, Eiern und Speck. Ich setzte mich den Jungs gegenüber.

»Ihr wollt sicherlich Genaueres über heute Nacht hören. Der Fall ist nämlich gelöst.«

Harry stellte schweigend eine große Pfanne mit Rührei in die Mitte. Wir griffen hungrig zu.

»Es war diese Donata, nicht? Die bei Johannes wohnt«, fragte Philipp kauend.

»Die ist der Kopf der Bande«, bestätigte ich mit vollem Mund. »Aber dahinter steht ein Netzwerk, das ganz Europa mit billigen Rassehunden beliefert. Da machen also noch einige mehr mit.«

Krischan hörte auf zu kauen und schaute mich fest an. »Ich nicht, falls du das damit andeuten willst, Hanna. Ich habe damit nichts zu tun.«

Auch Philipp hatte jetzt aufgehört zu essen.

»Er hat einen Tumor im Kopf«, stieß er hervor.

»Ach du lieber Himmel«, entfuhr es mir entsetzt.

Harry legte sein Besteck beiseite. Krischan schwieg.

»Er war heute Morgen beim Arzt«, fuhr Philipp fort. »Der hat es ihm gesagt.«

Harry und ich wechselten einen hilflosen Blick. Gab es einen angemessenen Kommentar zu so einem Desaster? Nein.

Krischan räusperte sich. »Weil mir doch so oft schwindlig wird und ich gelegentlich Kopfschmerzen habe, bin ich hingegangen. Das war früher nämlich nicht so.« Er fing an, ein Brotstück zu zerpflücken, den Blick unverwandt auf seinen Teller gerichtet. »Na ja, und wegen der Krämpfe und weil ich mich manchmal so komisch benehme und ich gar nicht weiß, warum ich das tue«, fügte er kaum hörbar hinzu. »So bin ich nicht. So aggressiv, meine ich. Das wurde mir immer unheimlicher.«

»Ja, das verstehe ich«, murmelte ich.

»Das sind alles klassische Symptome bei einem Hirntumor«, erklärte Philipp für seinen Freund. »Daran liegt es. Krischan kann nichts dafür.«

Der Rest des Rühreis wurde kalt. Mir war der Appetit vergangen. Harry schenkte uns allen Tee nach. Dann fragte er Krischan beiläufig: »Du telefonierst extrem viel mit dem Handy, nicht?«

»Ja, klar. Das gehört zu meinem Job. Die Leute müssen mich ja erreichen können.«

Logisch. Ich warf Harry einen schneidenden Blick zu. Musste er ausgerechnet jetzt mit solchen Nebensächlichkeiten ankommen?

»Und was ... also wie«, ich musste mich räuspern, »geht es jetzt weiter?«

Krischan blickte von seinem zugekrümelten Teller auf. »Er muss raus, klar. Und zwar so schnell wie möglich.« Ein schwaches Lächeln glitt über sein weiches Gesicht. »Ich habe keine Angst. Na ja, ich habe keine Panik, will ich damit sagen«, verbesserte er sich. »Geheuer ist mir das natürlich nicht. Aber es wird schon gut gehen.«

Während Krischan sprach, hatte Philipp sein Smartphone gezückt und fuhrwerkte nun mit dem Zeigefinger darauf herum. Ich hätte ihn schütteln können. Krischan war sein Freund. Und dieser Freund war krank, sehr krank sogar, und er hatte nichts Besseres zu tun, als durchs Universum zu daddeln. Krischan schien das längst nicht so zu stören wie mich.

»Weißt du«, fuhr er mit einem milden Seitenblick auf Philipp fort, »ich bin erst einmal froh, dass endlich klar ist, woran alles liegt. Und dass du mich hoffentlich jetzt nicht mehr verdächtigst, etwas mit diesen Tierquälern zu tun zu haben, Hanna.«

»Tue ich ganz bestimmt nicht«, versicherte ich, schluckte meinerseits ein »mehr« hinunter, griff nach seiner Hand und streichelte sie kurz.

Krischan blinzelte. In schöner Eintracht langten wir nach unseren Teetassen.

»Hier ist der Artikel«, rief Philipp plötzlich triumphierend und hielt mir über den Tisch hinweg das Smartphone vor die Nase. »Ich hab's doch gewusst. Menschen, die ihr Handy über fünf Jahre mehr als fünfzehn Stunden pro Monat benutzen, haben ein höheres Risiko, an einem Hirntumor zu erkranken, als …«

»… Leute mit Festnetzanschluss«, nahm Harry ihm das Wort aus dem Mund. »Genau das habe ich gemeint. Auf diese Zahlen kommst du doch locker, Krischan, oder?«

»Schon … äh … ja, doch«, antwortete der abgelenkt.

Denn Philipps Ärmel war hochgerutscht, als er mir den Artikel zeigte. Der Junge selbst hatte es vor lauter Eifer nicht bemerkt, aber Krischan und ich sahen die Schnibbeleien und das Geritze auf seinem rechten Unterarm deutlich. Die Haut sah aus, als habe er ohne Rücksicht auf Verluste mehrmals in einen Glascontainer gelangt. Krischan und ich warfen uns einen ebenso ratlosen wie entsetzten Blick zu. Deshalb also immer die langen Ärmel. Das erklärte es natürlich. In diesem Moment bemerkte Philipp, was geschehen war, und wurde knallrot. Hastig zog er den Ärmel hinunter. Wir taten alle drei so, als sei nichts gewesen.

»Ist der Tumor ... gutartig?«, fragte ich Krischan stattdessen leicht gehemmt.

»Das weiß man noch nicht.« Er klopfte mit dem Knöchel gegen seinen Kopf. »Aber ich denke schon. Der Doc ist da ganz zuversichtlich.«

»Hast du Marga schon –«

»Nein.«

»Soll ich –«

»Ja, bitte«, sagte er sofort.

Philipp brütete stumm und mit gesenktem Blick vor sich hin. Wir hatten einmal so einen Fall in der Schule gehabt. Stella hieß das Mädchen. Stella Stellhagen, wie sinnig. Ihr Bauch hatte haargenau solche Wunden aufgewiesen wie Philipps Unterarm. Wir hatten es in der Sportumkleide alle gesehen. Und eines Morgens war Stella verschwunden gewesen und nie wieder an unserer Schule aufgetaucht.

»Wenn alles überstanden ist, werde ich vielleicht noch einmal zur Schule gehen«, unterbrach Krischan meine Überlegungen.

»Das fände ich super«, erwiderte ich zerstreut, weil ich immer noch durch Philipps Unterarm abgelenkt war.

Wo hatte ich damals auf der Brücke bloß meine Augen und meinen Verstand gehabt, als wir gemeinsam auf der Lauer gelegen hatten? Da hatte ich das Geritze doch schon gesehen und mir nichts dabei gedacht, weil ich es automatisch für eine Tätowierung gehalten hatte. Trotz Stella.

Na prima, Hemlokk, manchmal bist du wirklich blind wie ein Maulwurf. Der Junge brauchte eindeutig Hilfe. Mal sehen, ob ich mit ihm reden konnte. Und wenn er das abblockte, sollte ich wohl besser die Eltern informieren. Oder die Lehrer.

»... und danach eventuell studieren«, erklärte Krischan mit roten Wangen.

»Das ist eine verdammt gute Idee«, meinte Harry, der meine Geistesabwesenheit spürte. »Wissen deine Eltern Bescheid?«

»Nein«, erwiderte Krischan und senkte den Blick. »Ich hatte noch keine Zeit, sie anzurufen.«

»Du willst es ihnen am Telefon sagen?« Ich schüttelte den Kopf. »Das geht nicht. Es wird ein furchtbarer Schock für sie sein.«

»Glaube ich nicht«, lautete die trockene Antwort. »Die drücken ein paar Krokodilstränen ab, und dann wissen sie schon gar nicht mehr, wer ich bin. ›Du machst das schon, Christian‹«, setzte er mit männlich-tiefer Stimme hinzu. »›Ach, Krischi, was machst du mir bloß auch immer für einen Kummer?‹« Das kam im Sopran seiner Mutter heraus.

Wie niederziehend. Trotzdem überbrachte man so eine schlimme Nachricht persönlich.

»Hör mal, Krischan«, begann ich daher sehr vernünftig. »Ich denke, du unterschätzt deine Eltern. Sie lieben dich. Du bist ihr Sohn.«

»Na und?« Er warf trotzig den Kopf zurück. »Sie haben neue Söhne und Töchter. Ich bin nur eine Altlast, die sie lange Zeit an ihrer Selbstverwirklichung gehindert hat.«

»Ach komm, jetzt übertreibst du aber. Du musst doch –«

»Krischan muss gar nichts«, fiel mir Philipp hitzig ins Wort. »Gar nichts, hörst du! Lass ihn doch einfach in Ruhe und bedränge ihn nicht andauernd. Du musst, du musst, du musst. Ich kann das nicht mehr hören. Und dabei hat man supernett, megasozial und total engagiert zu sein. Scheiße.«

Nach diesem Ausbruch war es eine ganze Weile still in meinem Wohnzimmer, bis die weit entfernte Sirene eines Polizei- oder Krankenwagens in das lastende Schweigen siebte.

»Entschuldigung«, sagte Philipp verlegen. »Ich weiß auch nicht, was in mich gefahren ist.«

Aber ich. Stellas Schicksal hatte mich als Sechzehnjährige schwer beschäftigt, wobei ich zugeben muss, dass ich ihren Bauch damals ebenso gruselig wie faszinierend fand. In der Vor-Internet-Zeit hatte es weder Google noch einen Chatroom zum Thema gegeben. Also hatte ich mich in der örtlichen Gemeindebibliothek schlaugemacht, was dahintersteckt, wenn jemand sich ritzt, schneidet oder sonst wie an sich herumschnibbelt, um sich immer wieder selbst zu verletzen und wehzutun. Und ich hatte gelernt, dass ein derartiges Verhalten in Fachkreisen als Ausdruck höchster seelischer Not gilt.

Manche Jugendlichen fühlen sich alleingelassen, unverstanden oder nicht geliebt – was zweifellos alles auf Krischan zutraf. Aber auf Philipp? Andere wiederum sind der festen Überzeugung, sie seien nichts wert. Hinzu kommen schlechte Schulnoten, Versagens- und Trennungsängste, die angesichts der heutigen Scheidungsraten bestimmt massiv zugenommen haben. Und Mobbing. Das nannte man früher zwar nicht so, aber dass wir als Kinder mit der armen Stella nicht gerade zimperlich umgegangen waren, hatte ich nicht vergessen. Heimlich hatte ich mich dafür geschämt.

Außerdem macht natürlich permanenter Druck, dem man sich nicht gewachsen fühlt, auf Dauer krank. Und wird das alles nicht angemessen verarbeitet, weil niemand zuhört und keiner sich kümmert, führt dieser ganze Klumpatsch zu einer inneren Anspannung und zu Selbstzweifeln, die irgendwann unerträglich werden. In so einer Situation soll das Ritzen am eigenen Körper Entlastung und Erleichterung bringen.

»Philipp«, sagte ich leise. »Ich denke, wir sollten einmal miteinander reden.«

»Da gibt es nichts zu reden«, wehrte er sofort ab. »Es ist alles in bester Ordnung. Ich komme schon klar.«

Wie Krischan seinerzeit. Und wie bei Krischan war es eine ebenso satte wie höchst durchschaubare Lüge.

»Philipp«, setzten Krischan und ich gleichzeitig an.

»Nein«, schnauzte er. Seine Verzweiflung war unüberhörbar. »Ich will nicht, hört ihr! Das ist allein meine Sache.«

»Ist es nicht«, widersprach ich vorsichtig.

Harry räusperte sich warnend. Krischan sagte nichts, konnte allerdings nicht verhindern, dass er den Freund mitleidig betrachtete. Philipp ballte indes die Fäuste und biss die Zähne derart fest zusammen, dass die Adern an seinem dünnen Hals hervortraten wie Schiffstaue. Doch er schwieg, was ich weitaus alarmierender und irritierender fand, als wenn er uns angebrüllt hätte.

»Ich hab mir doch auch Hilfe gesucht«, brummte Krischan plötzlich. »Ist gar nicht so schlimm.«

»Nein.« Ein Wort wie ein Schwinger in die Magengrube. »Ich. Komme. Zurecht. Ich. Brauche. Keine. Hilfe.« Der Junge sprach wie ein Automat: langsam, überbetont und mit einer derart künstlichen hohen Stimme, dass mir angst und bange wurde.

»Hör mal«, mischte sich Harry jetzt unvermutet ein, »wenn ich dir als alter Sack einen Rat geben darf: Dieses machohafte ›Ich schaff das allein‹ bringt einen oft nicht weiter. In manchen Fällen ist es einfach besser und sinnvoller, den harten Kerl mal im Schrank zu lassen, um sich an einer geneigten Schulter auszuweinen. Ich habe auch eine ganze Zeit gebraucht, um das zu kapieren.«

Ach, Harry. Am liebsten hätte ich ihn kurz geknuddelt. Stattdessen sagte ich: »Na, das kann ich bestätigen.«

Doch auch mit vereinten Kräften drangen wir nicht zu Philipp durch. Alles, Körpersprache, Mimik, ja sogar der mittlerweile störrisch abstehende Haarschopf, signalisierte Abwehr.

Ich gab auf und beschloss, die Sache erst einmal auf sich beruhen zu lassen. Drei zu eins, das brachte nichts, da musste sich der Junge ja in die Defensive gedrängt fühlen. Und auf zwei oder drei Tage kam es bei diesem Problem bestimmt nicht an. Aber ich hatte nicht mit Krischan gerechnet. Der war aus härterem Holz geschnitzt als Harry und ich.

»Seele und Körper sind doch eine Einheit, richtig?« Er sprach eindringlich und legte dabei vorsichtig die Hand auf den malträtierten Unterarm seines Freundes. Philipp gab keine Antwort, sondern wiegte lediglich den Oberkörper hin und her. »Oder, Phil?«

Das Schaukeln wurde stärker. »Ich weiß nicht, was das jetzt soll«, quetschte Philipp schließlich mühsam hervor. »Aber so ist es wohl, ja.«

»Gut«, sagte Krischan ruhig. »Da sind wir also einer Meinung. Pass auf, ich meine doch nur, wenn ich Hilfe für meinen

Kopf brauche, weil da ein Tumor wächst, benötigst du eben welche für die Seele. Da gibt's keinen Unterschied.«

Das war clever argumentiert, fand ich. Ich schielte zu Philipp hinüber, der Bruchteile von Sekunden mit seiner Schaukelei aufgehört hatte. Nun setzte sie wieder ein.

»Ich bin nicht verrückt«, knurrte er. »Falls du das meinst.«

»Nö«, versetzte Krischan ungerührt. Ich bewunderte ihn dafür. Er würde seinen Weg schon machen. Auf mich konnte er dabei zählen! »Aber du hast offensichtlich ein Problem, mit dem du allein nicht fertigwirst.«

Die Wirkung dieser schlichten Worte war beeindruckend. Mit einem Wutschrei sprang Philipp auf und funkelte uns an. Seine Lippen zitterten, und er verhaspelte sich mehrmals beim Sprechen.

»Ich gehe! Ich bin nicht verrückt, wie oft soll ich das denn noch sagen? Außerdem habe ich absolut keine Lust auf eure Scheiß-Psychospiele. Ich hab gedacht, du bist mein Freund, Krischan. Aber du bist auch nicht besser als all die anderen.«

Damit stürmte er zur Tür, riss sie auf, um anschließend das Blatt mit solcher Wucht in den Rahmen zu donnern, als wollte er hinter sich das Haus zum Einsturz bringen, um endlich und auf ewig Ruhe vor uns zu haben. Wir hörten ihn davonrennen.

»Und was machen wir jetzt?«, unterbrach ich das unbehagliche Schweigen nach einer Weile.

»Nichts, würde ich sagen«, meinte Harry. »Wir lassen ihn erst einmal in Ruhe.«

»Ich rede mit ihm, wenn er sich abgeregt hat«, bot Krischan an. »Solange er in so einem Zustand ist, hat das keinen Sinn. Der greift ja sofort zur Pistole, wenn er mich nur sieht.« Zur Illustration klappte er Ring-, Mittel- und den kleinen Finger der rechten Hand ein, streckte den Zeigefinger wie einen Lauf vor und tippte sich auf die Brust. »Peng.«

Bumm, machte es in meinem Kopf. Waffen, schießen, treffen, töten. Unwillkürlich wanderte meine Hand zu meinem nur knapp der Durchlöcherung entgangenen Ohrläppchen.

»Sag das noch mal«, forderte ich Krischan leise auf. Grundgütige, das gab es doch nicht. Ich musste mich irren.

»Ich werde noch einmal mit Phil sprechen, sobald er sich abgeregt hat«, wiederholte Krischan verständnislos.

»Nein, das andere.«

»Hemlokk«, meinte Harry besorgt.

»Ruhe«, fauchte ich ihn an, während der Junge ratlos zu ihm hinüberschielte.

»Ich weiß nicht, was du meinst, Hanna. Doch nicht das Bild mit der Pistole, oder? Phil schießt nicht auf mich. Das war ein Witz, also vielleicht ein schlechter, aber ich habe das natürlich nicht ernst gemeint.«

»Hemlokk«, wiederholte Harry vorsichtig.

»Landmann, Preetz«, entgegnete ich. »Nicht nur du hast diese Waffenschmiede erwähnt, Harry. Auch Philipp hat mir von ihr erzählt.«

SIEBZEHN

»*Landmann*, Gierke. In Preetz«, krächzte ich diesmal aufgeregt, nachdem es mir endlich gelungen war, den widerwilligen Krischan mit der Versicherung, ihn auch ganz bestimmt auf dem Laufenden zu halten, nach Hause zu schicken. »Direkt nebenan haben Philipps Großeltern gewohnt. Er hat es mir selbst erzählt.«

Harrys Blick blieb skeptisch.

»Das mag ja sein«, meinte er zweifelnd, »aber das besagt doch genau genommen gar nichts. Sicher, es ist schon ein besonderer Zufall, dass die Patronenhülse von einem Landmann-Gewehr stammt und ausgerechnet zwischen diesem Knaben und der Firma so etwas wie eine Verbindung besteht. Aber mehr als ein Zufall ist es nicht, fürchte ich. Denn schau mich an: Ich habe dir von den Landmännern erzählt und nicht auf dich geschossen. Außerdem war er noch gar nicht geboren, als die Klitsche dichtgemacht hat.«

»Na und?«, entgegnete ich hitzig. »Das wiederum besagt doch ebenfalls überhaupt nichts. Er muss das Gewehr ja nicht selbst geklaut haben. Vielleicht war sein Opa mit dem alten Landmann befreundet, und gegen drei Flaschen Genever hat eines schönen Abends ein Gewehr den Besitzer gewechselt. Seitdem steht es bei Philipps Leuten im Schrank – weder irgendwo angemeldet noch von irgendwem vermisst. Und wenn der jeweils älteste Spross der Familie vierzehn wird, geht der Papa mit dem Sohnemann hinunter in den Keller zum Schrank und zeigt ihm die Knarre.«

»Du hast wirklich eine blühende Phantasie, Hemlokk.«

»Aber ist das denn wirklich so unwahrscheinlich?«, hielt ich dagegen. »Es ist doch letztlich auch völlig wurscht, wie das Gewehr in die Hände von Philipps Familie gelangt ist. Wichtig für den aktuellen Fall ist doch nur, *dass* eine Verbindung besteht. Und die ist zweifellos vorhanden. Denn an eine Glock oder an eine Pistole von Sig Sauer wäre der Junge nicht so leicht gekommen.«

Harry kratzte sich nachdenklich am Kopf, während seine rechte Augenbraue nach oben wanderte, untrügliches Zeichen dafür, dass er mit meinen Gedankensprüngen haderte – was seine nachfolgenden Worte bestätigten.

»Aber warum, Hemlokk? Warum sollte der Junge auf dich schießen? Das ergibt doch überhaupt keinen Sinn.«

Was auch wieder wahr war. Ratlos blickten wir uns an.

»Geh zur Polizei«, sagte Harry schließlich.

»Um auf so einen begnadeten Dösbaddel wie deinen Kriminaldirektor zu stoßen? Der nichts begreift und überall nur Jäger auf der Pirsch sieht, weil er sich auf dem Land befindet? Nee, das werde ich ganz sicher nicht tun.«

»Aber die Situation hat sich doch grundlegend geändert. Du hast jetzt die Patronenhülse als Beweisstück, einen konkreten Verdacht, und ich komme mit«, argumentierte er sehr vernünftig. »Außerdem sind bestimmt nicht alle Polizisten so blöd.«

»Nein.«

Mein Tonfall war milde, aber eindeutig. Und Harry verstand, dass hinter diesem »Nein« noch etwas mehr steckte.

»Aha, die Angelegenheit ist also wieder einmal ganz allein deine Sache. Hemlokk, die Einzelkämpferin.«

»Das auch, ja«, gab ich freimütig zu. »Aber bevor ich etwas Offizielles anleiere, möchte ich mit Philipp sprechen. Und zwar allein und in aller Ruhe. Irgendetwas stimmt nicht mit ihm, das haben wir ja eben alle gemerkt. Trotzdem muss der Junge eine Chance haben. Das ist nur fair.«

»Und wenn er nicht reden will, sondern gleich schießt?«

Ich stand auf, angelte nach meiner Jacke und schlüpfte in die Schuhe, während Harry vor meiner Tür so martialisch Aufstellung nahm wie ein Angehöriger der Navy SEALs; das ist bekanntlich die Truppe, die Osama bin Laden damals in seinem pakistanischen Versteck den Garaus gemacht hat. Ich fand das ziemlich melodramatisch.

»Jetzt mach hier keinen Zirkus, Gierke«, pampte ich ihn an. »Ich bin vorsichtig, versprochen. Und außerdem siehst du doch gar keinen Zusammenhang zwischen den Patronenhülsen, Philipps Opa und den Landmann-Gewehren aus Preetz.«

Es war ein schwacher Versuch, die Situation zu entschärfen, zugegeben, und Harry ging auch gar nicht erst darauf ein.

»Dir ist hoffentlich klar, dass du unter Umständen dein Leben riskierst?«

»Ach, Harry.«

»Nix, ›ach, Harry‹, Hemlokk!« Er wurde laut, was selten vorkam. »Wenn der Junge nun unter Wahnvorstellungen leidet und ihm eine außerirdische Stimme befiehlt, alle Schildkrötenbesitzer ins Jenseits zu schießen, weil sie für die Erderwärmung verantwortlich sind, hast du keine Chance.«

»Ich halte Philipp zwar für gestört, aber nicht für verrückt«, stellte ich klar.

Na ja, der Übergang konnte fließend sein. Ich zögerte daher Bruchteile von Sekunden.

»Lass mich mitkommen, Hemlokk«, drängte Harry. »Ich sage auch keinen Pieps und löse mich vor deinen Augen in Luft auf, sobald du mir ein Zeichen gibst. Der Knabe gehört ganz allein dir. Ehrenwort.«

»Also gut«, gab ich widerwillig nach. Ich hatte zwar nicht direkt Angst vor Philipp, aber die Situation war mehr als undurchsichtig. Und da konnte ein zweiter Mann als Lebensversicherung nicht schaden.

Schweigend marschierten wir an der malmenden Silvia vorbei den Weg zum Haupthaus hoch, wo Harrys Nörpel parkte. Philipp bewohnte mit seiner Familie im Bokauer Neubaugebiet ein Endreihenhaus mit einem Garten, der den Namen nicht verdiente. Grünfleck wäre die passendere Bezeichnung gewesen.

»Du wartest bitte hier«, befahl ich Harry, als ich ausstieg.

Er widersprach nicht. Langsam ging ich auf die Haustür zu, holte tief Luft, straffte die Schultern und klingelte. Nichts geschah. Das heißt, an der Tür geschah nichts.

»Er ist oben«, brüllte Harry von der Straße her. »Geh in Deckung, Hemlokk!«

Vor Schreck hüpfte ich mit einem Riesensatz mitten in den Rhododendronbusch. Merde, was für ein blöder Anfang. Nach einer Schrecksekunde zeigte ich Harry den Stinkefinger und rief laut nach oben: »Philipp, ich bin's, Hanna. Ich muss mit dir reden. Es ist dringend. Machst du bitte die Tür auf?«

»Nein. Geh weg.« In seiner Stimme lag ein Anflug von Hysterie.

»Philipp, bitte.«

»Lass mich in Ruhe, Hanna! Hau ab.«

Vorsichtig trat ich drei Schritte zurück in den Vorgarten, damit ich ihn sehen konnte.

»Hemlokk«, stöhnte Harry gut hörbar für den gesamten Straßenzug, »bist du meschugge?«

Ich beachtete ihn nicht. Der Junge würde nicht auf mich schießen, wenn ich ihm Aug in Aug gegenüberstand. Philipp war augenscheinlich aus irgendeinem Grund völlig verzweifelt, aber ein kaltblütiger Mörder war er sicher nicht – oder ich müsste meinen Job als Private Eye wegen mangelnder Menschenkenntnis doch noch an den Nagel hängen.

»Philipp«, sagte ich ruhig in Richtung des halb geöffneten Fensters, »sei doch vernünftig. Ich werde hier nicht eher weggehen, bis du die Tür aufmachst und ich dir ein paar Fragen gestellt habe. Wir müssen reden, bevor ...«

Ich ließ den Satz bewusst als sanfte Drohung in der Luft hängen. Zunächst geschah nichts, dann wurde oben das Fenster geschlossen.

»Pass auf, Hemlokk. Er haut ab«, schrie Harry.

»Halt die Klappe«, zischte ich und lauschte.

»Der türmt hinten über die Terrasse. Nun mach schon, Hemlokk. Beweg dich. Ich sichere die Vordertür.«

Ich reagierte nicht. Ein leichtes Tapsen erklang jetzt im Haus, vorsichtig und behutsam. Ich gab Harry mit der Hand ein Zeichen, dass er endlich den Mund halten sollte. Sonst war es aus mit uns. Ein für alle Mal. Und das war eine der guten Seiten an Harry Gierke: Er interpretierte meine Miene auf der Stelle richtig.

Jetzt öffnete sich langsam die Tür. Philipp hatte geweint, seine Haut war fleckig und gerötet, und er sah aus, als sei ihm der Leibhaftige begegnet. Am rechten Augenlid zuckte unkontrolliert ein Nerv, die Augen waren verquollen und glänzten, und sämtliche Gesichtsmuskeln schienen ihre Spannung verloren zu haben. Mit anderen Worten, der Junge bot ein Bild des Jammers – und hielt kein Gewehr in den Händen, wie ich erleichtert feststellte.

»Nicht hier.« Seine Stimme klang, als hätte sie Rost angesetzt. Hastig trat er aus dem Haus. »Gehen wir.« In diesem Moment fiel sein Blick auf Harry, der so brav am Auto lehnte, als könnte er kein Wässerchen trüben. Philipps Kinn ruckte in seine Richtung. »Er kann mitkommen.«

Ich gab Harry ein Zeichen. Ohne ein Wort zu wechseln, gingen wir bei Matulke und Inge Schiefer vorbei zum See hinunter; ein Trio, bestehend aus zwei Erwachsenen und einem Kapuzenjüngling, dem das Hinterteil in der Hose hing, der seine Hände tief in den Taschen vergraben hatte und dessen Rücken so krumm war wie der eines sehr, sehr alten Mannes.

Es war mittlerweile stockdunkel, und der See gab keinen Mucks von sich. Man hörte weder ein leises Plätschern der Wellen noch das Rascheln des Schilfs. Wir setzten uns auf eine Bank; Harry rechts, Hanna links, der Junge in der Mitte.

»Warum, Philipp?«, fragte ich leise. »Warum hast du auf mich geschossen?« Jetzt quakte eine Ente in der Ferne. Der Junge antwortete nicht, doch er atmete schwer. »Was habe ich dir getan? Erklär es mir bitte.«

Er schnaufte, und seine Hände, die bislang über die Oberschenkel gestrichen hatten, als wollte er sich selbst streicheln, hielten inne und verkrampften sich.

»Nichts«, murmelte er so leise, dass ich ihn kaum verstand.

»Unsinn«, rutschte es mir unwillkürlich in normaler Lautstärke heraus. »Du bist doch kein Amokläufer, der wahllos um sich ballert, Philipp. Du hattest doch einen Grund, und ich finde, dass ich ein Recht darauf habe, ihn zu erfahren.«

Er fing an, mit den Füßen zu scharren, gleichzeitig wippte sein linkes Bein im Viertelsekundentakt auf und nieder. »Du verstehst es doch nicht, Hanna.«

»Versuch es. Ich höre dir zu.«

»Krischan«, stieß er zu meiner Überraschung hervor. »Es ging um Krischan. Ich habe nichts gegen dich.«

»Krischan?« Das wurde ja immer mysteriöser. Dann ging mir ein Licht auf. »Gut, ich gebe zu, dass ich mich geirrt und ihn in der Sache mit den Rassehunden zu Unrecht verdächtigt habe. Das tut mir wirklich leid. Aber du musst doch zugeben −«

»Das ist es nicht«, flüsterte Philipp und presste die Handballen vor die Augen. »Scheiße, das ist es doch gar nicht.«

»Nicht. Aha.« Ich war völlig ratlos. Harry ebenfalls. »Was ist es dann?«

Das Scharren und Wippen begann von Neuem. Doch zumindest nahm er die Hände von den Augen.

»Das verstehst du nicht.«

Ich hörte, wie Harry zischend die Luft einsog. »Das sagtest du bereits, und das hilft uns jetzt überhaupt nicht weiter. Aber du leugnest nicht, dreimal auf Hanna geschossen zu haben, oder? Und zwar mit einem Landmann-Gewehr, richtig?«

»Nein«, erwiderte Philipp verblüfft. »Ich meine, ja. Aber woher …?«

Der Junge war augenscheinlich kein Krimi-Fan.

»Die Patronenhülsen«, informierte Harry ihn. »Also, rede. Woher hast du die Waffe?«

»Die steht bei uns seit Urzeiten im Keller. Mein Opa hat sie mir gezeigt.«

Harry öffnete den Mund, aber ein eisiger Blick von mir ließ ihn schweigen.

»Gut«, übernahm ich die Regie. »Damit wäre Opas Rolle also geklärt. Und jetzt, Philipp, will ich verdammt noch mal wissen, weshalb du auf mich geschossen hast. Wolltest du mich umbringen? Oder sollte das nur eine Warnung sein? Und wenn ja, wofür, Herrgott noch mal?«

»Ich weiß nicht«, hauchte er. »Es war wohl beides in dem Moment.«

Dann schwieg er. Am liebsten hätte ich ihn gepackt und geschüttelt, bis ihm die Zähne samt Wörtern aus dem Mund gepurzelt wären. Stattdessen sagte ich sehr beherrscht: »Krischan war der Grund, hast du behauptet. Erklär uns das bitte.«

Philipp hob den Kopf. Plötzlich sah er trotz seiner Jugend unendlich müde und abgekämpft aus. »Du hast ihn doch auch gleich wieder unter Druck gesetzt. Dabei ist er glücklich, so wie er lebt.« Philipps Stimme schraubte sich in die Höhe, als er mich imitierte. »›Krischan, du kannst doch mit deinem Job als ›Mann für alle Fälle‹ unmöglich zufrieden sein. Geh doch noch mal zur Schule. Mach doch endlich etwas Vernünftiges.‹«

Meine Worte, richtig. Aber was war an denen so falsch? Ich sollte es umgehend erfahren, denn aus Philipp brach es nun regelrecht heraus, als hätte man eine lange vor sich hin schwärende Eiterbeule aufgestochen.

»Er war mit seinem Leben zufrieden, so wie es war, Hanna. Er hat es sich selbst ausgesucht. Kapiert das denn keiner? Wieso muss er unbedingt etwas ›Vernünftiges‹ machen? Er will das gar nicht. Er ist glücklich so. Aber nein, das ist ja heute nicht genug. Du musst erfolgreich sein, auch wenn du dabei draufgehst. Ohne ein Bombenabitur und ohne ein Studium ist man ja kein Mensch mehr. Und hat die Drängelei damit etwa ein Ende?« Seine Stimme wurde unangenehm schrill. »Nein, natürlich nicht. Ohne eine Eins vor dem Komma geht schon mal gar nichts. Das sagen dir alle Eltern und alle Lehrer.«

»Philipp«, entfuhr es mir ungläubig.

Das gab es ja wohl nicht. Der Junge konnte doch nicht allen Ernstes auf mich geschossen haben, nur weil ich seinem Freund helfen wollte, etwas aus seinem Leben zu machen.

»Ja, ja, Philipp, Philipp«, äffte er mich nach. »Ich habe doch gewusst, dass du nichts verstehst. Ihr Erwachsenen habt einfach keine Ahnung, weil ihr nur mit euch selbst beschäftigt seid. Ihr schwallt uns ein und lasst uns dann im Regen stehen. Wir sollen in allem supergut und erfolgreich und dabei bitte schön total sozial und engagiert sein. Ihr seid es zwar nicht, aber was soll's. Von uns wird das erwartet. Ihr labert euch gegenseitig das Hirn weich und haltet euch dabei für obertoll.« Er stieß einen meckernden Laut aus, während er mir aufs Brustbein pikste. »Ich kann aber nicht gleichzeitig bombenerfolgreich sein und mich um Maik kümmern, wenn der seinen Rappel kriegt. Sorry, das kann ich nicht.«

»Maik ist dein Banknachbar mit dem Autismus, nicht?«

»Ja, er sitzt neben mir. Ich mag ihn. Aber ich bin nicht sein

Kindermädchen.« Philipp verstummte, stierte vor sich hin und begann erneut, mit dem Oberkörper hin und her zu schaukeln.

Zumindest ansatzweise begann ich, den Jungen zu verstehen. Mit solchen Konzepten wie etwa der Inklusion versuchte die Gesellschaft, ein hübsches soziales Bild von sich zu entwerfen – niemand steht außen vor, alle werden mitgenommen –, aber so sieht die Realität schon lange nicht mehr aus, wenn sie denn jemals überhaupt so ausgesehen hat. Wie Philipp beklagt hatte, fehlte es überall an Geld, wenn es darauf ankam, zusätzliche Lehrkräfte oder Sozialpädagogen einzustellen, die so ein ambitioniertes Konzept überhaupt erst möglich machen würden.

Und weshalb war das so? Das war ja wohl so klar wie Kloßbrühe: Weil die wahren Werte in dieser Gesellschaft eben nicht Solidarität, Mitgefühl und Toleranz hießen, sondern Leistung, Leistung, Leistung, Geld, Macht und Selbstoptimierung. Die Erwachsenen sprachen zwar immer gern von Menschlichkeit, Anteilnahme und Empathie, aber sie lebten diese Werte nicht vor, da hatte der Junge recht. Jeder war sich selbst der Nächste und scheffelte möglichst viel Knete in die eigene Tasche. Scheinheiligkeit nennt man das. Musste man sich da vielleicht wundern, dass so ein sensibles Bürschchen wie Philipp mit dieser Diskrepanz heillos überfordert war?

»Trotzdem schießt man nicht auf andere Leute, wenn man Frust hat«, bemerkte Harry in diesem Moment. »Oder wenn der Druck zu groß wird.«

»Ach verdammt«, verteidigte sich Philipp gereizt. »Ich wollte doch nur Krischan helfen. Lass ihn in Ruhe, Hanna.«

Ich antwortete nicht, weil ich mit mir selbst beschäftigt war. Gehörte ich etwa im Grunde meines Herzens ebenfalls zu dieser alles Denken, Fühlen und Handeln beeinflussenden Leistungs-, Macht- und Geldfraktion? War mein Gerede über berufliche Erfüllung et cetera pp. auch nur hohles Geschwafel, wie Philipp es ausdrückte?

Ich horchte in mich hinein. Nein. Mir war es wirklich darum gegangen, dass Krischan mit einer Ausbildung auf lange Sicht zufriedener mit seinem Leben sein würde. An Geld hatte ich dabei nicht gedacht.

»Aber Krischan könnte doch noch studieren und Architekt werden, wie er es sich wünscht«, sagte ich.

»Er ist glücklich, so wie er jetzt lebt«, beharrte Philipp. »Er hat genug Geld, ist ein feiner Typ, und niemand bedrängt ihn.«

»Bis auf seine Auftraggeber. Die drängeln schon manchmal heftig«, wandte Harry ein. »So ein sonniges sorgenfreies Leben führt Krischan nicht, Junge. Das kommt dir nur so vor.«

»Wieso hast du bloß nicht mit mir gesprochen, Philipp?«, fragte ich ehrlich bekümmert. »Das hätte doch alles so viel einfacher gemacht. Ein Wort von dir und wir hätten gemeinsam eine Lösung finden können.«

»Bringt ja doch nichts. Das Reden, meine ich«, brummte er.

»Schießen bringt noch weniger«, sagte Harry freundlich. »Das begreifen sogar immer mehr Menschen in Amerika.«

Philipp reagierte nicht.

»Okay, fassen wir noch einmal zusammen«, sagte ich daher mit fester Stimme. »Du hast auf mich geschossen, damit Krischan sein Leben weiterleben kann und ich ihn in Ruhe lasse, richtig?«

»Er ist mein Freund«, knurrte Philipp. »Und ich bin nicht bekloppt, falls du das meinst. Wenn du erst einmal in so einer Mühle drinsteckst, haben sie dich. Dann heißt es dauernd: ›Mach dies, mach das. Dir ist etwas zu viel? Ach was, das packst du schon, und außerdem macht es sich gut im Lebenslauf. Denn du willst ja wohl später vorankommen, oder? Du bist doch kein Penner.‹ Genau das wollte ich ihm ersparen. Er hat von so etwas nämlich keine Ahnung.«

Philipp begann zu weinen. Die Tränen liefen über seine Wangen, bahnten sich ihren Weg übers Kinn und tropften auf seinen Pullover. Mach dies, Philipp, mach das, Philipp. Seine Worte kullerten wie Kiesel durch meine Hirnwindungen. An wen oder was erinnerten sie mich bloß? An Marga! Natürlich. Bei der letzten DePP-Veranstaltung. Die Szene stand mir wieder deutlich vor Augen, als sie ihn aufgefordert hatte, sich mal eben kurz um das Parteiprogramm zu kümmern.

»Du hast den Phosphorklumpen in Margas Tasche gesteckt«, entfuhr es mir tonlos.

Wenn man erst einmal kapiert hatte, wo der Druckpunkt bei dem Jungen lag, fielen etliche Puzzleteile an ihren Platz. Harry hatte bei meinen Worten scharf die Luft eingesogen, hielt jedoch, wie versprochen, den Mund. Brav, Gierke.

»Ich habe ihn zufällig am Strand gefunden. Ich wusste sofort, dass es kein Bernstein war«, wich Philipp aus.

Nicht mit mir, junger Freund.

»Du hast ihn feucht gehalten«, sagte ich ihm auf den Kopf zu.

»Na ja, ein bisschen vielleicht«, gab er kleinlaut zu. »Damit er ...«

»... erst im richtigen Moment brennt«, schnitt Harry ihm zornig das Wort ab. »Das ist —«

»Gierke«, ranzte ich ihn an.

Aufregen konnten wir uns später. Im Moment benötigte ich ein möglichst umfassendes Geständnis und nichts anderes.

»Erzähle uns die Sache mit Marga, Philipp«, forderte ich den Jungen auf.

Er hatte aufgehört zu weinen, wischte sich mit dem Ärmel übers Gesicht, schniefte und starrte blicklos in die Dunkelheit.

»Was?«

»Marga«, sagte ich. »Du hast ihr einen Phosphorklumpen in die Tasche getan, der angefangen hat zu brennen.« Und sie hatte mitgebrannt, aber das sprach ich aus taktischen Gründen nicht aus.

»Ja«, flüsterte Philipp; es war nur noch ein Wispern. »Ich habe zwar bei DePP mitgemacht, aber eigentlich war mir das schon zu viel. Doch im Lebenslauf macht sich so etwas gut, nicht? Nur ein bisschen Rumsitzen und so, das packe ich, habe ich gedacht.«

Ich nickte. Und dann war Marga mit dem Parteiprogramm gekommen, über dessen Entwurf sich der Junge im Internet schlaumachen sollte.

»Ich habe noch abgelehnt und Nein gesagt, aber das zählt ja nicht.« Philipp fing erneut an zu weinen. »Und meine Eltern waren begeistert. DePPs Anliegen sei ja total sinnvoll, haben sie gesagt, aber noch toller sei es, dass ich die Möglichkeit hätte, am Programm mitzuwirken. Dann stehe mein Name mit drauf. Und so etwas habe heute für die Karriere einen unschätzbaren Wert.« Der Junge schluckte. »Mein Vater hat nur gelacht, als ich ihn bat ... na ja, einmal mit Marga zu reden. Weil ich das nicht machen wollte. Vielleicht hätte sie ja auf ihn gehört. Aber er hat sich geweigert. ›Supersache für dich, mein Sohn‹, hat er bloß gesagt und abgewinkt. ›Wieder ein Pluspunkt im Lebenslauf, Junge. Davon kann man in der heutigen Zeit nicht genug haben.‹« Philipp stieß ein helles Lachen aus. »›Die Konkurrenz schläft nicht‹, hat er dann noch wie immer gesagt, um sich anschließend mit seiner Sensibelchen-Stimme nach Maik zu erkundigen.«

Er tat mir leid, ohne Frage. In der heutigen Zeit groß zu werden war wirklich kein Zuckerschlecken. Trotzdem war ich stinksauer.

»Du hast Marga einen äußerst grausamen Tod zugedacht, Philipp.« Ich sah sie immer noch vor mir, wie sie zusammengekrümmt am Strand lag und ich hilflos neben ihr kniete. »Verbrennungen tun aasig weh.«

Philipp blickte mich erstaunt an. »Ich wollte sie nicht töten.«

Es hört sich merkwürdig an, aber ich glaubte ihm das sogar. Er wollte nur, dass es aufhörte. Harry ließ sich nicht so leicht einwickeln.

»Für so einen Satz bist du zu alt, Knabe«, knurrte er aufgebracht. »Was hast du dir denn dabei gedacht, als du Marga den Phosphor in die Tasche geschmuggelt hast? Dass die arme Frau sich wie ein Geist in Luft auflöst? Du hast doch offenbar genau gewusst, wie Weißer Phosphor wirkt. Erzähl mir nicht, dass du wenn schon nicht ihren Tod, dann aber doch zumindest schwerste Verletzungen in Kauf genommen hast.«

Aus Philipps Gesicht entwich sämtliche Farbe. »Ich ... ich wollte doch nur, dass sie aufhört, mich zu bedrängen«, stammelte er.

»Du hättest den Mund aufmachen können und müssen«, beharrte jetzt auch ich. »Wenn du ernsthaft mit Marga gesprochen hättest, wäre sie die Letzte gewesen, die dich weiter unter Druck gesetzt hätte.«

»Ach ja?« Philipps eben noch todtrauriger und verschreckter Gesichtsausdruck verwandelte sich in Sekundenbruchteilen in eine höhnische Fratze. »Ach ja?«, wiederholte er grimmig. »Seit wann hört denn irgendjemand auf mich? Das habe ich bei Jana auch versucht. Sogar mehrmals. Aber sie hat ja nicht von ihrem blöden Plan ablassen wollen.«

Jana? Grundgütige. Aber natürlich musste es so sein. Ich hatte doch selbst immer behauptet, dass es in diesem Fall nur einen Täter geben konnte. Aber wieso ausgerechnet Jana? Die beiden waren befreundet. Oder nicht? Meine Geduld näherte sich langsam dem Ende.

»Was für ein Plan, Philipp?«, herrschte ich ihn an.

Er schüttelte den Kopf und presste trotzig die Lippen aufeinander.

»Rede endlich, Junge!«, sagte Harry scharf. »Ich will hier nicht ewig sitzen. Und auf einen Mordversuch mehr oder weniger kommt es bei der Latte langsam nicht mehr an.«

Philipp schnappte bei diesen rüden Worten nach Luft.

»Wird's bald«, kommandierte Harry.

»Sie wollte Sex. Ich sollte mit ihr schlafen.«

»Na und?«, entfuhr es Harry verständnislos. Er hatte offenkundig keine Ahnung, dass Menschen, die unter dem Turner-Syndrom leiden, eigentlich keinen Wunsch nach Sex verspüren.

»Ich wollte nicht«, entgegnete Philipp schlicht. »Nicht … so.«

»Aber sie war doch ein hübsches junges Mädchen. Da hätte ich doch nicht gezögert –«

»Lass gut sein, Harry«, unterbrach ich ihn, der sichtlich die Welt nicht mehr verstand.

Doch er warf mir einen Blick zu, sah etwas in meiner Miene, was er nicht zu deuten wusste, und nickte. Wie gesagt, manchmal begriff Harry Gierke wirklich außerordentlich fix, dass er besser den Mund halten sollte.

»Ich sei doch ihr Freund, hat sie gesagt.« Philipp schien uns vergessen zu haben und sprach zu sich selbst. »Ihr bester Freund, und deshalb sei ich es ihr schuldig. Aber ich wollte das nicht. Wirklich nicht.«

»Und sie ließ nicht locker?«

»Nein. Den ganzen Sommer über hat sie gedrängelt. Sie wollte es unbedingt einmal ausprobieren, auch wenn sie dabei nichts fühlte.« Er atmete schwer und ließ den Kopf hängen. »Also, sie fühlt nur in dieser Richtung nichts. ›Nur ein Mal, Philipp, nur dieses eine Mal.‹ Sie hat gebettelt und gebettelt, und an dem Nachmittag, an dem wir wegen der Tiere bei dir waren, Hanna, sollte es geschehen. Wir wollten zum Strand gehen. Sie wollte es so richtig kitschig-romantisch haben. Und dabei konnte es nichts werden, weil sie doch nichts empfindet.«

Deshalb hatte das Mädchen also so zum Aufbruch gemahnt und war überhaupt nicht erbaut gewesen, noch mit zu Marga zu müssen, während Philipp heilfroh über diese Entwicklung gewesen war. Doch das hätte lediglich einen Aufschub bedeutet. Jana besaß einen starken Willen. Sie hätte ihre Bemühungen bestimmt nicht eingestellt.

»Jana meinte, vielleicht wirke Turner sich bei ihr ja gar nicht so aus«, fuhr Philipp gedankenverloren fort. »Eine Krankheit wirkt bei jedem Menschen unterschiedlich, hat sie immer behauptet. Und das mit dem Sex wollte sie unbedingt wissen. Aber ich war doch ... ihr Freund. Und für mich wäre es auch das erste Mal gewesen. Deshalb wollte ich es nicht. Und da hat Jana den Weißen Phosphor gefunden.«

»Jana?«, echote ich verblüfft.

»Ja. Wir gingen am Strand spazieren, und sie versuchte wieder, mich zum Sex zu überreden. Plötzlich hat sie sich gebückt, weil sie meinte, es sei Bernstein. Aber ich wusste es besser. Und dann«, er schluckte heftig, »hat sie mir den Brocken geschenkt.«

Er schlug die Hände vors Gesicht und fing hemmungslos an zu schluchzen. Am liebsten hätte ich mitgeheult. Die Vorstellung, wie er den Phosphorklumpen zu Hause ganz bewusst feucht hielt, um ihn zum richtigen Zeitpunkt gezielt einsetzen zu können, dann das erste Stück für Jana abbrach und später den Rest für die Attacke auf Marga benutzte, war einfach nur grauenhaft. Was für ein Schlamassel.

Vorsichtig legte ich den Arm um ihn. Der Junge zitterte am ganzen Körper. In diesem Moment tat er mir unendlich leid.

Trotzdem war es mit ein paar mahnenden Worten natürlich nicht getan. Marga und mich hatte er zwar lediglich leicht verletzt, aber die Absicht, uns massiv zu schaden sowie unseren Tod billigend in Kauf zu nehmen, war zweifellos vorhanden gewesen. Vom schrecklichen Zustand der bedauernswerten Jana einmal ganz abgesehen.

»Philipp«, murmelte ich an seinem Hals. »Ich muss die Polizei rufen.«

Jeder Muskel seines knochigen Körpers schien zu erstarren.

»Nein«, protestierte er schwach, um sodann emsig wie ein kleines Kind zu versichern: »Ich tue das auch nie wieder.«

»Das reicht nicht, Philipp«, erklärte ich ihm sanft. »Du hast eine Grenze überschritten, da ist es mit einem Klaps auf die Finger und einer Versicherung deinerseits, niemandem mehr schaden zu wollen, nicht mehr getan.«

Er rückte von mir ab, sprang nach kurzem Zögern auf und blickte mit einem Ausdruck abgrundtiefer Verachtung auf Harry und mich herab.

»Ihr seid doch auch nur blöde Arschlöcher«, schrie das Kind, »ihr versteht gar nichts, ich hab's doch gewusst.«

Und mit diesen Worten drehte es sich um und rannte in die Dunkelheit hinein. Instinktiv wollte ich hinterherstürzen, doch Harry hielt mich zurück.

»Er ist siebzehn, Hemlokk, und du ... äh ... bist es nicht mehr. Für ihn sind jetzt andere zuständig. Du kannst da nichts mehr ausrichten.«

Aber wenn er sich in seiner Verzweiflung umbrachte? Ich rannte los. Doch schon nach wenigen Metern wurde mir die Sinnlosigkeit meines Unterfangens klar. Harry hatte recht. Ich stoppte keuchend und drehte um. Er hatte inzwischen zum Handy gegriffen und 110 gewählt.

Trotzdem fühlte ich mich beschissen. Sicher, die Sache mit Jana besaß eine andere Dimension und eine ganz eigene Tragik. Aber lief nicht grundsätzlich etwas schief in einer Gesellschaft, die mittlerweile so gnadenlos nach Erfolg und Selbstoptimierung strebt wie unsere? In der der Trend zur Ökonomisierung aller Lebensbereiche unaufhaltsam zu sein scheint? In der alles gemessen und standardisiert wird und die Begriffe Freiraum oder gar Muße langsam, aber sicher zum Schimpfwort verkommen? In der zwar immer wieder von Mitmenschlichkeit und Solidarität geredet wird, aber das war's denn auch weitgehend? Wenn es darauf ankommt, zählt das Verhalten des gewieften Egotaktikers. Dann gilt der als clever und erfolgreich, der bei allem und jedem abfragt, was für ihn drin ist. So sieht es aus. Alles andere ist gesamtgesellschaftlich betrachtet mittlerweile nichts als Tünche.

»Harry«, sagte ich leise, als er sein Telefonat beendet hatte, neben mich trat, einen Arm um meine Schulter legte und mich an sich zog. »Morgen möchte ich den ganzen Tag über nichts weiter tun, als mit Marga, Theo, Johannes, Krischan und dir zu kochen, zu schnacken und dazu wunderbaren Wein zu trinken.«

»Machen wir, Hemlokk«, stimmte Harry friedfertig zu.

Ich schloss die Augen. Der Wind hatte aufgefrischt, die Blätter raschelten in den Bäumen, und die Wellen gluksten am Ufer.

»Und wie sieht es mit einer anschließenden Bettfete aus?«, erkundigte sich Harry hoffnungsvoll.

Meine Rechte wanderte hinunter zu seinem Hintern, umfasste seine Pobacke und drückte kräftig zu.

»Wenn du mir als Morgengabe keinen Schweinekopf aufs Kissen legst, könnten wir darüber reden, Gierke.«

EPILOG

Jana erholte sich wider Erwarten ziemlich schnell von ihren schweren Verletzungen. Ganz Bokau feierte mit, als das Mädchen nach Krankenhaus und Reha endlich nach Hause kam. Und ganz Bokau sperrte vor Überraschung Mund und Nase auf, als Jana umgehend verkündete, sie wolle Philipp in der Jugendstrafanstalt besuchen, wo er auf seinen Prozess wartete und die Zeit damit verbrachte, psychologisch begutachtet zu werden. Denn Philipp Alexander Krisoll sei und bleibe nun einmal ihr Freund, auch wenn er ziemlichen Mist gebaut habe. Ich fand diese Haltung außerordentlich ... nobel. Ein anderes Wort fällt mir in diesem Zusammenhang nicht ein. »Großherzig« vielleicht noch oder auch »charakterstark«. Nein, »nobel« trifft es einfach besser. Jana Sterzenberger ist zweifellos alles in einem und damit ein außergewöhnlicher Mensch.

Marga brauchte ein wenig länger, um dem Jungen zu verzeihen. Es war Krischan, der ihr letztlich klarmachte, dass sein Freund den Phosphor nicht doch mit einem Hauch von Bösartigkeit, sondern ausschließlich aus abgrundtiefer Verzweiflung in ihre Tasche gesteckt hatte. Marga und er hingen nach seiner erfolgreich verlaufenen Tumor-OP ziemlich oft zusammen und schmiedeten Pläne für seine Zukunft – und die von DePP.

Und ich? Wie kam ich mit allem zurecht? Durchwachsen, um ehrlich zu sein. Die Freifrau verschwand sang- und klanglos aus unserem Leben, und ich wünsche ihr von Herzen die Pest an den Hals sowie einen Richter, der sich von ihrem schauspielerischen Können nicht beeindrucken lässt. Ich hoffe jedenfalls, dass meine Aussage zu gegebener Zeit ein gutes Stück dazu beitragen wird. Doch die Schüsse hatten mir einen richtigen Schock versetzt, und es dauerte eine ganze Weile, bis ich wieder friedlich durchschlafen konnte.

Harry war mir in dieser Zeit eine große Hilfe. Nachts nahm er mich in den Arm, wenn ich schreiend aus einem Alptraum erwachte, und knabberte hingebungsvoll so lange an meinem

Ohrläppchen herum, bis sich meine Atmung wieder beruhigt hatte. Tagsüber gingen wir viel spazieren, redeten und kochten zusammen, wobei wir dankenswerterweise zu Pizza, Rouladen und Lachsforelle zurückkehrten. Auf diese Art verblassten Philipps Schüsse langsam ebenso wie Liza Trents Verrat.

Vor wenigen Tagen meldeten die Medien, dass in der Nähe von Dover die Leiche einer Frau angespült worden sei. Sie sei erschossen worden, und es handele sich bei dem Opfer um eine international renommierte Rüstungsexpertin, die sich offenbar mit der Waffen-Mafia angelegt habe.

»Wie finde ich das, Hemlokk?«, fragte Harry mich ratlos.

Wir saßen beim Frühstück. Ich hob meine Teetasse.

»Auf Liza«, sagte ich mit fester Stimme. »Sie war eine mutige Frau!«

Ute Haese
FISCH UND FERTIG
Broschur, 384 Seiten
ISBN 978-3-95451-569-1

Selbstmord oder Mord? Liebesgeschichtenautorin und Privatdetektivin Hanna Hemlokk soll nicht nur einen mysteriösen Todesfall aufklären, sondern auch noch herausfinden, wer im einzigen Restaurant am Ort ständig die Deko von den Tischen klaut. In der ihr eigenen Mischung aus Bauchgefühl und Kombinationsgabe löst Hanna beide Probleme mit ihren ganz speziellen Methoden.

www.emons-verlag.de